A MULHER HABITADA

Gioconda Belli

A MULHER HABITADA

Tradução de
Enrique Boero Baby

1ª edição

Rio de Janeiro, 2025

Copyright © Gioconda Belli
c/o Schavelzon Graham Agencia Literaria
www.schavelzongraham.com

Título original: *La mujer habitada*

Texto revisado segundo o Acordo Ortográfico da Língua Portuguesa de 1990.

Todos os direitos reservados. É proibido reproduzir, armazenar ou transmitir partes deste livro, através de quaisquer meios, sem prévia autorização por escrito.

Direitos desta tradução adquiridos pela
EDITORA RECORD LTDA.
Rua Argentina, 171 – 3º andar – São Cristóvão
20921-380 – Rio de Janeiro, RJ
Tel.: (21) 2585-2000.

Seja um leitor preferencial Record.
Cadastre-se no site www.record.com.br
e receba informações sobre nossos
lançamentos e nossas promoções.

Atendimento e venda direta ao leitor:
sac@record.com.br

Impresso no Brasil
2025

CIP-BRASIL. CATALOGAÇÃO NA PUBLICAÇÃO
SINDICATO NACIONAL DOS EDITORES DE LIVROS, RJ

B384m   Belli, Gioconda, 1948-
          A mulher habitada / Gioconda Belli ; tradução Enrique Boero Baby. - 1. ed. - Rio de Janeiro : Rosa dos Tempos, 2025.

          Tradução de: El país de las mujeres
          ISBN 978-65-89828-44-0

          1. Ficção nicaraguense. I. Baby, Enrique Boero. II. Título.

24-92884   CDD: N863
                   CDU: 82-3(728.5)

Gabriela Faray Ferreira Lopes - Bibliotecária - CRB-7/6643

Para Nora Astorga,
que seguirá nascendo

*Quebro este ovo e nasce a mulher
e nasce o homem. E juntos viverão
e morrerão. Mas nascerão novamente.
Nascerão e voltarão a morrer
e outra vez nascerão.
E nunca deixarão de nascer,
porque a morte é mentira.*

EDUARDO GALEANO,
"Mito de los indios makiritare",
Memórias do fogo

I

Emergi ao amanhecer... É estranho tudo que aconteceu desde a última vez que vi Yarince, naquele dia na água. Na cerimônia, os anciãos diziam que eu viajaria para Tlalocan, para os cálidos jardins orientais – país do verdor e das flores acariciadas pela tênue chuva –, mas me encontrei sozinha por séculos em uma moradia de terra e raízes, observando, atônita, meu corpo se desfazendo em húmus e vegetação. Tanto tempo nutrindo lembranças, vivendo da memória de maracas, estrondo de cavalos, motins, lanças, a angústia da perda, Yarince e os músculos fortes de suas costas.

Fazia dias que ouvia os pequenos passos da chuva, as grandes correntes subterrâneas aproximando-se de minha moradia centenária, abrindo túneis, atraindo-me por meio da porosidade úmida do solo. Sentia que o mundo estava próximo, dava para ver pelas diferentes tonalidades da terra. Depois, vi as raízes, como mãos estendidas, chamando-me, e a força do comando me atraiu irremediavelmente. Penetrei na árvore, em seu sistema sanguíneo, percorri-o como uma longa carícia de seiva e vida, um abrir de pétalas, um estremecimento de folhas. Senti seu toque rugoso, a delicada arquitetura de seus galhos, e me estendi nos corredores vegetais desta nova pele, me espreguiçando depois de tanto tempo, soltando meus cabelos, despontando para o céu azul de nuvens brancas para ouvir os pássaros que cantam como antes.

Também cantei com minhas novas bocas (teria gostado de dançar), e houve flores de laranjeira em meu tronco e, em todos os meus galhos, cheiro de laranjas. Eu me pergunto se, enfim, cheguei às terras tropicais, ao jardim de abundância e descanso, à alegria tranquila e interminável reservada para os que morrem sob o signo de Quiote-Tláloc, Senhor das Águas. Talvez seja meu destino passar a eternidade aqui.

Embora seja tempo de frutos, não de flores, a árvore se apossou do meu calendário, da minha vida, o ciclo de outros entardeceres: voltei a nascer, habitada com sangue de mulher.

Ninguém sofreu neste nascimento, como aconteceu quando despontei a cabeça entre as pernas de minha mãe. Desta vez, não houve incerteza nem distensões na alegria. A parteira não enterrou meu xicmetayotl – meu umbigo – no canto escuro da casa nem me pegou em seus braços para dizer: "Estará dentro da casa como o coração dentro do corpo... Será a cinza que cobre o fogo do lugar." Ninguém chorou ao me dar um nome, como fez minha mãe, angustiada, porque, desde o surgimento dos loiros, dos homens com pelos no rosto, todos os augúrios eram tristes. Até temiam chamar o adivinho para que me desse nome, me desse meu tonalli. Temiam conhecer meu destino. Pobres pais!

A parteira me lavou, purificou-me implorando a Chalchiuhtlicue – mãe e irmã dos deuses –, e nessa cerimônia me chamaram de Itzá, gota de orvalho. Deram-me meu nome de adulta, sem esperar que chegasse meu tempo de escolhê-lo, porque temiam o futuro. Agora, no entanto, tudo está tranquilo ao meu redor; há arbustos recentemente podados, flores em grandes jardineiras e uma brisa que me move, me balança de um lado para o outro como se me cumprimentasse, me desse as boas-vindas à luz depois de tanta escuridão.

Este ambiente é estranho. Rodeiam-me muros. Construções de paredes largas como as que os espanhóis nos faziam erguer.

Avistei uma mulher. A que cuida do jardim. É jovem, alta, de cabelos escuros, bonita. Tem traços parecidos com os das mulheres dos invasores, mas também tem o andar das mulheres da aldeia, com determinação, como nos mexíamos e andávamos antes dos maus tempos. Eu me pergunto se ela trabalha para os espanhóis. Não acho que trabalhe com a terra nem saiba tecer. Tem mãos finas e olhos grandes, brilhantes. Brilham com o assombro de quem ainda descobre.

Tudo ficou em silêncio quando se foi. Não escutei sons do templo, movimento de sacerdotes. Só a mulher habita esta moradia e seu jardim. Não tem família nem senhor, e não é deusa porque teme: trancou portas e cadeados antes de ir embora.

* * *

No dia em que a laranjeira floresceu, Lavínia acordou cedo para ir trabalhar pela primeira vez em sua vida. Desligou o despertador, sonolenta. Odiou seu mugido de sirene de barco desordenando a paz da manhã. Esfregou os olhos e se espreguiçou. O aroma entrava por todo lado. A essência das flores da laranjeira a cercava com insistência, vinda do jardim. Olhou pela janela, ajoelhando-se na cama, e dali olhou a laranjeira florida. Era uma árvore velha, ficava bem em frente à janela do quarto. O jardineiro de sua tia Inês tinha plantado a laranjeira tempos atrás, jurando que daria frutos o ano inteiro porque era um enxerto preparado pela aquosidade de suas mãos de curandeiro, jardineiro e conhecedor de ervas. A tia apegou-se à árvore, apesar de que nunca, enquanto ela viveu, mostrou querer florescer.

"Devem ser as chuvas de fim de dezembro", pensou Lavínia. "Chuva fora de época é sinal de coisa boa", costumava dizer seu avô.

Com preguiça, entrou no banheiro. Ligou o rádio ao passar, pegando do chão a roupa que deixou cair quando chegou tarde da noite para dormir. Gostava de seu quarto arrumado com cestos e colchas coloridas. "Com o salário de arquiteta, poderia melhorar a decoração ultrapassada", pensou no banho, empolgada com o primeiro dia de trabalho.

O aroma das flores da laranjeira jorrava na água do chuveiro. Era um bom presságio que a árvore tivesse florido justamente nesse dia, disse a si mesma, esfregando o longo cabelo castanho, depois passando o pente para desembaraçá-lo. Saiu do banho, secando-se com a enorme toalha de praia, e maquiou-se de frente para o espelho, realçando o tamanho dos olhos, os traços do rosto chamativo. Não teria gostado de ser como Sara, sua melhor amiga: ter traços de boneca de porcelana. A imperfeição tinha suas atrações. Seu rosto nada clássico que, em outros tempos, não teria feito sucesso, não poderia estar mais de acordo com o *rock*, a moda *hippie*, as minissaias, a continuada rebeldia da década anterior, a modernidade descuidada de começos dos anos 1970.

Sim, disse a si mesma, escolhendo a dedo a roupa, balançando a cabeça para ajeitar os caracóis de seus cabelos – o segredo era não pentear muito –, ela estava em sintonia com a época. Fazia mais de um mês que tinha se mudado para a casa da tia Inês, abandonando a casa paterna. Era uma mulher sozinha, jovem e independente.

A tia Inês foi quem a criou. Nessa casa costumava passar longas temporadas porque seus pais andavam muito ocupados com a juventude, a vida social e o sucesso. Só quando perceberam que já estava crescida, quando viram que lhe surgira a idade, os seios, os pelos, as curvas, puseram em plena vigência o pátrio poder para mandá-la estudar na Europa, como era popular entre gente fina naquele tempo.

A tia Inês não queria vê-la partir nunca, mas, sufocada pelos direitos paternos do irmão, conformou-se em orientá-la para que não seguisse carreira de secretária bilíngue ou oftalmologista. Ela queria ser arquiteta e tinha direito, disse-lhe. Tinha o direito de construir em grande escala as casas que inventava no jardim, as maquetes minuciosamente construídas com palitos de fósforos e velhas caixas de sapatos, as cidades mágicas. Tinha o direito de sonhar em ser alguém, em ser independente. E desobstruiu seu caminho antes de morrer. Deixou-lhe de herança a casa da laranjeira com tudo que tinha dentro "para quando quisesse ficar sozinha".

Lavínia terminou de se vestir, aspirando profundamente a fragrância em pleno janeiro, sem dar-se conta do calendário alterado da natureza, sem suspeitar do destino marcando-a com seu dedo longo e invisível. Fechou a porta do quarto e percorreu a casa verificando trancas e cadeados. Era uma construção belíssima. Uma versão reduzida das enormes mansões coloniais com pátio interior. Quando ela chegou, a casa padecia da decrepitude e do abandono; as portas rangiam, o teto tinha goteiras; sofria do reumatismo da umidade e da clausura. Com o dinheiro da venda de móveis antigos e seus conhecimentos de arquitetura, arrumou-a. Depois, transformou-a em selva, enchendo-a de plantas, almofadas e caixas coloridas, livros, discos. Mudou-lhe a ordem para dispersar o ar de melancolia que costuma habitar as pessoas maduras e solitárias. A desordem era evidente hoje, passado o fim de semana sem Lucrécia, a empregada, a única que arrumava, já que ela estava acostumada à vida acomodada e fácil. Só quando Lucrécia chegava, três dias por semana, tirava-se o pó da casa e se comia comida quente. No restante do tempo, Lavínia se contentava com sanduíches, queijo, presunto, salame e amendoins, pois não sabia cozinhar.

O vento de janeiro espalhava pelos meios-fios as flores rosadas das árvores de jacarandá, despenteou-a quando saiu na rua e caminhou pelas largas calçadas do bairro. Quase nunca via seus vizinhos. Eram velhos, contemporâneos de sua tia. Esperavam a morte em silêncio, acolhendo lembranças atrás dos muros de suas mansões, apagando-se na penumbra dos aposentos. Às vezes ficava triste ao vê-los, à tarde, balançando-se solitários em poltronas brancas atrás das portas abertas de velhas salas. A velhice lhe parecia um estado terrível e solitário. Virou-se com certa melancolia para olhar sua casa, pensando em sua tia Inês. Talvez tivesse sido melhor que ela morresse sem chegar à decrepitude, mesmo agora teria gostado de ver sua figura longa e esguia despedindo-se na porta como quando ela saía de manhã, limpinha e engomada, para ir ao colégio. Desta vez, tinha certeza, a tia teria se despedido de mulher para mulher, vivendo nela os sonhos que sua época não lhe permitiu realizar. Viúva desde jovem, nunca pôde se sobrepor ao espanto da solidão. De pouco serviu-lhe dedicar-se a ser madrinha de poetas e artistas, inquieta mecenas de seu tempo de rendas e recatos. A última imagem que conservava dela era a despedida no aeroporto de Fiumicino. Tinham passado juntas dois meses de férias na Itália. A tia confessou-lhe que sentia tantas saudades dela que estava morrendo de tristeza. Lavínia não suspeitava da doença mortal que a consumia, pois ela, com um sorriso que contradizia suas palavras, insistia que era melhor Lavínia aproveitar ao máximo seu tempo – nunca se sabe as surpresas que a vida pode trazer – e ficar mais uns meses aprendendo francês. Estava magra e chorou no aeroporto. Choraram as duas abraçadas na frente de olhares comovidos de italianos simpatizantes da expressividade. Lavínia prometeu longas cartas. Em breve voltaria e estariam juntas e felizes. Nunca voltou a vê-la. Quando morreu, Lavínia não quis assistir às cerimônias terríveis do luto. Lembraria-se da tia Inês viva. Sabia que ela estaria de acordo.

As ruas, a essa hora, estavam desertas. Apressou o passo para chegar à avenida, a fronteira de seu bairro de velhos. Na esquina, parou um táxi. O Mercedes-Benz novíssimo, lustrado várias vezes, parou ao seu lado. Nunca deixava de admirar o paradoxo dos táxis Mercedes-Benz. Em Fáguas, o Grão-General dava de presente licenças de livre importação de carros Mercedes-Benz para os militares. Os militares vendiam seus carros Mercedes-Benz usados para cooperativas de táxi das quais eram sócios e compravam novos modelos. Em Fáguas, pobre, empoeirada e quente, os táxis eram Mercedes-Benz.

Mal tinha acabado de se acomodar no banco que cheirava a couro, deu-se conta da transmissão do rádio. Transmitiam o julgamento contra o diretor do presídio A Concórdia. O julgamento tinha sido a conversa obrigatória dos últimos dias, e ela não aguenta mais o assunto, não queria mais ouvir falar daquelas atrocidades, mas estava presa naquele táxi. O taxista, fumando, não perdia palavra, totalmente concentrado no trânsito. Ela olhou pela janela. Dessa região alta, via-se a cidade, a silhueta longínqua de vulcões pastando às margens do lago. A paisagem era linda. Tão bela quanto imperdoável o fato de que tivessem dado ao lago a função de esgoto. Imaginou-se como seria esta manhã se a cidade não desse as costas para a paisagem lacustre, se existisse um calçadão às margens do lago, onde pelas tardes passeariam os apaixonados e a babá com carrinhos azuis de bebê. Mas os grandes generais nunca estiveram interessados na estética. A cidade era uma série de contrastes: mansões amuralhadas e casas caindo aos pedaços. Não podia fugir da voz do médico militar, o legista, testemunha-chave do julgamento. Sua voz firme, sem hesitação, descrevia as cicatrizes de torturas encontradas no cadáver do prisioneiro. Dizia que o irmão do morto – também acusado de conspirar – tinha sido jogado pelo diretor no vulcão Tago. Um vulcão em atividade, com lava rugente na cratera. Ao escurecer, via-se a beirada vermelha se alguém se aproximasse das bordas. Os espanhóis conquistadores acreditavam que se tratava de ouro fundido. O homem descrevia as quebraduras e lacerações do irmão, também assassinado, como se tratasse do ditame de algum engenheiro relatando os efeitos de um terremoto. Abundavam no relato as palavras técnicas. Lembrou-se de como se quebravam as colunas depois das explosões subterrâneas nos documentários que o professor na Universidade de Bolonha, na Itália, lhes mostrava. Mas se tratava de seres humanos. Estruturas destruídas de seres humanos.

"Devia ter ficado em Bolonha", pensou, lembrando-se de seu apartamento ao lado do campanário. Era sua reação cada vez que se deparava com o lado obscuro de Fáguas. Mas na Europa ela teria tido que se contentar com interiores, reformas de velhos edifícios que não alteram as fachadas, a história de melhores passados. Em Fáguas, ao contrário, eram outros os desafios. Tratava-se de dominar a natureza vulcânica, sísmica, opulenta; a luxúria das árvores atravessando, indômitas, o asfalto. Fáguas alterava-lhe os poros, a vontade de viver. Era o país da sensualidade: um corpo aberto, largo, sinuoso, peitos desordenados de mulher feitos de terra, esparramados sobre a paisagem. Ameaçadores. Lindos.

Não queria continuar escutando sobre mortes. Encostou o rosto na janela, olhando fixamente as ruas. O que Fáguas precisava era de vida, disse para si, por isso ela sonhava em construir prédios, deixar sua marca, dar calor, harmonia ao concreto; substituir as imitações de truncados arranha-céus nova-iorquinos na avenida Truman – pela qual o táxi avançava lentamente no trânsito – por desenhos de acordo com a paisagem. "Embora fosse um sonho quase impossível", pensou, olhando o cartaz da recém-inaugurada loja de departamento.

Da rua podia se ver a escada rolante, a grande novidade, a única em todo o país. A loja teve de pôr seguranças na porta para evitar a entrada das crianças esfarrapadas vendendo jornais que, nos primeiros dias, foram a ruína do prazer das senhoras chiques eletronicamente elevadas para o consumo. A cidade buscava de todas as formas a modernidade, usando qualquer tipo de artifício estrambótico.

Os mortos eram membros do clandestino Movimento de Libertação Nacional. "São os únicos valentes deste país", dizia Adrián, o marido de Sara. "De que outra maneira podia-se acabar com a subversão?", dizia o fiscal, quando o táxi parou.

Lavínia olhou o relógio. Eram oito horas da manhã. Chegou na hora. Pagou o taxista, e o viu fitar suas pernas longas. Sorrindo sarcasticamente enquanto lhe desejava um "bom dia", depois de obrigá-la a ouvir aquela descrição detalhada de gólgotas crioulos.

Entrou no hall. O prédio era moderno. Parecia uma caixa de fósforo. Retangular. Paredes cinzentas e detalhes vermelhos. Tinha elevador, sinal de status. Existiam cinco ou seis elevadores em toda Fáguas. O elevador levava a elegantes escritórios de médicos, engenheiros, advogados e arquitetos. Dias antes, quando foi até lá para a entrevista, Lavínia parou em cada andar, por curiosidade. Todos eram parecidos. Portas grandes de madeira com letreiros dourados.

Empurrou as portas de madeira da empresa Arquitetos Associados S/A e se viu no hall sóbrio e moderno, diante da secretária singela de olhos verdes que lhe pediu que se sentasse. O sr. Solera a receberia em alguns instantes.

Pegou uma revista e acendeu um cigarro. Em algum lugar dentro do escritório, um rádio continuava a transmissão do julgamento. Por sorte não conseguia entender as palavras.

Para benefício de sua aparência profissional, fingia prestar atenção na revista; naquelas casas em cujos interiores era quase impossível imaginar seres humanos. Pareciam feitas para anjos etéreos, alheios a necessidades elementais como pôr as pernas em cima das mesas, fumar um cigarro, comer amendoim.

Na entrevista, Julián Solera tinha discursado sobre as dificuldades intrínsecas de trabalhar com arquitetura em Fáguas. Não era como na Europa, disse-lhe. Chegavam as senhoras com seus recortes de revistas e lhes encomendavam desenhos de *House & Garden* e *House Beautiful*. Apaixonavam-se por um refúgio nos Alpes e decidiam aplicá-lo em uma casa de veraneio. Havia que convencê-las de que estavam em outro país. O calor. Os materiais. Mas ela era mulher, disseram. Teria mais facilidade para se comunicar. As mulheres se entendiam. Sorriu ao lembrar, ao evocar como o sorriso o convenceu de lhe dar aquele emprego. Inicialmente, a olhava com desconfiança. Quando ela entrou em seu escritório, na semana anterior, comparecendo à entrevista que sua amizade com Adrián tinha facilitado, a olhou de cima a baixo, medindo seu ostensível *pedigree*, o comprimento de sua minissaia, o cabelo desordenado em cachos. Era um homem quarentão, de olhar alerta e atitude pragmática, mas com a necessidade de sedução própria dos homens latinos dessa idade. Pouco tempo depois do primeiro cumprimento, quando ela sacou seu portfólio e esgrimiu sua elevada qualificação acadêmica, o orgulho de seus projetos universitários, seus critérios sobre as necessidades de Fáguas, defendendo seu amor pela arquitetura com a veemência própria de seus vinte e três anos, Julián sucumbiu. Como criança fazendo piruetas em uma bicicleta, mostrou-lhe as complicações locais do ofício e não demorou muito para se convencer de que seria uma boa aquisição contratá-la. Ela não teve remorsos por usar as milenares armas da feminilidade.

Aproveitar a impressão que as superfícies polidas causavam nos homens não era sua responsabilidade, mas sim sua herança.

A espera tinha se prolongado. Um homem alto, de estatura mediana e olhos cinzentos, atravessou o hall e entrou na sala de Solera. A secretária de olhos verdes disse a Lavínia que podia entrar.

A sala era moderna. Sofás de couro. Desenhos abstratos nas paredes emoldurados em alumínio. Janelão de quarto andar dominando a paisagem do lago. Os vulcões se aproximando. Enormes mamíferos. O sr. Solera se aproximou para cumprimentá-la. Simpatizava com seu ar de cavalheiro de outros tempos, embora a formalidade a incomodasse. O tratamento de "o senhor" parecia-lhe mais apropriado para suas vizinhas anciãs do que para ela.

— Apresento-lhe Felipe Iturbe – disse Solera.

O homem estava de pé no meio da sala, com ar de edifício bem construído. Apertou sua mão com força. Lavínia notou seu antebraço musculoso, os nervos, a camada de pelo preto que aparecia. Era mais jovem que Solera e a olhava de maneira divertida, enquanto o outro fazia referências sobre sua qualificação, dizia as vantagens de contar com uma mulher no time e explicava para ela o papel de Felipe como arquiteto coordenador, encarregado de designar e supervisionar todos os trabalhos. O arquiteto Iturbe, disse Solera, se encarregaria de tornar-lhe familiar as normas e os procedimentos do escritório.

Os dois homens pareciam desfrutar de sua atitude de paternidade profissional. Lavínia se sentiu em desvantagem. Fez uma reverência interna à cumplicidade masculina e desejou que as apresentações terminassem. Não gostava de se sentir na vitrine. Lembrava-lhe de sua volta da Europa, quando seus pais a levavam a festas, enfeitada, e a soltavam para que animaizinhos de terno e gravata a farejassem. Animaizinhos domésticos procurando quem lhes desse filhos robustos e frondosos, cozinhasse, arrumasse seus quartos. Sob lustres de cristal e luzes ofuscantes a exibiam como porcelana Limoges ou Sevrès naquele mercado persa de casamentos com cheiro de leilão. E ela odiava. Não queria mais isso. Para fugir, estava ali. Mexeu-se, desconfortável. Finalmente, o sr. Solera deu por terminada a apresentação e ela saiu atrás de Felipe.

Caminharam por um corredor para o setor iluminado da sala de desenho. O janelão atravessava o escritório de ponta a ponta, inundando-o de luz natural. A decoração era moderna; divisórias forradas em tecido separavam os espaços para formar baias de arquitetos. "Por ser mulher", disse Felipe, teria o privilégio de ter uma sala ao lado da janela. Abriu a porta para lhe mostrar e a levou até a sala dele. Era um pouco maior. Um cartaz simples em tons pastel, anúncio de uma exposição de artes gráficas, ocupava uma das paredes.

No móvel atrás da mesa, havia um rádio preto bem antigo. Lavínia se perguntou se teria sido através dele que havia escutado o julgamento, mas não disse nada.

Sentou-se na cadeira de tecido cor de areia e cromo em frente à mesa, enquanto ele ficava apoiado na banqueta alta da mesa de desenho, ao lado.

— Você tem um nome esquisito – disse, chamando-a de você.

— Afeição de minha mãe pelos nomes italianos – respondeu ela, fazendo um gesto de resignação pelas manias maternas.

— E você tem irmãos com nomes assim também? Rômulo, Remo...?

— Não. Não tenho irmãos. Sou filha única.

— Ahhh! – exclamou ele, deixando sair na expressão as conotações obrigatórias de filha única, de boa família, mimada...

Não se deixou intimidar. Brincou também, dizendo-lhe o que fazer, nascer é uma questão de sorte. Teria gostado de lhe perguntar se o tom zombeteiro teria sido o mesmo se ela fosse homem e se chamasse Apolônio ou Aquiles, o que é muito comum em Fáguas, mas preferiu não o enfrentar, pelo menos não naquele dia. Teria tempo, disse a si mesma. Conduziu a conversa para a área profissional. Felipe sabia o ofício. Contou que tinha estudado alguns anos na Alemanha. Além de trabalhar de dia, dava aulas na universidade à noite. Conversando, encontraram preocupações comuns sobre a harmonia do concreto, árvores e vulcões. A integralidade das paisagens, o humanismo das construções. Pensou que se entenderiam na profissão. Uma hora depois, sentiu que a olhava de outra forma. Pareceu ter afastado a minissaia de seu pensamento. Um toque de telefone os interrompeu. Felipe o pegou e teve uma conversa monossilábica, dessas que se costuma ter quando não se quer falar com outra pessoa presente. Lavínia tentou se fazer de distraída olhando ao seu redor, até que ele desligou e disse que tinha de sair, deixando-a com um conjunto de plantas na porta da sala dele.

Já sozinha em sua sala, sentou-se à mesa de desenho. Rodou várias vezes na banqueta giratória, divertindo-se ao se sentir "arquiteta" pela primeira vez. Do lado de fora fazia calor. Podia-se ver o vapor pairando sobre o asfalto. O vapor subia até o céu para formar torres de nuvens imensas ao entardecer. Nimbos-cúmulos magentas e alaranjados que passeariam pelo céu antes que a luz desaparecesse enfumaçando seu primeiro dia de trabalho.

Estendeu os planos, fazendo um esforço para identificar as nomenclaturas. Isto era a "prática". Na "prática", os termos teóricos se transformavam. Pouco a pouco pôde visualizar o centro comercial, as casas pequenas e em série do novo loteamento. O desenho era chato e padronizado. Podia ser tanto em um subúrbio americano como em Fáguas. A topografia era promissora. Era uma pena aquelas linhas quadradas, sem imaginação. Começou a desenhar círculos, a se deixar levar por seus impulsos. "Gostaria de saber sua opinião", dissera Felipe.

Sentiu falta de uma xícara de café. Levantou-se e saiu da sala. Mercedes, a secretária dos arquitetos, uma mulher jovem, morena e opulenta, mostrou-se solícita. "Eu levo para a senhora", disse. E saiu rebolando, sob o atento olhar dos projetistas. Lavínia ficou um pouco na porta, sorrindo para os olhos que conseguia encontrar erguidos sobre as plantas. Mercedes voltou com uma xícara fumegante.

— Aqui seu café, srta. Alarcón – disse.

— Pode me chamar de Lavínia – disse ela. – Srta. Alarcón é muito formal. Você sabe se o Felipe voltará logo?

Mercedes abriu um sorriso malicioso.

— Nunca dá para saber a hora que ele vai voltar quando sai assim, no meio da manhã – disse.

Ele voltou no início da tarde, e Lavínia lançou-lhe uma enxurrada de ideias.

— Você devia ir ver o lugar – disse Felipe.

2

Voltou ao entardecer. Abriu portas e janelas. Parecia feliz. Tão feliz como eu, que passei o dia reconhecendo o mundo, respirando através de todas as folhas de meu corpo novo. Quem teria dito que isto aconteceria! Quando os anciãos falavam de paraísos tropicais para os que morriam na água, sob o signo de Quiote-Tláloc, imaginava regiões transparentes, feitas da substância dos sonhos. A realidade é quase sempre mais fantástica que a imaginação. Não passeio pelos jardins. Sou parte do jardim. E esta árvore vive de novo com minha vida. Estava desfalecida, mas coloquei seiva em todos os galhos e, quando for a hora, dará frutos, e então o ciclo recomeçará.

Pergunto a mim mesma quanto o mundo mudou. Sem dúvida, muita coisa mudou. Esta mulher está sozinha. Mora sozinha. Não tem família nem senhor. Age como um alto dignitário que só serve a si mesmo. Veio deitar-se na rede perto de meus galhos. Estica o corpo e pensa. Goza de tempo para pensar. Para estar assim, sem fazer nada, pensando.

Rodeiam-me muros altos e escuto sons estranhos; estrondos de cargas de carretas, como se existisse uma rua próxima.

Esquisita esta paz barulhenta. Eu me pergunto o que aconteceu com os meus. Onde estará Yarince? Estará talvez albergado em outra árvore, ou percorrendo o céu como pirilampo, ou transformado em beija-flor? Ainda ouço seu grito, aquele grito longo e desesperado perfurando o ar como uma flecha envenenada.

Eu me pergunto o que restou de nós, de minha mãe que nunca mais voltei a ver depois que fui embora com Yarince. Ela nunca entendeu que eu não podia simplesmente ficar em casa. Nunca perdoou Citlalcoatl por ter me ensinado a usar o arco e a flecha.

* * *

Quando Lavínia abriu a porta de casa, sentiu outra vez a fragrância, o cheiro das flores da laranjeira, o cheiro de limpeza. A casa brilhava. Lucrécia a limpara. Encontrou o bilhete com sua letra tosca, dizendo-lhe que chegaria cedo na quarta-feira para vê-la antes do trabalho e que faria o café da manhã. Sorriu pensando nos carinhos de Lucrécia. A forma como sua presença, três vezes por semana, resolvia sua vida. Entrou na cozinha e serviu-se de um gole de rum. Depois foi até a rede no corredor. Deixou-se cair no tecido suave que se ajeitou ao seu corpo. O corredor diluía-se na penumbra do entardecer. As sombras desciam, silenciosas, sobre os objetos quietos. As flores brancas da laranjeira podiam ser consideradas fosforescentes na penumbra. Balançava-se suavemente com o pé. Era bom estar ali, em paz. Só consigo mesma. "Embora neste momento teria gostado de comentar o dia com a tia Inês", pensou. Ver a ilusão em seus olhos claros e dóceis. Ver o amor que se derramava no olhar quando ela lhe contava conquistas da infância. Ou talvez devesse ter visitado Sara. "Mas Sara não entenderia por que ela se sentia tão contente", pensou. Ela não entendia o prazer de ser a gente mesmo, de tomar decisões, de ter a vida sob controle. Sara tinha passado do pai-pai para o pai-marido.

Adrián se vangloriava na frente dela por tomar as rédeas da casa. E Sara o ouvia com um sorriso no rosto. Para ela isso era natural. Nas festas, onde ele também agia assim, era natural; necessidades do acasalamento, como as danças do cortejo no reino animal. Sara tinha se casado com cartões de cartolina, letras e redação recomendadas por Emily Post. Lavínia se lembrava dela saindo da igreja como uma nuvem vaporosa de tule, segurando um buquê de orquídeas brancas. As luvas longas. Reproduzir-se-ia por séculos em netos barulhentos e gordos. Essa seria sua vida. Sua realização. Seus pais também teriam desejado isso para ela. Mas baladas a chateavam. Preferia outras diversões.

Quem sabe um dia teria vontade de se casar. Mas não agora. Casar era se limitar, submeter-se. Devia aparecer no caminho um homem muito especial. E talvez nem assim. Podiam morar juntos. Não precisariam de papéis para legalizar o amor.

Já esfriava. A lua mostrava sua luz amarelada. O som do silêncio, pouco a pouco, parecia-lhe ameaçador, como se estivesse aguardando, escondido entre os galhos da laranjeira. Repetiu para si mesma que deveria ter ido ver Sara. Apesar de tudo, elas se gostavam. Eram amigas desde muito pequenas. Amigas íntimas. Aceitavam-se apesar de ser diferentes. Por um instante, arrependeu-se de ter escolhido a solidão. Mas tinha se proposto aprender a ficar sozinha. Era uma maneira de render homenagem à tia Inês. "Deve-se aprender a ser boa companhia para si mesmo", costumava lhe dizer.

Levantou-se e ligou a televisão. Na pequena tela em preto e branco, passava o julgamento. O diretor da prisão foi condenado. Os guardas do tribunal olhavam o médico que o implicou de forma tão contundente. Vitória pírrica da justiça. Poucos meses depois, o diretor sairia da prisão por bom comportamento e assassinaria o médico em um caminho deserto.

Houve uma época em que Lavínia pensou que as coisas podiam ser diferentes. Uma época de efervescência, quando ela tinha dezoito anos e passava as férias com os pais. As ruas foram encontradas cobertas de cartazes do partido da oposição. As pessoas cantavam a canção do candidato verde com entusiasmo. Sulcavam ilusões de que a campanha eleitoral poderia resultar em uma vitória da oposição. Todos os sonhos ficaram dispersos no último domingo da campanha. Uma grande manifestação percorreu as ruas pedindo a demissão da família governante, a retirada do candidato filho do ditador. Os líderes opositores conclamavam aquela maré humana. Ninguém devia se mover. Ninguém devia ir para sua casa. Resistência pacífica contra a tirania. Até que os soldados começaram a descer pela avenida com seus capacetes de combate em direção ao grupo multicor que se agitava, estimulado pelos discursos. Não houve quem pudesse contar depois quando começaram os tiros nem como apareceram as centenas de sapatos que Lavínia viu dispersos pelo chão enquanto corria, em meio a um estouro de cavalos desenfreados, para onde sua tia Inês agitava as mãos e a chamava.

Naquele dia, as famílias esperaram ansiosamente, escutando os tiros dos franco-atiradores na noite. A madrugada virou dia em meio a um silêncio pesado. Os rádios anunciaram que o candidato verde e seus colaboradores tinham se refugiado em um hotel e solicitado a proteção do embaixador norte-americano. Falava-se de trezentos, seiscentos, incontáveis mortos. Nunca se saberia ao certo quantas pessoas morreram nesse dia levando para o túmulo a última esperança de muitos de se libertar da ditadura.

A repressão aumentou.

Foi então que os folhetos começaram a aparecer. "A luta armada é a única alternativa." Folhetos surgindo furtivamente por baixo das portas. Grupos tomando quartéis afastados das cidades, no norte, outros enunciando discursos polvorosos na universidade. A ditadura cada vez mais forte, e a morte de "subversivos" cada vez mais frequente.

"Loucuras", dizia seu pai, "só nos resta a resignação", enquanto sua mãe assentia.

Até sua tia Inês desanimou. Lavínia só lembrava com calafrios quão perto havia chegado de uma morte tão inútil.

As notícias terminaram com um anúncio de meias de náilon. "Provocadora liberdade que só custa nove pesos", propunha o locutor. Sorriu pensando em como a modernidade em Fáguas tinha agora chegado às pernas femininas, propondo meias-calças a preços "populares", libertação por meio das meias. Desligou a televisão e se enfiou na cama com um livro até que o sono a venceu, e outra vez apareceu o avô propondo que pusesse as asas.

* * *

É de noite. A umidade da terra me penetra por estas longas veias de madeira. Estou acordada. Será que nunca mais voltarei a dormir, nunca mais me entregarei aos sonhos, nunca mais conhecerei os augúrios decifrados do sonho? Certamente haverá muitas coisas que nunca mais voltarei a sentir. Enquanto olhava a mulher tão pensativa no jardim, teria gostado de saber sobre o que meditava, e houve momentos que pareceu que eu a sentia perto, como se seus pensamentos se misturassem com os murmúrios do vento.

Ah! Mas logo me distraí com a lua. Despontou longe. Estava grande e amarela, uma fruta madura elevando-se no firmamento, aclarando-se, brilhando branca na medida em que subia para o ponto mais alto do céu. E as estrelas, outra vez, e seus mistérios. Para mim, a noite sempre foi o tempo da magia. Voltar a vê-la depois de tantos katunes (quantos, me pergunto) foi suficiente para livrar-me da tristeza que começava a sentir por todos os "nunca mais" que me esperam. Deveria agradecer aos deuses ter emergido novamente e respirar em tantos galhos neste largo vestido verde que me deram para voltar.

Comecei a mover-me no ar, a balançar, sentindo-me leve. Não foi a primeira vez que pensei em como as árvores pareciam tão retas e graciosas, apesar dos grandes troncos, como se estes não lhes pesassem. Agora sei a diferença entre raízes e pés. É que as raízes dão uma sensação muito diferente da dos pés, são diminutas pernas estendidas na terra. Uma parte de meu corpo está submersa na terra me dando uma firme sensação de equilíbrio que nunca senti quando andava apoiada na superfície, quando só tinha pés. É de noite então, e os pirilampos voam ao redor de pássaros que dormem. A vida se agita em mim como uma gravidez; um tear de borboletas, o lento gestar de frutas nas corolas das flores da laranjeira. É divertido pensar que serei mãe de laranjas. Eu, que tive que me negar os filhos.

* * *

No dia seguinte, Lavínia saiu mais cedo e foi ao local da construção indicado nas plantas do centro comercial. Era um dia quente. O vento de janeiro soprava, levantando poeira. O táxi desceu por avenidas em direção às proximidades do lago. Ao se aproximar do lugar, viu pela janela a parte do projeto já em obra. As bases de incontáveis casas de modelo único. Desceu do táxi e começou a andar no meio das ruas recém-traçadas, sacudindo a cal que, misturada com a poeira, insistia em deixar suas calças brancas. Encontrou grupos de operários dedicados aqui e ali, despejando cimento para formar as vigas sísmicas que serviriam de base para as paredes. Olhavam-na quando passava, fazendo alarde de abandonar o cimento e assoviar, ou dedicar-lhe um "adeus, gostosa". "Deveria ser ilegal", pensou Lavínia, esse assédio ao qual se viam expostas as mulheres na rua. O melhor era se fazer de desentendida, embora em algum momento se deteria e lhes perguntaria sobre o trabalho. Parou para consultar as plantas. Não conseguiu localizar onde seria erguido o centro comercial. Olhando melhor, percebeu que as indicações apontavam claramente o outro lado da rua. Olhou para cima e avistou outra vez a sucessão de moradias de papelão e tábuas. Bairros como aquele ocupavam a periferia da cidade e, por vezes, conseguiam se infiltrar em regiões mais centrais.

No mínimo umas cinco mil pessoas deviam morar ali, disse a si mesma. O bairro mostrava-se tranquilo. A tranquilidade da pobreza. Crianças nuas. Meninos de shortinhos enchendo baldes de água em uma bica comunitária. Mulheres descalças pendurando roupas de tecidos magros e puídos nos varais oxidados. Adiante uma mulher moía milho. Na esquina, um homem gordo trabalhava numa borracharia.

Segundo as plantas, a esquina do centro comercial, hipoteticamente, esmagaria a borracharia. Seria substituída por uma sorveteria. As paredes da nova construção atravessariam os pequenos jardins com matas de bananeiras e amendoeiras.

E as pessoas? O que aconteceria com as pessoas?, perguntou-se. Mais de uma vez lera sobre despejos no jornal. Nunca imaginou que participaria de um.

Olhou ao redor. O vento de janeiro mexia o mato que crescia nas calçadas em construção. Um grupo de operários derramava cimento nas bases de uma das novas moradias. Ela chegou mais perto.

— Sabiam que ali na frente vão construir um centro comercial? – perguntou.

Os operários a olharam de cima a baixo. Um deles secou o suor com o lenço sujo que tinha preso no pescoço. Assentiu.

— Mas e essas pessoas? – perguntou Lavínia.

O grupo a olhou, impassível. Moça branca e bem-vestida fazendo essas perguntas. Eles eram operários fortes. Os torsos nus e marrons brilhavam com o suor. Estavam descalços. Os pés embranquecidos de cal, como as mãos.

O homem que lhe respondera antes fez uma expressão de desprezo. Deu de ombros, como quem diz: "Vai saber..." Ou: "Quem se importa?"

— Vão levá-los para outro lugar – afirmou, quebrando o silêncio, o operário de lenço vermelho amarrado na testa. – Vão tirá-los dali porque são pobres.

— E desde quando moram ali? – perguntou ela.

— Ah! – exclamou o de lenço vermelho. – Faz anos. Desde que o lago foi inundado.

— E o que eles dizem?

Outra vez a expressão. Agora de parte de todo o grupo; uma reação simultânea e em uníssono.

— Pergunte a eles – disse o de lenço vermelho. – Nós não sabemos nada.

— Obrigada – respondeu, afastando-se e sabendo que não lhe diriam mais nada. Ao atravessar a rua, sentiu os olhos do homem de lenço vermelho em suas costas.

Suava. O suor corria por suas pernas, grudando suas calças na pele, a camiseta vermelha nas costas. A maquiagem manchava o lenço de papel com o qual secava o rosto. Lavínia foi até o casebre de madeira que servia de borracharia. O homem gordo punha uma câmara na água, em um barril; observava a água esperando as borbulhas que indicariam onde estava o furo. Métodos de diagnóstico primitivos, pobres, certeiros. Ela cumprimentou. Mais lá para dentro, um homem magro, que tirava a macetadas uma câmara do pneu de uma roda, a olhou.

— O senhor sabe que vão construir um centro comercial neste terreno? – perguntou Lavínia ao homem gordo.

— Sei – respondeu ele, detendo-se. A câmara soltava borbulhinhas por todo lado. Ele ficou alerta.

— E você está de acordo?

Outra vez a mesma expressão dos operários. Lavínia se perguntou por que estava fazendo perguntas, o que desejava saber.

— Dizem que vão nos levar para outro lugar; que vão nos dar outras terras. Faz cinco anos que estou aqui. Lá... – E apontou para as ruas de terra do bairro. – É onde fica minha casa. Discutimos com a empresa loteadora, mas eles dizem que estas terras não nos pertencem. Como se nós não soubéssemos que não somos donos de nada! Nos metemos aqui quando a água do lago nos tirou de lá – disse, apontando para um lugar indeterminado em direção ao lago. – Em cinco anos, ninguém nos incomodou. Investimos aqui. Até uma escola levantamos. Mas eles não estão interessados! Ninguém nos ouve. Se não vamos embora, eles mandam a polícia. Foi isso que disseram! E a senhora, quem é? – perguntou o homem, olhando-a um pouco desconfiado, como se arrependido de falar mais do que devia. – É jornalista?

— Não, não – esclareceu Lavínia, pouco à vontade. – Sou arquiteta. Eles me pediram que revisasse as plantas. Eu não sabia desta situação.

— Neste país ninguém sabe o que não lhe convém – disse o homem gordo, reparando nas plantas embaixo do braço dela, voltando para a câmara na água.

Lavínia se afastou. Caminhou um pouco mais pela calçada em frente ao assentamento, vendo as ruas de terra perderem-se para dentro, ladeadas por casas de tábuas, divisórias forradas com jornais, tetos de palha, telhas, zinco, madeira. Variações de mais ou menos pobreza. Rapazes barrigudos, sujos e nus, de pé no batente das portas ao lado de cachorros desengonçados. Plantações de bananeiras, galinhas passeando. Ao longe, a galeria da escola. As crianças sentadas no chão. A professora de vestido puído e sandálias de plástico, de pé na frente do quadro de giz. Sentiu pena e mal-estar. "Não era a maneira mais agradável de ver como funcionava na prática", pensou, sentir-se parte do aparelho demolidor que desencadearia outra imigração daqueles eternos nômades. Por que Felipe não a avisou?, perguntou-se, dirigindo-se para a avenida em meio ao calor sufocante, o vento levantando poeira.

De táxi Mercedes-Benz, voltou para o escritório.

Atrás das grandes portas de madeira, recebeu-a o sopro do ar-condicionado. Sílvia, a recepcionista, percebeu que estava suada. Disse-lhe que era perigoso uma mudança de clima tão brusca. Ficaria resfriada.

Ela entrou no banheiro e secou a pele com a toalha. A poeira em seus braços virava lama em contato com a água. Viu-se pálida no espelho. Tirou o blush para refazer a maquiagem antes de ir falar com Felipe.

Bateu à porta.

— Entre – disse a voz de Felipe.

Lavínia entrou. Estava ciente da blusa ainda molhada, grudada na pele; o bico dos seios eretos no frio do ar condicionado.

— Jogaram um balde de água em você? – perguntou ele, brincando, e abriu um sorriso de orelha a orelha, que mostrava os dentes ligeiramente irregulares.

— Um balde de água fria – disse Lavínia. – Por que não me contou sobre o terreno do centro comercial?

— Eu achava que mulheres como você não se importavam com essas coisas – respondeu Felipe, com outro olhar brincalhão.

— Pois então se enganou. Você tem muito preconceito por causa da minha certidão de nascimento. É óbvio que me preocupo com essas pessoas pobres. Não gosto da ideia de começar a ver como funciona na prática desenhando construções que vão deixar quase cinco mil almas desabrigadas, como dizem os padres...

Sacudiu a blusa, soprando dentro, ventilando os peitos. Estava com calor. Sentia as bochechas e a pele ficando avermelhadas com o contraste entre a temperatura de seu corpo e o ambiente frio artificial. Apoiou as costas na cadeira. Não gostava da atitude de Felipe.

— Acho que é bom abrir mão de algumas ideias românticas sobre a arquitetura – disse ele.

— Poderia ter me dado mais tempo...

— Pode ser. Acho que quanto mais tarde mais difícil fica. A queda é maior... Deixa eu pegar uma água para você. Está nervosa, e o frio vai lhe fazer mal.

Lavínia olhou para ele. Sua expressão tinha ficado um pouco mais doce. Saiu da sala e voltou com uma xícara fumegante. Lavínia agradeceu, pensando na maneira como Felipe alternava a ferocidade e gentileza tão abruptamente.

— O que mais me impressionou foram as pessoas tão resignadas – disse Lavínia, lembrando os gestos de impotência enquanto tomava a água devagar.

— Eles não têm outra alternativa – disse Felipe. – Ou vão embora, ou são expulsos pela polícia.

— Foi o que um deles me disse.

Ficaram conversando até a hora do almoço. Felipe a convidou para almoçar em uma lanchonete ali perto.

— Outro dia eu vou – disse ela.

Agora era melhor ir se trocar.

"Felipe era esquisito", pensou, enquanto ia para casa. Ele lhe deu uma palestra sobre as realidades do ofício. Segundo ele, tentou dissuadir, sem sucesso, os donos do loteamento a mudar a localização do centro comercial. As terras, compradas da prefeitura a preço de banana, eram terras nacionais. O prefeito ganhava na transação. E as plantas já estavam terminadas. "Só queria sua opinião", disse-lhe. Não seria ela quem teria de desenhar as paredes que esmagariam o homem gordo e sua borracharia. Só queria "aterrissá-la". Era melhor caminhar com os pés no chão, foi o que ele disse para ela.

3

Lentamente vou compreendendo este tempo. Preparo-me. Observei a mulher. As mulheres parecem já não ser subordinadas, mas sim pessoas principais. Elas têm inclusive serviçais. E trabalham fora do lar. Ela, por exemplo, vai trabalhar pelas manhãs. Não sei quanta vantagem pode haver nisto. Nossas mães, pelo menos, só tinham como trabalho o serviço doméstico, e era suficiente. Diria que talvez era mais bem aceito, já que tinham filhos nos quais se prolongar e um marido que lhes fazia esquecer a estreiteza do mundo abraçando-as à noite. Pelo contrário, ela não tem essas alegrias.

Neste tempo parece não existir nenhum culto para os deuses. Ela nunca acende galhos de ocote nem se inclina para cerimônias. Não aparenta ter nunca dúvidas de que Tonatiuh trará a luz para suas manhãs. Nós sempre vivíamos com o temor de que o sol se pusesse para sempre, pois quais garantias temos de que voltará amanhã? Talvez os espanhóis tenham encontrado uma maneira de garanti-lo. Eles diziam vir de terras onde o sol nunca se punha. Mas nada era verdade, naquele tempo, e sua língua pastosa e estranha dizia mentiras. Levamos pouco tempo para conhecer suas raras obsessões. Eram capazes de matar por pedras e pelo ouro de nossos altares e vestes. Não obstante, pensavam que nós éramos ímpios porque sacrificávamos guerreiros aos deuses.

Como aprendemos a odiar essa língua que nos burlou, que nos foi abrindo buracos em tudo que até então tínhamos sido!

E este tempo tem uma língua parecida com a deles, só que mais doce, com algumas entoações como as nossas. Não quero me aventurar a pensar em vencedores e vencidos.

Minha seiva continua seu trabalho frenético de transformar as flores em frutas. Já sinto os embriões recobrirem-se da carne amarela das laranjas. Sei que devo me apressar. Ela e eu nos encontraremos em breve. Chegará o tempo dos frutos, da maturidade. Pergunto-me se sentirei dor quando os cortarem.

* * *

Lavínia passou o primeiro mês de trabalho "aterrissando" sob a constante vigia de Felipe, que assumiu com prazer o papel de fazê-la ter os pés no chão.

Tinha-se acostumado com a rotina de ir trabalhar, de acordar cedo, embora todas as manhãs lamentasse abandonar os lençóis frescos e acolhedores. Jamais conseguiria entender por que os horários não mudavam e respeitavam as primeiras horas da manhã, o momento mais propício para o sono. Para ela, essa norma dos horários ainda carregava o atrativo da transgressão. Dormir enquanto a cidade acordava. Dormir enquanto os caminhões, ônibus e táxis amanheciam nas ruas transportando pessoas, leite e pão com manteiga. Dormir apesar do sol que entrava sem hesitar pelas frestas das portas.

Mas a sonolência não durava muito tempo. Agora que fazia parte da azáfama, da respiração batida de máquina de escrever dos escritórios, compreendia por que as pessoas encontravam grandes satisfações na preocupação, nos prazos apertados para assinaturas de contratos e finalizações de projetos. Era uma maneira de se sentirem importantes, pensava, encontrar uma razão para sair do mundo-lar e entrar no mundo-livro de balanços, onde existia o risco, o perigo de prejuízos e lucros. Assim, a vida se tornava um negócio interessante, uma aposta constante, e podia aprender que o tempo não escorria pelos dedos, que se fazia alguma coisa com aquelas horas estendidas, aqueles dias implacavelmente repetidos, um após o outro.

Saiu da cama e reatou os rituais: ferver água para o café, olhar pela janela e ver o renascimento da árvore – as futuras laranjas já despontavam entre os galhos como miúdos balões verdes –, entrar no banheiro e se olhar no espelho. Pensou em sua cara das manhãs; estranhamente distante, feia. Ainda bem que sabia que pouco depois voltaria a ser como realmente era. Abriu o chuveiro, sentindo a água lavar o sono, anunciar o dia. Gostava de esfregar o sabonete até fazer bordados de espuma no corpo nu, ver os pelos do púbis tornarem-se brancos, reconhecer aquele corpo designado misteriosamente para toda a vida; sua antena do universo. "Deve-se amá-lo", dizia-lhe Jerome, enquanto o amava em meio de oliveiras tortas, às margens do mar, naquelas escapadas da residência de jovens estudantes de francês, que agora lembrava. Tomar banho fazia com que ela se lembrasse de Jerome, a descoberta da textura de fruta verde do corpo masculino, a forte musculatura roçando na suavidade de suas coxas. Assim foi como soube que tinha a pele disposta para as carícias, capaz de emitir sons que lhe fizeram pensar em parentescos com gatos, panteras, os jaguares de suas selvas tropicais.

Fechou os olhos embaixo do chuveiro. Sua mente projetou nitidamente a imagem de Felipe, superposta sobre amores ocasionais. Algo mais que o interesse pela arquitetura os atraía. Brincavam de gato e rato, procurando-se e fingindo se evitar, forjando antagonismos ilusórios que eram o pretexto para longas consultas de um na sala do outro. Desde o dia que a mandou, inadvertida, ver o despejo que a construção do centro comercial implicaria, discutiam o tempo todo. Se bem que, com o passar das semanas, ela compreendeu os limites de seu romantismo, não deixou de insistir em que, apesar de os donos do dinheiro não serem precisamente humanistas, eles, afinal, dominavam o poder do traço e do desenho. Foi difícil resignar-se em aceitar os pedidos simples, quadrados ou rimbombantes e de mau gosto dos clientes. Felipe a ajudava a chegar a compromissos, demonstrando grande paciência para as longas discussões. Só de vez em quando reclamava quase aos gritos de seu voluntarismo de "menina mimada", repetindo-lhe que ela estava recebendo um salário para satisfazer os clientes, e não para dissuadi-los de suas escolhas, quando era evidente que qualquer discussão era inútil. Lavínia tinha certeza de que Felipe gostava das discussões, mesmo quando fingia desespero ao vê-la aparecer na porta de sua sala com cara de briga. Nas reuniões, seus olhares se encontravam e desencontravam. Mesmo assim, os dois fingiam frieza profissional, escondendo-se atrás de edifícios, casas, materiais para tetos e paredes, falando amenidades, evitando os assuntos pessoais. Mais de uma vez esteve tentada a chamá-lo para ir até sua casa, mas não tinha conseguido nem repetir o convite para almoçar dos primeiros dias. Sentia-se presa em uma concorrência de ímãs e pó de aço. Felipe parecia ser um desses homens que brincam com a atração, fugindo da possibilidade de mergulhar na vertigem do abandono. Embora fosse difícil pensar que nada aconteceria. O joguinho teria de acabar um dia. Os dois tinham escrito no olhar a noite de nudez na qual soltariam as amarras e naufragariam juntos. Mas talvez, pensou Lavínia, ele tivesse conceitos mais tradicionais, deleitava-se no adiamento, o galanteio, jogar um no outro migalhas de pão como pombos de praça e bater asas quando a proximidade inevitável os aproximava às cinco da tarde, a hora de se separar. Ou talvez ela fosse vítima de românticas especulações, disse a si mesma, enquanto deslizava as meias sobre suas pernas, e a realidade era que Felipe tinha amores ilícitos com uma mulher imaginária que aguardava ansiosamente a partida do marido para fazer aquelas ligações telefônicas misteriosas que o tiravam catapultado do escritório no meio da manhã ou da tarde. Ou seria ele um Don Juan discreto com várias mulheres, responsáveis pelas "reuniões de estudo" à noite, os estudantes que "precisavam" dele, porque ninguém normal tinha tantas coisas para fazer, ninguém era tão ocupado fora do escritório como ele.

O toque do telefone a tirou de inquietantes especulações. Era Antônio, convidando-a para dançar à noite. Aceitou sem pensar duas vezes. Precisava se distrair.

Quando chegou às pressas no hall do edifício, encontrou Felipe esperando o elevador. Entraram um do lado do outro, acomodando-se em silêncio no meio de homens e mulheres com caras de preocupação. Lavínia pensou no curioso fenômeno dos elevadores. O silêncio tenso que eles armazenavam. Em um elevador, as pessoas pareciam peixes silenciosos, covardes da proximidade. Nadadores fugindo para portas abertas. Destinos diferentes. Andares. Quando saíam do pequeno recinto, respiravam estendendo os pulmões, como quem sai para tomar uma lufada de ar depois de estar submerso. Elevadores. Aquários. Objetos da mesma família.

Quando chegaram ao quarto andar, comentou isso com Felipe. Ele riu da comparação.

Silvia estava em frente à porta de sua sala, dando bom dia aos que chegavam atrasados.

Lavínia brincou com a maneira insidiosa pela qual os lençóis tinham "grudado" em seu corpo naquela manhã. Sentia-se totalmente integrada ao ambiente jovial e criativo do escritório. Parecia-lhe longínqua a formalidade do primeiro dia. O sr. Solera era agora Julián. Os colegas homens a respeitavam – era a única mulher com um cargo importante; todas as outras eram secretárias, assistentes, faxineiras. "Não tinha sido fácil", pensou, enquanto se separava de Felipe no corredor e entrava em sua acolhedora sala, agora decorada com plantas e pôsteres na parede. No início escutavam sua opinião com receio. Quando era sua vez de apresentar projetos ou desenhos, submetiam-na a um fluxo intenso de perguntas e objeções. Não se deixava intimidar. Reconhecia a vantagem de sua certidão de nascimento; algo devia ao fato de ter nascido em um estrato social no qual a educaram como dona do mundo.

A atitude de Julián para com ela contribuía para suavizar as tentativas dos outros de impor a superioridade masculina. Fazia referências a sua criatividade e a seu desempenho profissional com frequência; colocava-a como exemplo na preocupação em conseguir melhores níveis de qualidade, mesmo quando isso significasse prolongar as reuniões com os clientes.

Deixou a bolsa em cima da mesa e abriu bem a cortina, pegando depois os lápis para fazer-lhes ponta com o apontador elétrico. Mercedes entrou trazendo-lhe café e colocando os jornais em cima da mesa.

Poucas coisas Lavínia desfrutava mais do que essa primeira hora no escritório, preparando-se psicologicamente para a azáfama do dia.

Abriu os jornais e folheou as notícias cotidianas, sorvendo o café. Pouco depois, Felipe entrou para fazer a revisão do trabalho da semana. Era sexta-feira, e eles se reuniriam à tarde, como sempre, com Julián para avaliar e planejar a atividade da semana seguinte.

Em algum momento da conversa, ela mencionou seus planos para a noite.

— Você não gosta de dançar? – perguntou ela a Felipe.

— Claro que gosto. Ganhava os concursos da escola quando era criança – respondeu ele, a olhou muito sorridente.

Lavínia pensou que fazia dias que não o via de tão bom humor.

Essa noite, enquanto dançava com Antônio na pista do Elefante Rosado, avistou Felipe junto ao bar, tomando um drinque, observando-a. Por um instante, perdeu a concentração, surpresa de vê-lo ali, no meio da fumaça e da música estridente; um gato sorridente aparecendo e desaparecendo atrás de casais aglomerados no reduzido espaço da pista.

Continuou dançando, deixando-se levar pelos tambores, a percussão. Ver Felipe olhando-a de longe fez suas pernas estremecerem. Entregou-se à sensação de se sentir observada. Via Felipe através das luzes, da fumaça; os olhos cinzentos penetrando-a, fazendo-lhe cócegas. Dançou para ele pretendendo não vê-lo, ciente de que o fazia para provocá-lo, desfrutando do exibicionismo, a sensualidade da dança, a euforia de pensar que finalmente se encontrariam fora do trabalho. Estava com uma das minissaias mais curtas que tinha, salto alto, blusa de um ombro só – a imagem do pecado, tinha pensado ao se ver antes de sair – e fumara um pouco de maconha. Gostava de fumar de vez em quando. Embora na Itália já tivesse vivido e descartado o furor efêmero da evasão, aqui em Fáguas seus amigos a estavam descobrindo e ela os acompanhava.

Quando a música mudou, já tinha decidido tomar a iniciativa, não arriscar que Felipe ficasse só no bar, observando-a de longe, entrincheirado como sempre. Antônio não se surpreendeu quando ela lhe disse que ia cumprimentar o "chefe". Voltou para a mesa da turma de amigos, enquanto Lavínia ia até o bar.

— Muito bem – disse Lavínia a Felipe, com ar de brincadeira, sentando-se na banqueta vazia do bar ao seu lado. – Achava que você era muito *cool* para frequentar centros de vício e perdição.

— Não resisti à curiosidade de ver como você se comporta neste ambiente – disse Felipe. – Vejo que está como um peixe dentro da água. Você dança muito bem.

— Não devo dançar tão bem como você – respondeu ela, brincando. – Nunca ganhei um concurso.

— Porque mulheres como você não participam dessas coisas – disse ele, descendo deslizando da banqueta e estendendo a mão. – Vamos dançar.

A música tinha mudado de ritmo. O DJ selecionou uma bossa-nova lenta. A maioria dos casais saiu da pista de dança. Ficaram só alguns corpos abraçados. Aceitou, divertida. Falava sem parar, odiando-se por se sentir tão nervosa. Felipe a segurou contra seu peito largo, apertando-a suavemente. Conseguia sentir os cabelos negros e abundantes através da camisa. Começaram a se mexer. As peles confundidas. As pernas de Lavínia grudadas às calças de Felipe.

— Esse é o seu namorado? – perguntou ele, referindo-se a Antônio, quando passaram perto da mesa.

— Não – respondeu Lavínia –, namorados não estão na moda.

— Então é seu amante – disse ele, segurando-a mais apertado.

— É meu amigo – disse Lavínia –, e de vez em quando me satisfaz...

Sentiu as vibrações do corpo de Felipe, respondendo à sua intenção de escandalizá-lo. Ele a apertava tanto que era quase doloroso. Lavínia se perguntou o que aconteceria com a mulher casada, as aulas noturnas da universidade. Estava com dificuldade para respirar. Com a boca, podia tocar os botões da camisa e o meio do peitoral dele. "A dança estava ficando séria", pensou. As represas ruíam. Soltavam-se os freios. Os corações aceleravam. Ofegância. A respiração de Felipe, quente, em sua nuca. A música movendo-os docemente na escuridão. Apenas a bola de espelhos sob o feixe de luz do holofote iluminava o ambiente, a fumaça, o adocicado cheiro dos fumantes ocultos saindo dos banheiros.

— Gosta de fumar maconha, não é? – perguntou Felipe, do alto, sussurrando, sem soltá-la.

— Às vezes. – Ela assentiu, de baixo. – Mas já passei dessa fase.

Felipe a abraçou mais forte. Ela não entendia a mudança tão brusca. De repente, deixara toda pretensão de indiferença, mergulhando abertamente na sedução quase animal. Sentia-se confusa. Felipe emanava vibrações primitivas. Uma intensidade em todo o corpo, nos olhos cinzentos com que agora a olhava, afastando-a um pouco.

— Não devia – disse-lhe. – Não precisa desses artifícios. Tem vida dentro de você. Não precisa pedir emprestado.

Lavínia não sabia o que dizer. Sentia-se fora do ar. Mexendo-se presa de seus olhos. Suspensa naquela fumaça cinzenta. Disse algo sobre sensações. A erva aumentava as sensações.

— Não acho que você precise que lhe aumentem nada – disse ele.

A música lenta terminou. Mudou outra vez para um rock pesado. Felipe não a soltou. Continuou dançando com uma música inventada por ele, movendo-se ao ritmo da necessidade de seu corpo, alheio ao barulho. Para Lavínia, parecia que inclusive estava alheio a ela. Grudava-a ao seu encontro com a força com que um náufrago abraçaria uma tábua de salvação no meio do mar. Deixou-a nervosa. De longe, viu Antônio fazendo sinais. Fechou os olhos. Ela também gostava de Felipe. Ela queria que isto acontecesse. Uma e outra vez tinha repetido a si mesma que algum dia teria de acontecer. Não iam passar a vida inteira em olhadas no escritório. Tinham esse algo de animais se cheirando, seguindo as emanações do instinto, a atração eletrizante, inconfundível. Não pensou mais. Não podia. As ondas da sua pele a envolviam. Olhava esse encontro entre a música, os pulos e contorções de Antônio, Florência, os outros dançando, e eles se mexendo em um ritmo próprio. Alucinante borbulha afastada de todos. Balão. Nave espacial se perdendo no vácuo. Lavínia cheirava, tocava, percebia só o absoluto do corpo de Felipe, mexendo-a de um lado para o outro.

Antônio considerou que devia ir ao seu resgate. Aproximou-se, procurando quebrar o feitiço. Ciumento. Felipe o olhou. Lavínia pensou que Antônio se via tão frágil ao lado de Felipe, tão volátil.

Ela, divertida, excitada, ausente, feminina, na beira da pista de dança, escutou Felipe dizer a Antônio que iam embora, tinham um encontro, que Antônio não devia se preocupar com ela.

Depois lhe disse que fosse pegar sua bolsa e ela obedeceu, sem conseguir resistir à fascinação daquele ar de autoridade, deixando para trás o olhar atônito de Antônio.

Entraram na casa no meio da escuridão. Tudo aconteceu muito rápido. As mãos de Felipe subiam e desciam pelas suas costas, deslizando-se por todas as fronteiras de seu corpo, multiplicadas, vivazes, explorando-a, abrindo caminho pelo estorvo da roupa. Ela se escutou responder na penumbra, ainda ciente de que uma região de seu cérebro procurava entender, sem sucesso, o que estava acontecendo, cega pela pele formando marés de estremecimentos.

Na luz prateada encontraram o caminho para o quarto, enquanto ele arrancava sua blusa, abria o zíper da minissaia, até chegar ao território do colchão, a cama embaixo da janela, as fechaduras da nudez. Outra vez, Lavínia deixou de pensar. Afundou-se no peito de Felipe, deixou-se ir com ele na maré de calor que emanava de seu ventre, afogando-se nas ondas que se sobrepunham umas a outras, as ostras, moluscos, antúrios, palmeiras, os corredores subterrâneos cedendo, o movimento do corpo de Felipe, o dela, fazendo um arco, tensionando-se, e os barulhos, os jaguares, até o pico da onda, o arco soltando as flechas, as flores se abrindo e fechando.

Apenas falaram entre um ataque e outro. Lavínia fazia a tentativa de fumar um cigarro, de falar sob os beijos de Felipe, mas ele não deixava. Sentiu de novo como se ela não estivesse ali. Disse para ele.

— Olhe para mim – disse ela. – Está me vendo?

— Claro que estou vendo você – disse Felipe. – Finalmente estou vendo você. Acho que teria ficado doente se isso não tivesse acontecido hoje. Já estava pensando que ia ter que receitar banhos de água fria para aguentar o expediente.

E se entregou às gargalhadas de Lavínia, que finalmente decidiu aproveitar o momento, deixando de lado a estranheza provocada pela explosão de paixão desenfreada em uma única noite extenuante, na qual perdeu a conta e pensou que, ao amanhecer, Lucrécia os encontraria mortos, os dois, de um infarto.

* * *

Hoje veio um homem. Entrou com a mulher. Pareciam presas de filtros amorosos. Amaram-se despudoradamente como se tivessem se contido durante muito tempo. Foi como voltar a vivê-lo. Viver outra vez a fogueira de Yarince atravessando a lembrança, os galhos, as folhas, a carne terna das laranjas. Mediram-se como guerreiros antes do combate. Depois entre os dois não houve mais nada do que a pele. A pele dela fazia crescer mãos para abraçar o corpo do homem sobre ela; seu ventre abria como se quisesse aninhá-lo, levá-lo para dentro, fazê-lo nadar para dentro para lhe dar à luz de novo. Amaram-se como nos amávamos, Yarince e eu, quando ele voltava de longas explorações de muitas luas. Uma, duas vezes até ficar exaustos, estendidos, quietos naquela confortável colcha. Ele emana fortes vibrações. Rodeia-o um halo de coisas ocultas. É alto e branco como os espanhóis. Mas agora sei que nem ela nem ele são espanhóis. Pergunto-me que raça será esta, mistura de invasores e nahuas.

Serão talvez filhos das mulheres de nossas aldeias arrastadas para a promiscuidade e a servidão? Serão filhos do terror dos estupros, da luxúria inesgotável dos conquistadores? A quem pertencerão seus corações, o alento de seus peitos?

Só sei que se amam como animais sadios, sem contornos nem inibições. Assim amava a nossa gente antes que o deus estranho dos espanhóis proibisse os prazeres do amor.

* * *

Acordou às oito da manhã. Abriu os olhos e sentiu o corpo de Felipe. Viu-o entrecruzado com o dela na desordem da cama. Não se mexeu com medo de acordá-lo. Demorou um pouco para perceber que horas eram, compreender que ninguém viria, nem que precisavam ir trabalhar porque era sábado. Na noite anterior o tempo a tinha deixado completamente confusa.

Mais calma, sorriu enquanto olhava a placidez do sono de Felipe. "Era divertido observar as pessoas dormindo", pensou. Ele parecia uma criança. Imaginou-o pequeno brincando com um pião, e, na imobilidade, voltou a dormir até que Felipe acordou.

— Está muito tarde! – exclamou. – Tenho que ir embora correndo.

— Mas hoje não tem trabalho – disse ela. – Podemos tomar café da manhã juntos...

— Não posso – disse ele, entrando no banheiro –, tenho uma reunião com meus alunos. Prometi ajudá-los para uma prova. – E saiu se vestindo às pressas.

— Você está sempre ocupado...

— Não. Nem sempre – disse ele, piscando um olho.

Despediu-se dele na porta. Viu como ele se afastava caminhando depressa, ficando pequeno ao longe. Voltou para o quarto. Sozinha, olhou-se no espelho. Tinha cara de mulher bem-amada. Cheirava a ele. De sua parte, não teria tomado banho, teria ficado com seu cheiro o dia todo. Gostava do cheiro de sêmen. De sexo. Mas foi para baixo do chuveiro, para tirar a languidez, a vontade de voltar para a cama. Sara a estaria esperando para tomar café.

4

Amanheceu cantando. Cantava enquanto tomava banho. Fiquei feliz de que estivesse contente. Eu também estou. Dou frutos. As laranjas ainda são pequenas e verdes. Deve ser questão de poucos dias para senti-las redondas e amarelas. Alegro-me de ter encontrado esta árvore. Foi das poucas coisas boas que os espanhóis trouxeram. Roubávamos laranjas quando passávamos por suas plantações, Yarince e eu. Nem sempre eles colhiam as laranjas. Deixavam-nas apodrecer no solo. Ao contrário, nós as devorávamos porque seu suco é fresco e refrescante. Não é como a manga que te deixa com mais sede. Embora também teria gostado de ser uma mangueira. Mas tive bom tino. Não sei o que teria feito se tivesse emergido no cacto que está ali, tão perto. Não gosto de cactos. Só me lembram os arranhões nas pernas.

A laranja tem uma polpa carnosa, trabalhosa em sua confecção. São milhares de pequenos envoltórios, leves peles para envolver a carne, outra pele para separar os gomos, depois a casca e muitas sementes: pequenos projetos de filhos deixados à sorte de vontades levianas.

Espero que as minhas sementes tenham um bom fim.

Posso ver tão de perto o interior da fruta. Estar nela, seus extremos achatados, sua redondeza. "A terra é redonda e achatada como uma laranja." Era a grande descoberta dos espanhóis. Rio deles. A terra é como eu.

* * *

Quando Lavínia chegou, Sara dava sua volta diária pelo jardim. Adrián e ela tinham já seis meses de casados, e Sara fazia o papel de dona de casa com perfeição.

Moravam em uma casa antiga, de quatro corredores e amplos quartos de janelas pontiagudas. No jardim interior havia uma árvore mais alta que o teto e que fazia grande sombra.

Ao redor da árvore – que florescia vermelho ardente só uma vez por ano –, Sara pendurou samambaias e plantou begônias de todo tipo, sálvias e rosas.

O jardim agradeceria o cuidado brotando bonitas flores.

As amigas tinham criado o costume de tomar café da manhã juntas aos sábados. A mesa estava posta, o café quente, as torradas, a marmelada brilhando no cristal, a manteiga no recipiente de prata, louça nova, toalhas novas.

Na casa ainda pairava o ar de presentes de casamento.

— Senhora – disse Lavínia, em tom de brincadeira, aproximando-se da mesa –, vejo que já está tudo pronto para o café.

— Desta vez não fiz panquecas – disse Sara. – E, como você é muito pontual, nunca decepciona meus preparativos. O café não esfria, as torradas não ficam duras, como acontece com Adrián, que, bem na hora de comer, decide que não pode largar o livro, ou está no banheiro "lavando as mãos" sem parar.

Riram enquanto se sentavam à mesa, e Sara fazia piadas. Ela era loira e estava com os cabelos presos em um coque. Tudo nela era leve e suave.

— Como vai o trabalho? – perguntou Sara.

— Bem – respondeu Lavínia. – Ainda me acostumando com o fato de que sonhos não passam de sonhos. Acho que Felipe teve razão com o truque do centro comercial. O mundo dos negócios é duro. Não se pode fazer nada pelos pobres favelados. Os donos não iam ceder o terreno que tinham acabado de comprar. Estão longe de ser filantropos.

— É a vida – disse Sara. – Não se preocupe, essas pessoas já estão acostumadas. E agora, o que está desenhando?

— Uma casa – respondeu Lavínia, tomando o café, pensando em como para Sara tudo era tão natural. – Já aconteceu com Felipe – acrescentou, sem conseguir guardar o segredo.

O rosto de Sara se iluminou. Desde que ouviu menções a Felipe e soube que era solteiro, começou a realizar funções de casamenteira que Lavínia rejeitou, dizendo-lhe que deixasse de querer que ela se casasse, assim como seus pais. Mas Sara não desistia. Sempre perguntava por Felipe.

— E como foi? – perguntou, tentando esconder a curiosidade para não provocar o receio da amiga.

— Muito bom. Mas não quero me empolgar demais. Tudo aconteceu muito rápido. Tenho medo de me apaixonar antes de entender melhor como está nossa situação.

— Você complica muito as coisas – disse Sara. – O amor é a coisa mais natural do mundo. Não há por que ter medo...

— Bem, é que Felipe também tem as esquisitices dele. Recebe ligações estranhas toda hora. Sai do nada. Está sempre ocupado. Para mim, isso cheira a homem casado. Sei lá. Talvez seja só coisa da minha cabeça.

— Você sempre teve uma imaginação muito fértil.

— Pode ser – disse Lavínia, pensativa, incomodada consigo mesma, sentindo-se aquelas ciumentas casadas, pensando em Felipe e suas aulas aos sábado de manhã. – E você, como vai com Adrián?

Com expressão singela, Sara iniciou um retrato impreciso de sua relação com Adrián, um retrato falado do matrimônio perfeito. Só na intimidade, reconheceu Sara, continuavam tendo alguns problemas. Adrián era muito brusco. Não entendia a importância da ternura.

Sempre fora difícil para Lavínia imaginar Sara fazendo amor. Era tão etérea, quase mística. Inclusive, em certa época, falou de entrar para o convento, dedicar-se a "amar a Deus".

— Não sei se é porque sou romântica demais. Ou se sou muito influenciada pelas cenas de amor dos filmes... – disse Sara, e mexeu-se na cadeira, inclinando-se para passar manteiga no pão.

Lavínia sorriu.

— O amor dos filmes é pura ilusão – disse-lhe. – Na realidade deve ser uma catástrofe. Imagina só: holofotes, câmeras, e um "corta" podendo ser falado a qualquer momento! Ameaça perene de *coitus interruptus* se não faz as coisas do jeito certo, segundo o diretor.

As duas riram. A questão da ternura era todo um aprendizado, disse Lavínia. Era verdade que os homens, em geral, tinham a ternura muito reprimida. Era preciso ensinar-lhes. E pensou que ela teria que fazer o mesmo, mas preferiu não comentar com Sara. Geralmente, os começos são difíceis, disse. Toscas imitações do que sobreviria quando as peles se decifram. Assim tinha acontecido com ela, pelo menos com Jerome. Embora Sara e Adrián estivessem juntos há seis meses, pensou. Comentou com Sara a importância de perder a timidez; ensinar a Adrián os mapas escondidos. Dar a ele a bússola.

Conversaram até quase meio-dia. Logo chegaria Adrián, e Sara disse que devia tomar banho. Não gostava que o marido chegasse e a visse da mesma forma.

Lavínia aproveitou para se despedir apesar do convite para almoçar. Não estava com ânimo para o sarcasmo e os discursos de Adrián. Queria recuperar-se da noite maldormida à tarde: dormir, ler, pensar.

A semana transcorreu com a surpreendente velocidade com que costuma passar o tempo quando os acontecimentos o invadem.

Os dias no escritório, desde o início da relação com Felipe, tinham tomado um perfil indefinido. Custava a se concentrar no trabalho, porque ele o invadia com comentários e gestos que não lhe permitiam ignorar a recente intimidade. Embora só tivessem se visto uma noite para ir ao cinema e tomar uma cerveja, tanto aquela saída como a única noite de amor desenfreado impunham-se em sua memória, ao lado das carícias cotidianas trocadas fugazmente em horas de trabalho.

Felipe gostava de falar do passado, embora parecesse evitar os detalhes sobre seu presente.

Em suas conversas, Lavínia o imaginava na longa travessia pelo Atlântico, em sua viagem para a Alemanha, vestido como marinheiros em fotos antigas. Imaginava-o perambulando pelas ruas de Hamburgo: o famoso porto onde as mulheres da vida exibiam-se nuas atrás das vitrines, na Reeperbahn, para serem vendidas ao melhor preço. Suas visões tinham se detido, principalmente, em Ute – a mulher, segundo frases que ela não entendeu totalmente, que ensinou a Felipe, entre outras coisas, que devia regressar a Fáguas. Imaginava uma alta valquíria de cabelos longos e loiros, experiente nas coisas da vida, na arte do amor. Quase conseguia evocar, através da janela da casa com chaminé e tijolos vermelhos, Ute ensinando o amor a Felipe.

Aos dezessete anos, Felipe tinha pegado um navio em Puerto Alto, onde seu pai era estivador. A aventura resultou num pesadelo. Determinado a não voltar à mercê do capitão com alma de traficante de escravizados, ficou na Alemanha e quase morreu de frio e fome. Ute o salvou. "A mãe e a amante em uma só mulher", dissera ele. Deu-lhe refúgio, decifrou-lhe o idioma, ensinou-lhe "a importância das ruas iluminadas para as mulheres sós", o estudo da arquitetura e do corpo. O que Lavínia não conseguia entender era o tom agradecido com que Felipe se referia por ela ter-lhe ensinado a regressar. Parecia que estava ouvindo Ulisses falar de seu regresso para Ítaca. Não entendia como Ute, não sendo Penélope, parecia ter-se empenhado tanto em que ele voltasse para seu país. Por que, se o amava, o convenceu a regressar?

Era mais um de seus mistérios, pensava Lavínia arrumando livros na estante recém-comprada, como as ligações e as ocupações noturnas que, ele insistia, eram responsabilidades da universidade. Era sábado, mas naquele fim de semana Lavínia não foi tomar café com Sara. Tinha recebido seu salário no dia anterior e dedicou a manhã de sábado para a compra de móveis e enfeites para casa. À noite, sairia para se divertir com a turma, e no dia seguinte, domingo, Felipe tinha prometido chegar à tarde para tomar café.

Observou pela janela do jardim. Olhou a primavera da laranjeira. As folhas brilhantes sob o sol. As laranjas estavam quase maduras. Cada dia que passava ficavam maiores e mais amarelas. Simpatizava com a árvore. Sentia que era apressada como ela; uma árvore alegre, firmemente aferrada à vida, orgulhosa do próprio poder de floração. Por isso trocou Bolonha, com seu campanário e suas arcadas. Desde criança amou o verde, a rebelde vegetação tropical, a teimosia das plantas resistindo aos verões ardentes, os altos sóis calcinando a terra. A neve era outra coisa: branca e fria, inóspita, pensou, voltando para a estante. Nunca conseguiu se reconciliar com os invernos europeus. Nem tinha começado a primavera, sentia que sua personalidade voltava a ser sua. No inverno, internava-se em sua carne, mantinha-se calada. Aflorava seu lado meditabundo e triste. Ao contrário, em Fáguas, nenhuma neve lhe estremeceria os ossos. O calor a convidava a sair de si mesma, a encontrar felicidade nas paisagens contidas dentro de seus olhos como dentro de uma fina jarra de porcelana. Por isso o trópico, este país, estas árvores, eram seus. Pertenciam-lhe tanto como ela lhes pertencia.

"São lentos os sábados", pensou sentindo-se só.

* * *

Esforço-me. Trabalho neste laboratório de seiva e verde. É fundamental que me apresse. Uma oculta sabedoria nutre meu propósito. Diz que ela e eu estamos a ponto de nos encontrar.

Pela manhã, vieram os beija-flores e os pássaros. Descansavam entre meus galhos fazendo-me cócegas, excitando a espessura das nervuras de minhas folhas, despertando meu corpo vegetal. Quem poderia saber se o espírito de Yarince habita o mais rápido deles, o que voa buscando pólen com o biquinho erguido. Todos sabem que os guerreiros regressam como colibris voando no ar morno.

Ah! Yarince, como me lembro de seu corpo musculoso e bronzeado, depois da caça, quando vinha com seu esplendor de puma cansado buscando abrigo sobre minhas pernas. Sentávamos à beira do fogo em silêncio, observando as chamas se fazerem e desfazerem; seu centro azul, suas línguas vermelhas mordendo a fumaça, enchendo o ar de chicotadas cálidas. Tão longas aquelas noites silenciosas, agachados nas entranhas selváticas das montanhas, escondendo-nos para a emboscada. Os espanhóis não se atreviam a nos seguir. Tinham medo de nossas árvores e animais. Não sabiam nada do veneno das serpentes; não conheciam o jaguar nem o pássaro danto; nem sequer o voo das pocoias, aves noturnas que os assustavam porque lhes pareciam "almas penadas". E, não obstante, descarregavam o estrondo de seus canhões, alarmando os papagaios, desatando os bandos de pássaros, fazendo gritar os macacos que passavam sobre nossa cabeça em manadas, as macacas carregando os macaquinhos pequenos que, desde então, ficaram com a cara assustada.

Mas você me abraçava no meio daquelas descargas ensurdecedoras. Colocava as mãos sobre meus ouvidos, me aninhava na espessura dos arbustos, ia me acalmando com o peso de seu corpo fazendo com que esquecesse a proximidade da morte, sentindo tão perto a palpitação da vida. Seu corpo protegia o meu até o barulho de nosso coração ser o estrépito mais sonoro da colina.

Ah! Yarince! E talvez tudo tenha sido em vão. Talvez não reste nem a lembrança de nossos combates!

***

No dia seguinte, desde cedo, Lavínia se debatia entre a vigília e o sono. O costume de se levantar cedo tinha se alojado nela como relógio invisível no peito, mas a noção de domingo clamava por travesseiros e licenças para a modorra. Eram quase onze horas quando a fome pôde mais que a preguiça e a cama. Levantou-se descalça com o quimono de seda azul-marinho. Aos domingos, sentia que sobrava no mundo. Era um dia desconfortável para quem era só. Os domingos, pensava, eram feitos para o passeio de carro das famílias, as crianças e o cachorrinho olhando pela janela do banco traseiro; ou para acordar tarde; pai e mãe com seus pijamas listrados sentados à mesa, lendo o jornal, e os meninos esperando o suculento café da manhã. Lembrou-se da geladeira cheia da casa de seus pais e sentiu saudades. Desde aquele almoço no qual anunciou que tinha decidido seguir sua vida, mudar-se para a casa da tia, não os via. Ainda lembrava o terremoto entre os peitos de frango ao molho branco, taças de água, toalhas impecáveis.

A cara do pai e da mãe prognosticando-lhe a desonra, a fofoca, a maledicência. Horrores do mundo fora das quatro paredes de sua casa (apesar dos anos sozinha na Europa). O perigo dos estranhos. Homens que tentariam estuprá-la, aproveitar-se dela. Como as mulheres sozinhas eram malvistas.

Dos chapéus de magos improvisados tinham tirado todos os sacrifícios feitos para que ela tivesse uma boa educação, para que fosse feliz como qualquer moça decente que apreciasse a si mesma. Com a sobremesa tentaram a conciliação. Convencê-la de que não se mudasse. Já era tempo para que se conhecessem e aprendessem a se gostar. Muito tarde para Lavínia. A tia Inês e o avô tinham sido seu pai e sua mãe. Para os pais de sangue, guardava o estrito afeto biológico. A distância despontou quando se convenceram de que não poderiam dissuadi-la. Trocaram a persuasão pela ameaça e finalmente a obrigaram a arrumar todas as suas coisas "para que fosse embora imediatamente já que estava tão convencida". Enquanto o pai procurava evitar o conflito, refugiado em seu quarto, a mãe, de pé ao lado da porta, empunhava a espada do anjo exterminador e a expulsava com olhos furiosos do paraíso terreno.

Assim, desapareceram de sua vida as geladeiras repletas, os abundantes cafés da manhã de domingo. Assim, foi como perdeu os últimos privilégios de filha única. Sentiu saudades de órfã. Não deixava de lhe acontecer aos domingos. Para esquecê-los, decidiu se mimar. Fazer um café da manhã familiar de domingo só para ela.

A cozinha cheirava a vazio. Lamentou não ter tido quem a iniciasse nas artes culinárias. Nem sua mãe, nem sua tia Inês, ambas por diferentes razões, tinham sido devotas da cozinha. Ela ia pelo mesmo caminho. "Mas nada perdia uma mulher em saber cozinhar", pensou. Ela, pessoalmente, admirava as que eram destras. Imaginava mágicas alquimistas capazes de tornar um pedaço de carne vermelha crua, quase repulsiva, num apetitoso prato que não só tinha um bom sabor, mas também um magnífico aspecto dourado em perfeita harmonia com a salsinha verde e o tomate vermelho.

Os armários estavam organizados. Latas diversas dormiam na inércia das coisas imóveis. E a caixa de Aunt Jemina fechada. Revistou a geladeira para ter certeza de que tinha leite, ovos e manteiga. Misturou os ingredientes e começou a bater na vasilha a mistura branca que lentamente ficava espessa.

Pôs a água do café para ferver, as torradas na torradeira; estendeu sobre a rústica mesa de madeira de cozinha uma toalha de *trattoria* italiana: quadriculado branco e vermelho; pôs música; empolgou-se com o ritmo da própria atividade.

Só faltaria um suco de laranja. Era uma pena. E por que não experimentar com as laranjas um pouco verdes?, perguntou-se; um suco amargo não teria um sabor tão ruim. Seria compensado pela cor amarela do copo, pelo menos do ponto de vista estético; além disso, teria o menu completo: um café da manhã de família no domingo, só para ela.

Procurou as chaves da cancela, tirou os cadeados, saiu para o quintal. A laranjeira resplandecia. O sol das onze da manhã, quase perpendicular, refletia nas folhas intensamente verdes e vibrantes. Olhou a árvore. Deu tapinhas em seu tronco. Ultimamente falava com ela como se fosse um gato ou um cachorro. Diziam que era bom falar com as plantas. Olhou para a copa e viu algumas laranjas começando a amadurecer, com veias amarelas no lombo verde.

Com a ajuda de uma vara desceu uma, duas, três, quatro laranjas.

Caíram com um som seco na grama.

Entrou na casa, voltou para a cozinha.

Tirou uma faca polida e afiada do armário.

Pôs a laranja no tábua de madeira redonda e olhando-a, tocando-a para ajeitá-la e fazer o corte bem no meio, afundou a faca em sua carne. O interior amarelo da laranja se descortinou, aberto. Dois hemisférios, duas caras amarelas, repetidas, olhando-a, derramando pequenas gotas de suco. Cortou as quatro laranjas com o maior prazer, sentindo o cheiro das panquecas douradas, o aroma do café, as torradas. Espremeu as laranjas até deixá-las reduzidas ao oco de sua casca. O suco derramou-se, amarelo, no copo cristalino.

* * *

E aconteceu. Senti que me beliscavam. Quatro beliscões definidos, redondos. A sensação na ponta dos dedos quando experimentava o gume pontudo das flechas. Mais nada. Nem sangue, nem seiva. Senti medo quando a vi sair no quintal com a clara intenção em seus olhos e em seus movimentos. Tremeram-me levemente as folhas. Ela não percebeu. Em seu tempo linear, os acontecimentos se unem mediante a lógica. Não sabe que me tremeram as folhas antes que as sacudisse com a longa vara de madeira. Pensei que tudo teria acabado quando as laranjas caíssem na grama. Mas não. Encontrei-me vivendo em duas dimensões. Sentindo-me no solo e na árvore. Até que suas mãos me tocassem compreendi que, sem deixar de estar na árvore, também estava nas laranjas. O dom da onipresença! Como os deuses! Não cabia em mim de maravilhada (ademais, não podia caber em mim, tão multiplicada). Não havia "mim". Cada parte da laranjeira me continha. Tudo aquilo era eu. Prolongações intermináveis, fazendo-se e desfazendo-se. Pareciam-me estranhos os caminhos da vida.

Ela nos abriu com um corte. Um arranhão seco, quase indolor. Depois, os dedos segurando a casca e o fluir do suco. Prazeroso. Como romper a delicada tensão interna. Semelhante ao pranto. Os gomos se abrindo. As delicadas peles liberando suas cuidadosas lágrimas retidas naquele mundo redondo. E nos colocar na mesa. Da vasilha transparente a observo. Espero que me leve até seus lábios. Espero que os ritos sejam consumados, os círculos unidos.

Lá fora o sol brilha sobre minhas folhas. Viaja para a tarde.

* * *

Reconfortante o calor dos alimentos; as panquecas esponjosas, o café, as torradas. Reconfortante a música; o copo com o suco de laranja na mesa. Ao contrário do costume, gostava de tomar o suco por último, ficar com o sabor da laranja nos dentes. Geralmente comia muito rápido. Mas no domingo, pensou, devia estar de acordo com a cadência do dia: *allegro ma non troppo.*

Veria Felipe hoje? Em princípio, ficou de chegar às cinco da tarde. Se não pudesse, ligaria. Na noite anterior, Antônio a interrogou. Proibiu-o de se apaixonar por ela. Mas era inevitável. Ele estava com ciúme. Tinha sido seu acompanhante mais constante. Lavínia não o decifrou mais que o essencial, mas várias vezes, durante a festa na casa de Florência, sentiu-se estranha com a fumaça e o rock. Antônio não conseguiu convencê-la a ficar. Antônio era um substituto ruim para Felipe. E não queria sentir o contraste. Submeter-se a cadências menores.

Aquela tarde de domingo, pensou, se ela tivesse um carro, teria gostado de levar Felipe para compartilhar seu morrinho. Subir com ele pela estrada para a área fresca. A serra. O mirante. Andar por calçadas sombrias no meio de cafezais. Olhar a paisagem daquele seu lugar perto do cume. Alimentar as nuvens da palma da mão. Ver bandos de periquitos sulcar o azul de verde. Lembrar sua infância. Aquele lugar sempre lhe evocava a bela gravura de um de seus livros infantis prediletos: a menina com chapéu de palha e um vaporoso vestido de flores, os cotovelos apoiados no chão, olhando para o horizonte infinito, a pradaria serpenteada de caminhos e trigais. E a legenda da foto: "O mundo era meu, e tudo nele me pertencia."

Costumava subir o morrinho quando passavam férias na fazenda do avô. A associação da paisagem com a gravura foi imediata. Desde então, a frase fixou-se em sua memória.

Foi nessa época que começou a buscar um mundo mais propício para os sonhos. "Las Brumas" era um casarão de largas paredes de barro, com quartos enormes e pias nos banheiros; um jardim com flores de todos os tipos e uma fonte no centro. Às tardes, tomavam chocolate para se proteger do frio. Sara e seus primos armavam grandes algazarras, deixando-se ir de bicicleta pela encosta empinada que descia da casa.

Então, seu avô apareceu com livros de Júlio Verne.

Aquelas páginas, com o texto disposto em duas colunas, a absorveram totalmente, tornando-se milhares de vezes mais fascinantes que as bicicletas, os jogos ou as batalhas de indígenas e caubóis.

Dizia-se, nas notas introdutórias dos livros, que Verne nunca tinha saído da França e, mesmo assim, com a imaginação, conseguiu viajar até a lua e predizer muitas das façanhas e dos descobrimentos da humanidade. Ela queria isto: poder viajar até onde sua imaginação permitisse. Para fazê-lo, desde menina, buscou a solidão.

Gostava de descer pela ladeira abrupta atrás da fazenda para olhar o vulcão fumegante ao longe, ir até o morrinho ou caminhar sozinha em direção à represa e ao olho-d'água. Ali podia ficar por muito tempo, olhando o círculo de onde brotava água incansavelmente. Fazia conjecturas sobre a origem da água emanando do buraco; água cristalina surgindo em movimentos redondos que pareciam a respiração ou as marés. Imaginava um oceano subterrâneo, o do centro da terra, suas grandes ondas e aquele buraco inoportuno delatando sua existência.

Enquanto tomava, distraída, o suco de laranja, saboreando o sabor agridoce, semelhante ao de suas lembranças, evocou seu avô e sentiu saudades. Ao puxar na memória, pareceu-lhe ver o homem magro, alto, de nariz longo e pequenos olhos claros e penetrantes; ver, através da transparência de sua pele, as veias finas e vermelhas como pequenos deltas de grandes rios interiores.

O avô usava calças cáqui largas e camisa branca de manga comprida dobrada até o cotovelo. Na cintura, usava uma corrente da qual pendia um prodigioso canivete com os instrumentos que usava para fabricar forquilhas de madeira, estilingues com os quais os meninos caçavam pássaros ou brincavam de guerra.

Preferia quando ele ficava mais quieto, sentado em uma cadeira de balanço, conversando com ela. Seus conhecimentos eram vastos e espaciais: sabia das constelações, dos planetas e das estrelas. "Aquele ali é Marte", dizia, ou as Sete Cabritas, a Constelação de Órion, o Centauro, a Balança, o Cruzeiro do Sul... Conhecia as fases da lua, os equinócios e as marés; sabia de lendas antigas de caciques e princesas indígenas. Era um apaixonado pelos livros. A memória fotográfica lhe permitia citar de cor parágrafos inteiros.

Viúvo desde os trinta e cinco anos, morava sozinho, mas suas aventuras amorosas eram célebres. Embora a mãe de Lavínia fosse sua única filha legítima, ela nunca esqueceria os incontáveis tios e tias que emergiram no dia do enterro do avô. Os irmãos, desconhecidos entre si, juntaram-se para a ocasião, pela primeira e única vez.

Ela ainda ignorava o número exato.

Pouco tempo antes de morrer, o avô fez o testamento de suas poucas posses. Deixou-lhe uma breve carta que recitou de cor em seu último aniversário: "O começo e o fim foram chamados pelos gregos de Alfa e Ômega; agora que estou chegando a Ômega, deixo-te este legado. Como disse Castelar, nenhum esforço pela cultura universal se perde. Por isso, você deve venerar o livro, santuário da palavra; a palavra que é a excelsitude do *Homo sapiens*."

Morreu no dia 31 de dezembro, acompanhado pelos fogos de artifício e festas que o despediram junto do ano velho. Morreu de uma rara patologia no diafragma que o fez espirrar até morrer.

Seu enterro foi quase uma reunião política. Lembrou-se da tarde quente, as flores de cemitério e o número de trabalhadores que o acompanharam até que desapareceu atrás da lápide, porque o avô, seguidor de ideias liberais e socialistas, opositor furibundo do regime dinástico dos grandes generais, tinha estabelecido, antes que o Código do Trabalho, a jornada de oito horas, os benefícios sociais e a segurança no trabalho. E também tinha descoberto as antigas ruínas de Tenoztle.

Para ela, o avô era a infância e o deslumbramento da fantasia. Ainda se encontrava com ele em um sonho recorrente: estavam os dois em uma montanha muito alta, com neve no cume e primavera nas encostas. O avô fixava em suas costas enormes asas de penas brancas – como as que usou, ainda menina, quando a fantasiaram de anjo em uma procissão da Semana Santa – e soprava um vento forte, empurrando-a para que voasse. Ela voava nesses sonhos. Sentia-se feliz, pássaro; sentia-se segura, porque seu avô a esperava no topo da montanha, tendo prazer em vê-la voar. Só recentemente ela começou a ter pesadelos. Em pleno voo, as asas transfiguravam-se em metal e ela despencava para o chão com um estrondo.

A música parou. Voltou aos pratos vazios. Ao copo vazio de suco de laranja. Levantou-se para tirar a mesa. Tomar uma ducha que lhe tirasse as saudades.

***

Atravessei membranas rosadas. Entrei como uma cascata âmbar no corpo de Lavínia. Vi passar sobre mim o badalo do paladar antes de descer por um túnel escuro e estreito até a fornalha do estômago.

Agora nado em seu sangue. Percorro este largo espaço corpóreo. Escuta-se o coração como eco em uma caverna subterrânea. Tudo aqui se move ritmicamente: expirações e aspirações. Quando aspira, as paredes se distendem. Posso ver as veias delicadas parecendo o traço de um molho de flechas lançadas para o espaço. Quando expira, as paredes se fecham e escurecem. Seu corpo é jovem e sadio. O coração bate em compasso, sem descanso. Vi seu interior potente. Senti a força me jogando através de suas cavernas internas de um pequeno espaço para outro. Assim batiam os corações dos guerreiros quando o sacerdote os tirava do peito. Batiam, furiosos, apagando-se. Eu tinha pena de vê-los arrancados de sua moradia. Pensava que os deuses deviam apreciar este presente de vida. Que mais podíamos lhes dar que o centro de nosso universo, nossos melhores, mais aguerridos corações?

E, mesmo assim, dir-se-ia que estávamos desamparados diante das bestas e dos bastões de fogo dos espanhóis. Talvez os deuses também tivessem preferido nosso ouro. Não pareciam se comover perante nossos gemidos. Abandonaram-nos à fúria dos desalmados. De nada serviram tantos corações vermelhos. Pareceram claudicar perante o deus dos recém-chegados que, diziam, entrava no espírito pela água.

Yarince deixou-se batizar para testar a palavra dos espanhóis. Também para conhecer quais dons podia aprender de seu deus que fossem úteis para o nosso povo. Mas o deus dos espanhóis não tocou seu espírito. Percebemos que também para esse deus não éramos gratos. Talvez ele pedisse aos espanhóis que nos sacrificassem.

Lavínia guarda grandes espaços de silêncio. Sua mente tem amplas regiões adormecidas. Mergulhei em seu presente e pude sentir visões de seu passado. Pés de café, vulcões fumegantes, mananciais envoltos na densa bruma da saudade. Tenta entender a si mesma. É complexa essa bomba de ecos e projeções. Não consigo encontrar uma ordem na sucessão das imagens que emanam destas superfícies brancas e suaves. Confundem-me e sufocam. Devo repousar. Meu espírito está desassossegado.

* * *

O longínquo relógio da catedral bateu cinco horas. Olhou pela janela esperando Felipe e viu os anciãos vizinhos sentados nas portas de suas casas refrescando-se em sua imobilidade habitual.

A casa estava limpa e acolhedora. Não passou à toa o fim de semana trabalhando, arrumando os novos móveis, sacudindo a poeira, regando as plantas, jogando fora papéis velhos. Ela se perguntou se o amor gerava domesticidade, mas se sentiu satisfeita com o esforço. Vestiu uma calça jeans, uma blusa soltinha e sandálias. Sorriu pensando na imagem juvenil de uma moça caseira. Rabo de cavalo.

Felipe não chegava. Às seis a impaciência a consumia. O telefone não tocava. O mau humor começou a invadi-la. Mas tentou não se impacientar, pensando nos problemas do transporte, atrasos possíveis. "Ao menos devia ter ligado", disse para si, anunciar que chegaria tarde. Não era esforço algum levantar o telefone e fazer a ligação. Principalmente para ele, tão afeito a contatos telefônicos. Pegou um livro qualquer e se deitou na rede. Ler ajudaria a passar o tempo. Às sete, levantou-se da rede com o mau humor de vento em popa. Percorreu a casa, passeando como uma lebre cativa, sem saber o que fazer. Talvez devesse sair, disse para si mesma. Não esperar mais por ele. Discou no telefone o número de Antônio e não obteve resposta. Certamente ainda não voltara do passeio ao qual a convidara. Sara e Adrián também não estavam em casa. A solidão do dia se acumulava no silêncio. Pôs música. Mesmo tendo se proposto na semana anterior não especular sobre as ocupações de Felipe, não conseguiu evitar agora. Ela se perguntou se realmente não teria sucumbido a um Don Juan qualquer, ou pelo menos a alguém com uma relação conflitiva em que talvez ela tivesse sido escolhida para ser substituta ou redentora. Acontecia na vida real. Não seria nada fora do comum. E, mesmo assim, a atitude de Felipe para com ela parecia-lhe sincera. Serviu-se um rum. Não se desesperaria mais, disse para si, já não o esperaria. No dia seguinte tentaria esclarecer tudo de uma vez. Não continuaria fingindo que não lhe importavam seus mistérios. Perguntaria diretamente. Mas, na verdade, não existia ainda entre eles nenhum compromisso; nada que lhe desse o direito de indagar. Mas pensar assim era uma arapuca, disse. Era a arapuca na qual sempre caíam as mulheres temerosas da terrível acusação de dominantes ou possessivas. Não conseguia evitar olhar pela janela. O ouvido alerta aos passos.

Deram nove horas. Era evidente que Felipe não chegaria, disse para si mesma mais uma vez. A tia Inês dizia que os homens eram caprichosos e impenetráveis. Noites fechadas com estrelas. As estrelas eram os resquícios por onde a mulher olhava. Os homens eram a caverna, o fogo no meio dos mastodontes, a segurança dos peitos largos, as mãos grandes segurando a mulher no ato do amor; seres que desfrutavam da vantagem de não ter horizontes fixos, ou os limites de espaços confinados. Os eternos privilegiados. Apesar de que todos saíam do ventre de uma mulher, que dependiam dela para crescer e respirar, para se alimentar, ter os primeiros contatos com o mundo, aprender a conhecer as palavras; depois pareciam se rebelar com inusitada fúria contra essa dependência, submetendo o gênero feminino, dominando-o, negando o poder de quem através da dor de pernas abertas lhes entregavam o universo, a vida.

Ligou a televisão. Passava um filme ruim. No outro canal, uma série anódina. Só havia dois canais de televisão em Fáguas. Desligou-a. Apagou as luzes da casa. Fechou a cancela do jardim. Trocou de roupa e deitou na cama para ler. Deram onze horas da noite. Sua cabeça doía, e ela se sentia profundamente triste, traída, furiosa consigo mesma, com sua facilidade de construir castelos de areia, seu romantismo. Finalmente a quietude da solidão a adormeceu. Escorregou até o sonho. Nuvens enormes, brancas, com caras de meninos gordos e brincalhões. O avô compridíssimo colocando-lhe as grandes asas de penas brancas. O voo sobre imensas flores: heliotrópios, gladíolos, samambaias gigantescas. Gotas de orvalho. Magníficas, enormes gotas de orvalho nas quais o sol se quebrava abrindo caleidoscópios prodigiosos. A barba e o cabelo branco do avô cobertos de orvalho. As grossas asas causando brisa ao bater no vento. Molhando-se. Ensopando-se de orvalho. As asas molhadas pesam. O esforço para sustentar-se sobre o desfiladeiro de flores imensas é cada vez maior. Tentou voltar para o avô uma, duas vezes batendo asas desesperadamente até que o esforço a acordou e tudo estava escuro. Só a sombra da laranjeira se recortava no luar sobre a janela.

* * *

A noite envolve meus galhos e os grilos cantam seu canto monótono no meio do cortejo dos pirilampos. Apenas pude alcançá-la no sonho. Marquei meu nome, Itzá, gota de orvalho, em suas visões de flores e voos. Eu também sonhava em voar quando via os pássaros levantarem--se em bandos na chegada das bestas e os tropéis de homens hediondos e hirsutos. Tão pequenos os pássaros e com tanta vantagem sobre nós!

Estou confusa com tantos acontecimentos. Estar em seu sangue foi como estar dentro de mim mesma. Assim terá sido meu corpo. Sinto saudades de veias, entranhas e pulmões. Ao contrário, seus pensamentos eram uma família de papagaios voando em círculos, fazendo barulhos, montando-se uns sobre outros em tremenda algaravia. Mas para ela tinha uma ordem, tenho certeza. Uma imagem se referia a outra e a outra, como um espelho que se reflete infinitamente. Lembrei-me da fascinação dos espelhos. Com eles, os espanhóis conseguiram prender nossa atenção. No começo acreditávamos que era uma troça aquela imagem repetindo todos os nossos movimentos. Até que percebemos que estávamos nos vendo pela primeira vez. Claro, claro, não como o reflexo ondulado e fugaz das águas dos rios. E ficamos fascinados. O que pode fascinar mais que se ver pela primeira vez? Conhecer-se? Yarince ficava furioso quando me surpreendia enquanto olhava-me no espelhinho. Mas, até então, eu não sabia que era bela. E gostava de me contemplar.

5

Estava quase pegando no sono outra vez quando, de repente, escutou um barulho. Ficou quieta na escuridão. Lá fora, o vento soprava, agitando as árvores. No começo pensou que o vento forte mexia a porta. Mas as batidas eram rítmicas, fortes, urgentes. Assustada, subitamente alerta, vestiu rapidamente o quimono azul-marinho e foi até a sala. Acendia as luzes quando escutou a voz de Felipe. Estava rouca, a voz de quem se esforça para não gritar.

— Abre, rápido, abre – dizia.

Tirou os ferrolhos, pensando: Felipe aparecer esta hora, a pressa, o som sufocado da voz... O que aconteceu? Teve de se afastar porque a porta, já sem trancas, abriu-se empurrada de fora pelo peso de seu corpo. Um homem, encurvado, avançava apoiado no braço de Felipe.

Não teve tempo de perguntar o que aconteceu. Só registrou a expressão alterada de Felipe quando passou ao seu lado levando o estranho para o quarto sem hesitar, sem olhar para trás.

— Feche bem. Tranque tudo, apague as luzes – disse ele.

Fechou. Apagou atabalhoadamente as luzes. O que estava acontecendo? Perguntava-se. O que significava aquela repentina irrupção no meio da noite? Eles cheiravam estranho, a perigo, desespero.

Foi para o quarto com a adrenalina zunindo nos ouvidos.

Ao caminhar, notou na escuridão, apenas iluminadas pela luz que saía do quarto, as manchas no chão; líquidas, grandes, vermelhas. Sentia-se fraca, as pernas moles. Entrou no quarto. Felipe dava voltas ao redor do homem.

— Tem lençóis, algo que possamos usar como ataduras para fazer um torniquete? – perguntou Felipe, segurando a toalha que avermelhava em cima do ferimento.

Sem emitir uma palavra, entrou no banheiro. Ali guardava desinfetantes, algodão, elementares objetos de primeiros-socorros. Suas mãos tremiam. Saiu com os lençóis, mais toalhas, tesouras. Colocou-os em cima da cama.

O homem fazia um barulho estranho ao respirar. Segurava a toalha sobre o braço, apertando-a contra a cintura. Lavínia viu os fios de sangue escorrendo sobre a calça. Sentiu que seus olhos cresciam redondos nas órbitas.

— Está muito ferido. Acidentou-se? Deveríamos levá-lo para um hospital, chamar um médico – disse, atropelando as palavras.

— Não dá – respondeu Felipe, seco. – Talvez amanhã. Preciso de ajuda. Temos que conter a hemorragia.

Aproximou-se. O homem retirava a toalha para que Felipe pudesse aplicar o torniquete. Viu a pele do braço um pouco acima do cotovelo; um buraco redondo, a pele em carne viva, o sangue emanando vermelho, intenso, incontido. Imagens dispersas acudiram a sua mente; filmes de guerra, feridas de bala. O lado obscuro de Fáguas aparecendo em sua casa, inesperado, intempestivo. De que outra maneira poderia entender por que não levara o ferido para o hospital? Entendeu, finalmente, as ligações misteriosas de Felipe, suas saídas. Não podia ser outra coisa, pensou, sentindo o terror subir pelo seu corpo, tentando se tranquilizar pensando que não devia chegar a conclusões tão rapidamente. Mas por que, então, Felipe teria de trazer esse homem para sua casa? O medo a invadia em ondas, enquanto olhava hipnotizada a ferida, o sangue, fazendo esforço para conter a tontura, a vontade de vomitar.

Felipe enrolou o lençol no braço, começou a apertar com força.

Lavínia tentou não ver as manchas vermelhas, úmidas, tingindo o lençol branco; concentrou-se nas feições do homem, seus traços fortes, a pele olivácea, a palidez, os lábios apertados.

Quem seria?, perguntou-se. Como o feriram? Teria desejado não pensar. Sentiu-se presa. Não podia fazer mais nada a não ser olhá-los, ajudar. Não tinha outro caminho. Sua cabeça palpitava como um coração grande e desatado.

— Foi baleado – afirmou, sem olhar para Felipe. Disse pela necessidade de dizer algo, de pôr para fora. Felipe manipulava o torniquete, segurando-o forte. O tecido branco se tornava vermelho; um vermelho temível, vivo.

O homem só arfava. Tinha o rosto virado, sem expressão, para a mão de Felipe. Observava a operação como se não se tratasse de seu braço. Era jovem, de estatura média, com os olhos um pouco puxados e lábios grossos; tinha o cabelo castanho, uma mecha caía sobre a testa. Era forte. Facilmente podia-se notar a forma dos músculos, as veias fortes e largas. Ao escutá-la, virou-se para ela.

— Não se preocupe, companheira – disse, falando pela primeira vez, olhando-a –, não vou morrer na sua casa. – E abriu um sorriso triste.

Felipe suava muito, apertando e soltando o torniquete.

Enfim, rasgou outro pedaço de lençol e o amarrou com força no braço.

Limpou o sangue com a toalha, que depois usou para secar o suor de sua testa.

— Bem – disse ao homem –, acho que desta vez você se salva. Como se sente?

— Como se tivessem acabado de me dar um tiro – respondeu ele, com uma expressão risonha e tranquila, e acrescentou: – Estou bem, não se preocupe, atende a companheira. Está bem assustada.

— Já vou atendê-la – disse Felipe –, mas acho que não deve se mexer por enquanto. A companheira está "limpa". É melhor você ficar aqui. É mais seguro. Agora deveria tomar alguma coisa e dormir. Perdeu bastante sangue.

— Bem, já veremos. Nem sabemos o que ela vai dizer. – E olhou para ela.

Só o homem ferido notava sua presença. Felipe terminava de limpar a cama. Já não podia ter dúvidas, pensou Lavínia, depois de escutar as preocupações de Felipe sobre a segurança daquele desconhecido. Podia tê-la mantido à margem, na ignorância, pensou. Não a obrigar a enfrentar uma situação de improviso, sem nenhum sinal de advertência.

— Tem alguma coisa que possamos dar a ele? – perguntou Felipe, virando-se para ela. Seu rosto estava duro, sem expressão, dominado por uma ideia fixa.

— Posso fazer um suco de laranja. Tenho leite também – respondeu ela, compelida pelo ar de autoridade de Felipe. Sentia-se torpe, atônita.

— Prefiro o leite – disse o homem ferido. – Laranja me dá azia.

Felipe chegou junto a ela na cozinha.

— Acho que seria bom esquentar um pouco – disse ele.

— Acho que não – disse Lavínia. – Li que coisas quentes não são boas para hemorragia. É melhor que ele tome frio... Me diga o que aconteceu, quem é.

— O nome dele é Sebastián – respondeu Felipe. – Vamos dar o leite para ele, depois explico.

Afastou-se dela e foi até a janela. O vento continuava soprando. Latidos de cachorros vadios. De vez em quando, passava um carro. Viu-o checando os ferrolhos, a corrente da porta.

Sebastián tomou o leite. Devolveu o copo para Lavínia e se estendeu na cama. Fechou os olhos.

— Obrigado – disse –, obrigado, companheira.

Algo de sua serenidade lembrou-lhe as árvores caídas.

Saiu com Felipe do quarto. A sala estava em penumbras. As luminárias do quintal lançavam um fraca projeção de luz branca. A sombra da laranjeira mexia-se sobre os tijolos.

Felipe escorregou no sofá e apoiou a cabeça, fechando os olhos. Passou as mãos pelo rosto em um gesto de esgotamento, de quem quer esquecer-se do acontecido e se recompor.

— Lavínia... – Felipe abria os olhos e indicava que se sentasse ao seu lado. Sua expressão ficou um pouco mais delicada, apesar da testa enrugada e dos olhos intensos e fixos.

Ajeitou-se ao seu lado e ficou em silêncio. Não queria perguntar. Tinha medo. Pensou que seria melhor não saber nada. Em Fáguas, era melhor não saber nada; mas Felipe falava:

—Sebastián foi descoberto pela Guarda Nacional. Vararam a tiros a casa onde estava. Conseguiu sair pulando cercas e muros. Outros três companheiros morreram...

Silêncio. O que podia dizer?, perguntou-se Lavínia; havia cautela no olhar de Felipe. Ela não conseguia reagir. Teria gostado de poder sair correndo. A ideia da polícia seguindo seus passos a aterrorizava. Sabia-se de sobra os métodos que usavam; a tortura, o vulcão... E ela era mulher. Imaginou-se estuprada nas masmorras do Grão-General. Os ruídos da noite lhe pareciam malignos, carregados de presságios, o vento...

Felipe não devia ter feito isto, irromper assim, sem mais nem menos, em sua casa. Talvez não tivesse outra alternativa, disse a si mesma, mas não tinha o direito de mergulhá-la no perigo, na sombra dos três "companheiros" mortos... E o homem ferido dormindo na sua cama... O que poderia fazer?, perguntou-se, desesperada.

— Agora sabe por que não pude vir, quais são as minhas ocupações, as ligações – disse Felipe, olhando-a com delicadeza, pondo a mão na dela. – Sinto muito que você fique sabendo assim. Jamais teria vindo para cá se não fosse uma emergência. Não podia deixar Sebastián na minha casa. Lá tem outras pessoas. Teriam percebido, e uma denúncia seria fatal... Sinto muito – repetiu. – Não consegui pensar em nada melhor que trazê-lo para cá. Aqui está seguro.

Viu na escuridão a palidez de Felipe, o suor brilhando em seu rosto. Fazia calor.

— E o que vamos fazer? – perguntou Lavínia, falando também em sussurros como ele tinha feito.

— Não sei. Ainda não sei – sussurrou Felipe, e alisou o cabelo com as mãos.

Lavínia o sentia confuso no alento espesso, no corpo abandonado sobre as almofadas; as longas pernas esticadas no chão como se lhe pesassem. De repente, Felipe ficou reto e começou a limpar os óculos de forma mecânica, falando sem olhar para ela, mas para si mesmo.

— A gente nunca se acostuma com a morte – disse. – Nunca se acostuma.

Conhecia os três companheiros mortos, disse. Um deles até tinha sido colega de colégio dele, Fermín. À tarde, fora chamado para uma reunião. Por isso tinha faltado ao encontro com ela, acrescentou, como se ainda tivesse importância. A reunião foi até as nove da noite. Fermín fizera piadas sobre a tranquilidade do bairro. Sentiam-se seguros ali, na casinha recém-alugada com os poucos fundos da Organização (e falava da Organização como se ela soubesse do que se tratava). Era um bairro pobre, na periferia. Casas de tábuas; latrinas nos quintais; camponeses emigrados para a cidade procurando uma vida melhor. Quem os delataria?, perguntava Felipe, olhando-a, mas não a vendo. Às nove, ele tinha saído para voltar para sua casa.

Às nove da noite estavam vivos, dizia Felipe, tirando os óculos, apertando os olhos com os polegares das mãos. E agora nada se pode fazer por eles, acrescentou, ninguém poderia trazê-los de volta. Seus sonhos continuavam vivos, mas eles não.

Felipe calou-se. Estendeu o braço para abraçá-la, como se tivesse ficado vazio e precisasse de outro ser humano para não escorregar no buraco negro, profundo, da desesperança.

Comovida, sem conseguir articular nenhuma palavra, aninhou-se no peito de Felipe, tocando-o, abraçando-o, sem saber como consolá-lo. Teria gostado de resguardá-lo, dar-lhe a proteção de seu corpo de mulher. Apoiou a cabeça no peito de Felipe. Sentiu sua respiração compassada, o nicho quente de seu ser, a carne sólida, musculosa e, mesmo assim, facilmente perfurável: um pedaço de chumbo lançado a determinada velocidade e Felipe romperia. Essa pele que tocava, tudo o que a pele dele encerrava, se perderia, a presa saltaria em mil pedaços, correriam as águas. Apagar-se-ia o murmúrio, a catarata subindo e descendo docemente o nível das correntes subterrâneas. Sentiu um calafrio perante a noção da morte rondando tão perto.

Às nove horas, Felipe tinha saído da casa. E se tivesse ficado? Apertou-se forte ao encontro dele; pensou em seus amigos, os quais nunca conheceria.

Tinha vontade de chorar pelo que imaginava que ele estava sentindo, a dor surda da morte, a impotência.

E poderiam morrer todos, pensou. Ela mesma poderia morrer. O medo a dominou, sobrepondo-se à tristeza. E Felipe tinha dito ao seu amigo que ficariam aqui. Não iriam embora até o dia seguinte. Vê-los sair de sua casa. Ficar sozinha, tranquila outra vez. Esquecer que isso tinha acontecido. Mas ficava com vergonha de mostrar a Felipe o desejo de vê-lo ir embora com o amigo ferido. Não o olhava. Continuava apoiada em seu peito, enquanto ele embaraçava as mãos em seu longo cabelo e ela conseguia sentir a tensão de seus braços, seus músculos endurecidos.

Viriam buscá-los?, perguntava-se Lavínia. O que eu faço caso venham buscá-los?

A claridade da madrugada começou a deslizar pela porta do jardim, Felipe foi até a janela. Lá fora cantavam galos alheios.

— Somos do Movimento de Libertação Nacional – disse, confirmando as suposições de Lavínia. – Você sabe o que é isso, não sabe? – perguntou.

— Sei – respondeu Lavínia. – Sei – repetiu –, a luta armada.

— Sim – disse Felipe. – Exatamente. A luta armada. Não podíamos continuar só nas montanhas. Estamos crescendo, começando a operar nas cidades. Não vão poder nos deter. A resignação não é o caminho, Lavínia. Não podemos continuar deixando que a polícia imponha a força. Você se lembra das pessoas despejadas? Não podemos continuar deixando que isso aconteça. Contra a violência não resta mais que a violência.

De pé, apoiado no batente da porta para o quintal, falava sem vê-la. Lavínia observava seu perfil, Felipe olhando fixamente para um ponto no espaço. É a única maneira, a única maneira, repetia ele, andando de um lado para outro, abrindo e fechando os punhos. Ia recuperando a força. Quase invisível o processo; como ver um doente determinado a viver se levantar depois do anúncio terrível.

"Devia ter suspeitado", pensou. Ainda que, revendo as atitudes de Felipe, não pudesse dizer que sua vinculação fosse evidente. A verdade é que não teria adivinhado, apesar de suas múltiplas e misteriosas ocupações. Teria continuado suspeitando dos amores ilícitos, ou teria atribuído ao tradicional medo masculino do compromisso. Era uma pena, disse para si mesma, vê-lo envolvido no perigo. Olhou sua cara de intelectual, seus óculos de finas molduras, os olhos grandes, cinzentos. Era uma loucura que se arriscasse assim; ele que podia ter um futuro sem problemas; ele que com tanto esforço tinha começado sua carreira de arquiteto... Era uma loucura, pensou, que o tivessem convencido de que a única saída era a luta armada.

— Mas não têm futuro, Felipe – disse. – Vão matar todos vocês. É irreal. E você é uma pessoa racional. Nunca imaginei que acreditasse nessas coisas.

Virou-se para ela quase dizendo algo. Nunca esqueceria esse olhar de Zeus trovejante a ponto de descarregar o raio. Deve ter visto o medo nos olhos dela porque se conteve.

— Vamos fazer um café – disse.

Sentados nos rústicos bancos de madeira da cozinha, sentiam o doce aroma do café recém-feito que emanava das xícaras, ele se aproximou dela e pegou sua mão.

— Lavínia – disse ele, olhando no fundo de seus olhos. – Não quero comprometê-la. Não quero comprometer sua tranquilidade. Pelo contrário, gosto dela. Esta casa alegre, esta paz, gosto dela. Com egoísmo, gosto – disse, mais para si mesmo. – Não lhe peço que nos compreenda nem que esteja de acordo. Pode ser que para você pareça loucura, mas para nós é a única maneira. Só lhe peço que fique com Sebastián aqui até que possamos levá-lo para outro lugar. Esta casa é segura. Ninguém vai procurá-lo aqui. Sebastián é muito importante para o Movimento. Juro que nunca mais pediremos nada a você.

— E você, o que vai fazer? – perguntou Lavínia.

— Ficaria aqui amanhã com ele para ver como vai reagir. Depois o levaria embora. O problema não sou eu. Eu estou relativamente limpo. O problema é que não temos grandes recursos: casas, carros, tudo isso. Deve-se ver bem para onde o deslocamos.

— Então o Movimento não é muito grande? – perguntou Lavínia.

— Está crescendo – respondeu Felipe, com o olhar fulminante. – O que diz? Está de acordo?

Custava-lhe fazer isto, pensou, olhando-o, ter de pedir a ela, quase lhe rogar.

Seus olhos brilhavam. Tinha soltado sua mão e esperava, ansioso, que ela dissesse alguma coisa.

"Estou presa", pensou, "não posso dizer que não". Não podia ser romântica agora, disse para si mesma, a relação com Felipe não tinha por que envolvê-la. Não era um jogo. Era sangue e morte real. Jamais imaginou que lhe aconteceria, justamente a ela, algo semelhante. Os guerrilheiros eram algo remoto para ela. Seres de outra espécie. Na Itália admirou, como todos, o Che Guevara. Lembrava o fascínio de seu avô por Fidel Castro e pela revolução. Mas ela não era dessa estirpe. Estava claro para ela. Uma coisa era não estar de acordo com a dinastia, e outra era lutar com as armas contra um exército treinado para matar sem piedade, a sangue-frio. Precisava-se de outro tipo de personalidade, outro cacife. Uma coisa era sua rebelião pessoal contra o *status quo*, tornar-se independente, ir embora de casa, seguir uma carreira, e outra era se expor a esta louca aventura, este suicídio coletivo, este idealismo até as últimas consequências. Não podia deixar de reconhecer que eram valentes, espécies de Quixotes tropicais, mas não eram racionais. Iam continuar matando-os, e ela não queria morrer. Mas também não podia deixar Felipe sozinho, pensou, nem seu amigo. Não podia tirá-los de sua casa. Embora sentisse a urgência de fugir, de que tudo terminasse, de apagar esta noite de sua memória.

— Você ficou calada – dizia Felipe –, não me respondeu. – O tom de sua voz tinha recuperado a autoridade da noite recente.

— Sei que não posso lhe dizer que não – disse Lavínia, enfim. – Embora quisesse. Compreendo que vocês têm suas razões para fazer o que fazem. Só quero deixar bem claro que não compactuo com essas ideias. Não tenho cacife para essas coisas. Sebastián pode ficar, mas que você o leve o mais rápido possível para outro lugar. Sei que isto deve parecer terrível, mas não me sinto capaz de outra coisa. Preciso ser sincera com você.

— Está claro – disse Felipe. – Isso é tudo o que queremos que você faça no momento.

— Não, por favor – disse Lavínia. – Nada de "no momento". Uma coisa é eu, como muita gente, respeitar a valentia de vocês. Mas isso não quer dizer que eu concorde. Acho que estão enganados, que é um suicídio heroico. Peço a você, por favor, que não me envolva em nada disso de novo.

— Está bem, está bem – disse Felipe, limpando de novo os óculos.

Lavínia inclinou-se sobre a mesa, pôs os braços na cabeça e fechou os olhos. Sentia-se cansada, exausta. Uma culpa vinda de resquícios escuros a invadia. Imagens estranhas de povoados em chamas, homens miscigenados lutando contra cachorros selvagens. Fantasmas de pesadelos diurnos clamavam em sua mente.

— É melhor a gente descansar – disse ela a Felipe, erguendo a cabeça. – Acho que estou até ouvindo vozes.

6

Ah!, como teria desejado sacudi-la; fazê-la compreender. Era como tantas outras... tantas que conheci. Temerosas. Acreditando que, assim, salvariam suas vidas. Tantas que terminaram tristes esqueletos, servas nas cozinhas ou decapitadas quando desistiam de caminhar, corpos para os marinheiros descarregarem naqueles barcos que zarpavam para construir cidades longínquas, levando nossos homens e elas para as necessidades dos marinheiros.

"O medo é um mau conselheiro", dizia Yarince, quando lhe contestavam a audácia de seus estratagemas. Suas imagens eram ternas, o sangue se dissolvia por dentro como quando nos ferimos dentro da água. Agarra-se ao seu mundo como se o passado não existisse e o futuro fosse só um tecido de cores brilhantes. É como os que se batizaram acreditando que a água lava o coração; que não poderiam com os cavalos, os bastões de fogo, as espadas duras e reluzentes; que nada mais havia senão render e esperar, porque seus deuses pareciam mais poderosos que os nossos. Parece-me que ainda ouço os lamentos depois da batalha a cinco dias de caminhada de Maribios... Tínhamos tido notícias da expedição dos capitães espanhóis. Queriam conquistar os

povoados ao redor do lugar onde construíam suas casas e templos. Estavam erguendo uma cidade para se assentar em nosso território! Foi um momento de grande desespero. Nesse tempo não deixamos de atacá-los de noite e de dia, de surpresa, aproveitando o conhecimento que tínhamos da terra e dos esconderijos. Mas perdíamos muitos guerreiros. Depois da primeira reação, tiravam suas bestas e atiravam fogo com seus bastões. Atiravam-se contra nós e nos obrigavam a dispersar.

Então, Tacoteyde, o ancião sacerdote, teve a ideia de um estratagema que, certamente, faria os espanhóis retrocederem. Por dois dias e duas noites discutimos no morro, em volta de fogueiras. Eu não estava de acordo. Parecia-me um sacrifício inútil, mas não deixava de pensar no efeito que causaria nos espanhóis. Mas os nossos anciãos mereciam mais sorte. Yarince, Quiavit e Astochimal alçavam suas vozes. Uns a favor, outros contra.

Finalmente veio Coyovet, o ancião que todos respeitávamos, o de cabelo branco, e fez que tomássemos a decisão através da sorte.

Parece-me estar vendo, na noite, o círculo apertado de guerreiros ao redor dos três principais. As farpas de ocote postas nas forquilhas das árvores. Coyovet e Tacoteyde sentados no chão, fumando tabaco.

Lançaram as flechas. O ar vibrou nos arcos. As de Yarince e Quiavit caíram longe. Astochimal perdeu. Baixou a cabeça e proferiu grandes lamentos.

Essa noite os guerreiros escolheram nas comunidades quarenta homens e mulheres anciãos. Levaram-nos para o nosso acampamento ainda com as caras de sono, enrolados em suas mantas. Puseram-se a mascar tabaco sentados em um círculo. Tacoteyde lhes falou. Disse-lhes que o Senhor da Costa, Xipe Totec, tinha falado com ele em um sonho, dizendo que, para tirar os invasores do mar, devia-se fazer o sacrifício de homens e mulheres sábios. Os guerreiros depois deviam se vestir com a pele dos sacrificados, colocá-los na primeira linha de combate, e assim os espanhóis se assustariam e fugiriam. Assim renunciariam a construir suas cidades em Maribios. Eles, disse-lhes, tinham sido escolhidos para o sacrifício. Seriam sacrificados ao amanhecer.

Eu observava, escondida em umas moitas, pois não era permitido às mulheres estar presentes nos ofícios dos sacerdotes. Devia ter ficado na tenda, mas, de qualquer maneira, havia desafiado o que é próprio para as mulheres, indo combater com Yarince. Era considerada uma "texoxe", uma bruxa, que tinha encantado Yarince com o cheiro de meu sexo.

Vi, assim, esta cena na bruma do amanhecer. Os anciãos enrolados em suas mantas, juntos uns dos outros, com seus rostos sulcados de rugas, escutando Tacoteyde. Ficaram em silêncio. Depois, um por um, jogaram-se ao chão em grandes lamentos. "Seja, seja", diziam. "Seja, seja", até suas vozes parecerem um canto.

Sentia no peito uma vasilha se quebrar. Via as figuras de nossos anciãos que deviam morrer no dia seguinte. Com eles morreria a história de nosso povo, sabedoria, anos de nosso passado. Muitos eram pais e parentes de nossos guerreiros, que olhavam tudo aquilo com caras de obsidiana. Sofremos tanto estes sacrifícios! Quando na madrugada do dia seguinte Tacoteyde foi tirando um por um seus corações no improvisado altar a Xipe Totec, todos tínhamos um peso em nossas costas e o ódio aos espanhóis como fogo em nosso sangue.

Tacoteyde tirou-lhes a pele. Um por um, quarenta de nossos guerreiros vestiram-se com aqueles mantos terríveis, alguns soltando, enfim, profundos gemidos. Quando todos estavam assim vestidos, foi uma visão que a nós mesmos estremeceu.

Nossa tristeza diminuiu quando imaginamos os espanhóis olhando o que nós víamos. Sem dúvida, não poderiam suportá-lo. Sem dúvida, suas bestas se espantariam. Conseguiríamos vencer. Não seria vão o sacrifício de nossos parentes anciãos.

Não calculamos a dureza de suas entranhas. Certamente se assustaram. Vimo-los retroceder, e, nesse movimento, muitos caíram atravessados por flechas envenenadas. Mas depois pareceram se en-

cher de fúria. Atacaram-nos gritando que éramos "hereges", "ímpios". Armaram terrível algaravia de morte com seus cavalos e suas línguas duras, suas tochas de fogo.

Essa noite, ocultos de novo na montanha, não queríamos nem ver nossas caras. Essa foi a noite que muitos disseram que seus "teotes", seus deuses, deuses eram mais poderosos que os nossos.

Yarince se deitou com a face na terra. Enlameou o rosto e não permitia nem que me aproximasse. Era um animal ferido. Assim como Felipe pensando em seus mortos. Mas também se ergueu do desmoronamento de seu corpo.

Reconheço meu sangue, o sangue dos guerreiros em Felipe, no homem que jaz no quarto de Lavínia, revestido de serenidade e com atitude de cacique. Só ela se bamboleia como um pavio no óleo, e não pude me conter dentro de seu sangue, tive que chamá-la, esconder-me no labirinto de seu ouvido e sussurrar. Agora se sente culpada.

* * *

Pouco antes das sete da manhã, Lavínia sobressaltou-se ante a súbita noção de segunda-feira. O trabalho, a normalidade da semana continuariam indiferentes ao tempo detido dentro da casa. Lucrécia estaria para chegar. Teria de pará-la. Inventar uma desculpa para afastá-la. Ergueu-se sobre o colchão com cheiro de trapos velhos. Felipe tinha mandado ela descansar no quarto que pensava em transformar em estúdio um dia, mas ainda era só um armazém de objetos inúteis. Só conseguiu cochilar. Pela porta entreaberta, observou-o passeando pela casa na madrugada, vigiando a rua e o homem ferido.

Escutou o rumor de sua voz vindo do outro quarto. Falava com Sebastián. Ergueu-se, dobrou os joelhos e pousou a cabeça na curva de suas pernas, apertando-as contra o peito. De dia a realidade era pior, pensou. Nada era igual. Sua vida, tão tranquila até ontem, já não seria a mesma. Teria gostado de ficar em posição fetal, procurar um refúgio onde pudesse se sentir segura, longe do perigo daquelas vozes se arrastando ao seu encontro através das paredes, das frestas das portas. Mas se levantou rápido. Vestiu-se e foi ficar de pé ao lado da janela. Eram sete da manhã. A umidade do orvalho brilhava sobre a grama. Lá fora tudo estava tranquilo.

Lucrécia era muito pontual. Chegava cedo para fazer o café. Lavínia abriu a porta fingindo olhar o quintal. Pensava e descartava desculpas. Enfim, aparentou perceber a presença de Lucrécia, aproximando-se. Cumprimentou-a tentando parecer segura, explicou-lhe que o pessoal do escritório viria trabalhar em sua casa por causa de um projeto especial. Não valia a pena fazer faxina, disse, teriam que pôr papéis no chão, sujar. Seria melhor que voltasse na quarta-feira. Lucrécia insistiu, dizendo que, ainda assim, podia fazer o café, arrumar. Não valia a pena, repetiu ela. Chegariam em meia hora. "Nos vemos na quarta", sorriu Lavínia, "tenho que tomar um banho rápido." Confusa, Lucrécia decidiu aceitar e se afastar.

Lavínia voltou para casa. Não tinha sido nada convincente, pensou; mas Lucrécia não ficaria muito surpresa. Pensaria que eram extravagâncias do trabalho. Viu a figura de Felipe, escondido, olhando pela janela. Tinha se assustado ao ouvir a porta abrir. Quando entrou, já não estava na sala.

E agora, o que teria de fazer? Ir trabalhar? Teria de se consultar com eles. Entrou no banheiro para lavar o rosto. Jogou água e mais água.

Devia ir trabalhar?, perguntou-se outra vez, sentindo de novo o medo. Era difícil imaginar que lá fora tudo estaria igual. Nada teria mudado: os ônibus, os táxis, as pessoas no elevador, no escritório. E ela sentindo-se nua, frágil, temendo os olhares, que percebessem o que aconteceu na noite anterior, o segredo, o sangue.

Prefereria ficar em casa, disse a si mesma. A questão de Lucrécia estava resolvida, mas alguém poderia bater à porta. O que aconteceria se Felipe abrisse?... E Sebastián, o homem ferido em sua cama?

Viu as olheiras no espelho. Sua cara; sua mesma cara, não só parecia um pouco cansada, como cansada após uma noite de farra. Vendo-a não se podia saber em que problema estava metida, pensou.

Saiu e decidiu bater na porta de seu quarto.

— Entre – ouviu a voz de Felipe, que lhe perguntou quem era a pessoa com quem estava conversando. Lavínia explicou.

O homem ferido estava sentado na cama. Tinha uma atadura limpa no braço. A hemorragia tinha estancado. Seu rosto ainda estava pálido.

— Bom dia, companheira! – disse. Insistia em chamá-la de "companheira".

— Bom dia! – cumprimentou ela. – Como se sente?

— Melhor, melhor. Obrigado.

— Queria perguntar a vocês se acham que devo ir trabalhar ou ficar aqui...

Os homens se entreolharam, interrogando-se.

— Seria melhor você ficar, não acha? – disse Felipe, falando com Sebastián.

— Não – disse Sebastián. – Acho que é melhor você ir. Não é conveniente os dois faltarem ao trabalho.

— Mas, se precisarem de algo – disse Lavínia –, se alguma coisa acontecer...

— Espera mais alguém hoje? – perguntou Sebastián.

— Não. Mais ninguém.

— Então não se preocupe. Aqui estamos relativamente seguros. É melhor você ir para o escritório... Se vierem procurá-la, perceberiam. Pode nos avisar – disse, virando-se para Felipe.

– Pode trazer os jornais e ficar sabendo do que se comenta. Se a casa ficar fechada, parece que não tem ninguém. É melhor que vá. – E, voltando a olhar para Lavínia, acrescentou: – Não é conveniente relacionarem sua ausência com a de Felipe.

O tom de Sebastián era repousado, sereno. Falava como se se tratassem de assuntos cotidianos, como ir à praia no domingo, e não isso que tinha dito: trazer os jornais (as fotos dos companheiros mortos, pensou Lavínia); indagar se foram procurar Felipe (e se tinham ido, o que ela faria?); prestar atenção aos rumores, os comentários.

Lavínia preferia ficar. Não se considerava capaz de "indagar" aquilo. Daria para notar por sua cara. Ela era transparente. Era fácil decifrá-la. Ficava nervosa. Mas não disse nada; o olhar de Sebastián, sua serenidade, davam-lhe vergonha.

— Também pode passar por uma farmácia e comprar antibióticos, qualquer antibiótico forte. A ferida pode infeccionar – disse Felipe.

— E hoje também não vão procurar um médico? – perguntou Lavínia.

Não entendia, disse, como uma ferida de bala no braço afetaria o movimento. Podiam fingir que foi um acidente.

Tranquilizaram-na. Procurariam um médico, mas não qualquer médico. Falariam disso quando ela voltasse.

Sebastián lhe pediu o rádio para escutar as notícias.

Lavínia pegou sua roupa e saiu do quarto.

Fazia calor na rua. Saía de todas as partes o alento úmido e quente da terra, mistura de vento e poeira. A cada ano o verão ficava pior. A cada ano era mais desmatamento. Os carvalhos pareciam cinzas. Lavínia acelerava o passo, olhando as casas vizinhas. Ao longe, um jardineiro cortava a grama com seu longo facão. Tudo continuava a mesma coisa, pensou. Só ela era estranha na atmosfera tranquila de dia de semana.

Ela caminhando já atrasada para o escritório; acelerando os passos, sentindo as pernas moverem-se como se pertencessem a outra pessoa.

O medo lhe abria olhos no corpo. A frase que Felipe repetiu tantas vezes na noite anterior, enquanto relatava a circunstância da fuga de Sebastián, lhe vinha como um pesadelo: "Não detectei nada; não detectei nada." E se estivessem por ali? E se os agentes de segurança estivessem rondando a casa, esperando o momento propício para cercá-la?

Chegou ao elevador e subiu sozinha. A essa hora o hall do edifício estava vazio. Viu seu reflexo nas paredes metálicas. "Ninguém vai perceber", garantia-se. "Sou a mesma. A mesma de todo dia." Mas não estava muito convencida; por dentro, o sangue se mexia de um lado para o outro em um tempestade de adrenalina.

Deu bom dia para Sílvia. Seguiu até sua sala, cumprimentando os projetistas ao passar. A normalidade. "Aja com naturalidade", dissera Felipe. Abraçou-a antes de ela sair. Pediu desculpas outra vez por tê-la envolvido. E, mesmo assim, pensou que a continuavam envolvendo, pedindo-lhe que investigasse os boatos, a terrível perspectiva de que agentes chegassem procurando Felipe (era muito remota, garantia Sebastián); pedindo-lhe que levasse os jornais, que comprasse remédios...

Ela teria gostado de não voltar para a casa. Ficar com Sara ou Antônio até que eles fossem embora. Deixar de ser responsável, "humanitária", não sentir essa força que a obrigava a cumprir com o que pediam; aquela voz interior que lhe dizia "não seja covarde"; "não pode deixá-los sozinhos", "não pode correr o risco de que os matem", a força de seu amor por Felipe... embora fosse algo mais, pensou, algo mais que seu amor por Felipe. Afinal, nem sequer sabia se esse amor existia, se podia chamar de amor uma relação tão prematura, e que talvez, depois do que aconteceu, seria melhor não continuar.

Chamou Mercedes. Pediu os jornais. Surpreendeu-se ao mentir.

— Felipe não virá trabalhar. Ele me ligou para pedir que avisasse que está passando mal do estômago.

Mercedes a olhou com certa malícia. Foi buscar café e os jornais, movendo-se com elegância como sempre, rebolando. Imaginou-a atravessando a sala dos projetistas, sorrindo, ciente de que a olhavam. Saberia do segredo?, perguntou-se Lavínia. Quem mais saberia do segredo? Quais daquelas pessoas, aparentemente tão normais e cotidianas, levariam também uma vida dupla?

A moça voltou com o café e os jornais. Colocou-os na mesa.

— Soube o que aconteceu? – perguntou-lhe.

— Não – respondeu Lavínia, sem olhar para ela, com medo de se delatar (a pergunta lhe provocou um aperto no peito), começando a folhear os jornais.

— É que a senhora mora longe dali – disse Mercedes – mas da minha casa deu para ouvir os tiros. Tinha que ver... aviões, tanques... Parecia uma guerra. Os guardas ficaram loucos! E eram só três rapazes! Imagine! Três rapazes... – E virou-se, fechando a porta.

Encostou-se na cadeira. Fechou os olhos. O desvelo lhe provocava a sensação de estar embaixo da água. Deu grandes goles no café, bendizendo o refúgio, a privacidade de sua pequena sala, adiando a leitura do jornal.

O que faria o dia inteiro ali?, perguntou-se. Fingir estar trabalhando? Isto não era para ela, repetiu-se, não podia suportar a tensão, o embrulho no estômago, o aperto no peito; a sensação de asfixia.

Finalmente, inclinou-se e olhou as fotos dos guardas na frente da casa, a manchete: "Descoberto ninho de terroristas. Guarda Nacional em bem-sucedida ação de limpeza." E, mais embaixo, a foto dos três guerrilheiros mortos. Qual seria Fermín?, perguntou-se, olhando os cadáveres: dois homens e uma mulher, jovens, destroçados; sangue e buracos de bala por todo lado; a foto da casa cheia de rombos.

Os amigos de Felipe, pensou. E Sebastián esteve entre eles e agora estava na sua casa. Um deles. Em sua casa. Leu avidamente para ver o que se dizia dele. Nada. Não dizia nada. E, mesmo assim, tinha passado por cima das cercas das casas vizinhas, pelos quintais. Mas ninguém o tinha delatado.

As distâncias se encurtavam. Já não sentia o pesar longínquo que sempre lhe produziam essas fotos de jovens varados de balas; estas eram mortes próximas, perigosamente próximas. Os rostos desconhecidos, desfigurados, estranhos, tinham entrado em sua vida. Seus fantasmas eram reais. Na noite anterior, abraçada com Felipe, tinha sofrido estas mortes. Sentiu, como outras vezes, a desaprovação; a silenciosa reclamação aos mortos por se deixar matar, por morrer, por acreditar que poderiam enfrentar o exército do Grão-General com essas caras jovens. As armas esquálidas ao lado dos cadáveres, contrastando com os capacetes, rádios, metralhadoras, aviões e tanques da guarda.

E agora ela tinha sido envolvida nessa valentia suicida.

Dona Nico, a mulher que se encarregava dos refrescos e da limpeza, entrou trazendo o suco de cenoura com laranja que Lavínia costumava tomar no meio da manhã. Quando colocou o copo em cima da mesa, olhou os jornais.

— Coitados – disse, bem baixinho, quase inaudível. – Foi no meu bairro – acrescentou, como se justificasse o comentário.

— E como foi? – perguntou Lavínia, sem saber muito bem como abordá-la, como fazer aquilo de "recolher os boatos".

— Não sei – disse a mulher, nervosa, passando a mão pelo avental. – Não sei como foi. Eu estava tranquila na minha casa lavando roupa quando ouvi os tiros. Foi um tiroteio horrível. Durou quase até a meia-noite. A gente achava que tinha um monte de gente na casa, mas eram só esses três. É tudo o que sei...

— E você os conhecia? – perguntou Lavínia.

— Não. Nunca tinha visto esses rapazes.

— E como será que a Guarda descobriu que estavam ali?

— Não sei. Não tenho a menor ideia – respondeu a mulher, voltando-se para a porta e saindo às pressas.

"Isso era a ditadura", pensou Lavínia, "o medo; a mulher dizendo que não sabia de nada". Ela dizendo que não queria se envolver. Não saber de nada era melhor, mais seguro. Ignorar o lado obscuro de Fáguas. Retirar-se como Dona Nico, claramente indicando que não queria falar do assunto. A necessidade de sobrevivência mais forte que o pesar em sua voz dizendo "coitados". E como reclamar se ela tinha quatro filhos e era sozinha?

Mas Sebastián fugiu, e ninguém dissera nada. Depois de ler os jornais, tentou trabalhar; concentrar-se nos planos da luxuosa casa que desenhava: os banheiros de azulejos, os jardins interiores. Não podia afastar sua mente das fotos dos mortos. Cruzavam-se entre as linhas do desenho; apareciam--lhe nos amplos quartos, entre as vigas aparentes do teto, a fachada. Imaginava a reação de Felipe e Sebastián quando as vissem, quando abrissem o jornal e encontrassem as fotos de seus amigos mortos.

Apesar de tudo, sentia-se mais tranquila. O ambiente quieto e sem novidades do escritório pouco a pouco foi lhe devolvendo a sensação de normalidade. Ninguém procurava por Felipe. Tudo está bem, dizia para si mesma, nada mudou. Mas os ponteiros do relógio avançavam sobre as horas. Em pouco tempo seriam cinco da tarde. Teria de sair, caminhar para a farmácia, comprar os antibióticos, voltar para sua casa; voltar para a sua casa com os jornais.

Um dos arquitetos surgiu na porta, perguntando se sabia quando Felipe chegaria.

— O que aconteceu? – perguntou ela, ficando tensa, dissimulando o susto.

— Nada de mais. Precisava fazer uma consulta a ele.

— Ele ligou avisando que estava passando mal do estômago – disse Lavínia, recuperando a compostura. – Parece que comeu algo que não caiu bem – acrescentou com um sorriso.

Mentiu na mesma hora, quase sem pensar.

* * *

Seu medo não deixa de me estremecer, agora que consigo diferenciar o passado do presente nas brancas dunas de meu cérebro. No início era difícil distinguir. Um acontecimento, para ser assimilado por ela, move-se no meio de referências passadas. Estas constantes comparações me confundiam até que percebi a cor. Quando experimenta uma sensação imediata, a cor é viva, reluzente. Não importa se é escura ou clara. O preto do presente é uma asa de corvo sob o luar; o vermelho é sangue. Por outro lado, o passado surge preto opaco de pedras vulcânicas, vermelho de nossas pinturas sagradas. No passado, os objetos e as pessoas emanam um eco apagado e redondo, que contém nostalgias superpostas e cheiros côncavos. No presente, as imagens e os sons são lisos, planos, e têm o cheiro rotundo das pontas de lança antes do combate. Assim, aprendi a ler as pegadas e me guiar em seu labirinto de sons e imagens.

Muitos assuntos são para mim incompreensíveis, devido ao tempo que o mundo percorreu. Mas há um grande número de relações imutáveis; o que é primário continua sendo essencialmente semelhante. Compreendo, sem medo de errar, a paz e o desassossego; o amor e a inquietude; o desejo e a incerteza; a vitalidade e a tristeza; a fé e a desconfiança; a paixão e o instinto. Compreendo o frio e o calor, a umidade e o áspero, o superficial e o profundo, o sono e a insônia, a fome e a saciedade, o colo e o desamparo.

É a paisagem intocável. O homem com suas obras pode mudar traços, aparências: semear ou cortar árvores, mudar o curso dos rios, fazer esses grandes caminhos escuros que marcam desenhos serpenteantes. Mas não pode mover os vulcões, elevar os vales, interferir no cume do céu, evitar a formação das nuvens, a posição do sol e da lua. Semelhante paisagem intocável tem a substância de Lavínia. Por isso posso compreender seu temor, tingi-lo de força.

* * *

Na esquina, a farmácia emanava seu cheiro de frascos velhos: o cheiro doce das vitaminas, os frascos de álcool e água oxigenada. As estantes de madeira expunham as caixinhas rotuladas com nomes estranhos. Os vidros de cristal com tampas de latão brilhantes exibiam seus interiores repletos de biscoitos, doces, Alka-Seltzer. O farmacêutico de bigodes engomados, um mexicano com bata branca, lia o jornal sentado em uma cadeira de balanço de vime, sonolento, na penumbra do entardecer.

Lavínia pediu ao farmacêutico um antibiótico forte, inventando que a vizinha tinha se cortado com uma tesoura de podar.

— Já está vacinada contra o tétano? – perguntou o farmacêutico, acariciando o bigode.

Respondeu que já; só era necessário prevenir a possibilidade de uma infecção. Pela profundidade da ferida, pensavam que devia ser um antibiótico poderoso.

Em Fáguas, os farmacêuticos cumpriam funções de médico com frequência. A população os preferia porque não cobravam pela consulta, só pelos remédios. Exerciam com grande dignidade o poder das receitas.

Viu-o caminhar para as gavetas do fundo e encher um bolsa de papel com grande quantidade de cápsulas pretas e amarelas, movendo-se com a parcimônia própria de sua profissão.

Entregou-as a ela explicando que sua amiga devia tomar uma a cada seis horas, por um período não inferior a cinco dias. Tinha preparado a dose completa.

Saiu com os comprimidos na bolsa. A tarde lentamente se tornava noite. Cada um daqueles entardeceres tropicais era um espetáculo com nuvens avermelhadas, cortes estranhos no céu, resplendores laranjas.

Desceu do táxi na avenida. À medida que os passos a aproximavam da casa, o corpo ia ficando tenso; os músculos, travados; os nervos, alertas; o coração, acelerado. Se pudesse saber que tudo isso já ia terminar, pensou, que chegaria com os remédios e encontraria Sebastián e Felipe prontos para ir embora, para lhe dizer adeus na porta e devolvê-la para a cotidiana tranquilidade de suas noites. Mas não seria assim. Calculava que pelo menos ficariam mais dois dias e ela teria de andar com essa dupla personalidade mais dois dias, talvez três.

E, mesmo assim, disse a si mesma, tinha ultrapassado outro limite. A tia Inês costumava dizer que crescer na vida era questão de ultrapassar limites pessoais: testar capacidades que acreditávamos não ter. Nunca teria pensado que poderia sobreviver a um dia como aquele: no escritório, na farmácia, mentindo sem culpa, com uma frieza surpreendente, sem calcular, como se as palavras estivessem arquivadas, prontas, à disposição.

Ela sempre teve conflitos com a mentira. Quando menina, ao se confessar, sempre se acusava de ter mentido. Tinha lhe custado um grande esforço deixar de fazê-lo. Divertia-se mentindo. E era assim; um impulso rápido. Nem sabia como fabricava as mentiras. Saíam de sua boca como peixes coloridos que morariam em seu interior com vida própria: mentiras sem transcendência, ditas pelo mero prazer de sentir que podia brincar com o mundo dos adultos, alterá-lo sutilmente. Só depois, quando a mentira já vivia fora de si mesma e andava na boca de sua mãe ou da babá, se sentia mal. "Mentir é pecado", dizia um dos mandamentos. Por medo, deixou de mentir. Medo dos terríveis tormentos do inferno que irmã Teresa descrevia com riqueza de detalhes macabros: fazia com que elas acendessem um fósforo e pusessem levemente o dedo na chama. Isso era o inferno mas no corpo todo, esse fogo em todo o corpo, queimando sem matar por toda a eternidade. Depois a mentira perdeu sua conotação de pecado e passou a ser para ela um antivalor; a honestidade, um valor necessário na vida de adulta. Por isso, o sentimento de culpa a incomodou nas vezes em que mentiu enquanto morou com seus pais depois de voltar. Incomodava-lhe ter de enganá-los. Fingir para eles um rosto mais aceitável.

Mas isto era diferente, pensou, enquanto enfiava a chave na fechadura e entrava no âmbito escuro da casa.

A escuridão cheirava a silêncio espesso. Silêncio de espera. Tigres escondidos. No corredor, embaixo da laranjeira, viu Felipe, de pé, a mão na cintura, expectante perante o barulho da porta ao abrir. Um luar pálido projetava a sombra da árvore sobre as lajotas do corredor.

Ligou as luzes. Felipe se adiantou para recebê-la.

— Então? – perguntou, em voz muito baixa.

— Acho que tudo bem – respondeu, esticando o braço com os jornais, olhando-o, pensando naqueles rostos, seus amigos que jamais voltaria a ver.

Felipe pegou os jornais com um gesto brusco e ali, junto dela, leu as manchetes, as notícias da primeira página, olhando as fotos sem dizer nada.

Ela, em silêncio, não sabia o que fazer, se ficava ali ao seu lado ou se retirava-se discretamente, como fazem os amigos nos velórios, quando chega a hora de olhar a janelinha do caixão pela última vez.

— Assassinos! Filhos da puta! – disse finalmente Felipe, em um calado grito lançado para dentro de si mesmo. Lavínia imaginou o grito projetado em seus pulmões, dispersando-se por seu peito, os braços, as pernas.

Ela o abraçou por trás, sem dizer nada, pensando no quão pobre era a linguagem diante da morte.

Sebastián apareceu na porta do quarto. Desta vez não a cumprimentou. Parecia melhor. Com ataduras limpas e vestido com uma das camisas de homem que ela usava. Foi até Felipe, ficou ao seu lado olhando as páginas abertas do jornal.

— Não mencionam que alguém fugiu – disse Felipe, ao lhe passar o jornal, soltando-o, entregando-lhe aquelas páginas com as fotos dos companheiros mortos. Em silêncio foi para a cozinha de onde voltou com um copo de água que bebia em grandes goles, enquanto Sebastián continuava lendo, calado.

Lavínia se afastou, respeitosa. Dirigiu-se calada até a porta do jardim, esticando-se para ver a noite, o quintal, o ambiente sereno e pacífico das plantas, a laranjeira exalando seu aroma cítrico. "Sorte da árvore que é apenas sensitiva", lembrou. Teria gostado de ser vegetal nesse momento.

Sentiu Felipe se aproximando.

— Não aconteceu nada anormal no escritório, não foram perguntar por mim, não escutou nada estranho? – disse, baixo, para não perturbar Sebastián.

— Não, não aconteceu nada anormal. Todos sabiam o que tinha acontecido, mas não falaram muito. Comentaram sobre a grande operação que a polícia fez contra só três pessoas. Dona Nico comentou que foi no seu bairro, mas não quis dizer mais nada. Só disse "pobres rapazes" quando viu as fotos, mas parecia que tinha medo de falar. Eu informei à Mercedes que você estava doente do estômago – disse Lavínia, sussurrando.

Ele não respondeu nada. Deixou-a e voltou para o lado de Sebastián.

Falaram entre eles. Sebastián disse "com licença, companheira" e entraram os dois no quarto, fechando a porta.

Claro que os homens não choravam, pensou Lavínia se apoiando no dintel, olhando fixamente para o tronco da laranjeira. Ela sentia as lágrimas arderem em seus olhos. Ela que nem tinha conhecido os mortos! Mas afinal, era mulher!, disse para si ironicamente. Os dois homens podiam olhar o jornal com os olhos secos e fixos; lê-lo atentamente apesar das fotos.

Felipe parecia recuperado de seu momento de dor da noite anterior. "Nunca nos acostumamos com a morte", dissera na vulnerabilidade do cansaço. Agora ela os via receber a morte sem dramalhão, sem chiliques; com raiva. Evidentemente, para eles o que contava era como deviam proceder já, agora que sabiam que ninguém mencionou o "outro", o que pulou as cercas, ferido, fugindo.

Não deixava de ter calafrios vê-los com essa inteireza, encouraçados, como se a morte ou a tristeza rebatessem na pele, sem poder penetrá-los. Lembrou-se de uma conversa com Natália, uma amiga espanhola, sobre a justiça das ações dos bascos contra o franquismo: ambas as facções matavam a sangue-frio. Qual era a diferença entre elas? Na guerra, como os homens se diferenciavam? Qual diferença fundamental existia entre dois homens com um fuzil cada um, dispostos a se matar em defesa de razões que ambos consideravam justas?

Natália tinha se enfurecido por suas perguntas "filosóficas, metafísicas". Mas ela não podia deixar de fazê-las mesmo que estivesse ciente das diferenças entre agressores e agredidos; entre os "maquis" franceses e os nazistas, por exemplo. Na sociedade também existia, como no nível individual, a denominada "legítima defesa" como justificação para a violência; existiam qualidades humanas diferentes, gente que matava pela morte e gente que matava pela vida, em defesa e preservação do humano contra a bestialidade da força bruta. Mas era terrível, de qualquer forma, ter de recorrer a balas e armas; uns contra outros. Tantos séculos não conseguiam mudar a maneira brutal com que os seres humanos se enfrentavam.

Em Fáguas era fácil justificar os rapazes. Injustiça evidente demais, a diferença fundamental, o que defendiam uns e outros; a realidade da ausência de alternativas ao Grão-General. Apenas vendo o jornal de hoje, por exemplo, podia-se tomar partido entre a força bruta e o idealismo. Optar, mesmo que fosse no nível da abstração, pelos mortos.

Mas não podia afastar as dúvidas. Vendo Sebastián e Felipe, pensou nos perigos do endurecimento da alma. Ainda que tivessem chorado, talvez os tivesse considerado fracos. Mas não, pensou, por quê? Ela sempre pensou que era terrível e absurdo considerar como uma fraqueza o pranto dos homens. Mas não o suportaria neste caso. Aumentaria a sensação de desamparo. Talvez não fosse necessário que chorassem, só que fizessem alguma coisa. Algo para evitar a dureza. Essa dureza que lhe produzia receio, a noção de um equilíbrio delicado, que, no caso de se quebrar, devolveria o mundo às feras.

Foi então quando escutou, da janela entreaberta de seu quarto, aquele som terrível que sempre lembraria; a voz rouca de Sebastián, interrompendo-se, quebrando-se em soluços secos, densos, produzindo o som de uma dor por ela jamais conhecida.

***

Vejo-a me olhando. Sinto que está pensando. Ali está no meio da noite como um vaga-lume perdido, pairando entre nós sem poder encontrar o lugar a que pertence. Dentro da casa, os homens discutem. Ouço os murmúrios de suas vozes, como tantas vezes escutei na escuridão os conselhos que Yarince dava aos seus guerreiros. Aqueles que não me eram permitido participar mesmo que me levassem para o combate.

Depois da batalha de Maribios – a dos Escalpelados –, como a chamaram os invasores, houve momentos nos quais senti o meu sexo como uma maldição. Passaram dias discutindo como deviam agir, enquanto eu tinha de vagar pelos arredores, encarregada de caçar e cozinhar a comida.

Quando descia até o rio de águas quietas, para trazer-lhes água, esperava, com as pernas abertas, que a superfície estivesse lisa, imóvel, para olhar meu sexo: parecia-me misteriosa a fenda entre as pernas, parecida com algumas frutas; os lábios carnosos e o centro, uma delicada semente rosada. Por ali penetrava Yarince e, quando estava dentro de mim, compúnhamos um só desenho, um só corpo: juntos éramos completos.

Eu era forte e minhas intuições, mais de uma vez, nos salvaram de uma emboscada. Era dócil e frequentemente os guerreiros me consultavam sobre os seus sentimentos. Tinha um corpo capaz de dar vida em nove luas e suportar a dor do parto. Eu podia combater, ser tão hábil como qualquer um com o arco e a flecha e, além disso, podia cozinhar e dançar para eles nas noites plácidas. Mas eles não pareciam apreciar essas coisas. Deixavam-me de lado quando tinham que pensar no futuro ou tomar decisões de vida ou morte. E tudo por aquela fenda, essa flor palpitante, cor de nêspera, que tinha entre as pernas.

***

Lavínia esteve mais um instante olhando as sombras do jardim balançarem com o vento. Os soluços tinham desaparecido no murmúrio de uma conversa aquática, o som dos homens conversando, a conversa de dois peixes, um murmúrio só de borbulhas.

O rugido do pranto de Sebastián lhe produziu opressão no peito. Arrependeu-se de duvidar dos sentimentos daqueles seres estranhos, invasores da paz de sua casa, sonhadores ativos, valentes, como dizia Adrián.

A dor tocando-a tão próximo estimulou seus sentimentos de proteção. O que poderia fazer por eles?, pensou. Pouco. Quase nada. Lembrou que não tinham comido. Podia preparar alguma coisa para eles. Ela não tinha fome. Comer não havia passado por sua mente até esse momento. Foi para a cozinha, pensando no que cozinhar para os três. Apesar da dor, Sebastián e Felipe deviam comer, viver, se alimentar.

Encontrou na pia uma lata de sardinhas vazia. Coitados!, pensou, sentindo vergonha de sua desprovida cozinha.

Preparou a única coisa que sabia fazer decentemente: macarrão com molho.

Estava pondo os pratos na mesa quando Felipe apareceu no umbral da cozinha.

— Como está o braço de Sebastián? – perguntou Lavínia, fingindo não ter ouvido nada, terminando de escorrer a água fervente dos macarrões na pia, para depois pôr manteiga.

— Está inflamado – disse Felipe.

— Deveria ver um médico – disse Lavínia, vertendo o molho.

— É o que queríamos lhe pedir – disse Sebastián aparecendo atrás de Felipe, olhando-a servir os pratos, já recomposto; só o nariz vermelho.

— Queríamos que você fosse procurar uma companheira que é enfermeira. Com ela vamos acertar também minha mudança amanhã.

— Por que você não me explica enquanto comemos? – disse Lavínia. – Vocês devem comer.

Alegrou-se de ver Sebastián dar um sorriso enquanto se sentavam à mesa.

Flor – assim se chamava a "companheira" – tinha um carro. Lavínia só teria que pegar um táxi e voltar para casa com ela. Só isso. Depois poderia ficar livre deles.

— Pelo menos de mim – disse Sebastián, dando de novo seu sorriso malicioso.

Comiam em silêncio. Sebastián e Felipe pareciam não ter apetite. Lavínia olhou com o canto dos olhos para Sebastián. Sem que ela pudesse negar, com sua voz suave e firme, sua aparência de árvore, ele tinha conseguido que ela fizesse coisas que jamais pensou fazer. Agia com um espécie de profunda convicção de que ela estaria de acordo, não se negaria. A confiança dele mais imperativa que um mandato expresso.

Amanhã sua vida retornaria para a segurança cotidiana, disse para si mesma. Poderia esquecer o medo, o soçobro, aqueles sentimentos confusos.

A perspectiva de atravessar a cidade em um táxi, de noite, não a atraía, mas estava disposta a fazê-lo; faria qualquer coisa para recuperar a normalidade de sua casa.

— O medo já passou? – perguntou Sebastián.

— Mais ou menos – respondeu ela.

— É normal – disse ele –, todos temos medo. O que importa não é senti-lo, e sim superá-lo. E você o superou muito bem, foi valente.

— Não tinha alternativa – disse Lavínia, dando um sorriso.

— Assim acontece conosco – disse Sebastián com expressão triste. – Não temos alternativa.

— Não é a mesma coisa – disse ela, ligeiramente desconfortável com a comparação. – Vocês sabem por que fazem isto. É outra coisa. Sinto muito o que aconteceu com os seus companheiros.

— Eles morreram como heróis – disse Sebastián, olhando-a com seriedade e doçura –, mas eram pessoas como você ou como eu.

— Acho que é melhor que Lavínia vá procurar Flor – interrompeu Felipe. – Está ficando tarde.

7

Nove da noite. O céu limpo de março alardeava sua lua amarela. O táxi corria veloz, ultrapassando o escasso trânsito. As ruas, mais vazias que de costume a essa hora, eram o único sinal visível do efeito dos recentes acontecimentos.

Apoiada na porta do carro, Lavínia olhava pelo retrovisor, como Sebastián dissera, para certificar-se de que nenhum veículo inoportuno os seguia. Tomaram o rumo dos bairros orientais. Os bairros, escassamente iluminados, surgiam na janela em uma sequência de casas cor-de-rosa, verdes, amarelas; casas humildes e iguais, decoradas apenas com a cor vibrante das paredes e um ou outro jardim.

No carro, o motorista, fumando, escutava atentamente um programa esportivo.

Lavínia, alerta, não se reconhecia nessa mulher vigilante. Com sorte, o pesadelo acabaria no dia seguinte. Roeu as unhas. Andar de táxi à noite sempre lhe deixava pouco à vontade, a sensação de risco. Só que desta vez não tinha medo do taxista, mas sim da escuridão que os rodeava nas avenidas mal iluminadas, a possibilidade de que os estivessem seguindo... Rezou em silêncio para que nada lhe acontecesse, para encontrar a tal Flor e voltar para casa sã e salva.

Passaram por uma ponte, à esquerda, e entraram numa rua sem asfalto. De ambos os lados, casas de madeiras irregulares, com as tábuas precariamente colocadas umas sobre as outras, separando-se aqui e ali para formar portas e janelas, ladeavam a rua. Ao fundo, avistou algumas casas de concreto. A de Flor era uma das últimas. Ainda no táxi, observou o telhado de telha, a estrutura de casinha de campo e o muro rústico que Felipe tinha descrito.

Ao entrar na rua, olhou atentamente para todos os lados. Sebastián e Felipe a alertaram sobre supostos pedestres inocentes, bêbados dormindo nas calçadas, veículos estacionados com casais namorando: qualquer um desses sinais podia significar perigo, vigilância de agentes de segurança. Não viu nada. (Felipe também não viu nada, pensava, suplicando que nada anormal acontecesse.)

— É aqui – disse ela ao taxista.

Pagou e desceu do carro.

Um barulho estridente soou da campainha. Pouco depois ouviram-se passos, sons de chinelos se aproximando.

A mulher, atrás do portão de ferro, olhou para ela. Lavínia a observou seguir com o olhar o táxi que, levantando poeira, ia em direção à avenida asfaltada.

— Pois não? Quer falar com quem? – perguntou a mulher, aproximando-se dela.

— Com Flor – disse Lavínia.

— Sou eu – disse a mulher. – O que deseja?

Lavínia estendeu o papel que Felipe tinha redigido na mesa da sala de jantar e que depois dobrou de uma maneira curiosa.

Ele tinha dito que só de ver a forma como o papel estava dobrado Flor entenderia. Mas a mulher o abriu e leu antes de abrir a porta. A tênue luz da lâmpada na entrada da casa permitiu que Lavínia a observasse: tinha o cabelo escuro e ondulado até os ombros; seus traços eram miscigenados e finos, devia ter por volta de trinta anos; fisionomia de uma enfermeira severa.

Ainda estava com o uniforme branco. Só tinha tirado as meias e os sapatos, calçava chinelos de plástico.

— Entre – disse, começando a abrir um sorriso que suavizou seus traços quase como um passe de mágica.

O portão se abriu com um barulho de sarro, de dobradiças clamando por óleo.

— Desculpa ter feito você esperar – disse Flor. – Ultimamente preciso ter o dobro de cuidado.

Atravessaram um corredor cheio de pequenos móveis com vasos de planta. Plantas de folhas grandes: samambaias, violetas, begônias davam graça e calor à casa velha e decrépita. Flor a guiou por uma sala acolhedora e juvenil, que fez com que Lavínia pensasse em possíveis equívocos com a primeira impressão de pessoa severa que tinha formado dela. Havia discos, livros, cadeiras de balanço, mais plantas, pinturas e um cartaz de Bob Dylan na parede. Sobre a janela que dava para o corredor, derramava-se uma trepadeira.

Alguns livros grossos de medicina em uma das estantes e o modelo anatômico de mulher indicavam a profissão da dona da casa.

— Espera um instante – disse Flor. – Só vou colocar os sapatos, pegar minhas coisas, e vamos.

Indicou a Lavínia que se sentasse e desapareceu atrás de uma cortina florida. Balançando, tamborilando os dedos no braço da cadeira, Lavínia esperou. Estava com dor de cabeça.

Flor saiu pouco depois, vestida com um conjunto folgado e simples, azul-claro, e uma maleta de médico na mão. Percebia-se que estava preocupada. Apagou luzes e fechou janelas. Lavínia a seguiu até a pequena garagem onde um antigo Volkswagen estava estacionado.

— Você se assegurou vindo para cá? – perguntou Flor, abrindo a porta do carro.

— Como assim? – perguntou Lavínia, sem entender.

— Tem certeza de que ninguém a seguiu? – esclareceu Flor.

— Tenho, sim. Não vi ninguém.

Oprimida pela quantidade de sensações das últimas horas, reagia aos poucos, novata naquele mundo alheio e perigoso. Não se parecia em nada com nenhum deles, tão peritos na conspiração, pensou. Observou-a sair com o carro, fechar as portas da garagem. Assim como Sebastián, emanava um ar de árvore serena.

Parecia-lhe irreal estar subitamente em contato com esses seres. Sempre os imaginou de rostos agudos, olhos iluminados por visões quiméricas. Fanáticos. Samurais. Ridículos estereótipos do cinema, recriminou-se com vergonha. Jamais suspeitou que seriam seres normais, pessoas corriqueiras. Felipe, nada menos, era um deles. Talvez fosse só seu romantismo que atribuía a Sebastián e Flor um ar de paz, firmeza e equilíbrio. Seria sua imaginação que os dotava de olhares penetrantes, embora não se pudesse negar a nuance de camaleão de Flor que, agora há pouco, enquanto entrava no carro e dava partida, já não se parecia em nada com a enfermeira na porta.

Deixaram as ruas escuras dos bairros orientais e saíram na avenida que levava até o bairro de velhos de Lavínia.

— Que sorte Sebastián estar bem – comentou Flor. – Estava preocupada. Não sabíamos nada dele.

— Você o conhece há muito tempo? – perguntou Lavínia.
— Mais ou menos – respondeu Flor, evasiva. – E você é amiga de Felipe, não é?
— Sim, trabalhamos juntos.
— Mas não sabia de nada disso...
— Não.
— Deve ter se assustado...
— Nunca imaginei.
— É assim mesmo – disse Flor. – Quando menos esperamos...
"Sim", pensou Lavínia, "quando a gente menos espera, atravessa-se o espelho, entra-se em outra dimensão, um mundo que existe oculto da vida cotidiana; acontece isso de ir de carro conversando com uma mulher desconhecida, que transgrediu a linha da rebelião para colocar-se diante da linha de fogo". Para Flor, sem dúvida, as rebeliões dela, suas rebeliões contra destinos casamenteiros, pais, convenções sociais, eram irrelevantes capítulos de contos de fadas. Flor escrevia histórias com "H" maiúsculo; ela, por sua vez, não faria mais história que não fosse de uma juventude de rebeldes sem causa. Olhou-a enquanto dirigia. Flor falava. Comentava o trânsito, os semáforos. Trivialidades. Não parecia muito nervosa. Lavínia sentiu uma admiração por ela. Como se sentiria?, perguntou-se, como seria viver o lado "heroico" da vida? Lembrou-se de sua antiga admiração pelas façanhas heroicas, nascida dos livros de Júlio Verne. Admiração adolescente. No mundo real e moderno não era fácil encontrar pessoas a quem admirar. Por isso era fácil convertê-los em seres míticos. Adrián fazia a mesma coisa, admirando sua coragem. Devia ter cuidado, pensou. Principalmente com Felipe tão próximo. Que não imaginasse acalentar a ideia de ser um deles. Nada tinha em comum com "os valentes", que sabiam, como Flor, ir tranquilos em um carro à noite

no meio de uma cidade de ruas escuras por onde transitavam os FLAT (jipes das Forças de Luta Antiterroristas), a caminho de curar um guerrilheiro ferido, com uma pessoa totalmente desconhecida que lhe entregou um papel dobrado.

Flor lhe fazia perguntas. Lavínia cedeu à tentação de falar sobre si mesma; falar com alguém que a escutava com tanta atenção. Uma mulher. Um ser sujeito como ela a programações ancestrais e que, mesmo assim, vivia em um plano tão insólito da realidade, inserida na conspiração como em um habitat natural, longe de todos os destinos preconcebidos da feminilidade. Pensou que poderia lhe perguntar como era esse tipo de vida, mas o caminho não foi longo o suficiente.

— Aquela é a casa – disse, apontando.

Flor passou pela casa, estacionando a vários quarteirões de distância, explicando a Lavínia que não era conveniente estacionar o carro lá, não podiam arriscar que os descobrissem. Caminharam. Seus passos ecoavam nas calçadas vazias. Os fantasmas senhoriais se ocultavam no interior das adormecidas residências. Alguns cachorros rondavam as latas de lixo.

Lavínia olhava a mulher silenciosa, pensativa, caminhando ao seu lado com a maleta preta de enfermeira na mão. Não sabia nada sobre Flor. Habilmente tinha evitado falar dela mesma. Funcionavam assim, pensou. Quando entraram na sala da casa, onde os homens esperavam, Lavínia se perguntou se Flor conhecia os outros três, os mortos, os que pairavam no ambiente de sua casa. O jornal estava nitidamente dobrado sobre a mesa da sala de jantar. Abraçaram-se. Primeiro, Sebastián a abraçou, depois Felipe; um abraço de náufragos sobreviventes, e Flor com os olhos fechados.

Depois os três quebraram o tênue círculo de afeto e silêncio, falando sobre o braço de Sebastián. Flor disse que a mão estava um pouco inchada. Passaram para o quarto, a mulher com a maleta da enfermeira. Lavínia entrou com eles. Não queria ficar fora, separada, sozinha. Deu como pretexto para si mesma que talvez precisassem dela para os algodões, a água oxigenada. Não evitaram sua presença. Ficou de pé, enquanto Sebastián, sentado na cama, deixava que Flor descobrisse a improvisada atadura.

— Está bastante inflamado – disse. – Deram algum antibiótico para ele? – perguntou, virando-se para Felipe.

— Ampicilina – respondeu ele, e explicou a dose.

Com precisão profissional, Flor abriu a maleta preta e pegou algodão e ataduras. Lavínia teve um sobressalto quando viu, em meio a ampolas, seringas e frascos, duas pistolas pretas no fundo branco. E ela tinha atravessado toda a cidade com aquela mulher no carro, pensou, com as pistolas cobertas apenas por gazes e ataduras!...

— Ah, que bom! Você as trouxe – disse Sebastián, impassível. Ele também as viu.

Outra vez as dúvidas, as reprovações, assaltaram Lavínia. Teve vontade de reclamar que a envolveram em tudo aquilo. Pensou no ar inocente e sereno de Flor no carro; quando lhe perguntou sobre a Itália, os resquícios do fascismo, o que os estudantes discutiam. Ela, alheia ao conteúdo da maleta, levava-a aos seus pés durante todo o percurso e até ofereceu-se para carregá-la enquanto caminhavam até a casa.

A silhueta escura das pistolas lhe trouxe de volta o medo; o medo diluído na curiosidade de observá-los.

* * *

Esforço-me para manter o medo dela ancorado e não permitir que se espalhe por seu sangue. O medo é escuro e brilhante ao mesmo tempo. Rodeia seus pensamentos como uma rede que se enrosca até provocar a imobilidade. É como a picada de uma serpente. Como a primeira visão dos espanhóis em suas bestas. No começo achamos que era uma criatura só, pensamos que fossem deuses do submundo. Mas morriam. Eles e suas bestas morriam. Todos éramos mortais. Quando finalmente descobrimos isso, era tarde demais. O medo nos colheu em suas armadilhas.

* * *

Flor terminou de limpar a ferida, o corte aberto da pele mostrando um buraco vermelho. A bala tinha penetrado por trás do braço, onde o buraco era menor, saindo um pouco acima do cotovelo em um corte irregular. Toda a área circundante, incluindo a mão, parecia tingida de um azul e verde profundos. Depois de pedir a Sebastián que fizesse uma série de movimentos com o braço – coisa que ele fez sem disfarçar a dor que lhe causava –, Flor, convencida de que a bala não tinha afetado seriamente o movimento, disse que devia suturar a ferida para garantir a cicatrização e evitar o perigo de uma infecção de graves consequências.

— Lavínia, poderia colocar um pouco de água para ferver, por favor?

Na água fervente, esterilizaram as curvas agulhas de suturar. Flor tirou-as, cuidadosa.

— Pode me ajudar? – perguntou a Lavínia. – Nestas coisas me entendo melhor com as mulheres. Os homens ficam nervosos.

Assentiu. Quando decidiu qual carreira seguiria, a medicina foi outra de suas possibilidades. Quando adolescente, devorava as novelas sobre médicos e hospitais. Mas a oposição do pai foi categórica. Anos de estudo demais, argumentou. Ficaria solteirona, dizia, ou, no melhor dos casos, o marido a abandonaria por causa das saídas para atender emergências à meia-noite.

Ajudou Flor a dispor sobre a cama o que ia precisar, estendendo uma toalha limpa. As mãos finas e pulcras da enfermeira trabalhavam com eficiência, passando o fio preto de um lado para o outro da ferida, juntando a pele. Devia doer, pensou Lavínia, mas Sebastián apenas contraía o rosto. Só seu pescoço transparecia a tensão; os finos feixes de veias ressaltando como cabos delgados na nuca. Felipe observava a operação em silêncio. De vez em quando, fazia piadas para distrair Sebastián. Segurando a toalha com os instrumentos, Lavínia tinha a sensação de estar numa vida que não lhe pertencia. "É irreal", dizia para si mesma; lhe era inconcebível o fato de se encontrar no próprio quarto: os discos, o colchão no chão, as mantas coloridas enroladas no canto, e ver as mãos de Flor atravessando e voltando a atravessar a pele de Sebastián com o fio de sutura. Tirando Felipe, estas pessoas lhe eram totalmente desconhecidas. Poderiam ter se esbarrado na rua, e não teria atraído sua atenção; talvez só tivesse compartilhado um instante transeunte, efêmero, em que um encontra os olhos de outro ser humano na multidão e os olhares se cruzam como barcos distantes na neblina, e os rostos desaparecem sem deixar rastros, perdidos para sempre ao chegarem na esquina, onde os olhos se distrairão nas doces cores do tabuleiro apoiado sobre as pernas da vendedora de doce de leite. Jamais teria imaginado esta noite com eles, pensou, o calor espesso de março, a camaradagem não dita, a preocupação pelo braço de Sebastián, pelo sofrimento de Sebastián. Intimidade, como se os conhecesse há muito tempo. A rede do perigo, a morte rondando lá fora nas avenidas quietas e escuras, escondida, tornava-os uma família, um grupo humano se ajudando para a sobrevivência: os homens e as mulheres das cavernas se adivinhando na escuridão, sentindo a respiração dos bisontes lá fora. Ergueu a cabeça, alerta ao barulho que vinha da rua.

Era só um carro. Os quatro se entreolharam e continuaram observando Flor em silêncio. Não precisavam saber muito uns dos outros, pensou Lavínia. A preocupação se encarregava das convenções; os olhos sintonizavam a mesma frequência; a vulnerabilidade e a força conviviam lado a lado, alternando-se em fluxos e refluxos, maré de um mar no qual nadavam juntos, náufragos deste instante, esta borbulha de sabão.

Flor terminou. Sebastián olhou seu braço, o desenho preto de cruzes dos pontos. Felipe pegou Lavínia pelos ombros com delicadeza e conduziu seu corpo para fora do quarto.

— Você deveria se deitar em outro quarto – sugeriu Felipe, quando já estavam do lado de fora. – Não se preocupe mais. Nós temos de falar sobre o deslocamento de amanhã. Vai ficar tarde. Vai ser melhor você dormir um pouco.

— Felipe – disse Lavínia –, se for preciso, Sebastián pode ficar. Não quero que você o tire daqui e algo aconteça...

— Obrigado. – Felipe sorriu. – Mas não creio que seja conveniente. A mobilidade é importante em situações como esta. Não sabemos se realmente ninguém delatou Sebastián, não sabemos se o estão procurando. Talvez não tenham dito nada para que baixássemos a guarda e nos delatássemos... Não se preocupe.

Deu-lhe um beijo afetuoso na testa e desapareceu atrás da porta do quarto.

Ela se deitou no colchão com cheiro de sonho velho do outro quarto da casa. Deitou-se de barriga para cima, vestida, com a luz apagada. As sombras dos objetos guardados no quarto a rodeavam como ícones silentes; as vozes submarinas do outro quarto deslizavam, incompreensíveis, pela brecha de luz embaixo da porta do banheiro.

Pensou que devia dormir, não pensar mais neles; não pensar na possibilidade de que Sebastián aceitasse ficar. Não entendeu por que ofereceu, como saíram as palavras de sua boca; talvez pelo fato de estarem juntos, como se se conhecessem há muito tempo. "Por isso ofereceu", pensou, "embora não fosse sensato, embora amanhã, sem dúvida, fosse se arrepender, sentir medo outra vez". Mas não pensaria em nada, disse a si mesma, dormiria. Quase não tinha dormido.

Sentiu-se só. Felipe estava com eles, lhes pertencia; os três se pertenciam. Só ela estava no quarto vazio, imersa em um vapor denso de imagens e pensamentos que não a deixavam pegar no sono. Tentou afastá-las pensando no mar. Quando não conseguia dormir, pensava no mar.

Quando abriu os olhos no dia seguinte, a claridade entrava pela janela alta. Ao seu lado, totalmente vestido, Felipe fumava um cigarro.

— Já foram embora – disse.

Lavínia se sentou no colchão. Esfregou os olhos. Já foram embora, pensou. O medo já passou. E sentiu vontade de chorar.

— Agora deveríamos tomar banho e ir trabalhar – continuou Felipe. – Eles me encarregaram de lhe agradecer. Disseram que você foi muito corajosa.

Ela não disse nada. Levantou-se e recolheu os lençóis, dobrando-os com cuidado sem saber por quê. Voltariam ao trabalho. Sebastián e Flor tinham ido embora. Voltaria à normalidade. Nada tinha acontecido. Todos estavam sãos e salvos. Respirou fundo para conter a vontade de chorar.

Felipe a olhava, observando. Deve pensar que agora está tudo acabado entre nós, pensou, entrando sozinha no banheiro de seu quarto. Fechou os olhos embaixo do chuveiro, deixando que a água caísse em um jato forte na cabeça. Tinha a sensação de estar convalescendo de uma longa doença.

Quando saiu, Felipe estava terminando de arrumar o quarto. Os lençóis ensanguentados estavam empilhados em cima da cama.

— É melhor jogá-los fora – sugeriu Lavínia, enquanto se vestia. Felipe fumava mais um cigarro de pé ao lado da janela.

— É perigoso – disse Felipe. – Podem encontrá-los e usá-los como pista. É melhor deixá-los escondidos em algum lugar e lavá-los quando estiver sozinha. Posso ajudar você.

Esconderam-nos parte de cima do *closet*, atrás de umas malas velhas.

Antes de sair, Lavínia percorreu a casa fechando portas e janelas.

— Espero que Sebastián não tenha mais problemas – disse a Felipe antes de sair, atingida de repente pelo remorso, pela veemência com que desejou que fosse embora para ter de volta a calmaria de sua casa, os dias sem grandes acontecimentos, a bendita rotina.

— Esperemos que não. – E a abraçou.

Lavínia lhe deu um abraço apertado. Tinha pena de vê-lo preocupado, observando-a, temendo que ela o rejeitasse.

— Gosto de você – sussurrou. E pensou que, apesar de tudo, não conseguiria deixá-lo.

Lavínia passou o dia envolta em uma felicidade rara e tranquila. A rotina dos projetos, os projetistas inclinados sobre as mesas de desenho, Mercedes rebolando pelo escritório, o café fumegante em sua mesa, pareciam-lhe acontecimentos memoráveis. Tinha a sensação de ter voltado de uma longa viagem. Durante o dia lembrou-se várias vezes de Flor e Sebastián. Pareceram-lhe tão distantes que a lembrança já era saudade. Pensou no discurso da raposa em *O pequeno príncipe*, o dos vínculos. Em tão pouco tempo, foi cativada por eles. Não queria que nada de ruim lhes acontecesse. Se alguma coisa lhes acontecesse, sentiria uma profunda pena, disse para si mesma. Não a pena que se sente por duas pessoas praticamente desconhecidas. Porque algo químico tinha acontecido entre eles; uma cumplicidade nos olhares, um se sentir próximos. A solidariedade do perigo.

Mas era melhor que o tempo já tivesse dobrado a esquina, poder lembrar o momento sabendo que fazia parte do passado. Não se sentia capaz de voltar a viver nada semelhante.

Quando voltou para casa, encontrou-a limpa. Era quarta--feira. Lucrécia tinha chegado. Acendeu as luzes do quintal. Olhou a laranjeira cheia de frutos. Serviu-se um drinque e se jogou na rede.

Ficou ali assim por um bom tempo, escutando música, sentindo a brisa da noite, acumulando a calma. Só quando se levantou para ligar para Sara, para Antônio, teve um instante de inquietação. Ali estava a normalidade pela qual tanto ansiou, e, mesmo assim, sentia como se sua casa e sua vida tivessem ficado vazias de repente. Com o celular na mão, fumando um cigarro bem devagar, imaginou a conversa banal a ponto de acontecer e se perguntou se era o que realmente amava, esta tranquilidade. Será que realmente a amava, ou as noções de independência, de mulher sozinha com trabalho e casa própria, eram opções incompletas, rebeliões pela metade, formas sem conteúdo?

Agora nada aconteceria, pensou; podia prever seus dias um após o outro. Este espaço era uma ilha, uma caverna, um encerro benevolente de estátua grega em um jardim romano. O domínio da solidão, sua mais brilhante conquista. Aqui poderia continuar enquanto o mundo se desatava em chuva, e Sebastián, Flor, Felipe, e sabe-se lá quantos mais, estavam lá fora lutando contra moinhos de vento, com seu ar de árvores serenas.

＊＊

Está parada no umbral das perguntas. Não se responde. Só eu que estou aqui, oculta, consigo imaginar, vislumbrar conjunções, caminhos que se bifurcam. Só eu sinto os imperativos da herança, enquanto ela intui viradas em seu coração, sem conseguir nomeá-las.

Os espanhóis diziam ter descoberto um novo mundo. Mas o nosso mundo não era novo para nós. Muitas gerações tinham florescido nestas terras desde que os nossos antepassados, adoradores de Tamagastad e Cippatoval, afincaram-se nelas. Éramos nahuatls, mas também falávamos chorotega e a língua niquirana. Sabíamos medir o movimento dos astros, escrever sobre tiras de couro de veado; cultivávamos a terra, morávamos em grandes assentamentos às margens dos lagos, caçávamos, tecíamos, tínhamos escolas e festas sagradas.

Ninguém pode dizer como seria nossa história agora se não tivessem matado chorotegas, caribes, dirianes, niquiranos. Os espanhóis diziam que deviam nos "civilizar", fazer-nos abandonar a "barbárie". Mas eles, com barbárie, nos dominaram, nos despovoaram. Em poucos anos fizeram mais sacrifícios humanos do que nós jamais fizemos na história de nossas festividades.

Este país era o mais povoado. E, não obstante, nos vinte e cinco anos que vivi, foi ficando sem homens, mandaram-nos em grandes barcos para construir uma cidade distante que chamavam Lima; mataram-nos, os cachorros os despedaçaram, penduraram-nos das árvores, cortaram suas cabeças, fuzilaram-nos, batizaram-nos, prostituíram nossas mulheres.

Trouxeram-nos um deus estranho que não conhecia a nossa história, nossas origens, e queriam que o adorássemos como nós não sabíamos fazê-lo.

E de tudo isto, o que ficou de bom?, pergunto-me.

Os homens continuam fugindo. Há governantes sanguinários. As carnes não deixam de ser dilaceradas, continua-se guerreando.

Nossa herança de tambores batendo há de continuar latejando no sangue destas gerações.

É o único de nós, Yarince, que permaneceu: a resistência.

8

Lavínia levantou os olhos do chão e contemplou a paisagem ao entardecer, o céu avermelhado pelas queimadas de abril.

Doía-lhe o ventre, e estava cansada. Ficava assim com a menstruação; sensível, lânguida. Teria gostado de estar em outro lugar, em outro tempo, pensou em ser uma dama do século XIX, amiga ou amante de algum dos poetas românticos, derrubada, leve, junto da chaminé em um mês de abril invernal. Mas nada romântico acontecia a ela ultimamente. Estava de mau humor. Há pouco, Felipe havia entrado para lhe explicar por que não foi possível ir no dia anterior até sua casa: uma reunião urgente, não conseguiu lhe avisar, não havia telefone no lugar.

Ela o esperou a noite inteira. Primeiro vestida, arrumada, com o cabelo bem escovado, lendo a impaciência em um livro qualquer. Depois, deitada, ainda acordada na madrugada, com medo de dormir e não ouvir as batidas na porta.

Desde que levou Sebastián até a casa de Lavínia, Felipe evitava falar com ela sobre o Movimento. Tinha se tornado um tabu entre eles. Às perguntas de Lavínia, desejos de entender, débeis tentativas de se aproximar, respondia de forma evasiva, com ar paternal. No início lhe convinha. Não sabia o que poderia ter acontecido se Felipe tivesse tentado envolvê-la no Movimento imediatamente depois do tal episódio. Precisou de semanas para se recuperar do impacto, sobrepor-se às dúvidas de continuar ou não sua relação com ele, voltar a sentir plenamente o espaço de sua casa, sua solidão produtiva, a amizade satisfatória dos de sempre; voltar a assumir a sua relação com Felipe apesar de tudo. Não obstante, no fundo, ela não conseguia compreender a atitude dele; lhe causava repulsa. Felipe havia aceitado com mansidão demais seus medos, seus argumentos de que era melhor separar as coisas, não contaminar a relação com discussões ou ações que eram próprias de opções individuais. Tinha permanecido calado diante da catarata de razões que ela colocara, quando, temerosa de que ele intuísse a vulnerabilidade de suas dúvidas, nas noites seguintes à partida de Sebastián, sentou-o no corredor junto da laranjeira, lançando-lhe argumentos e mais argumentos para convencê-lo de que desistisse de um empenho que ele nem tinha tentado. Lembrou como Felipe a tinha escutado em silêncio, assentindo; de acordo com ela em todos os pontos colocados.

— Sei que não podemos nadar juntos – dissera ele, enfim. – Você é a margem do meu rio. Se nadássemos juntos, qual seria a margem que nos receberia?

Admitiu, para tristeza de Lavínia, precisar do oásis de sua casa, de seu sorriso, da tranquila certeza de seus dias.

— O episódio de Sebastián foi uma emergência. Não fiz isso para envolvê-la. Acredite em mim – dissera.

Convencê-lo de desistir tinha sido, pensava Lavínia, excessivamente fácil. Era evidente que Felipe não desejava vê-la envolvida. Não era lógico, pensava Lavínia. O lógico teria sido ele tentar partilhar com ela o que dava sentido e propósito à sua vida. Tentar, mesmo quando ela insistisse em se negar.

No fundo, culpava Felipe pelo medo que ela sentia, por não a ajudar a combater o intenso temor que a possibilidade de se comprometer lhe causava (embora Sebastián tenha dito que era corajosa, e ela tivesse gostado de acreditar nisso) e por, em vez disso, alimentá-lo com relatos terríveis de torturas e perseguições. Ou seria, talvez, seu espírito de contradição, pensava, porque também não estava certa de que a tentativa por parte de Felipe de recrutá-la não a teria afastado, posto em guarda, afugentado, não só do Movimento, mas também dele mesmo.

Ultimamente Lavínia não se entendia. Não entendia por que ficava de mau humor quando Felipe não falava com ela do Movimento. Ela não queria estar no Movimento, repetia. E, mesmo assim, falar, perguntar sobre isso, tinha se tornado para ela uma atração irracional. Uma constante tentação, uma incitação inexplicável. E jamais imaginou Felipe refreando-a, contendo-a, negando-lhe o conhecimento.

A única certeza que tinha era de que estava confusa. Sentia-se sozinha mesmo quando ele a acompanhava; sozinha com uma solidão existencial, câmara de vácuo.

Estava com um homem que pertencia a propósitos que em nada se pareciam com os dela. Um homem que, obviamente, a considerava só um "remanso amável" em sua vida. Um homem que poderia desaparecer qualquer dia, engolido pela conspiração. Devia terminar com ele, pensava. Mas não conseguia. Se antes a atraía, agora a atração era dupla. O halo de mistério e perigo a atraía muito. Não queria ficar à margem, mas também não se atrevia a dar o salto mortal. Talvez se ele insistisse ela consideraria. Às vezes, desejava que o fizesse. Ela se perguntava se não deveria dar mais à vida que independência pessoal e casa própria. Mas Felipe evitava qualquer referência, e ultimamente quase não o via.

A cidade estava alvoroçada de protestos. O Grão-General tinha ordenado o aumento dos preços do transporte coletivo e do leite. A população, atiçada por grupos de estudantes e operários, lançava-se em manifestações, reuniões noturnas nos bairros. Além de reclamar dos novos preços, o povo exigia a libertação de um professor acusado de colaborar com o Movimento, que tinha começado uma greve de fome na prisão.

Na universidade queimavam-se ônibus, organizavam-se fogueiras à noite. O Grão-General tinha ordenado a censura da imprensa: o clima das ruas era bélico e impetuoso.

Felipe participava daquelas revoltas, ela tinha certeza; quanto a ela, só restava naqueles dias esperar por ele enquanto lutava em seu interior, tentando não sentir que o amor se tornava angústia e opressão.

Não queria fazer de Felipe o centro de sua vida; tornar-se Penélope bordando telas à noite. Mas mesmo assim, para sua tristeza, reconhecia-se presa à tradição de milênios: a mulher na caverna esperando seu homem depois da caçada e da batalha, temerosa no meio da tempestade, imaginando-o preso por bestas gigantescas, ferido pelo raio, pela flecha; a mulher sem repouso, saltando alerta ao escutar o grunhido chamando-a na escuridão, grunhindo, também, sentindo alegria em seu coração ao vê-lo regressar a salvo, contente de saber que finalmente comeria e estaria aquecida até o dia seguinte, até que de novo o homem saísse para caçar, até o próximo terror, o medo, a foto no jornal, a respiração das feras.

Ela nunca simpatizou com Penélope. Talvez porque todas as mulheres, alguma vez na vida, podiam se comparar com Penélope. Em seu caso, não era assunto de temer que Ulisses não tampasse os ouvidos aos cantos de sereias, como acontecia com a maior parte dos Ulisses modernos. O problema de Felipe não eram as sereias; eram os ciclopes. Felipe era Ulisses lutando contra os ciclopes, os ciclopes da ditadura.

E o problema dela, moderna Penélope, para sua tristeza, era se sentir presa ao escaninho limitado da amante, sem outro direito ao conhecimento da vida que o de seu próprio corpo; a abundante sensualidade partilhada, as pétalas de vergonha que Felipe desfolhava cada vez que entrava mais e mais profundamente em sua intimidade, ajoelhando-se para lhe abrir as pernas e olhar seu sexo úmido, bebê-lo em taça de pólen, abelha detida sobre a coroa da flor, sorvendo o perfume salobro até que ela afrouxava as dobradiças da porta, lhe entregava os corredores subterrâneos, as fossas do castelo rodeando a pequena torre do prazer que a boca dele assediava com seu exército de lanças, rendendo-lhe todas as peles, metendo-se em seu ventre até que a onda final os jogava arfantes, vencidos, no gemido da rendição.

Mas ela não conseguia penetrá-lo. Nem sequer conseguia recriminar sua atitude, seu desejo de confiná-la, de guardá-la para criar a ilusão do oásis de palmeiras. Não podia reclamar que a utilizasse para satisfazer sua necessidade de homem comum de ter um espaço de normalidade em sua vida: uma mulher que o esperasse. Fazê-lo significaria tomar uma decisão para a qual não estava nem convencida, nem madura. À toa, pensou Lavínia, os séculos tinham acabado com os espantos primitivos das cavernas: as Penélopes estavam condenadas a viver eternamente presas em redes silentes, vítimas das próprias incapacidades, reclusas, como ela, em Ítacas privadas.

Sentiu raiva de si mesma. Nos últimos tempos, era o sentimento que predominava. Não tinha vontade nem de ver Antônio, Florência e os outros, que se cansavam de chamá-la.

O mundo deles tinha se tornado pequeno, nublado pelos conflitos que ela não ousava resolver.

A noite tinha descido ao seu redor. O escritório tinha ficado silencioso e escuro. O som da quietude interrompeu seus pensamentos. Assustou-se por estar ali, sozinha, tão tarde.

Saiu às pressas, pegando sua bolsa, atravessando, assustada, os corredores, até chegar ao elevador, à rua, onde finalmente se livrou da estranha sensação de armadilha e reclusão.

"São só sete horas da noite", pensou, olhando o relógio enquanto ia andando até o estacionamento para buscar o carro que acabou de comprar. Não queria ir para casa, mas também não desejava visitar Sara ou o grupo. A impossibilidade de dividir suas dúvidas com eles aumentava a sensação de solidão. Lembrou-se do mal-estar que sentiu no domingo anterior, no passeio à fazenda do pai de Florência. Havia se sentido desconfortável diante dos camponeses que observavam o grupo de jovens ricos da cidade. Não conseguiu afastar as imagens de Sebastián e Flor. Não conseguiu deixar de se perguntar o que pensariam se a vissem nessas festas de meninos mimados.

E isso lhe acontecia com frequência. Via Sebastián e Flor como em um filme. Era como se a irrupção daquele episódio em sua vida tivesse se tornado uma fratura, rachando a ordem de um mundo tão aparentemente inalterável. Por que a inquietava tanto?, perguntou-se. Tinham até invadido seus sonhos. Sonhava com guerras, homens e mulheres antigos enfrentando exércitos com arcos e flechas. Estava se tornando um assunto obsessivo, uma vertigem cuja atração resistia.

* * *

Ela se debate com as contradições. Dia após dia sinto como ela oscila sem poder se evadir, sem poder fugir, despontando como quem contempla um precipício. Não sei se consigo compreendê-la. As relações ainda não são claras para mim. Sei que certas imagens de meu passado entraram em seus sonhos; que posso espantar seu medo opondo minha resistência. Sei que habito seu sangue como o da árvore, mas sinto que não é de minha pertinência mudar sua essência nem lhe usurpar a vida. Ela há de viver sua vida; eu só sou o eco de um sangue que também lhe pertence.

* * *

O pior era não poder falar com ninguém sobre tudo aquilo, não poder conversar sobre seus sentimentos, suas dúvidas. As conversas com Sara tinham adquirido uma qualidade etérea, de realidades pela metade. Lavínia não podia nem mencionar sua insatisfação na relação com Felipe sem explicar os motivos. Por outro lado, também não podia responder às perguntas de Sara sobre planos e expectativas habituais em relações de casal, mesmo que esse aspecto fosse mais fácil de justificar com critérios de modernidade. Lavínia pensava como era paradoxal para ela desejar agora segurança e estabilidade, o tradicional, em uma relação que não permitia mais futuro que o instante. Felipe tinha lhe advertido sobre as possibilidades de ter de "passar para a clandestinidade" em algum momento. Ela lhe respondeu citando um soneto de Vinicius de Moraes, o poeta e compositor brasileiro, sobre o amor: "Que não seja imortal posto que é chama, mas que seja infinito enquanto dure." Defendendo a beleza do instante, de viver o presente. Mas tinha que reconhecer a dificuldade que era viver com o futuro submerso na incerteza, sem ser parte do propósito, sem poder partilhar as inseguranças com ninguém.

Não teria mais remédio senão guardar suas dúvidas, pensou, enquanto entrava no seu carro com cheiro de novo.

Deu partida sem saber qual rumo tomar; pensando em ir dar voltas, subir pela estrada; dissipar a sensação de abismo, de solidão, de ficar em terreno de ninguém, sem uma solução.

Percorreu ruas e avenidas, com saudade de sua tia Inês, desejando um ser humano que a entendesse, com quem pudesse falar.

A imagem de Flor, o cabelo ondulado, os traços miscigenados, a empatia de mulher para mulher naquela única noite que estiveram juntas veio-lhe à cabeça com o fulgor de um farol longínquo na escuridão.

Mas... devia ir?, perguntou-se. Na noite que ela esteve em sua casa, nem sequer se despediram. Flor não era uma pessoa sem complicações dessas que se conhecia e podia visitar, sem ter de ligar por telefone. Pertencia a outro mundo. Mas, por que não?, dizia para si mesma. Se ela considera que não é conveniente que a visite, vai me dizer sem dúvida, argumentava consigo mesma.

Decidida, Lavínia virou o volante para a direita, afastando-se da estrada que estava prestes a pegar, concentrando-se em lembrar o endereço da casa.

Pegou o rumo dos bairros orientais. Os velhos ônibus caindo aos pedaços recolhiam gente nos pontos; homens e mulheres com os rostos confundidos na noite aglomeravam-se com ar de cansaço embaixo dos casebres de cores vibrantes com publicidades de sabonete, café, rum, creme dental.

"Eu poderia ser qualquer um deles", pensou, sentada no assento macio de seu carro; "se tivesse nascido em outro lugar, de outros pais, eu poderia estar ali, fazendo fila para pegar o ônibus esta noite". Nascer era uma questão de sorte tão terrível. Falava-se do medo da morte. Ninguém pensava no medo da vida. O embrião ignorante toma forma no ventre materno, sem saber o que o espera na saída do túnel. Cria-se a vida e, sem mais, se nasce. Então, ainda bem que não somos conscientes, pensou. Porque podia-se nascer para o amor ou para o desamor; ao desamparo ou à abundância; embora certamente a própria vida não fosse responsável, o princípio vital fazia seu trabalho de unir o óvulo e o espermatozoide, eram os seres humanos os que criavam as condições nas quais a vida seguia seu curso. E os seres humanos pareciam marcados pelo destino de se atropelar uns aos outros, tornar a vida difícil para eles mesmos, se matar.

"Por que somos assim?", pensava, quando chegou à esquina próxima da ponte; uma esquina onde havia um estabelecimento comercial, espécie de secos e molhados grande, com o letreiro "Armazém a divina Providência". Como não lembrar dele? Sorriu.

Virou para a esquerda e encontrou a ponte, a entrada para a rua de Flor.

Novamente as dúvidas a tomaram; dúvidas sobre como Flor lhe receberia. Mas já estava tão perto, disse para si. Não podia permitir que as dúvidas a possuíssem, congelassem todos os seus atos. Não podia se permitir perder a segurança em si mesma da qual, desde adolescente, se sentiu tão orgulhosa.

As rodas entraram no caminho sem asfalto. Reconheceu as moradias de madeira. Algumas agora tinham as portas abertas. Olhando por elas via-se a casa toda: o único quarto, o fogão ao fundo, a família sentada em cadeiras de madeira, fora da casa, tomando o ar puro da noite. Crianças brincando descalças.

Estacionou o carro ao lado do muro rústico da casa de Flor. Viu que o carro dela estava na garagem e havia luz na casa. Conseguiu ouvir o chiado da campainha e de novo Lavínia ouviu o som dos chinelos se aproximando. Mentalmente, torceu para que pudessem recebê-la. Flor se aproximou da porta, e seu rosto se mostrou agradavelmente surpreso quando a viu.

— Oi – disse, abrindo o cadeado da chancela. – Que surpresa!

— Oi – disse Lavínia. – Antes de entrar, queria perguntar para você se tem algum problema... Não sabia se podia vir aqui ou não...

— Já que está aqui, não faça tanta cerimônia. Entre – disse Flor, e sorriu com satisfação.

Entraram na sala; o cartaz de Bob Dylan na parede.

— Quer um café? – perguntou Flor. – Está pronto.

— Aceito, obrigada – respondeu Lavínia.

Flor atravessou a cortina florida. Lavínia se sentou na cadeira de balanço, balançando e acendendo um cigarro para dar tempo a Flor de voltar com o café. Olhou as estantes de livros: *Madame Bovary, Os condenados da terra, O jogo da amarelinha, A náusea, Mulher e vida sexual...* Títulos conhecidos e desconhecidos... Leituras pouco frequentes para uma enfermeira. Quem era essa mulher?, perguntou-se. Essa que voltava com duas xícaras esmaltadas e as colocava na mesa.

— E como é que teve a ideia de me visitar? – perguntou Flor, mexendo o açúcar no café, olhando-a com seu olhar de árvore.

— Não sei – respondeu Lavínia, um pouco intimidada. – Senti a necessidade de falar com alguém... Pensei que talvez não fosse o mais indicado aparecer assim de repente, mas também pensei que você me diria...

— Bem, normalmente é melhor que não apareça assim, sem avisar – disse Flor. – Mas também você não tinha como me avisar, não é? Então não se preocupe com isso agora. Você já está aqui, e é um prazer ver você de novo.

E o que diria agora?, perguntou-se Lavínia. Como começar a falar? O que era mesmo que precisava falar?

— Como Sebastián está? – perguntou, para dizer algo.

Flor disse que estava bem. Tinha se recuperado melhor do que ela esperava. Conseguia mexer bem o braço. Não tinha sido afetado.

— A verdade – disse Lavínia – é que não sei por que vim. Estava me sentindo sozinha. Pensei em você, que você me entenderia.

Flor a olhava de um jeito doce, incentivando-a com o olhar a continuar, mas sem ajudá-la muito na conversa.

— Sinto que estou perdida – disse Lavínia. – Estou confusa.

— E você não conversa com Felipe?

— Nos últimos tempos o tenho visto pouco. De noite, não faço nada além de esperar por ele, vendo se ele aparece. Eu me sinto como Penélope.

Flor riu.

— Deve andar ocupado, não é? – disse.

— Ou seja – disse Lavínia –, com qualquer homem que estejamos, seja guerrilheiro ou vendedor de geladeiras, o papel de uma mulher é esperar?

— Não necessariamente – disse Flor, sorrindo de novo. – Depende do que cada uma, como mulher, decida para sua vida.

— E como você chegou a decidir ser o que é? – perguntou Lavínia.

Entre goles de café, gestos expressivos e silêncio de nostalgia, Flor relatou sua vida. Ela também tivera um tio fundamental, disse; mas não no sentido positivo da tia Inês de sua história. O tio dela a levara do rancho perdido na montanha, onde morava com sua mãe e seus irmãos analfabetos, para educá-la na cidade. Era um homem que fez fortuna durante o apogeu do café, solteirão e tarado. Levou-a em viagens para o exterior para conhecer museus e pessoas inquietas e extravagantes. "Adotou-me, praticamente", dizia Flor, "mas não com boas intenções." Ela já tinha notado como a olhava quando, no começo da adolescência, a observava tomar banho no rio. "Esperou que eu crescesse para converter-me em sua amante.

Como vê, deixei a virgindade em San Francisco", disse Flor, fumando e tomando o café com uma expressão intrépida.

"Eu o odiava", continuou dizendo. E, para contrariar sua luxúria, entrou na universidade e se dedicou a flertar e se deitar com quem estivesse disposto a fazê-lo ("nunca faltavam", acrescentou, olhando Lavínia com ar desafiador). O único que não esteve a fim foi Sebastián. Flor lembrou como a tinha enfrentado; como a sacudiu para conseguir que ela visse o processo de autodestruição no qual tinha se empenhado, confundindo a raiva visceral contra o tio com o ódio por si mesma.

"Resisti", disse, "mas comecei a pensar, a chorar". E, entre sacudidelas e pranto com Sebastián, continuou Flor, aconteceu que um dia a guarda invadiu a universidade. "Esconde a pistola na sua bolsa", lembrou que Sebastián lhe disse no momento espantoso que ouviram as sirenes se aproximando da reunião política, quando a discussão rompeu em golpes de um bando estudantil contra outro. "Sai rápido. Vai para casa. Me espera que eu chego à noite", disse-lhe. Saiu desorientada, relatava Flor, deslumbrada por ele confiar nela; por não pensar que podia denunciá-lo se a pegassem com a pistola na bolsa. "Confiou em mim, e me fez passar um dos piores momentos da minha existência", acrescentou. Horas depois, Sebastián apareceu na casa dela como se nada tivesse acontecido, pedindo a pistola que guardara na gaveta de roupa íntima. Sem muito preâmbulo, convenceu-a a deixar a casa do tio, comprar com dinheiro poupado a casa onde agora morava e colaborar plenamente com o Movimento.

— Sua confiança me convenceu – disse Flor. – Ou aceitava, ou continuava sendo a coisa ridícula que era, supostamente para me vingar do meu tio.

Depois teve que atravessar incontáveis provas de fogo; se convencer de que o Movimento não era – e assim Sebastián lhe dizia constantemente – um grupo de terapia psicológica; que não se devia ver somente como um mecanismo para ter algo "pelo que viver". Finalmente conseguiu não só se reconciliar consigo mesma, mas também assumir uma responsabilidade coletiva. "Mas para que nenhuma mãe camponesa tenha que 'dar de presente' seus filhos para parentes ricos, acreditando que só assim conseguirá que eles sejam alguém", disse.

Flor encostou a cabeça no encosto da cadeira. Lavínia tinha escutado seu relato em silêncio, comovida, surpresa que Flor tivesse confiado nela.

— Não foi fácil – acrescentou Flor. – Estas decisões nunca são fáceis. Só que às vezes as coisas acontecem e nos encontram no momento preciso... mas ninguém decide pela gente. Seu problema não é Felipe.

— Eu sei – disse Lavínia, na defensiva. – Mas me parece que ele tem certa responsabilidade, sendo a pessoa mais próxima de mim.

— Obviamente, o que ele quer é o "repouso do guerreiro" – disse Flor, e sorriu. – A mulher que o espere e esquente sua cama, feliz de que seu homem lute por causas justas, apoiando-o em silêncio. Até Che Guevara dizia, no início, que as mulheres eram maravilhosas cozinheiras e correios da guerrilha, que esse era seu papel... Esta luta é longa.

— Mas não quero ser só a margem do rio... – disse Lavínia.

— Se quiser, posso dar para você uns panfletos para que conheça melhor o que é e o que pretende o Movimento – disse Flor. – Assim, não terá de recorrer a ele, se é isso o que a inquieta. Assim, vai poder tomar as próprias decisões. Assim poderá esperar por ele na tal "margem do rio", com um arco e uma flecha.

Lavínia riu. A gargalhada tirou lágrimas de seus olhos. Nem ela sabia por que a súbita alegria nasceu em seu peito, incontida, borbulhando risadas: visões de uma mulher estendendo o arco, divertida, brincalhona, esperando ver surgir da água a cabeça do homem.

Acalmou-se com custo.

Não sabia se encontraria as respostas nos panfletos, disse Lavínia, mas tudo bem; os leria. Felipe merecia uma flechada.

— Cuidado – disse Flor. – Este é um assunto seu, não de Felipe.

Saiu da casa de Flor com os panfletos na bolsa.

Era isso que tinha ido procurar?, perguntou-se. Esteve a ponto de dizer para Flor que não, que não os desse para ela. Ela não era disso, não se sentia capaz, o medo; mas não pôde se negar. Tinha ido longe demais. Sem saber por quê, esteve flertando com a ideia, perseguindo-a como gato atrás do próprio rabo. No fim das contas, pelo menos tinha que se esclarecer consigo mesma; saber se a inquietude era legítima, ou só a sua maneira de disfarçar o desgosto de que Felipe não a incluísse no que ela considerava ser algo tão fundamental em sua vida.

Devia tomar cuidado com os panfletos. Se fosse pega com eles podia ser presa, dissera Flor, entregando-lhe vários impressos em mimeógrafo: a história do Movimento, seu programa e estatutos, as medidas de segurança (não faria mal que as conhecesse – disse –, principalmente por sua recente experiência com o que aconteceu com Sebastián). Depois de lê-los, Lavínia devia devolvê-los a Flor.

Apertou a bolsa quando entrou no carro, colocou-a perto dela, ao seu lado, em cima do freio de mão. Flor se despedia dela da porta levantando a mão. Lavínia pensou outra vez nas árvores; até a voz de Flor, no fim, quando lhe dava instruções sobre os panfletos, estalava um pouco, como alguém caminhando sobre folhas.

Deu partida e dirigiu-se para a avenida. Avançava através da noite rumo à sua casa, quando viu a viatura da polícia na esquina. Sentiu um aperto no peito. A circulação do sangue a invadiu de calor. Apertou o volante, diminuiu a velocidade e rogou a todos os santos que não a detivessem. "O que eu fiz?", perguntava-se, nervosa. E se o guarda, enquanto pedisse a carteira de motorista, visse os papéis na bolsa? E se percebessem seu nervosismo?

Passou ao lado dos policiais, devagar, sem olhá-los. Não a pararam. Seguiu seu caminho. Quase não conseguia controlar o tremor das pernas, a vontade de chorar.

"Isto não é brincadeira", pensou enquanto tocava e voltava a tocar a bolsa com os papéis; enquanto se certificava de que nada irremediável tinha acontecido. "Não estou levando uma boneca", disse para si, continuando a regressão infantil provocada pelo medo.

Lembrou-se das bonecas tiradas do armário belamente arrumado pela tia Inês. Escondia-se com elas atrás das portas, onde a tia guardava a máquina de costura, e as examinava, procurando seus corações. "Você é uma destruidora", dizia sua mãe, porque lhes dava banho até a pintura sair e ficavam com a boca branca, ou com um olho azul e o outro café; penteava-as até o cabelo cair; examinava de alto a baixo, procurando alguma característica humana; algo que desse sentido aos abraços que lhes dava, aos carinhos de menina sozinha, filha única, tentando encontrar companhia de sua idade.

Lembrou-se do seu desapontamento quando, boneca após boneca, seus olhos encontraram os peitos ocos; quando compreendeu que esbanjava mimos e carícias, canções de ninar; quando compreendeu que nenhuma boneca tinha coração.

O que diria a sua mãe se a visse?, pensou Lavínia, acelerando, nervosa, no sinal verde, ansiando chegar em casa, sentindo que toda a cidade sabia que a atravessava com seu carregamento de papéis clandestinos.

Quando chegou, encontrou Felipe dormindo na frente da televisão. Não esperava vê-lo. Esses dias lhe dera uma cópia da chave da casa para evitar as esperas inúteis à noite, o temor de não escutar as batidas na porta. Mas era a primeira vez que ele a usava. Andou com cuidado para não o acordar e entrou no quarto pensando em um bom lugar para esconder os papéis.

Olhou ao redor, e seus olhos alcançaram a velha boneca cheia de pó no alto do armário. Associando-a com as recentes reflexões, desceu-a, tirou sua cabeça, enfiou os papéis no peito oco e pôs a cabeça de volta. Agora terá coração, pensou. Voltou para a sala onde a luz branca da televisão iluminava tudo. Os atores continuavam sua representação, indiferentes ao espectador adormecido.

Olhou para Felipe. Parecia uma estátua derrubada, indefeso. Gostava de vê-lo dormir. Era curioso o estado do sono, disse para si mesma, como se apagar, sair do ar; uma pequena morte. Segundo as crenças orientais, no sono, o espírito se separa do corpo e faz viagens astrais para outros planos da existência. Onde estaria Felipe agora?, perguntou-se. Sentou-se nos almofadões, divertindo-se em contemplá-lo. A televisão passava o noticiário da meia-noite: o Grão-General lançava um suposto programa de reforma agrária para os camponeses. Falava de revolução no campo. Tentava despojar de significado a palavra, apropriar-se dela, descontaminá-la. Era um homem repulsivo, de estatura média, barrigudo, branco, de cabelo preto, com sorriso artificial de dentes cuidadosamente polidos, mãos finas. Movia-se com ar de poder, de superficialidade benevolente, e, a sua volta, o séquito de ministros, com sorrisos servis.

Não se mencionava nada dos comícios nos bairros, os ônibus queimados nas ruas.

Lavínia pensou nos papéis dentro da boneca. Olhou para Felipe.

"Não lhe diria nada", decidiu. Ela o afastaria do âmbito de suas decisões; iria condená-lo – como ele fazia – à margem da página; a que também ele estivesse ausente de um dos nós da vida dela; à ignorância inocente, tão comum na história do gênero feminino. Porque, se fosse verdade de não ter sido por ele, se Felipe não tivesse levado Sebastián para sua casa, ela nem teria dúvidas, como agora; também era evidente que, para Felipe, o que tinha acontecido era só um episódio fortuito; uma sutil alteração do cotidiano, que não devia ter maiores consequências. Ele, certamente sem se propor a fazer isso, a tinha levado para o umbral dessa outra realidade, procurando depois como afastá-la. "Seu problema não é Felipe", dissera Flor. E, precisamente por isso, ela devia tomar as próprias decisões, disse para si, não lhe dizer nada, colocá-lo à margem de sua adesão.

Em que estou pensando?, perguntou-se de repente, assustada consigo mesma. "Que adesão? Se só se trata de me informar melhor", disse para si, sem conseguir se enganar totalmente.

Felipe continuava dormindo. Lavínia, distraída em suas reflexões, olhava a laranjeira que se mexia com o vento. A noite seguia seu curso. No coração da boneca, os papéis emanavam sua presença, pairavam no ar tranquilo da casa.

* * *

Olhou-me. Senti em seus olhos a força da batalha desencadeada em seus pulmões e intestinos. O vento me move de um lado para outro. Logo choverá. A terra começou a soltar a lembrança do cheiro da chuva; chama Quiote-Tláloc, com a água guardada.

Penso agora que talvez também meus antepassados remotos, os que fugindo da exploração de Ticomega e Maguatega chegaram para povoar estas paragens, permaneceram na terra, nos frutos e nas plan-

tas durante meu tempo de vida. Talvez tenha sido algum deles quem povoou meu sangue de ecos; talvez algum deles tenha vivido em mim; fez com que deixasse minha casa; me levou para as montanhas para combater com Yarince.

A vida tem maneiras de renovar a si mesma.

9

No dia seguinte, Lavínia acordou ao calor do sábado. Logo choveria, pensou, desejando o frescor da estação das chuvas, as manhãs tênues, o encolhimento dos dias nublados. Felipe já não estava. Na mesa de cabeceira encontrou o bilhete: "Não quis acordar você. Tenho trabalho. Tentarei voltar à tarde. Beijos. Felipe." Vagamente lembrou-se de tê-lo levado para a cama. Ele acordou só para tirar os sapatos. Adormeceu ao lado dela como um casal de matrimônio entediado.

Espreguiçou-se, esfregando as pernas no geladinho dos lençóis. Seu olhar pousou na boneca no topo do armário: olhos azuis e redondos, nariz arrebitado, cabelos escuros e encaracolados. Única sobrevivente digna da destruição do exercício infantil do amor maternal. Seus olhos de cristal refletiam a janela onde a laranjeira estendia seus galhos. Inclinada para um lado, via-se impudicamente descabelada.

Devia ler os papéis, pensou Lavínia. Esta manhã não haveria café com Sara. Ficaria em casa lendo.

Ligou para a amiga para lhe dizer que precisava fazer um trabalho urgente. Mentiu mais uma vez com segurança. Sara, compreensiva, relevou as desculpas.

Sem tomar banho, acompanhada por suco de laranja, café e um pedaço de pão, acomodou-se na cama, tirou a cabeça da boneca e pegou os papéis.

O relógio marcava duas e quinze da tarde quando virou a última página. Na cama, estendidos como insetos alvinegros, jaziam os panfletos clandestinos impressos em mimeógrafo, com desenhos toscos feitos com estêncil.

Fechou os olhos e apoiou a cabeça na parede.

Seria lícito sonhar assim?, perguntou-se, recriar o mundo, refazê-lo do nada? Pior, pensou, pior do que nada; refazê-lo do lote onde jogam o lixo, o terreno baldio triste onde se deixa a sucata e os dejetos? Seria lícito, racional, que existissem no mundo pessoas capazes de inventá-lo de novo com tanta determinação; separando a tristeza em parágrafos miúdos, delineando a esperança ponto por ponto, como no programa do Movimento, no qual se falava com tanta segurança de todas as coisas inatingíveis que se deviam alcançar: alfabetização, saúde grátis e digna para todos, moradias, reforma agrária (real, não como o programa de televisão do Grão-General); emancipação da mulher (e Felipe?, pensou, e os homens como ele, revolucionários porém machistas?); o fim da corrupção, o fim da ditadura... o fim de tudo, como quando as luzes se acendem e acaba o filme ruim. Queriam isso, ligar as luzes, pensou. Diziam isto: "O fim da escuridão; sair da longa noite da ditadura." Acender as luzes, e não só isso, mas também os rios de leite e mel – gostou da linguagem bíblica –, a utopia de um mundo melhor, Dom Quixote cavalgando de novo com sua longa lança desembainhada. As regras para os novos Quixotes; os estatutos, os incontáveis deveres, os reduzidos direitos... os estatutos de um homem novo, generoso, fraterno, crítico, responsável, defensor do amor, capaz de se identificar com os que sofrem. Cristos modernos, pensou Lavínia, dispostos a ser crucificados por divulgar a boa notícia... mas não dispostos a falhar entre si. Havia sanções, penas para os traidores, até o fuzilamento estava contemplado (fariam-no realmente?, perguntou-se, sentada na cama, vendo sem ver a cabeça da boneca ao seu lado, os olhos azuis e redondos, abertos, os cílios pretíssimos).

Mas cada um podia se esquecer das angústias e esperanças da maioria, pensou. Aqui em sua casa, com os travesseiros, as plantas, a música; na danceteria com os amigos; na cama com Felipe; amanhã no escritório com ar-condicionado. Tantos faziam isso. Todas as suas amizades o faziam. A pobreza coletiva não embaçava o brilho das lâmpadas de cristal do clube ou das *boates*; a vida leve e doce de Sara; a assídua e agitada vida social de seus pais.

Ela podia escolher viver no mundo paralelo no qual tinha nascido. Só ver o outro mundo de passagem, do carro, virando o rosto nos bairros de tábuas e chão de terra, para olhar as nuvens no horizonte, a cratera dos vulcões às margens do lago. Tanta gente encontrava um jeito de ignorar a miséria, aceitando as desigualdades como lei da vida.

E assim tinham sido as coisas desde sempre, pensava. Quem se atrevia a sonhar em mudar tudo aquilo? Por que pensar que esses desejos trabalhosamente escritos (o mimeógrafo funcionando à meia-noite sob o perigo de prisão) poderiam mudar o estado – natural, diria Sara – das coisas?

E até quando deliberaria consigo mesma?, perguntou-se Lavínia. Seria melhor aceitar de uma vez que não podia deixar que o romantismo a envolvesse. É verdade que ela também gosta de sonhar. Sonhava desde criança, desde Júlio Verne. Quem não o fazia? Quem não sonhava com um mundo melhor? Era lógico que a ideia de se imaginar companheira a atraísse; ver-se rodeada por esses seres de olhares transparentes e profundos, serenidade de árvores. Mas isso nada tinha a ver com a realidade, com sua realidade de menina rica, arquiteta de luxo com pretensões de independência e casa própria de Virginia Woolf. Devia romper com este interrogatório constante, disse para si, este ir e vir de seu eu racional para seu outro eu, inflamado de ardores justiceiros, resíduo de uma infância repleta de leituras heroicas demais, sonhos impossíveis e avós que a convidavam a voar.

* * *

Ah! Como duvida! Sua posição lhe permite duvidar. Pensa demais. São grossas as vendas sobre seus olhos. Em nosso tempo, quando a guerra chegou, houve muitas mulheres que tiveram de despertar, reconhecer a desvantagem de ter passado tanto tempo cultivando o ócio e a docilidade.

Fui afortunada. Embora minha mãe se enfurecesse, eu sempre tive tendência pelos jogos dos rapazes, os arcos e as flechas.

Ela não concebia que as mulheres pudessem guerrear, acompanhar os homens.

Aquela tarde quando Yarince chegou com seus homens a Taguzgalpa, o dia que nossos olhos ficaram engastados para sempre, ela soube. Soube que, ao amanhecer, eu iria com ele combater os invasores.

Esperou-me ao lado da fogueira. Quando me aproximei, olhou-me; um olhar triste que lhe aparecera desde que os combates com os espanhóis deixaram de ser notícias longínquas.

Suas mãos fortes comprimiam a massa do milho, dando-lhe forma redonda.

— Esteve com os guerreiros – disse-me.

E sua voz dizia: cometeu uma falta; não é lugar de mulher; agitaram seu sangue.

— Eles vêm de longe – disse –, são caribes. Dizem que devemos nos rebelar, lutar contra eles. Caso contrário, será o fim para nós. Irão nos matar para ficar com as terras, os lagos, o ouro. Destruirão nosso passado, nossos deuses. Muitos homens irão amanhã com eles para o combate. Saldaremos as velhas inimizades. Iremos nos unir contra os homens loiros. Eu também quero ir.

— Disse-lhe que a batalha não é lugar para mulheres. O mundo foi disposto sabiamente. Seu umbigo está enterrado embaixo das cinzas da fogueira. Este é o seu lugar. Aqui está seu poder.

— Yarince, o chefe, disse que me levaria.

— Sim – disse minha mãe. – Vi como a olhava na praça. Vi você olhando para ele.

Olhei para baixo. Nada ficava oculto do coração de minha mãe.

— É destino de mulher seguir o homem – disse. – Não é maldição. Se a ama, deveria acertar a cerimônia com seu pai. Fazer as oferendas. Obter a bênção da aldeia.

— Estamos em guerra. Isto agora não é possível. Devemos sair amanhã ao amanhecer. Mãe, não me amaldiçoe. Dê-me sua bênção – disse, ajoelhando-me na terra.

— Não se guie além do instinto – disse-me. – Itzá, será possível que me dê mais razões para amaldiçoar os espanhóis?

— Só nos restam dois caminhos, mãe – disse, erguendo-me. – Amaldiçoá-los ou combatê-los. É preciso que eu parta. Não é só por Yarince. Sei usar o arco e a flecha. Não suporto a placidez dos dias longos. A espera do que haverá de vir. Sinto profundamente que é meu destino partir.

Lembro que estendeu as mãos, as palmas brancas de comprimir a massa do milho e arredondar as tortilhas. Ergueu-as e voltou a descer. Inclinou a cabeça desistindo de falar mais. Fez-me ajoelhar e invocou Tamagastad e Cipaltomal, nossos criadores; Quiote-Tláloc, deus da chuva, a quem eu tinha sido dedicada.

Forte como um vulcão ao amanhecer, com suas suaves linhas recortadas na contraluz da porta, ainda parece que a vejo, essa última madrugada de minha partida, despedindo-me com a mão estendida; uma mão como galho seco e desesperado.

Ela foi minha única dúvida. Ela, a que me ensinou o amor.

* * *

O telefone tocou.

— Alô, sim? Quem fala? – disse Lavínia.

— Lavínia?

— Sim. Sou eu – disse. Não reconheceu a voz do outro lado, embora soasse estranhamente familiar.

— Lavínia, sou eu, Sebastián.

O nome a trouxe de volta para a bagunça da cama. O que Sebastián queria?, perguntou-se. O que teria acontecido?

— Felipe não está com você?

O coração bombeou uma grossa descarga. Não, Felipe não estava com ela, tinha ido trabalhar; deixou-lhe um bilhete.

— Trabalhar? Sábado? Combinei de encontrar com ele para tomar uma cerveja, faz mais de uma hora! – respondeu Sebastián, frívolo.

Felipe dar o bolo em Sebastián?, pensou Lavínia, enquanto o medo a confundia.

— Ele me disse que ia trabalhar – insistiu Lavínia, sem perceber as tentativas do outro em camuflar a conversa; seu cérebro começando a fabricar terríveis especulações.

Não conseguiu entender a risada de Sebastián pelo telefone; seu comentário sobre esse Felipe que não se ajeitava; quem imaginaria que ia trabalhar hoje. Trabalham suficiente nos dias de semana.

Lavínia começou a compreender que devia fingir uma conversa normal. Não conseguia. As palavras não fluíam.

Sebastián, enfim, percebeu.

— Não fique assim – disse ele. – Vamos fazer assim. Estou em um telefone público perto do Hospital Central. Passe aqui para me buscar e conversamos. Em dez minutos espero você. Lembra que não posso pegar muito sol – acrescentou com ironia.

Quando desligou, as pernas de Lavínia tremiam. Imagens desconexas faziam seu estômago embrulhar e deixavam sua visão turva.

"Não devo pensar", disse para si mesma, sem conseguir evitar a visão do jornal e as fotos dos cadáveres varados de balas. Levantou-se rapidamente, pondo a roupa amarrotada do dia anterior. "Preciso me acalmar", pensava, enquanto escovava o cabelo, pegava a bolsa, as chaves e saía para entrar no carro.

Dava partida quando esgotou, em suas tentativas de se acalmar, os argumentos do atraso e os inconvenientes do transporte, que sua mente produzia em uma tentativa de relevá-la da angústia. Lembrou-se do parágrafo sobre a pontualidade como máxima inviolável dos contatos clandestinos. Acabava de lê-lo nas medidas de segurança: a margem de espera não podia exceder os quinze minutos. E Sebastián tinha esperado uma hora.

Acelerou nas ruas vazias de sábado à tarde; o som rítmico de seu coração era a única interrupção no silêncio do medo.

Viu Sebastián, de pé, na esquina, com um jornal embaixo do braço e um boné. Conversava tranquilamente com uma vendedora de frutas, gorda, de avental branco. A calçada estava cheia de pedestres com embrulhos e pacotes; visitas para os doentes.

Aproximou o carro da calçada e gritou: "Sebastián!" Era proibido buzinar.

Ele ergueu a cabeça. Despediu-se da mulher e entrou no carro com uma expressão séria, alterada.

— Nunca mais faça isso – disse, ajeitando-se no banco.

— O quê? – perguntou Lavínia, surpresa, esquecendo por um instante a angústia por Felipe.

— Me chamar por esse nome na rua, em público. Você não sabe se realmente me chamo assim.

Ela lembrou-se dos panfletos, os pseudônimos. Sebastián, então, não se chamava Sebastián, era um pseudônimo; talvez Flor não se chamasse Flor; Felipe não era Felipe... Talvez amanhã, no jornal, na foto, descobrisse que Felipe se chamava Ernesto ou José. Como tudo aquilo lhe era alheio! Ela pensou que não servia para isso, o que aumentou sua tristeza.

— Sinto muito – disse, resignada. – E Felipe também não se chama Felipe?

— Felipe se chama Felipe, sim – respondeu Sebastián. – Seu nome é legítimo.

Porque havia legítimos e clandestinos, como Lavínia acabara de aprender.

Perguntou a Sebastián se era para levá-lo até a casa dela; ele assentiu. Estava preocupado.

— O que acha que aconteceu? – perguntou Lavínia.

— Não sei. Não sei – respondeu Sebastián. – É estranho. Felipe sempre é muito pontual. Bem, é uma regra nossa, a pontualidade. Por isso, não sei o que pode ter acontecido. Vamos para sua casa e lá esperamos mais uma hora. Se ele não aparecer, digo o que vamos fazer. Tente se acalmar – disse, tocando seu braço.

Enquanto Lavínia se concentrava em dirigir com cuidado ("devemos nos assegurar de que a polícia não nos pare por causa de uma infração de trânsito", dissera Sebastián) e tentava não deixar a preocupação dele paralisá-la, Sebastián começou a dizer, com calma.

Era necessário controlar o temor, disse, não deixá-lo tomar conta; foi assim que ele conseguira sobreviver aos anos de clandestinidade no Movimento. Deviam ser otimistas. Ter fé, disse-lhe, esperança. Disso vivem eles, acrescentou. Porque ele compreendia que estivesse angustiada. Conhecia as esperas angustiosas. E, por vezes, escondido, disse, sem mobilidade; tendo de se deslocar de um lado para o outro disfarçado de hippie, de médico. "Devia ver como fico bem com alguns disfarces", disse para fazê-la rir. E não lhe diria para que não se angustiasse, só que tivesse calma. Não se podia evitar esse tipo de sentimento; como não se podia evitar outros. Mais ainda, era importante, principalmente para eles, não permitir que os mecanismos de defesa os insensibilizassem, tornassem-nos seres mecânicos e frios, endurecessem-nos. Os perigos, a morte, não podiam torná-los seres invulneráveis. Embora se pagasse um preço alto por conservar a sensibilidade. Mas era necessário não se afastar dos sentimentos cotidianos: seria como se afastar das pessoas, do povo, disse.

Lavínia o escutava em silêncio. Sebastián falava com ela como se já fosse uma companheira. Ela não era uma companheira. Não queria sofrer. Não queria que matassem Felipe. "Se acontecesse algo com Felipe, iria odiá-los", pensou. Odiaria Sebastián, Flor, o Movimento inteiro por sonharem, por desperdiçarem sua vida, dispondo dela como se não significasse nada.

Aproximavam-se da casa. Sebastián lhe indicou que dessem várias voltas antes de entrar na garagem. Precisavam ter certeza de que ninguém os seguia. E ela seguiu as instruções dele. Alternava entre a rebelião furiosa contra o sacrifício e aquele desejo de sentir-se parte, como quando Sebastián esteve ferido em sua casa. Pertencer.

Todo o caminho, entre embate e rebate das contradições possuindo-a, tinha rogado aos santos de sua tia Inês para encontrar Felipe quando abrisse a porta. Agora, enquanto enfiava a chave na fechadura, fechou os olhos, pensando que quando os abrisse iria vê-lo sentado no corredor do quintal, na penumbra produzida pela copa da laranjeira. Mas a porta para o quintal continuava fechada. A casa em silêncio. Do mesmo jeito de quando ela saiu. As coisas imóveis. Ninguém aguardava na penumbra.

Entraram. Disse a Sebastián que se sentasse enquanto ela ia ao banheiro. Não queria que visse seus olhos marejados de lágrimas por causa da desilusão; queria acalmar o pranto que lhe oprimia o peito. Sentia-se agitada, com vontade de sair pelas ruas procurando Felipe. "Se não fosse por Sebastián", pensou, "percorreria as avenidas; iria a todas as partes procurá-lo".

Saiu do banheiro depois de jogar uma água no rosto, sem se permitir chorar, pensando que, se começasse, não conseguiria parar; choraria sem parar. E isso lhe dava vergonha, apesar do que Sebastián tinha dito no carro.

Tinha medo de acompanhar as lágrimas com palavrões. Condená-los pela vocação suicida. Foi até a cozinha argumentando sede, um copo de água.

— Poderia trazer um copo de água para mim também, por favor? – Escutou a voz de Sebastián vindo da sala.

Lavínia voltou com os copos. Colocou-os na mesa.

— Sente-se – disse ele. – Tem que fazer um esforço e se acalmar. Felipe pode ter tido algum problema. Esse atraso não quer dizer, necessariamente, que esteja morto ou capturado.

Ela assentiu. Sentou-se. Perguntou-se se não haveria nada o que fazer; ninguém a quem chamar; nenhuma pessoa com conexões que pudesse indagar sobre o paradeiro de Felipe.

— Deveria trazer o rádio – disse Sebastián. – Pode haver alguma notícia.

Ele também estava nervoso, pensou Lavínia.

Puseram o rádio na mesa de centro. A Rádio Nacional – a emissora oficial, a dos comunicados sobre as ações subversivas – transmitia um programa de *jazz*. Louis Armstrong soprando magistralmente o trompete.

Lá fora os carros rodavam pelo asfalto de vez em quando, interrompendo o silêncio de ambos, apoiados nos almofadões que às vezes faziam de sofá.

Amigos com conexões, pensou Lavínia. Lembrava especialmente de um; um amigo de seus pais. Todo Natal lhes enviava presentes caros e extravagantes: rádios diminutos, canetas com relógios. Esse homem poderia fazer algo, sem dúvida, pensou. Tinha negócios com o governo. Era amigo do Grão-General. Mas como fazer?, perguntou-se. Significaria chamar seus pais, explicar-lhes. Descartou a ideia. Não poderia lhes explicar nada. Ela não tinha nada o que tratar com essa gente, diria sua mãe.

E Julián?, pensou Lavínia, sem desistir, talvez Julián conhecesse alguém. Felipe e Julián se gostavam. Ela suspeitava, além disso, que Julián conhecia o segredo. Quando Felipe aumentava suas saídas misteriosas demais, chamava-o à sua sala.

"Às vezes me desespera", lhe dizia Felipe, falando-lhe de Julián, a quem conhecia desde a adolescência. Juntos tinham partilhado a aventura da primeira mulher. Entraram, um depois do outro, no quarto mal iluminado do Moulin Rouge – um prostíbulo de luz vermelha e altos muros misteriosos que Lavínia lembrava-se de ter olhado com curiosidade da estrada. Felipe contou-lhe vivamente o cheiro de mofo, a mulher meio abotoando o vestido quando ele entrou, depois de Julián. Uma mulher jovem e atraente, contou-lhe Felipe. Parecia gostar de vê-lo desabotoar as calças, nervoso, como se ela se sentisse dona de um antigo poder. Observou-o com cara de quem olha uma criança fazer as primeiras letras no caderno cheio de rabiscos. Ele sempre tinha imaginado mulheres tristes e acabadas nos prostíbulos, mas Terência tinha um belo sorriso e dizia que nesse negócio era preciso ter senso de humor. Só quando estava em cima dela, derramando-se quase imediatamente só com a ideia de estar entre as pernas de uma mulher, sentindo o túnel úmido e quente rodear seu sexo como uma teia de aranha, uma mão misteriosa nascendo do ventre de Terência, Felipe lembrava que sentiu como ela se punha tensa, agressiva, grunhindo com uma raiva oculta. Contou-lhe que ela o empurrara e dissera: "Muito bem, já sabe como é; já pode se sentir homem." E Felipe reconhecia que, embora tenha sido uma maneira triste de se sentirem homens, Julián e ele saíram vaidosos, crescidos, daquele prostíbulo.

Julián poderia fazer alguma coisa, pensou Lavínia.

— Felipe tem um amigo, o chefe do escritório, Julián. Talvez possa averiguar alguma coisa – disse, inclinando-se em direção a Sebastián, ocupado em procurar notícias no rádio.

— Não é conveniente despertar suspeitas, mexer na colmeia antes do tempo – disse Sebastián. – É perigoso... Não há nada nos noticiários – disse, sintonizando novamente Louis Armstrong e a Rádio Nacional. – Toca bem esse músico negro. É bom no trompete. Gosta da música? – perguntou, virando-se para Lavínia.

Trate de me distrair, pensou Lavínia, respondendo que gostava, sim, da música.

— Não viu no cinema esse filme, *Woodstock*? – perguntou Sebastián.

— Vi – disse ela –, estava com Felipe.

— Ah! Então era você... Felipe me contou que viu o filme com uma moça de quem gostava. Faz uns dois meses, não faz?

Devia ter imaginado que era você. Faz quanto tempo que estão juntos?

— Desde um pouco antes de você levar o tiro – disse Lavínia.

— Então meu tiro é um lembrete para vocês? – perguntou Sebastián, sorrindo e tocando o braço já curado. (Vestia camisa de manga comprida escondendo a cicatriz.)

— Sim – disse Lavínia. – É assim. Mais que isso, eu diria que minha vida se divide entre antes e depois do tiro.

— É uma honra – disse Sebastián –, mas foi só um susto.

— Não – disse Lavínia, enfática –, não foi só isso. Desde então, estou questionando a vida, duvidando...

— Do quê? – perguntou Sebastián.

— Não sei... estou confusa. Às vezes, odeio vocês por serem valentes. Às vezes, gostaria de ser como vocês. O que eu achava que era a minha rebelião me parece insossa. Vocês têm tanta determinação, são tão seguros de si, para onde vão... Mas tenho medo de me envolver. Não sou assim.

— As pessoas não são assim ou assado. Cada um se faz a si mesmo. Eu a vejo muito envolvida – disse Sebastián, com um sorriso que pareceu ligeiramente irônico para ela. – Não interessa se primeiro ocorreu-lhe rebelar-se ao seu modo. Para muitos é o primeiro passo. Em Fáguas, não é possível manter os olhos fechados, embora se queira. Por mais que não se queira ver a violência, a violência procura você. Aqui todos temos uma dose garantida por direito de nacionalidade. Ou fazem você, ou você faz. Ou, em todo caso, se não lhe fazem nada, fazem aos outros... e ali é onde entra a consciência. Porque, se você deixa que façam a outros, se torna, explicitamente ou não, cúmplice.

Louis Armstrong terminava um solo. A nota longa se estendeu pela sala. Ele tinha razão, pensou Lavínia. Estava duvidando perante um ato consumado, mesmo que acreditasse continuar deliberando sobre se envolver ou não. A violência tinha chegado até sua casa. Serviço em domicílio, cortesia do Grão-General e de Felipe.

* * *

Em tempos de guerra, ninguém mora em terrenos afastados. Os invasores talvez demorassem a chegar, mas finalmente chegariam. Isso dizia Yarince. Isso dizíamos nós por onde passávamos. Dizíamos aos que acreditavam que seu mundo nunca seria tocado. Ah! Mas muitos não nos escutaram! Sebastián fala com sabedoria. Suas palavras penetram as alçadas resistências, os debilitados muros que ela ergueu.

* * *

— Ontem fui até a casa de Flor – contou Lavínia. – Ela me deu uns papéis sobre o Movimento para ler. Hoje os li.

Sebastián ficou surpreso. Ela se perguntou se isso traria problemas a Flor.

— É a primeira vez que lê panfletos sobre o Movimento? – questionou Sebastián.

— É – respondeu Lavínia.

E, de forma inevitável, o rumo da conversa chegou a Felipe, o círculo se fechando nele. Sebastián não compreendia que ele não a tivesse posto em contato pelo menos com a literatura do Movimento. Foi inevitável o retorno à margem do rio.

Nesse momento não se importaria, pensou Lavínia, de ser sempre a margem do rio. Margem do rio por séculos e séculos contanto que Felipe aparecesse. Até o justificou.

— Compreendo sua necessidade de um espaço de vida normal – disse ela, olhando para o relógio.

Tinham se passado quarenta e cinco minutos. Custava-lhe, cada vez mais, se concentrar em outra coisa que não fossem os implacáveis ponteiros do relógio.

Sebastián começou a dizer algo sobre os problemas dos companheiros, mas de repente parou. Levantou a cabeça como um animal que ergue as orelhas. Ela também escutou os passos se aproximando, os passos que conhecia tão bem por esperá-los na noite, o calcanhar batendo no pavimento. Não se mexeram até a chave entrar na fechadura e Felipe aparecer na sala intacto, são e salvo, piscando, se acostumando com a luz.

Olhou para Sebastián e Lavínia, confuso.

— O que faz aqui? – perguntou para Sebastián.

Ignorou a presença de Lavínia, como se não existisse. Ela não emitiu som, ainda se recuperando de sua aparição repentina.

— Você me pergunta o que faço aqui – disse Sebastián, obviamente irritado com o tom de Felipe –, sendo que você não aparece na hora que marcamos; esperei você uma hora, ligo para você pensando que estava com Lavínia, e não o encontramos em lugar algum. Pensávamos que tinha acontecido alguma coisa com você!

— Mas eu fui ao ponto de encontro – disse Felipe – na hora indicada. Também fiquei esperando. Também estava preocupado. Dei muitas voltas antes de voltar aqui porque pensei que tinha acontecido algo...

Os dois homens se contradiziam, cada um aludindo à confusão sobre o lugar onde deviam se encontrar. Felipe argumentava a esquina do parque; Sebastián, a entrada do hospital. Ela, invisível, desaparecia, dissolvia-se em uma confusa mistura de vontade de rir e chorar.

Uma confusão, e o mundo se alterava totalmente. Assim era a vida na beira do precipício. Alguém se confunde, demora mais do que o estabelecido e o cheiro da morte começa a se infiltrar em cada baforada de ar. Mas Felipe estava vivo. Não haveria foto no jornal. Só tinha sido uma confusão.

Eles continuavam discutindo sobre o bilhete que Sebastián enviou pelo "correio".

— Tenho certeza de que você escreveu "na esquina do parque". Pena que queimei o papel – dizia Felipe.

Pouco a pouco, os dois foram se acalmando, até finalmente rirem e se abraçarem, dizendo que ainda bem que tinha sido um baita susto, e que olha só para Lavínia, como está a coitada, dá um abraço nela.

Horas mais tarde, nos braços de Felipe – que dormia placidamente –, Lavínia não conseguia dormir.

Depois da espera, depois de esclarecer pela metade as confusões (porque não ficou claro qual dos dois se confundiu, alterando o equilíbrio do mundo), Felipe ainda teve de sair para levar Sebastián. Ela ficou sozinha em casa. E, quando se viu sozinha, pensou ter imaginado a volta de Felipe. O pânico a atingiu de novo até que ele voltou.

Fizeram um amor terno e lento no qual ela chorou, finalmente, a ideia, a possibilidade de sua morte; essa criatura material rondando seus beijos, o tato. Chorou por ela mesma, pela figura da moça despreocupada que tinha sido até há poucos meses, dissolvendo-se, deixando-a perplexa, possuída por uma mulher que ainda não encontrava identidade, propósito, segurança. Chorou sua fraqueza perante o amor, perante a violência, a responsabilidade de que já não podia continuar fugindo de ser uma cidadã a mais. E sem aviso, no momento mais profundo do enfrentamento, quando seus corpos suados entravam em cheio no agitado ar próximo do desenlace, seu ventre cresceu no desejo de ter um filho. Desejou-o pela primeira vez na vida com a força do desespero, desejou reter Felipe dentro dela germinando, multiplicando-se em seu sangue.

Apaziguada, sem conseguir dormir, evocava a sensação animal, o instinto possuindo, imperativamente, a razão, construindo a imagem daquele menino – viu-o tão claramente – aparecido de repente em sua imaginação. Por que teria imaginado isso?, perguntou-se. Para ela, a maternidade havia sido uma noção adiada para um futuro sem desenho preciso. Com o rumo que sua vida agora tomava, aquilo era ainda mais impreciso. Sua existência, dia a dia, parecia se confundir em acontecimentos imprevisíveis. A manhã e a noite eram territórios incertos; o desaparecimento, a morte, uma possibilidade cotidiana. Nessa situação, não restava mais alternativa, a não ser renunciar ao desejo de se prolongar. Um filho não cabia em tamanha insegurança. Era um pensamento louco. Enquanto amasse Felipe, não seria possível. Não devia nem pensar nisso. Teria de renunciar. Renunciar como tantas desde antes e depois, renunciar enquanto Felipe fosse essa figura aparecendo e desaparecendo, essa luz intermitente.

Doeu-lhe o ventre. A dor se tornou paulatinamente raiva. Raiva desconhecida brotando da imagem de um menino que jamais existiria.

"Quantos meninos andariam pelo éter", pensou, "negados da vida por essas situações? Quantos na América Latina? Quantos no mundo?"

Olhou ao redor tentando recuperar o princípio da realidade. Felipe dormia profundamente. O quarto às escuras desenhava sombras no luar que se filtrava pela janela; lá fora, os galhos da laranjeira mexiam-se ao vento. Lera em algum lugar que o desejo de parir era mais forte em momentos de catástrofes naturais, quando a morte dava as caras.

"Isso devia estar acontecendo com ela", pensou. Não era racional que tivesse tido essa ideia nestas circunstâncias e, mesmo assim, tenha visto a imagem do menino sorridente; sentia em suas entranhas a raiva e o instinto desatado na calma noturna.

"Sebastián tinha razão", pensou. "Já estava envolvida. Por que se enganar em longas lutas internas sobre se devia ou não falar com Flor, ou simplesmente lhe devolver os papéis como quem devolve um livro já lido ao seu dono? Não podia mais sentir desejos de zombar de si mesma por sua incerteza, seu medo, o peregrino engano de crer que ainda podia escolher. A verdade era que o som da morte cavalgava suas noites, a violência dos grandes generais havia invadido seu entorno como uma sombra maligna e gigantesca", pensou. Já não era possível se evadir: já era dona da própria dose de raiva, do "direito de nacionalidade" de sua cota de violência, como dissera Sebastián.

"Começaria a travessia", disse para si mesma. A margem do rio se enfumaçava na bruma do sonho. Dormiu junto a Felipe.

* * *

Negamo-nos a parir.

Depois de meses de duros combates, um após o outro morriam os guerreiros. Vimos nossas aldeias arrasadas, nossas terras entregues a novos donos, nossa gente obrigada a trabalhar como escravizada para os capitães. Vimos os jovens púberes separados de suas mães, enviados para os trabalhos forçados, ou para os navios de onde nunca voltavam. Os guerreiros capturados eram submetidos aos mais cruéis suplícios: os cachorros os despedaçavam, ou morriam esquartejados pelos cavalos.

Desertavam homens de nossos acampamentos. Sigilosos desapareciam na escuridão, resignados para sempre à sorte dos escravizados.

Os espanhóis queimaram nossos templos; fizeram fogueiras gigantescas onde arderam os códices sagrados de nossa história; uma rede de buracos era a nossa herança.

Tivemos de nos retirar para as terras profundas, altas e selváticas do norte, para as cavernas nas fraldas dos vulcões. Ali percorríamos as comarcas, procurando homens que quisessem lutar, preparávamos lanças, fabricávamos arcos e flechas, recuperávamos forças para lançar-nos novamente ao combate.

Recebi notícias das mulheres de Taguzgalpa. Haviam decidido não se deitar mais com seus homens. Não queriam parir escravizados para os espanhóis.

Aquela noite era de lua cheia; noite de conceber. Senti-o no ardor de meu ventre, na suavidade de minha pele, no desejo profundo de Yarince.

Regressou da caça com uma iguana grande, cor de folhas secas. O fogo estava aceso e a caverna, iluminada de vermelhos resplendores. Aproximou-se depois de comer. Acariciou o lado de meus quadris. Vi seus olhos acesos refletindo as chamas da fogueira.

Tirei sua mão da minha cintura e escorreguei para mais longe, para o fundo da caverna. Yarince veio em minha direção, acreditando que se tratava de um jogo para excitar mais seu desejo. Beijou-me sabendo como seus beijos eram licor em meus lábios; me embriagavam.

Beijei-o. Em mim surgiam imagens, água dos estanques, ternas cenas, sonhos de mais de uma noite: um menino guerreiro, rebelde, sem rendição, que nos prolongasse, que se parecesse com os dois, que fosse um enxerto dos dois carregando os mais doces olhares de ambos.

Afastei-me antes que seus lábios me vencessem.

Disse: "Não, Yarince, não." Depois disse "não" de novo e disse que as mulheres de Taguzgalpa, de minha aldeia, não queríamos filhos para as capitanias, filhos para as construções, para os navios; filhos para morrer despedaçados pelos cachorros se fossem valentes e guerreiros.

Olhou-me com olhos enlouquecidos. Retrocedeu. Olhou-me e foi saindo da caverna, como se tivesse visto uma aparição terrível ao se virar para mim. Então, correu para fora e fez-se silêncio. Só se escutava o crepitar dos galhos na fogueira, morrendo acesos.

Mais tarde, escutei os berros de meu homem.

E, mais tarde ainda, regressou arranhado de espinhos.

Essa noite choramos abraçados, contendo o desejo de nossos corpos, envoltos em um pesado disfarce de tristeza.

Negamo-nos a vida, a prolongação. A germinação das sementes.

Como me dói a terra das raízes só de lembrar! Não sei se chove ou choro.

10

Chovia em Fáguas. Começava a estação das chuvas, inverno do trópico. A semana se aproximava de seu fim. Desde domingo, Lavínia adiava a implementação de sua decisão; apresentar-se perante Flor.

Sentada à mesa, observava a janela banhada de chuva. As gotas deslizavam formando pequenos rios, empurrando umas às outras, fazendo cataratas sobre o vidro. Na época das chuvas, o céu das tardes tornava-se grandes nuvens e desatava dilúvios de úmida fúria. A terra se abandonava ao prazer das tempestades. Do solo subia um cheiro penetrante, anunciador de nascimentos. A paisagem soltava intensas nuances de verde. As árvores sacudiam as espessas copas, as cabeleiras molhadas. Era o tempo das orgias dos pássaros; tempo de correntes em que a cidade perdia sua fisionomia habitual e convivia com a lama, as formigas voadoras, as goteiras. Os velhos reclamavam do reumatismo, e as camas amanheciam frescas, os lençóis geladinhos e cálido o lugar dos corpos.

Poderia se pensar que voltamos para o princípio do mundo e logo aparecerão os dinossauros, pensava Lavínia, distraindo-se na contemplação do verdor irrompendo sobre a paisagem.

Princípio do mundo. Os dinossauros. O mundo dava voltas. Órbitas, idades que se sucediam. E o homem e a mulher fazendo histórias.

Não se podia continuar estendendo o assunto, pensou. Aumentava a angústia. Afetava o trabalho, diminuía sua capacidade de concentração. Nada era pior que a indecisão. Era quinta-feira. Flor tinha lhe dado o número de seu celular no hospital. Ligou para ela. Combinaram de se ver depois do trabalho. À tarde, quando o longínquo relógio da catedral bateu cinco horas, pegou sua bolsa e saiu para realizar o último rito.

De pé no morrinho brumoso de sua infância que a umidade do inverno rodeava de névoa e chuvisco, olhou de cima a silhueta apagada e esbranquiçada da cidade, seus lagos e vulcões. Ali, sozinha, de pé, descartou toda volta, aspirou a pleno pulmão o ar úmido e frio da montanha, a paz da paisagem reverdecida. Viu declinar o dia daquela quinta-feira despercebida e finalmente, pacificada pelo céu nublado, o sabor do ventre do mundo, atravessou a ponte que a levou até a cadeira de balanço onde agora balançava, ouvindo as folhas úmidas na voz de Flor. Ela falava suavemente. Sentia-se cansada, com olheiras fundas. O trabalho no hospital era estressante, dizia. Eram muitas as pessoas exigindo atenção, e o pessoal era limitado.

Flor lhe inspirava respeito. Felipe a considerava dura. Dizia que Sebastián relatava sua experiência com ela se comparando com um pescador afundando a faca no interior da ostra para tirar a pérola guardada no centro. Lavínia imaginava, olhando-a, o interior da concha nácar. Não deve ter sido fácil para ela, pensava, aquele tio amando-a com uma paixão como a de Lewis Carroll por Alice. Deixou-lhe cicatrizes. Receios. Ela não achava que Flor fosse dura. Embora a rodeasse o ar recluso de fortaleza, próprio das pessoas sofridas que sabem que são vulneráveis. Mas Lavínia podia sentir a ternura na forma com que falava procurando não assustá-la, dizendo que iriam pouco a pouco. Primeiro, Lavínia devia ler mais. As convicções não podiam ser cegas; nem fracas, disse-lhe. Queria que ela compreendesse, fosse ciente do porquê das possibilidades – essas que Lavínia chamava sonhos do programa. Era preciso que pudesse manejar os instrumentos, dizia Flor, para apreender o mundo de outra forma, desentranhar as certezas que desde sempre a cercaram, compreender os enganos de certas verdades universais; poder entender o lado negativo e o positivo da realidade e como se revezavam segundo diferentes interesses.

Então, passaram para os detalhes práticos. Flor lhe indicou que conservasse o panfleto das medidas de segurança.

— Agora terá de aprendê-las de cor – acrescentou – como lição da escola. No começo vão parecer exageradas, precauções extremas e estranhas, mas são essenciais, não só para sua segurança, mas também para a de todos. Hoje começa seu tempo de substituir o "eu" pelo "nós". Você deve cuidar, principalmente, da segurança dos companheiros clandestinos, como Sebastián, por exemplo. E não falar com ninguém sobre suas atividades. Absolutamente com ninguém que não estiver vinculado a você pelo trabalho da Organização.

— E com Felipe? – perguntou Lavínia.

— Com Felipe também não.

— Melhor. Não gostaria que ele ficasse sabendo da minha decisão.

— Quer ele fique sabendo de seu vínculo ou não, é assunto seu – disse Flor. – Mas é tudo que deve saber. Se quiser, pode contar para ele.

— Não quero – disse Lavínia.

Flor sorriu.

— E agora devemos dar um codinome para você. Como gostaria de se chamar?

— Inês – disse Lavínia, sem pensar duas vezes.

— Às vezes, para trabalhos específicos, usamos outros pseudônimos – disse Flor. – E você já sabe que é só entre nós, ou para as mensagens. Nunca o mencione em público.

Lavínia contou a Flor o erro que cometeu ao chamar Sebastián, em voz alta, na rua.

— Eu me senti tão burra... – disse.

— Você já vai se acostumar – disse Flor. – É um processo de aprendizado. À medida que o tempo passa, os sentidos ficam mais alertas. A adrenalina funciona em nós melhor que muitos hormônios. E já está vendo que, apesar de tudo, às vezes se cometem falhas como a do sábado com Sebastián e Felipe. E nisso os dois têm experiência.

Flor continuava falando. Explicando. O vento soprava a trepadeira visível da janela da sala. Bob Dylan as observava, pensativo. Corria um ar de chuva. O céu se acendia em relâmpagos longínquos. Lavínia percebeu o cansaço de Flor, que tinha ficado em silêncio.

— Você está cansada – disse Lavínia.

— Sim – concordou Flor, afastando o cabelo da lateral do rosto.

Antes de despedir-se na porta, Flor se virou e lhe deu um abraço.

— Bem-vinda ao clube, Inês – disse ela, sorrindo, iluminada pela claridade distante de um relâmpago.

* * *

Sinto o sangue de Lavínia, e me invade uma plenitude de seiva invernal, de chuva recente. De uma maneira estranha, é minha criação. Não sou eu. Ela não sou eu que voltou para a vida. Não a possuí como espíritos que assustavam meus antepassados. Não. Mas convivemos no sangue e a linguagem de minha história, que também é sua, começou a cantar em suas veias.

Ainda tem medo. Ainda escuto na noite as cores vivas de seu temor. Imagens da morte a perseguem; mas agora ela pertence, ela se enraíza em terreno sólido, ela cria as próprias raízes, e não treme como a chama no óleo. Difícil transcender as cinzas da fogueira, as mãos cuidando do fogo, a mó do milho, a petlatl dos guerreiros.

No início, Yarince queria que eu ficasse no acampamento esperando por eles. Pude evitar isso usando o estratagema da minha debilidade. E se viessem os espanhóis?, disse. O que seria de mim? O que poderia me acontecer, sozinha, em longas esperas?

Preferia morrer no combate a ser estuprada pelos homens de ferro ou morrer despedaçada pelos jaguares.

Convenci-os. Consegui que me colocassem na formação, um lugar protegido de onde disparavam flechas envenenadas.

Fui certeira na pontaria. Assim foi que, finalmente, me destinaram ofício nas batalhas, embora em seguida também devesse cozinhar e tratar dos feridos. Depois, quando nos retiramos para as cavernas do norte para recuperar forças e continuar o combate – vários caciques já lutavam ao lado dos invasores, dobrados como os juncos na corrente –, Yarince me enviou para as comarcas para que entrasse nos lares e falasse com os homens, clamasse para que eles se incorporassem à luta. "Não traga mulheres", disse-me. Ordenou-me apesar de meu enfurecimento. Ele dizia que era difícil para os homens lutar pensando na mulher com o peito aberto aos canhões de fogo. Eu não tinha refletido sobre isto. Ele nunca me disse que temia por mim na batalha. Enterneceu-me conhecer sua preocupação. Não insisti mais.

Enviar-me, não obstante, foi um fracasso. Os homens não confiavam em mim. Apenas consegui milho para alguma vez comer tortilhas.

As mulheres se reuniam ao meu redor. Escutavam minhas histórias. Queriam saber sobre a guerra com os espanhóis. Mas não houve nenhuma que me perguntasse se podia se unir a nós. Acho que pensavam não ser possível. Para elas, eu era uma texoxe, bruxa.

Falei-lhes da decisão das mulheres de muitas aldeias de não ter filhos para não dar escravizados aos espanhóis. Seus olhos se fixavam no chão. As mais jovens riam, pensando que eu estava louca.

Foram difíceis esses tempos. Eu voltava para as cavernas triste. Até cheguei a pensar que fora feita de uma substância estranha; que não provinha do milho. Ou talvez, me dizia, minha mãe tinha sofrido um feitiço quando me levava no ventre. Talvez eu fosse um homem com corpo de mulher. Talvez fosse metade homem, metade mulher.

Yarince ria me escutando. Pegava meus peitos, cheirava meu sexo e dizia: "Você é mulher, você é mulher, você é uma mulher valente."

* * *

A tempestade começou quando Lavínia voltava para casa dirigindo. Uma tempestade com trovões e raios brancos cortando o céu; o vento agitando as árvores e a poeira condensando a noite. Viu algumas pessoas correndo, buscando refúgio da chuva iminente. Em comparação, ela, em quem devia ter se desatado uma tempestade depois de culminar com a decisão, falando com Flor, dirigia estranhamente tranquila, alheia aos fenômenos da natureza. A chuva começava a cair no para-brisa dianteiro do carro: gotas isoladas, grossas, tímidas no início e subitamente desatadas a toda pressão, produzindo som de pedras no teto da lataria.

Isolada dentro do carro, pensava em sua tranquilidade, a calma depois da tempestade, o ponto-final das dúvidas, a aceitação de sua decisão, o resultado de ter transcendido, por fim, as semanas de incerteza. Mais adiante, se não se sentia capaz, não teria mais remédio, senão reconhecê-lo; dizer que tinha errado. Todo mundo tinha o direito de errar.

Quanto sua vida mudaria agora?, perguntava-se. O que aconteceria? Era tão difícil imaginar. Não podia partilhar com nenhum de seus conhecidos as especulações sobre o que viria. Estava sozinha. Não podia sufocar Flor com suas perguntas. Nem Sebastián. Não podia abusar deles, ou lhes dar a impressão de ingênua e vacilante. Era o tipo de incógnitas que devia esperar seu tempo para se revelar; incógnitas que devia atravessar sem companhia. Resistiria à tentação de contar a Felipe?, perguntou-se. Gostaria que ele soubesse, de fazer com que ele se sentisse mal por não ter sido ele quem a recrutou, por não ter pensado que ela era capaz. "Não vá fazer disso uma vingança", dissera Flor, e ela negou que fosse esse o motivo de não dizer nada a Felipe. Mas algo disso existia. Não podia enganar a si mesma. Inclusive, no fundo, desejava que Flor e Sebastián contassem a ele; que o fizessem se sentir envergonhado.

Para ela, homens ocupados no ofício de ser revolucionários não deviam agir assim. Teria Che Guevara agido assim? Flor dizia que Che tinha escrito que as mulheres eram ideais para cozinheiras e correios da guerrilha; embora depois andasse na Bolívia com uma guerrilheira chamada Tânia. Mudou, dizia Flor. Quem seria Tânia? Che a amaria?, perguntou-se, enquanto virava a esquina atravessando o aguaceiro, as ruas que, de repente, arrastavam correntes de lama. Tinha de ir devagar para não levantar grandes ondas nas esquinas com o risco de molhar o motor e o carro ficar atolado.

A quem importava a vida amorosa de Che? A história não se detinha nesses detalhes. Não se interessava pela vida íntima dos heróis. Era coisa de mulher se perguntar sempre pelo amor. "Por que seria tão difícil para os homens reconhecer a necessidade, a importância histórica do amor?", pensou, enquanto via dois táxis caindo aos pedaços ficar inertes no meio da rua; os motoristas tentando empurrá-los, tirá-los da lama. A cidade perturbada pela água.

A seu tempo, Felipe reconheceria ter se enganado com ela; ter agido de maneira egoísta. Ela admirava sua inteligência, sua honestidade. Não podia negar seus esforços em superar a resistência masculina a dar ao amor seu lugar, embora o confinasse na tradição. Tinha seu aspecto de duende brincalhão e feliz, seu lado amável, iluminado, que ela amava. Era triste vê-lo preso a esquemas e comportamentos dissonantes que contradiziam o desenvolvimento adquirido em outras áreas de sua vida. Não lhe faria mal aprender a lição. Comprazia-a se saber dona de um segredo, algo no qual ele não podia penetrar, a menos que ela permitisse.

Mas não queria pensar mais nele. Não o tinha feito por Felipe, repetiu-se, vendo os carvalhos de seu bairro se dobrar ligeiramente sob a chuva. Não, não o tinha feito por Felipe. Este também era seu país. Também o sonhava diferente. Amava suas florações, as nuvens brancas e rotundas, a chuva despudorada. Fáguas merecia melhor sorte.

Não, não era só por Felipe, voltou a se repetir, enquanto chegava, estacionava o carro na garagem e corria com o guarda-chuva violeta, sob a chuva, até a porta.

— Por que está tão calada? – dizia Felipe, no corredor do quintal.

Ele tinha chegado poucos minutos depois que ela, encontrando-a quieta e pensativa na rede. Agora estava sentado na cadeira de vime branca, de frente para ela, observando-a, brincando de qualquer jeito com as folhas próximas à laranjeira, que estendia seus galhos verdes e prata, pesados de chuva.

— Não sei. Acho que estou cansada – respondeu ela.

Estava exausta, ainda tensa. Via Felipe atrás de uma cúpula de cristal, distante.

— De um tempo para cá, vejo que está muito distraída – comentou ele. – Parece que não está aqui; sua mente está longe. Pelo menos, devia me dizer o que está acontecendo. Talvez eu possa ajudar você.

— Não acho que se trate de ajuda – disse ela, sentindo que teria preferido estar sozinha, ficar sozinha se acostumando com a ideia de se chamar Inês e se perguntando se teria tomado a decisão certa.

— Sempre é bom, quando se passa por uma crise, se comunicar com outro ser humano – disse ele.

— E por que acha que estou passando por uma crise? – perguntou ela, na defensiva, deitando-se na rede. Incomodava-a a atitude de suficiência e paternalismo de Felipe.

— Você parece um tigre – disse ele. – Não estou acusando você de nada. Todos temos crises.

— É difícil para mim imaginar você passando por alguma. A impressão que tenho é de que você nasceu sabendo de tudo – retrucou ela, levantando uma folha da laranjeira, mordendo-a até sentir o amargor da folha, o sabor cítrico, o cheiro arrancado dos veios.

— Não seja injusta. Você esteve comigo em várias crises... Quando Sebastián levou o tiro, quando mataram os companheiros...

— É exatamente disso que estou falando – disse ela. – Você passa por crises quando acontecem coisas externas, mas, quando se trata dos seus sentimentos, parece ter tudo sob controle.

— O que acontece é que finjo bem – disse ele, olhando para ela fixamente. – Mas posso lhe garantir que tenho minhas lutas internas. E, muitas vezes, gostaria de conseguir ser mais comunicativo, conseguir dividi-las.

— O ruim é que, com esse treinamento, o que emerge na superfície é um ar de autossuficiência que nos afasta – disse Lavínia. – É muito difícil se relacionar com seres perfeitos... ou que se projetam como se fossem.

Felipe se aproximou, inclinando-se para ela. Sorrindo, acariciou sua mão.

— Mas você sabe que não sou perfeito, não é?

— Ninguém é. Exatamente por isso me incomoda. Essa sua pretensão de sempre estar tão seguro de tudo me incomoda. Parece que nunca tem dúvidas. Está sempre me dando conselhos; nunca pedindo – disse, áspera. Sentia necessidade de reclamar, hostilizá-lo. De alguma maneira teria de sair o ressentimento, a raiva de não poder partilhar com ele o salto mortal.

— Pode ser. Talvez seja porque tive de me virar sozinho. Talvez também seja uma consequência de se acostumar a manter tantas coisas em segredo – disse Felipe.

— Ninguém se vira sozinho na vida, Felipe. Você deveria saber melhor que eu. Os outros têm um papel muito importante. Influenciam-nos. Há modelos que imitamos.

— É verdade que temos referências. Acima de tudo, como você bem disse, somos seres sociais. Falava mais que as crises em minha vida foram mais de ações que de reflexões. Não tive muitas oportunidades para meditar sobre a existência. Tive de ir resolvendo, do meu jeito, os problemas que foram aparecendo... e são mais problemas práticos.

— Mas nunca chegou a se perguntar, ou a ter inquietudes sobre si mesmo, sobre o que você quer, o que você é, o que você faz no mundo?

Felipe ficou em silêncio. Lavínia conseguia ver que ele se esforçava para lembrar, buscar as perguntas em sua memória.

— A verdade é que não – respondeu ele, enfim. – A realidade foi impondo respostas sem que tivesse de interrogá-la. Eu sabia quem era, sabia o que queria estudar e depois, com a influência de Ute, tomei consciência de que devia regressar e lutar para melhorar a situação do país... É isso que tento fazer no mundo. Nunca foi muito complicado para mim.

Pode ser que aconteça só comigo, pensou Lavínia, porque tenho opções. Posso escolher.

— Mas você podia ter ficado na Alemanha. Não teve dúvidas sobre se valia a pena voltar, sobre a possibilidade de lutar para melhorar a situação do país? Não lhe pareceu uma ideia romântica, utópica? – questionou, provocadora.

— A vida na Alemanha era infame para mim. Com meus estudos de arquitetura, tinha de trabalhar como jardineiro. Nesses países a concorrência pelo trabalho é muito difícil. A única coisa que podia ter me retido era a relação com Ute, mas ela estava convencida de que era mais importante eu voltar para meu país para trabalhar e fazer alguma coisa. Conhecia companheiros do Movimento lá. Gente que viajava pedindo apoio, dinheiro, contatos políticos para dar a conhecer a luta. Partilhava seus pontos de vista. Não foi difícil ser persuadido. Eu sabia, por experiência própria, o caos em que o país estava. Não sei se você acha romântico, mas um dos motivos mais convincentes é uma espécie de fé que se enraíza na gente. Lê-se a história da luta de Fáguas e se sente a energia que vem se acumulando, a capacidade de resistência. Você se convence de que existe, que é só uma questão de despertá-la, de conduzi-la adequadamente.

— Não acha que isso é praticamente impossível?

— Não. Acho difícil, mas não impossível. Estou absolutamente convencido de que o que estamos fazendo é correto e de que não há outra maneira.

— Mas acho que a natureza dos seres humanos não é tão generosa. Como é que você pode se entregar de braços tão abertos à luta? Nunca pensa em você mesmo?

— Não, porque deve-se admitir outra coisa: não só nos mantemos motivados pela consciência de que aquilo que faço é justo, como também existem satisfações pessoais. Por exemplo, o que você dizia sobre o que cada um faz no mundo... Cada um sabe que não está empregando todas as energias para chegar um dia a se sentar em uma casa, com um carro, um bom trabalho, uma esposa bonita e boa e pensar: "E agora?" Acho que o mero fato de existir implica certa responsabilidade com o futuro, com o que existirá depois de nós. Se fomos capazes de construir aviões, submarinos, satélites espaciais, deveríamos ser capazes de transformar o mundo que nos rodeia, de maneira que todos possamos viver pelo menos dignamente. É quase inconcebível que nesta era da tecnologia exista gente que morre de fome, que nunca viu um médico...

— Mas você gosta da ideia de ter uma vida normal, não gosta? Não estava me dizendo outro dia que invejava gente medíocre que não tem outra preocupação na vida a não ser chegar em casa e se sentar para ver televisão? – disse Lavínia, incisiva.

— Sim. Às vezes, sinto que é antinatural esta maneira de viver flertando com a morte, conspirando. E, na realidade, é. Não deveria ser assim. Não deveríamos ter que morrer, ou nos arriscar a morrer, por querer que desapareça a miséria, que não existam ditadores. O natural é que não existam essas coisas, mas, já que existem, não há outro remédio senão lutar contra elas. Cada um tem que violentar a própria natureza, recorrer à violência, porque a vida é violentada o tempo inteiro, não porque se goste da ideia de sofrer ou de morrer antes do tempo.

— Então está dizendo que a ideia de normalidade não o atrai?

— Não digo isso. Às vezes, sendo um pouco contraditório, gostaria de ter a ilusão de que não tenho nada com que me preocupar, que sou um homem normal, com um trabalho e uma vida segura, que ficarei velho rodeado de netos, mas depois você sai na rua, olha ao redor e se dá conta de que isso só seria possível se não tivesse sentimentos. Não creio que, para ninguém que tenha um mínimo de humanismo, seja possível desfrutar um banquete com centenas de crianças famélicas. Aqueles que fazem isso se convenceram de que não podem fazer nada, consideram natural que existam crianças famélicas. Aceitam esse tipo de violência e não entendem que nós nos vejamos obrigados a pegar em armas, que não a aceitemos, que não a consideremos natural.

— Mas voltando à questão da vida normal... – contestou Lavínia. – Não acha que é incorreto que você tenha dado um jeito de desfrutar de ambos os mundos? Comigo você tem uma vida normal e, com seus companheiros, pode sentir a satisfação de estar fazendo algo especial...

— Não vejo por que seria incorreto – disse Felipe, surpreso com a pergunta. – Se tive a sorte de encontrá-la e ter uma relação com você, não vejo por que devia me negar a ela. Também não se trata de uma vocação masoquista. Todos nós somos seres normais que amamos a vida, que temos o direito de amar, de ser amados... enfim. Não entendo muito bem o que está querendo dizer...

— Talvez devesse reformular a frase – disse Lavínia – e perguntar se você não se incomoda de que eu, que partilho sua vida, seja uma dessas pessoas normais que dão banquetes ao lado das crianças famélicas.

— Mas é que não acho que você seja esse tipo de pessoa – explicou ele, mostrando em sua expressão o desconcerto de querer compreender, sem resultado, o rumo das palavras de Lavínia. – Penso que você, como minha companheira, partilha meus sentimentos... falamos sobre isso uma infinidade de vezes desde que nos conhecemos...

— Pode ser que os partilhe de certa forma. Mas é um partilhar totalmente passivo. Você não se incomoda com isso?

— Se bem me lembro, desde aquela vez que trouxe Sebastián ferido, você me disse que nos compreendia, mas que não queria se comprometer, não se sentia capaz, tinha medo. Não estava de acordo com nosso "suicídio heroico". Foi o que você disse, se lembro bem.

— E você, se quer tanto transformar a realidade, não pensou que devia tentar me transformar, não é? No entanto, se dedicou a estar de acordo comigo, inclusive a reforçar meus medos quando me escutou exteriorizar opiniões, inquietudes sobre a minha concepção, sobre a minha passividade... Não acha que isso talvez, tem a ver, de forma inconsciente, com seu desejo de manter uma área de normalidade em sua vida?

— Acho, Lavínia – respondeu, sarcástico. – Como dizia Juárez, o respeito ao direito alheio é a paz. Você é uma pessoa inteligente e tem direito de pensar como pensa. Não posso obrigá-la a engajar-se no Movimento. Não seria correto de minha parte. Não posso dizer a você que não tenha medo, porque o que fazemos é perigoso e certamente dá medo. Não posso enganá-la para que você se una a nós, convidando-a como se fosse uma festa. O Movimento não é brincadeira... Não acho que o fato de ter respeitado sua maneira de pensar tenha algo a ver com esse suposto desejo de normalidade que você vê em mim.

— Mas você gostaria ou não que eu entrasse no Movimento?

— Que pergunta é essa?!

— Esqueceu que você me disse que eu sou a margem do seu rio, que, se nós dois nadássemos no rio, não haveria margem para recebê-lo?

— Mas eu disse isso para que você não se sentisse mal com sua indecisão, para que sentisse que, de qualquer forma, até me amando, podia fazer algo útil...

— Não, Felipe, não me diga isso. Sabe que não é assim. Sempre que menciono a remota possibilidade, e tudo bem que tive minhas dúvidas, de me engajar, você fica todo carinhoso e me fala sobre a margem do rio...

— Mas é uma piada, mulher, para que você não se sinta mal, porque sei quão difícil é para você a ideia de entrar...

— Tem razão. É difícil – disse ela, assumindo uma pose reflexiva e silenciosa, aguardando que Felipe tentasse convencê-la a entrar no Movimento, e assim poder revelar sua recente decisão para ele.

Se isso já passou pela cabeça dele, este seria o momento. Ela deu a ele de bandeja, de propósito. Não faria a revelação até que ele vencesse a resistência que lhe impedia de fazer a proposição.

Mas Felipe não disse nada. Aproximou-se dela. Abraçou-a. Acariciou seu cabelo. Disse que já era tarde. Era a hora que os casais normais faziam amor. Disse isso.

Lavínia guardou sua desilusão para ela. O contraste recém--observado entre o belo discurso e sua evasiva em convidá-la para partilhar a transformação do mundo. Não recorreria mais a esses estratagemas, pensou, sentindo-se desgastada, caindo no sono depois de se negar a Felipe; dizer-lhe que não; estava cansada.

No momento oportuno revelaria para ele, pensou. Seria um prazer ver a surpresa em sua cara de sabichão.

Nos sonhos, Lavínia voou longe de Felipe.

* * *

Em silêncio, a vida tece seus tecidos. Sinto o rumor dos filhos crescendo telas de cores estranhas; se aproximam acontecimentos que não consigo mais intuir.

11

Segunda-feira. Lavínia desenhava um luxuoso dormitório. O trabalho adquiria nuances de rotina. Sentada na banqueta, placidamente desenhando cômodos, inventando cores e texturas, parecia-lhe irreal saber que era parte da vida secreta de uma cidade de fundo duplo onde habitavam seres só visíveis para alguns olhos abertos.

Os contrastes, a sensação de irrealidade, às vezes, a sufocavam.

Tinha passado o fim de semana com amigos de longa data. No sábado tomou café da manhã com Sara e à noite, com Antônio e o grupo, foi a uma festa. Em determinado momento, se desdobrou, sentindo-se fora de lugar. Separou-se do grupo fingindo que tinha de ir ao banheiro, desejando voltar para casa. No banheiro, lavou as mãos por um bom tempo, olhando os azulejos brancos de complicados desenhos ocre, as jardineiras de gerânios na beirada da banheira encravada no piso, os espelhos nas paredes. Pensou, escutando lá fora a estridência da música, que esse mundo pairava sobre o mundo real, mas também se questionou se não seria ela, trancada no banheiro, a que viajava em um balão sem rumo, procurando monstros e feras ameaçadores.

— Desde que passou a andar com Felipe, você é outra – dissera-lhe Florência.

Perguntou-se se não estaria se tornando outra pessoa. Se aos poucos não deixava de ser o que era. O tempo da despreocupação cheira a distância. Sem dúvida estava mudando. O problema era não saber o que acabaria sendo. No momento, tinha de se acostumar a ser três pessoas. Uma para seus amigos e o trabalho, outra para o Movimento, uma terceira para Felipe. Às vezes, tinha medo de não saber qual dessas pessoas realmente era. Pelo menos no escritório continuava acumulando sucessos profissionais. Sua rotina de trabalho era frequentemente alterada pela aparição das esposas dos clientes que Julián lhe recomendava convencer de não importar de Miami tecidos e tapetes de péssimo gosto, ou não insistir em chalés suíços para um clima tropical.

Essas mulheres davam a Lavínia trabalho e dores de cabeça, mas não podia negar que suas extravagâncias também a divertiam, produzindo incontável material para brincadeiras e piadas, retratos patéticos das incongruências da época.

E, naquele dia de maio, duas dessas mulheres foram ao escritório para romper com a rotina de Lavínia para sempre.

Mercedes as anunciou. Abriu a porta. Parou na frente de sua mesa com cara de poucos amigos e disse:

— O chefe está chamando você. Aviso que está com duas múmias.

E saiu sem mais comentários.

Eram, com efeito, duas mulheres enxutas, de bochechas vermelhas e caras teatrais de espessa maquiagem. As pulseiras tilintavam nos braços magros dando a impressão de que faziam um esforço para gesticular, para levantar os braços onde pesava o ouro. Uma falava sem parar enquanto a outra assentia.

Quando Lavínia entrou, olharam-na com a indiferença que adotam certas mulheres perante espécimes do mesmo gênero que consideram subordinadas. Devem achar que sou a secretária, pensou Lavínia. Para este tipo de mulher, são as inimigas, as que lhes tomam os maridos.

— Bom dia – disse Lavínia.

Elas responderam o cumprimento.

Julián, virando-se para as visitantes, a apresentou.

— Lavínia é uma das melhores arquitetas que nós temos – disse, antes de enumerar suas qualidades, mencionando seu pedigree.

Ao ouvir o nome e a qualificação, a expressão delas mudou totalmente. Abriram largos sorrisos.

— Permita-me apresentá-la a sra. Vela e sua irmã, a srta. Montes – acrescentou Julián.

Apertou-lhes a mão, como quem diz "muito prazer". Eram mão finas e moles. Estendiam-nas com afetação. Pouca destreza social que as pulseiras não podiam dissimular.

Lavínia achou o sobrenome Vela familiar, mas não conseguiu localizá-lo na memória.

Para colocá-la a par da situação, Julián, virando-se para ela, explicou que a família Vela desejava construir em um terreno recém-adquirido, localizado em uma das ladeiras que circundavam o sul da cidade.

— O terreno é muito irregular – disse, estendendo a planta. – Mesmo assim tem possibilidades muito atraentes.

— Tem uma vista muito boa – disse a sra. Vela. – Não imagino como será possível construir uma casa ali, mas meu marido diz que é. Gostaria que ele tivesse vindo, mas está sempre muito ocupado, então me encarregou de ver as possibilidades para a casa – continuou, e suspirou com resignação.

— Deveria ficar feliz que o marido lhe deu essa liberdade, não é? – comentou a srta. Montes, e sorriu, olhando para Julián e Lavínia, tentando dissimular o que devia considerar uma reclamação sutil da irmã.

Lavínia as observava, divertindo-se. A sra. Vela era mais jovem que a irmã, que tinha ar de solteirona arrumada – dessas que sempre opinam e se metem em tudo. Certamente também se encarregava das crianças.

— Quantas pessoas vão morar na casa? – perguntou Lavínia.

— Meu marido, eu, nossos dois filhos e minha irmã... e os empregados, lógico. Mas queremos uma casa grande, com espaço suficiente.

— O general Vela gosta da vida social – disse a pintada srta. Montes.

"O general Vela!", Lavínia disse para si mesma. Por isso o nome lhe era familiar! Era nada menos que o recém-promovido Chefe do Estado-Maior do Exército! O jornal tinha destacado sua lealdade incondicional ao Grão-General. Antes de ser promovido, o general Vela foi chefe da polícia – estímulo que o Grão-General brindava aos seus leais antes de elevá-los na escala militar para lhes permitir acumular grandes montantes de dinheiro no negócio de placas, multas e licenças.

"E agora seria ela quem faria o projeto de sua casa!", pensou. Logo agora!

— Vimos a necessidade de ter várias salas, várias salas de jantar e vários quartos – dizia a sra. Vela. – Também queremos uma piscina para os meninos, uma área de esportes... Além disso, meu marido gostaria de ter um espaço para jogar bilhar...

Lavínia continuou fazendo perguntas, observando-as agora com outra curiosidade. As irmãs se atropelavam enumerando qualidades e cômodos que a casa devia ter. Não demoraram muito em abrir as bolsas e tirar recortes de revistas, mencionando seu desejo de contar com materiais importados, pois em Fáguas não existiam acabamentos que satisfizessem suas exigências. Lavínia se inclinou sobre a mesa para olhar os recortes das irmãs. Pelo menos era a casa de verão de Raquel Welch, e não a cabana alpina de Ursula Andress.

A artista aparecia posando em móveis impecavelmente brancos e num quarto com uma cama redonda e uma colcha de tecido felpudo listrado.

A sra. Vela mencionou seu sonho de um banho de banheira ovalada e jatos de água de *jacuzzi*. A srta. Montes explicou a afeição do filho adolescente de Vela pelos aviões, os pássaros e tudo que voasse.

— O general Vela quer direcionar esses sonhos do rapaz. Estimular sua vocação de piloto – disse.

— Meu marido se preocupa com esse menino tão distraído. Nós pensamos que seu quarto poderia ser desenhado com motivos de aviões de guerra – disse a sra. Vela.

Depois mencionaram fontes no jardim, paredes de rochas "choronas", paredes de espelhos nos banheiros...

Lavínia e Julián se entreolhavam de vez em quando, fingindo acompanhar atentamente a chuva de ideias das irmãs.

Sabiam que seria caro, esclareceu a sra. Vela, mas dinheiro não era o problema. O general tinha trabalhado arduamente sua vida inteira. Merecia. Além disso, a casa ficaria de herança para os filhos.

Por fim, Julián – sempre cortês e sorridente – marcou uma reunião com elas para a semana seguinte. Veriam um primeiro rascunho e continuariam conversando.

As mulheres foram embora atrás do tilintar de suas pulseiras.

Lavínia se jogou no sofá da sala de Julián. O falatório das mulheres, seu despudor de novas-ricas, tinham-na deixado atordoada. Em outra época, não teria sentido outro conflito que o estritamente profissional. Agora, com sua entrada no Movimento, ela se perguntou se não seria essa a ocasião para levar a cabo sua primeira demonstração de consciência recém-adquirida.

— O general Vela, nada menos – disse Julián, fechando a porta.

— Incrível! – disse Lavínia do sofá.

— Não sabem o que fazer com o dinheiro – disse Julián.

— E vamos trabalhar para eles? – perguntou Lavínia, testando-o. – Vamos aceitar esse dinheiro corrupto?

— Não seja romântica – respondeu Julián, enquanto enrolava o papel do terreno. – A maioria do dinheiro que recebemos é adquirido ilicitamente. A única diferença deste é que é mais evidente. Além disso, parece que o Grão-General se propôs enriquecer mais seus leais para garantir que estejam satisfeitos e o defendam. Assim pensa, imagino, enfrentar melhor o descontentamento e a rebeldia do povo. É provável que, depois deste trabalho, apareçam outros.

— Então está disposto a tirar proveito disso? – perguntou Lavínia, ainda sem decidir qual atitude tomar.

— Não me venha com moralismo agora – disse Julián. – Se querem gastar dinheiro, vamos ajudá-los. Afinal, é melhor que nós o ganhemos. Somos mais honrados. Nesse caso nem vou lhe pedir que a convença de evitar o extravagante e de mau gosto. Não se preocupe.

— Não é isso o que me preocupa – disse Lavínia, endireitando-se no sofá. – É que não sei se tenho vontade de ajudar a pensar em maneiras de gastar esse dinheiro.

— O dinheiro será gasto de qualquer maneira. Se não for com a gente, será com outras pessoas. Não vamos evitar que se gaste. Além disso, nos negócios não há princípios.

— A ideia me incomoda. Será que poderia considerar passar o trabalho para outro arquiteto? – perguntou Lavínia, erguendo-se para sair, pensando em como seus princípios começavam a mudar.

— Não, Lavínia – disse Julián. – Não posso designar outra pessoa. Não há ninguém melhor que você para este trabalho. Se nos guiássemos por princípios, seria melhor ficarmos em casa.

— Mas não cogitou que eles podem não gostar que eu esteja encarregada? – disse Lavínia, recorrendo a uma tática mais persuasiva. – Devem saber, pelo nome, que minha família é verde... mais verde não poderia ser...

— Pelo contrário – replicou Julián –, ficarão encantados. Essa gente fica deslumbrada com nomes aristocráticos. Não se importam se são opositores ou não. O sonho deles é ser como vocês. A verdade, e não quero incomodá-la, é que para eles a única oposição respeitável são os guerrilheiros...

Julián abriu uma pasta na mesa e começou a mexer nos papéis, marcando assim o fim da conversa. Lavínia recolheu sua caderneta de anotações e se dispôs a sair.

Estava com a mão na maçaneta, quando Julián ergueu a cabeça.

— Vou supervisionar este trabalho. Trabalharemos juntos, você e eu. Felipe já está com muitos projetos.

Julián sabia o segredo de Felipe, pensou ela. Não queria forçá-lo a se misturar com o general Vela. Saberia que ele rechaçaria se ver envolvido. Já em sua sala, Lavínia pegou o fone e teclou o ramal de Felipe. Não queria arriscar que Julián a visse entrando na sala dele e a achasse indiscreta.

— Felipe?
— Oi.
— É Lavínia.
— Conheço sua voz – disse ele, com um tom pouco amistoso, ocupado.
— Acabo de me reunir com a esposa do general Vela. Estão nos encarregando do projeto de sua casa. Julián quer que eu o faça.

Silêncio.
— Felipe, acho que eu não devia.
Silêncio.
— Penso – disse a voz do outro lado – que você deve. Definitivamente, sim. – A ênfase aumentava de tom.
— Mas...
— Por que não falamos disso mais tarde? Estou ocupado.

Lavínia desligou o telefone e contemplou a paisagem distante. Daria satisfação a Julián, entraria em sua sala e diria que não estava disposta a cuidar do projeto da casa. Imaginou a reação dos outros arquitetos, os projetistas, o rumor correndo pelo escritório. Os jovens que criticavam veladamente o governo, sem se atrever a enfrentar corrupções ou pedidos irracionais, perceberiam que o caminho da rebelião estava aberto. Tinha certeza de que Felipe entenderia quando explicasse a ele mais tarde. E não tinha dúvidas de que Sebastián a apoiaria. Satisfeita consigo mesma, levantou-se, sentou na banqueta da mesa de desenho e continuou seu trabalho, cantando baixinho.

— Mas, por que tem tanta certeza de que devo aceitar? – perguntava Lavínia a Felipe. – Tenho quase certeza de que Sebastián concordaria comigo.

— Não seja ingênua – respondia Felipe. – Na mesma hora, sua rebelião ficaria na cara. Encarregariam o projeto a outra pessoa ou a demitiriam. Já é estranho que Julián a tenha escolhido. Ele sabe da gente.

— Não entendo – disse Lavínia, olhando para ele.

Felipe chegou quando ela já estava na cama. Ele tirou a roupa e se enfiou entre os lençóis. Desculpou-se por ter chegado tarde. Pediu-lhe que contasse tudo sobre o trabalho que a sra. Vela e sua irmã lhe encarregaram.

Ela contou. Explicou a sua ideia de reclamar, negando-se a realizar o trabalho. Ele insistia na importância de aceitar.

— Não vê que se trata do Chefe do Estado-Maior do Exército? – repetia.

— É claro que vejo – dizia Lavínia. – Exatamente por isso.

— Não percebe que poderia ter acesso a uma grande quantidade de informações sobre seus hábitos, costumes, sua família? Não percebe que vai desenhar a casa dele, seu quarto, seu banheiro?... – exclamou Felipe, enfim, exasperado.

Lavínia ficou em silêncio por um instante. Começou a compreender.

Vieram à sua mente, em retrospecto, imagens de atentados, Aldo Moro, homens mortos em dormitórios. Sentiu-se mal.

— Vão matá-lo? – perguntou, sem conseguir formular a frase de outra maneira.

— Não se trata disso – disse Felipe. – Mas é importantíssimo ter informação sobre essa gente, ganhar sua confiança, você não percebe?

Percebia. Mas era uma compreensão confusa, interferida por imagens assustadoras. Pensou na solteirona, a irmã conciliadora.

Imaginou a bomba despedaçando-a.

— Percebo – disse Lavínia. – Percebo que é uma informação útil para acabar com eles.

— Lavínia, não achamos que esta seja uma questão de matar pessoas. Se fosse assim, já nos teríamos ocupado do Grão-General. O que nós queremos são mudanças muito mais profundas que uma mera troca de pessoas.

— Mas, então, para que serve toda essa informação?

— Porque uma das regras de ouro da guerra é conhecer o inimigo. Como vive, o que pensa. O que for feito com essa informação não será assunto seu. O que você teria de fazer é consegui-la, ganhar a confiança da família, poder entrar em sua casa... roubar documentos.

— Mas isso seria muito perigoso – disse ela, sondando-o.

— Pode ser que sim – disse ele. – É verdade. Mas é importante. Nós a protegeríamos.

— Teria de entrar no Movimento – disse Lavínia, olhando fixamente para ele.

— Ou passar toda a informação para mim – disse Felipe.

— Seria quase a mesma coisa.

— Não necessariamente – disse ele. – Você não teria mais responsabilidade que passar a informação para mim.

— E se eu dissesse para você que já entrei no Movimento?

— Não acreditaria.

— Pois é, mas é verdade.

Lavínia esperou a reação de Felipe. Viu como ele a olhava, incrédulo. Mediram-se em silêncio. Ela não desviou o olhar.

— Sinto muito que tenha escondido de mim – disse Felipe, enfim.

— Eu ia contar para você em algum momento. Não sabia quando.

— Mas quando foi? Quando você decidiu? Como? – perguntava Felipe.

Lavínia fez um resumo breve de suas meditações, das conversas com Sebastián e Flor.

— E por que não me disse nada? – insistia Felipe.

— Tentei – disse Lavínia –, mas você não colaborava. Tive a sensação de que não queria que eu participasse, que sempre ia me dizer que eu não estava preparada.

E era assim, disse ele, visivelmente alterado. Considerava que ela ainda não estava madura para entrar formalmente. Tinha muitas dúvidas, não sabia bem o que queria.

Lavínia admitiu as dúvidas, mas por acaso só os que não duvidavam podiam ser membros do Movimento?, perguntou. Só Felipe parecia pensar assim. Sua atitude contrastava com as de Sebastián e Flor.

— Porque conheço você melhor que ninguém! – exclamou Felipe, elevando progressivamente a voz. – Vai me dizer que não nos considera suicidas, que agora mesmo não está horrorizada com a ideia de passar informação sobre o general, porque poderia pôr a vida dele em perigo, como se sua vida fosse mais importante que a de muitos companheiros? Como se eles se importassem com as nossas vidas?

— É exatamente isso que nos diferencia deles, não é? Que, para nós, as vidas não são descartáveis – disse Lavínia.

— Claro que é – disse Felipe, magoado. – Mas também não se trata de proteger gente como Vela.

— Acho que você não entende as preocupações que eu tenho – disse Lavínia, mantendo a calma, o tom suave. – Nem me entende. Eu me pergunto se algum dia acharia que estou *madura* para o Movimento. Não convém a você. Quer conservar seu nicho de normalidade, a margem de seu rio pelos séculos dos séculos. Sua mulherzinha colaborando sob sua direção, sem se desenvolver por si só. Por sorte, Sebastián e Flor não pensam como você.

Lavínia foi perdendo a calma à medida que falava. As brechas se abriam, dando saída para ressentimentos acumulados na noite de vigília, esperando-o, as atitudes paternais e superiores dele.

— O que eles pensam não vale de nada! – disse ele, enfurecido. – Podem pensar o que quiserem. Eles não moram com você. Não têm que suportar suas manias de menina rica! É isso o que você é, uma menina rica que acha que pode fazer qualquer coisa. Não enxerga nem as próprias limitações.

— Ninguém me perguntou onde eu queria nascer! – disse Lavínia, com raiva. – Não tenho culpa, está me escutando?

— Quer que todos os vizinhos nos escutem?

— Foi você que começou a gritar.

Tinha se sentado na beirada da cama. Nua, com as pernas estendidas nos lençóis, ficou em silêncio, olhando seus pés. Sempre que não sabia o que fazer, olhava fixamente para os pés; era como se ver à distância, ver uma parte estranha e distante de si mesma: os dedos longos terminando gradativamente no mindinho diminuto. Pareciam muito com os pés de sua mãe... Que culpa ela tinha daquela mãe, daqueles pés aristocráticos... Até das manias de menina rica... "Não tenho manias de menina rica", disse para si mesma. Só não suportava andar de ônibus ou de táxi. Gostava de ter seu carro. Mas quem não gostava?

Depois disso, não conseguia pensar em outras manias. Quase não comia, nem lhe interessava comer coisa finas... não gostava das festas do clube.

Mexeu os pés, esticou os dedos. Um silêncio tenso ia se estendendo entre os dois como uma presença física, os tigres escondidos, nus sobre os lençóis, esperando quem lançava o próximo bote. Não queria levantar os olhos, não queria vê-lo, não diria mais nada, esperaria...

— Ficou muda? – disse Felipe, baixando o tom.

Continuou olhando para os dedos, pensativa.

— E quem fez você entrar no Movimento? Sebastián?
— Flor – respondeu ela, sem levantar a cabeça.
— Claro, Flor... devia ter imaginado.

Em algumas unhas o esmalte estava um pouco descascado; devia tirá-lo.

O silêncio retornou, denso. Do lado de fora, o vento começava a soprar forte, mexendo os galhos da laranjeira cuja sombra percorria a janela, agitando desenhos pretos nas paredes.

Levantou imperceptivelmente o olhar, apenas um pouco acima do polegar. Felipe estava estendido sobre a cama, os braços sob a cabeça, olhando intensamente o teto.

Quanto tempo passariam assim?, perguntou-se Lavínia. Quanto tempo Felipe demoraria em reconhecer que tinha se enganado? Ela não faria nada, pensou. Não tinha por que ser ela quem recomeçasse a conversa.

Não falaria com ele. Era ele quem tinha que falar.

— Então é um fato consumado – disse ele, como se falasse consigo mesmo.

— Sim – disse ela –, não estou disposta a voltar atrás tendo acabado de começar. Ainda mais agora.

— Acho que tem razão – disse ele. – Não deveria me incomodar, exatamente o contrário, mas não consigo evitar.

Inclinou-se de lado na cama e a olhou. Estendeu a mão e tocou timidamente a dela.

— Você deveria estar contente – disse ela. – Não acha esquisito estar tão incomodado?

— Estava pensando nisso – disse ele. – O que me incomoda não é que você tenha decidido entrar, mas sim que o tenha feito sem me dizer.

— Mas eu já disse...

— Sim, sim – disse ele, interrompendo. – Pode ser que tenha razão. Pode ser que eu não tenha querido envolvê-la, que o senso de proteção tenha me dominado, de não querer submetê-la ao perigo... Mas não isso que você tanto repete, o de meus anseios de normalidade...

Ela o olhou sem dizer nada.

— Está bem – disse ele. – Você ganhou. Vou tentar me acostumar e ajudar você.

— Então tenho manias de menina rica? – perguntou ela, mexendo com ele.

— Muitas – respondeu ele, levantando um pouco a cabeça, o corpo pousado de lado sobre ela, olhando para ela com ar de brincadeira.

Apaziguaram-se os ânimos. Acariciaram-se. A tensão não desapareceu por completo, mas foi camuflada por beijos e juras de amor receosas.

Felipe mordeu o ombro dela. Lavínia pensava, entre mordida, beijo e mão entre as pernas, como Felipe fazia prevalecer sua posição; como de repente mudava, dizia que a ajudaria, e ela preferia acreditar nele, preferia se render, optar pela reconciliação, essa avenida de gemidos e bicos do seio eretos, asas zumbindo nos ouvidos.

Combinaram que ela consultaria Flor e Sebastián. Faria o projeto da casa do general Vela, se seu "responsável" estivesse de acordo.

12

Na quarta-feira, Sebastián e Flor não só estiveram de acordo como orientaram-na para que depositasse toda sua atenção no projeto, se introduzisse quanto pudesse naquele ambiente, informasse tudo que visse e ficasse sabendo dos Vela.

"Tudo", disseram. Nenhum detalhe devia lhe parecer sem significado. Pensavam como Felipe. Seus argumentos, finalmente, a convenceram, e ela não se atreveu a continuar esgrimindo reticências.

Insistiram, além disso, na necessidade de que continuasse investindo em sua vida social, suas amizades, os círculos do clube; que fosse ao próximo baile. Não devia se isolar, disseram. Quando o general Vela indagasse sobre ela, não devia ter dúvida de que era uma *socialite* praticante, acostumada à companhia que lhe correspondia por direito de berço.

"Paradoxal", pensou Lavínia, depois da reunião, "que seu trabalho no Movimento, o que pensou que lhe mudaria a existência, seria precisamente fazer o papel da própria vida".

Ao voltar para casa, encontrou-a suja. Cheirava a poeira e desordem. Lucrécia não tinha chegado para fazer a limpeza. As xícaras do café da manhã ainda estavam sobre a mesa e a cama sem fazer. A chuva tinha entrado pelas janelas entreabertas. Minúsculas partículas de água brilhavam no chão quando acendeu as luzes do quarto. A laranjeira se mexia de um lado para o outro, arranhando as janelas.

— Oi – disse para a laranjeira. – Agora, sim, você se molhou!

Já era normal falar com a árvore. Estava convencida, vendo-a tão verde e cheia de laranjas, que os que diziam que era bom falar com as plantas não se enganavam. Esta árvore, pelo menos, parecia agradecer seus cumprimentos.

Tirou os sapatos e colocou as pantufas; recolheu as xícaras vazias, o copo de água na beira da cama e foi lavar os pratos na cozinha.

O que acontecerá com os Vela?, perguntava-se, enquanto lavava e metia a esponja dentro e fora dos copos e xícaras; e o que teria acontecido com Lucrécia, infalível? Estaria doente?

Trabalhou até ver a casa em ordem. Não estava para desordem. Tomara que Lucrécia não faltasse no dia seguinte, pensou; deve ter tido um contratempo.

Lucrécia não chegou no dia seguinte. Nem no outro.

— Você deveria ir ver o que ela tem – sugeriu Felipe de manhã no escritório.

— Já tinha pensado nisso – disse Lavínia. – Irei quando sair do trabalho.

Tinha na bolsa o pedaço de papel em que Lucrécia havia anotado o endereço onde morava. Era difícil entender a letra tosca e elementar (só estudou dois anos do primário), mas Lavínia conseguiu decifrar o nome do bairro e da rua. Pensou que seria suficiente. Os vizinhos deviam conhecê-la.

Ao se aproximar pela estrada principal, viu ao longe o bairro de ruas irregulares, as casas de tábuas, a distante silhueta de uma igreja no entardecer.

Saiu da estrada e entrou na rua sem asfalto. As luzes terminavam quando começavam as casas. As portas abertas das moradias pobres e amontoadas proviam a única iluminação das ruelas. Amendoeiras e folhas de bananeiras cresciam nos quintais.

Desembocou na pracinha da igreja, o único edifício de concreto nos arredores, e adentrou pelas ruas de trás. Quando passava, as crianças a olhavam. O carro pulava nas irregularidades do terreno; porcos e galinhas atravessavam a calçada enlameada. Através das portas viu os interiores pequenos e insalubres das moradias de um só quarto. Nesse pequeno recinto moravam famílias de até seis ou sete membros; empilhadas. Com frequência os pais estupravam as filhas adolescentes sob os efeitos do álcool. Como fazem para viver assim?, pensou, incômoda, sentindo-se culpada.

Apenas a alguns quilômetros fora da área de arvoredos e bairros residenciais confortáveis e iluminados, entrava-se nesse mundo rural, miserável e triste. Imaginou Lucrécia caminhando pelas ruas de terra de madrugada, indo até a via principal para pegar o ônibus, ônibus caindo aos pedaços, apertados, mãos bobas, gatunos. De novo pensou nas injustiças dos nascimentos. A morte era muito mais democrática. Na morte todos se igualavam; cripta ou terra, todas as pessoas se decompunham. Mas de que servia nesse momento a democracia?

Parou ante um grupo de jovens que conversavam na esquina. Perguntou pela rua onde morava Lucrécia. Conheciam-na. Devia seguir mais adiante, lhe disseram; era a casa ao lado da quitanda, mais ao fundo.

A luz do sol já se extinguia totalmente. Uma mulher de pele olivácea, descalça, subia a ladeira do caminho com muito custo, empurrando uma carreta de lenha com vários meninos trepados na madeira velha.

Passou ao seu lado no carro. Os meninos a olharam, espantados. A essa hora, sem dúvida, pensou Lavínia, eram poucos os carros que passavam por ali.

Chegou à casa de Lucrécia. À distância, viu a mulher da carreta olhar para ela quando desceu do carro. Ela se sentiu mal, deslocada com seu conjunto de linho e sapatos de couro italiano. Bateu à porta.

Uma menina de uns doze anos a abriu.

— Lucrécia Flores mora aqui? – perguntou Lavínia.

— Mora – respondeu a menina, se escondendo atrás da porta, olhando para dentro da casa, como quem procura proteção. – Sim. Mora aqui. Ela é minha tia.

— E ela está?

— Tia, estão procurando a senhora – gritou a menina, virando-se para o interior.

A porta se abriu um pouco mais. Lavínia viu o teto sem forro, os fios elétricos atravessando o zinco e uma só lâmpada balançando, amarrada em uma viga. Colchões pendurados, dobrados sobre as vigas. Seriam abertos na hora de dormir. Havia uma cadeira descolada no canto.

— Quem me procura? – disse a voz de Lucrécia.

— Sou eu, Lucrécia. Lavínia – respondeu ela da porta.

— Deixa ela entrar, deixa ela entrar. – Lavínia a ouviu dizer.

Obediente, a menina se afastou. Lavínia entrou no pequeno quarto que parecia servir de sala e dormitório ao mesmo tempo; de um dos lados do quarto, atrás de um tabique de madeira e de uma cortina suja e desfiada, ouviu Lucrécia dizendo que entrasse. O lugar cheirava a trapos sujos e mofo.

Lavínia abriu a cortina e encontrou Lucrécia deitada em um catre de lona, a cabeça coberta com uma toalha da qual exalava um forte cheiro de cânfora.

— Ai, dona Lavínia, que pena me dá você ter vindo me procurar. Não pude ir porque estou doente. Se visse as febres que tive!

Lavínia se aproximou e viu os olhos avermelhados. Lucrécia estava pálida, com os lábios estranhamente roxos.

— Mas o que você tem, Lucrécia? Está muito abatida. Algum médico já examinou você?

Lucrécia cobriu o rosto com as mãos e começou a chorar.

— Não – respondeu ela, entre soluços –, ninguém me viu. Não quero que ninguém me veja. Rosa, traz uma cadeira, anda – disse para a menina, enquanto continuava chorando.

Lavínia se sentou ao seu lado na cadeira, a mesma que viu quando entrou, a única que se via na casa inteira.

— Mas por que não quer que ninguém a veja? – questionou, enquanto Lucrécia soluçava. – Vamos, pare de chorar. Quando foi que isto começou?

A mulher, jovem mas envelhecida pela pobreza, se cobria com os lençóis enquanto ordenava à menina que fosse procurar a mãe.

— Lucrécia – insistia Lavínia –, me diz o que você tem, para poder levar você a um médico. Não chore mais. O médico vai curá-la. Já podemos ir, se você quiser...

— Ai, dona Lavínia! A senhora é tão boa! Mas não quero que ninguém me veja!

— Não quer que ninguém a veja e vai morrer dessa febre – disse uma voz atrás de Lavínia.

Ela se virou e viu, ao lado da cortina, uma mulher gorda com o avental amarrado na cintura; a irmã de Lucrécia, a mãe da menina.

— Diz para ela. Diz de uma vez – continuou a mulher. – Você não pode ficar assim nessa cama, só chorando e ardendo em febre até morrer. Se não contar para ela, eu conto.

Lucrécia começou a chorar mais.

— Eu disse a ela que não fizesse isso, mas não teve como convencê-la – disse a irmã.

Enfim, Lucrécia, se interrompendo de vez em quando para chorar, contou com detalhes para Lavínia, o aborto. Não queria ter a criança, disse. O homem tinha dito que não contasse com ele, e ela não podia cogitar deixar de trabalhar. Não teria quem tomasse conta da criança. Além disso, queria estudar. Não podia sustentar um filho. Não queria um filho para ter de deixá-lo sozinho, sem cuidados, sem comida. Tinha pensado bem. Não fora fácil decidir. Mas, finalmente, uma amiga lhe recomendou uma enfermeira que cobrava barato. Fez o aborto. O problema era que a hemorragia não parava. Toda ela já cheirava mal, a podre, disse, e estava com essa febre... Era um castigo de Deus, dizia Lucrécia. Agora teria que morrer. Não queria que ninguém a visse. Se um médico a visse, perguntaria quem tinha feito o aborto, e a mulher a ameaçou se ela a denunciasse. Os médicos sabiam que era proibido. Perceberiam. Até presa podia ir se fosse a um hospital, disse.

Lavínia tentou não se sufocar com a visão das mulheres com as caras tensas, o pranto de Lucrécia enrolada nos lençóis, a ignorância, o temor, o quartinho sem ventilação, o cheiro de cânfora, a menina despontando a cara assustada pela cortina.

— Vai brincar, Rosa, já disse para ir brincar – dizia a mãe, perdendo a paciência, empurrando a menina, levantando a mão ameaçadora que fez com que a menina saísse correndo.

"Devia pensar no que se podia fazer", Lavínia disse para si mesma. Não queria sentir o mal-estar no estômago, a vontade de chorar com Lucrécia. Que, finalmente, calava, só soluçava.

— Tenho uma amiga enfermeira – disse Lavínia. – Vou buscá-la.

Traria Flor, pensou. Flor poderia, pelo menos, dizer o que fazer.

Levantou-se. Sobrepôs-se ao cheiro da cânfora, da febre, ao pesar, à raiva da pobreza.

— Obrigada, dona Lavínia, obrigada – dizia Lucrécia, voltando a chorar.

Ao sair na rua escura, Lavínia respirou fundo. A noite se acomodava nas tábuas das casas vizinhas. O céu, lavado de chuva, estava cheio de estrelas. Nenhuma luz concorria com seu resplendor. A irmã de Lucrécia, parada na porta, alisava os cabelos com as mãos.

— Já volto – disse para a mulher. – Daqui a pouquinho mesmo estou de volta. – E entrou em seu carro com cheiro de novo.

Na estrada, Lavínia se deteve porque chorava. As lágrimas em seus olhos criavam halos irisados nos faróis dos automóveis que cruzavam com ela no caminho.

Duas horas depois, Flor sumiu com Lucrécia pela porta da emergência do hospital. Através do vidro viu-as se perderem no interior. Lavínia foi até a sala de espera, arrastando os pés.

O teto era alto, e as luzes de néon dispersas – a maioria apagada – iluminavam tenuemente o lugar. Sentou-se em um dos bancos de madeira. Se não fosse pelo cheiro de remédios e angústia, típico dos hospitais, a sala de espera poderia ser confundida com o salão de uma igreja protestante. Filas de bancos de madeira rústicos ocupavam o centro e as laterais do salão. Mulheres com crianças sujas e doentes, outras sozinhas, alguns homens, esperavam em silêncio. Lavínia apoiou o braço na quina do banco e esfregou os olhos. Tinha dor de cabeça. Sentia tensão na nuca.

Por sorte, Flor tomara as rédeas da situação com sua serenidade de sempre. Tinha amigos no hospital. Médicos acostumados com o estado de Lucrécia. "Milhares de casos parecidos", dissera Flor.

Ficou com os olhos fechados por um bom tempo, com a esperança de poder cochilar para encurtar a espera. Mas o sono não veio. Abriu os olhos e olhou ao redor do salão. Percebeu que as outras pessoas que estavam na sala a observavam. Tinham desviado o olhar quando ela ergueu a cabeça, mas estiveram olhando-a, observando-a, como se fosse um teatro e uma luz halógena se pousasse sobre ela.

Sentiu-se desconfortável. Para se distrair, olhou para o chão. Percorreu com a vista a fileira de pés diante dela. A sujeira se acumulava embaixo dos bancos. Uns pés de mulher velha se mexeram. Eram gordos. As veias varicosas despontavam por cima do couro preto e tosco. A ponta do calçado tinha sido cortada para que o tamanho insuficiente não apertasse os dedos da nova dona. Os dedos de unhas quebradas e violetas eram grotescos. Lavínia olhou os do lado. Mulher mais jovem. Devia ter no máximo uns trinta anos. Sandálias que em algum momento foram brancas. Pés marrons. Ásperos. As unhas exibiam um esmalte descascado, velho, com uma cor quase púrpura. Veias protuberantes. E adiante, as solas gastas de sapatos masculinos. Meias curtas. O elástico já frouxo. Um buraco surgia pela beirada. Percorreu, hipnotizada, a fileira de pés tristes. Ergueu a cabeça. Olhavam-na. Baixou a vista outra vez. Seus pés entraram em foco. Seus pés finos e brancos no salto alto, a sandália marrom suave, de couro italiano, as unhas vermelhas. Eram lindos seus pés. Aristocráticos. Fechou de novo os olhos.

Ela havia se comprometido a lutar pelos donos dos pés toscos, pensou. Unir-se a eles. Ser uma deles. Sentir na própria pele as injustiças cometidas contra eles. Essa gente era o "povo" do qual falava o programa do Movimento. E, não obstante, ali, junto a eles na sala de emergência suja e escura do hospital, um abismo os separava. A imagem dos pés não podia ser mais eloquente. Seus olhares de desconfiança. Nunca a aceitariam, pensou Lavínia. Como poderiam aceitá-la um dia, acreditar que podia se identificar com eles, não desconfiar de sua pele delicada, o cabelo brilhoso, as mãos finas, as unhas vermelhas de seus pés?

Flor a tirou de seus devaneios. Apareceu com o médico. Um homem de meia-idade, robusto, de aparência agradável. Lucrécia estava bem, lhe disseram. Tiveram que ministrar-lhe sangue, fazer uma curetagem. Era uma sorte que a tivesse levado hoje para o hospital. Mais um dia, e nenhum esforço a teria salvo.

Entrou com Flor na ala de ginecologia. A sala "J" era longa e estreita, com fileiras de camas alinhadas de ambos os lados. Mulheres de rostos sombrios a seguiram enquanto caminhava pelo centro até a cama em que Lucrécia dormia. Mediram sua roupa, sua bolsa; a observaram, outra vez, de cima a baixo. Ela foi na ponta do pé, desejando que a terra a engolisse, sentindo-se tímida, na ofensiva, culpada, intrusa nesses padecimentos alheios.

Só Flor sorria enquanto a animava para que se aproximasse, que se inclinasse sobre Lucrécia e passasse a mão em sua testa. Indicou-lhe que anotasse o número do leito para informar à irmã. Amanhã estaria muito melhor, disse Flor, podiam visitá-la das três às cinco da tarde.

Dias depois, no escritório, Lavínia lutava contra a depressão, a falta de vontade, desenhando possibilidades para a casa de Vela.

Sentia que sua vida se embaralhava incontrolavelmente; suas duas existências paralelas chocavam-se, estremecendo-a, ameaçando apagar qualquer vestígio de identidade.

A noite na sala de emergência não saía de sua cabeça, a perseguia. Intensificou-se com as visitas ao hospital na tarde, os três dias seguintes, sentada ao lado de Lucrécia com a irmã e a menina, na grande sala de janelas altas da ala de ginecologia. Não conseguia esquecer os rostos de mulher emoldurados por lençóis brancos, olhando-a com estranhamento, constrangidas de vê-la ali entre elas.

Era terrível se situar, só com boas intenções, nesse mundo dividido arbitrariamente. Usufruir privilégios perante a injustiça, se sentir marcada pela riqueza como por um ferro que a separava dos donos das mãos e dos pés toscos, daquelas mulheres que jaziam nas camas com as entranhas desgarradas por abortos malfeitos, ou ninando crianças que, como ela, não tinham escolhido onde nascer e que, pelo azar dos nascimentos e das desigualdades sociais, cresceriam em quartos escuros, cheirando a trapos sujos, empilhados ao lado de irmãos, tios, pais e mães.

O lápis de Lavínia deixou de desenhar arcos e portas. Deslizou-se, desenhando mãos e pés. Levantou a cabeça e escutou o zumbido das lâmpadas de desenho, as conversas dos estagiários, o som das xícaras de café, o barulho do ar-condicionado. A esta hora, Lucrécia teria voltado para casa, feliz de ter sobrevivido. Estaria tomando uma tigela de caldo de fígado, lavando a cânfora dos lençóis, esperando que a irmã voltasse de sua banca na feira para amassar as tortilhas que Rosa, a menina, venderia pelo bairro à tarde, gritando com sua vozinha:

— Tortilhas, tortilhaas...

Ao longo de sua vida, Lavínia lembrava resplendores dessa outra realidade se insinuando solapada, envergonhada: retratos imóveis dos quais a dor a olhava. Instantes não lidos, amarelados, guardados em silêncio até agora, quando começavam a flutuar em sua consciência como garrafas jogadas ao mar. Mensagens nas praias de sua mente, sacudindo-a.

Se fosse um deles, dizia para si mesma, não acreditaria em nada que viesse de alguém como eu, alguém que se parecesse comigo. Nada de bom.

13

Olhando seu jardim de samambaias e sálvias, Sara falava, sem parar, de seu tempo ocupado por verduras para comprar, quadros para arrumar, móveis para estofar... "Sou uma boa esposa", disse. "Gosto de ser. É uma felicidade como qualquer outra arrumar a casa, receber o marido." O curioso, dizia, era se sentir presa numa prostração, no espaço de um tempo próprio no qual Adrián pouco intervinha. Quando ele chegava à noite, com suas notícias do trabalho e dos acontecimentos mundiais, era difícil para ela mudar de papel; ter uma conversa "interessante". Custava-lhe ainda mais, continuou dizendo, ir para a cama e fazer os joguinhos de sedução de que ele gostava; romper todas as noites a crisálida, o refúgio manso das tarefas domésticas, e voar como borboleta: ser uma mulher sensual.

"Quase sinto que devo fingir. Preciso me esforçar para romper a prostração, acelerar o ritmo, escutar o que ele diz com cara de interesse." Era mais fácil, dizia, quando ele ia embora e ela ficava em seu mundo silencioso, no jardim, os afazeres domésticos, o sossego que sente nas tarefas diárias, aparentemente tão irrelevantes e simples. Realmente gostava da vida esquisita em câmera lenta de seu reino: o império da domesticidade.

O que mais lhe chamava a atenção, acrescentava, era que a sensação parecia ser comum às mulheres na mesma situação que a sua: passavam o dia dedicadas aparentemente à felicidade do marido, mas aqueles homens aparecendo de noite e saindo pela manhã, eram estranhos em seu meio.

As donas de casa, perguntava-se Sara olhando para Lavínia, não estariam fazia séculos acomodadas em um universo pessoal, fingindo rostos aos intrusos da noite, para retornar aos seus domínios durante o dia?

— Não sei se me faço entender – dizia Sara. – Para gente como você, a vida doméstica é um deserto. Os homens também a veem dessa forma. Todos inventam um oásis. Cada um se diverte com o que faz. Gosto de falar com o açougueiro, me diverte conversar sobre os preços do mercado, arrumar o jardim, ver as begônias crescerem. Desfruto das coisas cotidianas. O que começo a sentir estranho é o partilhar a cama, o banheiro, o chuveiro, com um ser que vem de noite e vai embora de manhã; que leva uma vida tão diferente.

— Bem – disse Lavínia –, isso é outro assunto. As mulheres têm consagrada a cotidianidade, enquanto os homens reservam para eles o âmbito dos grandes acontecimentos...

— O que estou tentando dizer, Lavínia, é que, embora não pareça, as esposas também, de certa forma, relegam os maridos. Os maridos se tornam intrusos no mundo doméstico...

— Não se engane, Sara – disse Lavínia –, se o marido não estivesse no meio, as donas de casa não existiriam, esse mundo de que fala seria diferente...

— Não estou falando de maridos deixarem de existir. Veja bem. O fato é que existem. O que estou dizendo é que, assim como o homem tem uma vida satisfatória em seu trabalho, nós, donas de casa, temos nossas maneiras de operar...

— Não duvido, sem salário, nem reconhecimento social...

— Todos os meus vizinhos gostam de mim – disse Sara –, me conhecem e me respeitam. Tenho reconhecimento social entre minhas amizades...

— Como qualquer dona de casa – aponta Lavínia.

— Não me incomoda – disse Sara. – Ser dona de casa é uma condição respeitável. Não estou tentando lhe dizer que não gosto do que faço, mas sim isto de descobrir...

— A única coisa que descobriu é a divisão do trabalho – disse Lavínia, exasperada, interrompendo.

— Não, Lavínia. Você ficaria surpresa ao ouvir as donas de casa conversando entre elas sobre os maridos. Fala-se deles como seres estranhos, como se nada tivessem a ver conosco; com as discussões sobre as manchas nas toalhas de mesa, o tempo de cozimento da carne, o cuidado dos jardins... O curioso é que os homens acreditam que é um mundo que existe para eles e, honestamente, acho que não há outro lugar onde sejam menos importantes, embora tudo pareça girar ao seu redor. O das donas de casa é um espaço que, ao contrário do que todos supõem, só volta para a normalidade quando os homens vão pela manhã para o trabalho. Eles são as interrupções.

— E a razão de ser desse espaço – provoca Lavínia. – Qualquer feminista que a escutasse ficaria furiosa...

— Não vê isso como uma maneira das mulheres de abranger um território?...

— Não – disse Lavínia, categórica. – Parece que a prostração de que você fala, e isso de ver o homem como um intruso, só são mais formas de uma revolta inconsciente.

— Mas não acha que nós, mulheres, temos primazia sobre um território de maior importância, com um poder real inimaginável, o que dizem ser a cabeça pensante?

— Isso é uma invenção dos homens...

— O que acontece é que nunca exercemos esse poder como poder, mas sim como submissão. O que me impressionou foi perceber que, sob toda sua aura de submissão, o império do doméstico tem estruturas sólidas. Digo para você que os homens são só referências inevitáveis.

— Pode ser – disse Lavínia. – O que eu acho é que você está entrando em contato com a realidade feminina das donas de casa, com seus mecanismos de defesa. Tem sido assim desde sempre. E a verdade é que não mudamos nada para nosso benefício no mundo...

— Você tem seus ideais, e eu tenho os meus – disse Sara.

Lavínia preferiu não discutir mais com Sara. Sua mente estava cheia de outras preocupações. Em outra ocasião, se aprofundaria mais no problema. Talvez Sara estivesse começando a se sentir infeliz com Adrián e tivesse medo de reconhecer.

Entardecia. A luz do crepúsculo banhava o jardim e os galhos baixos da árvore no meio do quintal. As amigas ficaram em silêncio, cada uma cavilando as próprias reflexões, tomando o chá gelado em copos altos de cristal.

— E que tal a vida social? – perguntou Lavínia, enfim.

— Muitas despedidas de solteira – respondeu Sara. – Todas as nossas amigas estão se casando... e daqui a duas semanas é a festa anual do Social Club. Até que enfim você decidiu ir, ou continua empenhada em não pisar nesses salões, em se retirar do barulho mundano?

— É bem provável que eu vá – respondeu Lavínia. – Tenho me sentido só ultimamente. Acho que não me faria mal voltar a ter um pouco de vida social.

— Lógico que não lhe faria mal – disse Sara. – E este ano dizem que o clube vai arrasar; mais de vinte debutantes vão participar. Você vai se divertir. É diferente das baladas, mas também é divertido.

— É um grande espetáculo – comentou Lavínia. – É disso que nunca gostei. A sensação de estar em uma vitrine, oferecida ao melhor preço.

— Nunca senti isso – disse Sara. – É a maneira de costume, natural, de os jovens se conhecerem e encontrarem sua cara-metade. Mas, agora, provavelmente você não vai se sentir assim. Vai desfrutar mais. As pessoas perguntam onde você se meteu.

Se soubessem, pensou Lavínia, morreriam.

Depois de sua experiência com Lucrécia, o quartinho, os pés no hospital, seria difícil poder desfrutar do baile. Mas não valia a pena dizer isso a Sara. Inclusive não seria conveniente para a imagem que Sebastián afirmava que ela devia passar. Ele insistia na importância de que frequentasse os círculos de nariz em pé do clube. Não só para seu disfarce de *socialite* impecável. Nesses círculos, conseguiria obter informações valiosas para o Movimento. "Interessa-nos saber o que pensam e quais são os planos dessa gente", dissera.

— Pode ser que me sinta melhor agora – disse Lavínia, tentando parecer convincente. – Agora que posso ficar de longe e não me sentir a oferta do ano.

— Podemos ir juntas ao baile se quiser – disse Sara. – Tenho certeza de que Adrián adoraria nos levar... e Felipe, não vai ficar incomodado? Acho que ele não vai poder nos acompanhar...

Não, claro, pensou Lavínia. Felipe não seria admitido. Para ser admitido no clube era preciso cumprir uma série de requisitos. Não bastava apenas dinheiro para pagar um vultoso montante de ingresso, como também passar pelo escrutínio da diretoria do clube. Reuniam-se e discutiam longamente sobre o *pedigree* dos solicitantes. Votavam com bolas pretas e bolas brancas. Nem os altos-comandos do Grão-General eram admitidos. A maior parte da aristocracia era "verde". O partido "azul" do Grão-General e seus membros eram considerados "ralé", "guardas sem educação", "novos-ricos". Pelo menos na vida social, os "verdes" conservavam o poder. Parecia ser o suficiente para eles. Sorrindo, lembrando os parâmetros absurdos da eleição, Lavínia disse:

— Nem pensar. Felipe só receberia bolas pretas se pedisse para ser admitido. Mas, claro, ele nem pensa nisso. Creio que não tenha interesse em nada disso. – E sorriu, imaginando os comentários de Felipe.

— Nunca se sabe – disse Sara. – Pessoas de origem humilde como Felipe, que chegam a ter uma formação profissional, geralmente dariam qualquer coisa para ser sócios. Claro que ele não admitiria isso, ainda mais sabendo que não tem a menor possibilidade. Seria diferente se vocês se casassem...

— Você acha que toda a população gostaria de pertencer ao Social Club, né, Sara? – disse Lavínia, sem poder esconder o mal-estar que as palavras da amiga lhe provocaram.

— Não vejo por que não gostariam – respondeu Sara –, mas, no caso de Felipe, sendo um profissional jovem, seria uma grande vantagem para sua carreira. Todo mundo sabe que só quem importa de verdade neste país vai ao clube.

— Talvez – disse Lavínia, irônica –, se eu o fizer compreender que se casando comigo pode ser admitido no clube, ele me peça em casamento.

— Não dá para negar que seria mais conveniente para ele que para você – comentou Sara.

Sara não tinha jeito, pensou Lavínia, e ela não queria continuar escutando a amiga; não queria continuar vendo como ela ficava parecendo uma pessoa cada vez mais mesquinha.

— Agora tenho de ir embora – disse, levantando-se. – São quase seis horas, e ainda tenho de passar no supermercado. Não tenho nada para comer em casa.

— Está combinado então que irá com a gente ao baile? – perguntou Sara.

— Não sei se tenho um vestido apropriado – disse Lavínia, sarcástica. – Todos já conhecem os que tenho...

Sara a acompanhou até a porta. Não devia se preocupar com o vestido, disse, sem acusar o sarcasmo de Lavínia. Era o de menos. Ela podia se permitir isso porque todos estariam tão contentes de vê-la que nem perceberiam.

"Sim", pensou Lavínia, deprimida, entrando no supermercado, ela podia se permitir isso. Pensou em Sara e Flor, vidas tão diferentes uma da outra.

Olhou o interior limpo e luminoso do supermercado. Sua recente inauguração foi todo um acontecimento social. "O mais sortido da cidade." "Não tem nada a invejar a um supermercado estadunidense", disseram os jornais. Pegou o carrinho reluzente e novo, e andou pelos corredores, recebendo a onda de atração das coisas, as latas com legendas em francês e inglês, geleias coloridas em delicados potes de vidro, as ostras defumadas, lulas frescas, caviar vermelho e preto.

Comprou pão, presunto e queijo. A essa hora havia pouca gente.

Algumas mulheres discutiam sobre alimentos para crianças no corredor dos bebês.

"As mulheres de Sara", pensou, "lembrando-as da amiga".

A moça do caixa a despachou rapidamente, sorrindo, comentando o pouco que tinha comprado. Não disse nada. "Poderia ter respondido", refletiu Lavínia, "que estava cansada, deprimida por sentir que se afastava velozmente de Sara, mais do que considerava normal, sem saber onde ia parar, sentindo que a gente pela qual agora ia lutar também não a aceitaria". "Lógico que não", disse para si. A mulher só a olharia, sem graça, sem saber o que dizer, considerando sua confidência aleatória, desvairada.

Saiu. Um menino descalço, com calças remendadas, veio correndo até seu carro. "Olhei seu carro", disse, estendendo o braço. Lavínia sacou algumas moedas e deu a ele. O menino tinha olhos pretos e luminosos. Quem sabe tenha a oportunidade de ser médico ou advogado, pensou Lavínia, acomodando essa imagem junto às outras. Não entendia claramente o que lhe estava acontecendo. A rua inteira gritava, a paisagem se transformava. Tudo isso tinha estado ali desde que ela era menina, ela sempre o tinha visto. Lembrou inclusive a tia Inês, assinalando os contrastes, a partir da caridade cristã. E ela tinha passeado por aquelas ruas, indiferente, no meio da algazarra de seus amigos, indo e vindo a festas e passeios. Se desprezou clubes e salões empolados, foi a partir de uma atitude de "viva o escândalo". Mas, agora, as sensações eram diferentes, agudas, penetrantes. Era como se, no imenso teatro, ela tivesse mudado da poltrona confortável do espectador para o palco dos atores, o calor das luzes, a responsabilidade de saber que a peça devia terminar com sucesso, com aplausos.

A escuridão descia sobre os carvalhos da rua. Entrou na penumbra de sua casa, pensando nas novas sensações surgidas ao ter passado a fazer parte do tecido subterrâneo e invisível de homens e mulheres sem rosto, os seres escondidos.

Pensou em como seria diferente ir ao baile agora, o paradoxo que ordenaram que fosse, se infiltrar entre os seus.

Pôs a sacola do supermercado na mesa da cozinha. Antes de guardar as compras na geladeira, tirou da bolsa o pão, o presunto e o queijo, e fez um sanduíche. Foi até o corredor do quintal para comer e ler o jornal.

Felipe não viria hoje. Sentia-o nas folhas e no ar. Confiava em seus pressentimentos, em sua capacidade de ler possibilidades no peso da atmosfera, a maneira como as flores se mexiam, a direção do vento.

"Felipe não viria hoje, e era melhor assim", pensou. Estava cansada.

As estrelas piscavam ao longe, olhos divertidos abrindo e fechando os buracos do universo. "Estou sozinha", pensou ela, olhando o abismo extenso da escuridão. "Estou sozinha e ninguém pode me dizer com certeza que meus atos são errados ou corretos. Isso era o bom de dirigir a própria vida", pensou; essa substância claro-escura se revezando no tempo cuja duração individual era uma questão de sorte como todo o resto.

* * *

Já não irá embora da terra como as flores que pereceram, sem deixar rastro. Oculta na noite em que me olha há presságios e ela avança desembainhando por fim a obsidiana, o carvalho. Pouco resta já daquela mulher adormecida que o aroma de minhas flores despertou do sono pesado do ócio. Lentamente, Lavínia tem tocado seu interior, alcançando o lugar onde dormiam os sentimentos nobres que os deuses dão aos homens antes de mandá-los morar na terra e semear o milho. Minha presença foi faca para cortar a indiferença. Mas dentro dela estavam ocultas as sensações que agora despontam e que um dia entoarão cantos que a farão viver sem morrer.

14

As Vela chegaram ao escritório no dia seguinte.

Lavínia assoava o nariz. Na época das chuvas espirrava com frequência.

— Está com catarro? – perguntou a irmã solteirona.

— É alergia – respondeu, colocando seu caderninho na mesa.

— Meu marido também é alérgico – comentou a sra. Vela. – Quem é alérgico tem que tomar muito cuidado nesta época do ano. Há muito pólen no ar.

O general Vela era alérgico a pólen.

— Como vão suas ideias? – perguntou a solteirona, que se chamava Azucena.

Lavínia sacou os rascunhos iniciais.

— Trabalhei um pouco a partir da conversa do outro dia. Estes são alguns ambientes básicos. Só algumas ideias para começar. A casa teria três pavimentos, aproveitando o declive do terreno e para reduzir o deslocamento de terra. O nível mais alto é a área social, depois vem a área residencial e, então, a área de serviço.

Ia assinalando na planta a entrada principal, o sistema de escadas para passar de um andar para o outro. Todos os pavimentos teriam uma boa vista, inclusive o de serviço.

A sra. Vela havia colocado uns óculos de armação grossa no qual brilhavam diminutas pedras. Franzia o cenho, percorrendo com o dedo indicador os traços do desenho, como se se imaginasse vagando pela casa.

A srta. Azucena alternava a atenção entre a planta e a irmã. De vez em quando, erguia a cabeça e sorria. Era dessas pessoas que se esforçavam para ser amáveis com todos. Parecia não ter interesses próprios, vivia para melhorar a vida dos outros e evitar e atritos.

Lavínia sentiu um misto de piedade e simpatia.

— Vejo que pôs o estúdio do meu marido ao lado da sala... – disse a senhora.

— Sim, para que tenha uma boa vista – explicou Lavínia.

— Mas me parece que seria melhor pôr ali o quarto de música que colocou mais ao fundo. Meu marido não lê muito, mas gosta de ouvir música. Se vai ler um livro, lê na cama ou na sala...

— Não é um leitor voraz... – acrescentou a srta. Azucena.

— E o bilhar não poderia dar para a vista também?... – perguntou a sra. Vela.

— Bem, é que praticamente já não há espaço que dê para a vista – respondeu Lavínia.

— Mas olhe toda a área de serviço – disse a sra. Vela. – É um desperdício. Para que os empregados querem vista?...

— Se localizamos a área de serviço virada para dentro, teremos problemas de ventilação – explicou Lavínia. – No inverno a roupa não vai secar – acrescentou, para não parecer preocupada com os funcionários.

— Não acho. Há janelas dos dois lados – apontou a sra. Vela.

— Mas o ar não circularia o suficiente – insistiu Lavínia.

— Pois seria um pouco quente. Não é um grande problema... Podem secar a roupa no varal e trazê-la para dentro quando começar a chover.

— E se deslocarmos a área de serviço para os fundos do segundo pavimento? – perguntou Azucena.

— Podemos tentar – disse Lavínia. – Como disse a vocês, é só um primeiro esboço...

— Tentemos – afirmou a sra. Vela.

A área residencial estava só insinuada, explicou Lavínia, pois precisava saber um pouco mais sobre os costumes da família.

Nesse momento, Julián entrou.

As mulheres se encostaram nas poltronas, sorrindo de um jeito recatado. As pulseiras da sra. Vela tilintaram, acompanhando o gesto de ajeitar o cabelo.

Gostavam de Lavínia, mas Julián era homem.

— Como estão? – perguntou ele, condescendente.

— Estamos começando – disse Azucena –, mas me parece que vai dar tudo certo. A srta. Alarcón tem ideias interessantes.

— Muito interessantes – reforçou a sra. Vela.

— Não duvido – disse Julián, e sorriu, se aproximando do papel.

— Estava explicando a elas a ideia dos pavimentos – disse Lavínia. – Querem achar uma forma de situar o bilhar que dê para a vista. O problema é a ventilação da área de serviço...

Julián olhou atentamente o esboço enquanto Lavínia indicava as possibilidades de localização da área de lavar e passar e o quarto dos funcionários. Percebeu a cara das mulheres, atentas às suas expressões, como se fosse um deus a ponto de emitir um ditame. Veio-lhe à mente a conversa com Sara.

Como poderia acreditar que para as donas de casa os homens não eram importantes?

— O general Vela gosta muito de bilhar desde que era criança – disse Azucena.

— É uma maneira de se distrair – completou a sra. Vela. – Mal entra em casa e já vai jogar uma partida de bilhar...

Lavínia o imaginou de camiseta, o homem gordo apontando para as bolas multicoloridas, se esquecendo dos "negócios" do dia: as batidas, os pelotões perseguindo guerrilheiros nas montanhas, as aldeias incendiadas com napalm. No que será que pensava enquanto jogava bilhar?

— Compreendo que é uma boa ideia ter uma ampla janela com vista para a paisagem – disse Julián. – Acho que não será difícil. A área de serviço pode ficar localizada no primeiro ou segundo pavimento, ou poderíamos estudar outra alternativa de distribuição do espaço. Como certamente Lavínia explicou, este é só um primeiro esboço. O que mais nos interessa nesta etapa é saber o que acham do estilo do desenho, esta solução de construção em vários pavimentos.

— Acho que está bom – disse a sra. Vela. – Tenho certeza de que meu marido vai gostar.

— Não querem tomar um café? – perguntou Lavínia, indo até a porta.

— Não, obrigada – disse Azucena. – Só tomamos café de manhã. Vamos deitar cedo. Se tomamos café a esta hora, não conseguimos dormir. Muito obrigada.

— Eu quero, por favor – disse Julián.

Lavínia voltou depois de pedir o café para Sílvia. Tinha preparado uma minuciosa lista de perguntas sobre a família para determinar a disposição e o tamanho dos quartos.

— A senhora me disse que o menino mais velho tem treze anos, não foi? E a menina, nove?

— Sim, isso mesmo – disse a sra. Vela. – Lembra o que eu disse do quarto do menino? Da decoração com tema de aviação? É importante.

— É – disse a srta. Azucena. – É um menino muito etéreo. Meu cunhado se desespera com seu gosto pelos pássaros. Diz que se o que chama sua atenção é o que voa, teria de pensar nos aviões.

— Ele gosta, sim, de aviões – disse a sra. Vela, dando ênfase no "sim", censurando a irmã com o olhar. – Ele tem medo é dos helicópteros.

— É, é verdade – corrigiu a srta. Azucena. – Ele vai gostar do quarto decorado com tema de aviação.

— Não queremos que a menina e o menino fiquem muito juntos – ressaltou a sra. Vela, dando por terminada a estranha discussão de pássaros e aviões. – Por causa da diferença de idade, brigam muito. Além disso, não é conveniente para o futuro, quando a menina virar mocinha.

— Além disso, cada um precisa ter seu banheiro – interveio Azucena.

— E, para o quarto da menina, tem alguma ideia especial? – perguntou Lavínia.

— Acho que deve ser um pouco maior. Você sabe, nós, mulheres, usamos mais espaço. – Sorriu, cúmplice, a sra. Vela. – Um desenho elegante estaria bom.

— E seu marido não gostaria de ver os esboços? – perguntou Lavínia, sorridente, assentindo.

Julián a olhou com o canto do olho, sem dizer nada.

— Os esboços, não – disse a sra. Vela. – Ele quer ver o anteprojeto completo.

— Quer que a gente cuide dos detalhes. É um homem muito ocupado. Viaja muito por todo o país – acrescentou Azucena. – É melhor lhe poupar trabalho.

Lavínia continuava sorrindo imperceptivelmente quando voltava para sua sala, depois de se despedir das irmãs Vela. Realmente era incrível tudo que conseguia descobrir sobre as pessoas quando se desenhava uma casa para elas.

Devia pegar Sebastián na esquina próxima a um cinema de bairro.

"Às seis em ponto", dissera Flor. "Nem um minuto antes nem um minuto depois."

O rádio do carro sintonizava a Rádio Relógio. Minuto a minuto a rádio assinalava a hora que eles usavam como a hora do Movimento. Ao fundo da música ouvia-se o tique-taque persistente. A cada minuto, a locutora interrompia para dizer a hora com sua voz robótica.

Atendendo as instruções, rodou sem rumo durante um tempo para ter certeza de que ninguém a seguia. Custava a se acostumar à constante inspeção do retrovisor. Sentia que era desnecessário. Quem suspeitaria dela? Mas Flor era muito insistente quanto à necessidade de cumprir ao pé da letra as medidas de segurança. Não confiar nunca. E ela não gostaria de falhar. Esforçava-se para não perder nenhum detalhe; queria ter certeza de que o carro vermelho dobrava na esquina e não continuava atrás dela.

Calculou mal o tempo. Chegou ao ponto de encontro cinco minutos antes. Não viu Sebastián. Só alguns pedestres parados em frente a uma banca de rua.

No rádio, com o fundo do tique-taque, Janis Joplin cantava "Me and Bobby Mcgee". O tique-taque acrescentava um toque de urgência à música. Atravessou várias esquinas e ruas. A escuridão começava a se abater sobre a cidade. Mulheres sentadas em cadeiras de balanço na calçada tomavam um ar. A vida, seus cachorros e gatos, as crianças brincando de amarelinha, seguia seu curso de dias e noites e aqueles cinco minutos não passavam nunca.

Finalmente, a voz da locutora anunciou: "São seis horas da tarde." Virou a esquina entrando na rua do cinema. Sebastián, com um boné, estava no lugar combinado.

Aproximou-se com o carro até parar do lado dele. Estendeu a cabeça pela janela fingindo reconhecer um amigo e cumprimentou-o. Sebastián se aproximou também fingindo um encontro casual.

— Para onde está indo? – perguntou ela.

Ele mencionou um lugar qualquer.

— Se quiser, te dou uma carona.

Sebastián entrou sem delongas no carro, e eles partiram.

— Você tomou cuidado? – perguntou ele.

— Muito. Faz quinze minutos que estou dando voltas. Cheguei mais cedo.

— É melhor que chegar tarde – disse ele. – Já, já se acostuma a calcular o tempo. Não é bom chegar muito cedo nem muito tarde. Dar muitas voltas pode parecer suspeito. O melhor, se você chega cedo, é fazer um percurso longo fora da área de contato e voltar dois ou três minutos antes da hora combinada. Tem que compreender o significado real dos quilômetros por hora e conhecer bem a cidade. Mas isso você vai aprendendo aos poucos. No começo, isso é normal. Pegue agora a estrada Sul e não se esqueça de ficar de olho no retrovisor. Como vai a casa de Vela?

— Já entregamos o primeiro esboço. Eu propus à esposa ir até a casa deles e explicar para o general, mas ela disse que era melhor esperar até ter o anteprojeto. Aparentemente, Vela anda pegando muitos voos domésticos.

— Está comandando as operações contrarrevolucionárias – disse Sebastián. – Quanto tempo demora para construir uma casa?

— Depende – respondeu Lavínia. – Quando as plantas são aprovadas, pode ser em seis, oito meses. Vai depender da eficiência do empreiteiro...

— Ou seja, se as plantas forem aprovadas mês que vem, a casa poderia estar pronta em dezembro.

— Sim.

Sebastián ficou em silêncio.

— O general Vela é alérgico a pólen – contou Lavínia, com muito orgulho de sua informação. – Joga bilhar depois do trabalho, não gosta de ler, prefere ouvir música. Seu filho adolescente gosta de pássaros, e isso o desespera. Quer desviar a preferência do rapaz para os aviões. Mas o menino tem medo de helicópteros. A família vai deitar cedo.

— Muito bem, muito bem – disse Sebastián, sorrindo. – Não chegue muito perto do carro da frente. Sempre se deve deixar um bom espaço para manobra em caso de emergência, principalmente quando está com um clandestino no carro.

Lavínia obedeceu. Sentiu a onda de medo, a adrenalina subindo e descendo. Era tão fácil esquecer que Sebastián era um clandestino. Pensar que ia com uma pessoa como ela, sem maiores problemas. Olhou para o retrovisor, recuperando o sentido de alerta; ficou surpresa que era ela quem levava um clandestino em seu carro.

— A partir de agora – disse Sebastián, retomando a conversa – você vai escrever um relatório de cada uma das reuniões com elas. Tente escrever o mais rápido que conseguir depois de cada reunião. Há detalhes importantes que pode esquecer se deixar passar muito tempo. Só um exemplar, sem cópia, sem mencionar nomes, e vai entregar para mim toda semana. Como Flor lhe disse, qualquer detalhe é importante. Quando o projeto estiver mais adiantado, insista na reunião com o general Vela, na casa dele. Você também podia tentar se aproximar da cunhada, a solteirona, desenvolver uma relação com ela, ganhar sua confiança... E você, já está pronta para o baile?

— Estou, mas não sei bem o que devo fazer ali.

— Seja simpática.

— Ah, Sebastián, não me venha com piadinha...

— Não. Estou falando sério. Deve dar a impressão de estar feliz de ir ao baile, de voltar para esses círculos. É importante que seus conhecidos pensem que suas tendências de rebelde sem causa já passaram. Isso é o mais importante. No mais, deve estar atenta para escutar os comentários das pessoas, qualquer coisa que lhe parecer útil. Isso você tem que ir medindo, uma vez que estiver ali, para aprender a desenvolver sua mentalidade conspirativa, obter informação.

O clima mudava à medida que subiam a estrada na montanha. Um vento frio entrava pelas janelas e balançava as árvores inclinadas sobre o caminho escuro.

— E como você se sente? – perguntou ele, mudando o tom, tirando o boné.

Sebastián a surpreendia. Havia nele uma constante mistura de dureza e ternura. Era mais nos assuntos relacionados com o Movimento, um tom profissional, preciso, exato, que se suavizava perceptivelmente quando a conversa se deslocava para temas pessoais.

— Estou bem – respondeu ela.

— Já sei que está bem – disse –, dá para perceber. Mas como você se sente? Como estão suas dúvidas?

— Mais ou menos – disse, pensando em Sara, no baile, nos comentários dos amigos, nos pés no hospital, em Lucrécia. Coisas que a ele pareceriam detalhes sem importância, o chateariam.

— E como Felipe reagiu quando ficou sabendo que está se engajando?

— No começo, mal. Disse que eu não era madura, que deveria continuar colaborando por meio dele, mas no fim teve de aceitar.

— Seria bom se pudesse inventar um "madurômetro". Talvez tirassem todo mundo do Movimento...

Riram.

—Agora deve ter cuidado de não cair na tentação de se consultar com ele sobre suas tarefas. É bom que ele esteja ciente, em geral, do assunto da casa de Vela, mas devem manter o sigilo. Assim, ele vai aprender a respeitá-la e a reconhecer se está madura ou não. Nós, homens, geralmente, custamos a aceitar partilhar certas coisas com as mulheres. Afeta nosso espírito competitivo. Há um grau de satisfação em se sentir importante diante da mulher amada. O machismo, sabe como é...

—Você não me parece machista... – disse Lavínia, sorrindo e olhando-o.

— Claro que sou. O que acontece é que finjo melhor que Felipe. Eu também gostaria de ter uma mulher me esperando... – disse, num tom brincalhão.

Lavínia se perguntou se ele tinha mulher. Não sabia nada dele, pensou. Só podia deduzir sua origem humilde por detalhes de comportamento: o sotaque do interior, coisas que dizia. Sebastián evitava responder perguntas pessoais.

— Você não me passa essa imagem. Flor me contou como você a recrutou...

— Todos nós somos machistas, Lavínia. Até vocês, mulheres. O difícil é perceber que não devemos ser. Mas da teoria até a realidade há um longo caminho. Eu tento...

— Não concordo que as mulheres são machistas – disse Lavínia, interrompendo. – O que acontece é que vocês, homens, nos acostumaram a um certo tipo de comportamento.

— É a eterna questão do ovo e da galinha: quem veio primeiro, o ovo ou a galinha? A verdade é que as mulheres ensinam os filhos a serem machistas. Digo isso por experiência própria.

— Não estou negando, mas não é que nós, mulheres, sejamos machistas, e sim porque foi assim que os homens organizaram o mundo... e ainda querem nos culpar... Pode fechar um pouco a janela? Estou com frio.

— Não sei, não sei – dizia Sebastián enquanto fechava a janela. – Se eu fosse mulher, acho que teria tentado inculcar outro comportamento em meus filhos, mesmo que fosse só por interesse próprio.

— Acho que teria agido exatamente como sua mãe...

— É possível. Estas discussões são intermináveis. A única coisa que está clara é que devemos nos esforçar para mudar a situação. O Movimento, em seu programa, estabelece a libertação da mulher. De minha parte, tento evitar a discriminação com as companheiras. Mas é difícil. Quando se coloca homens e mulheres em um abrigo de segurança, as mulheres assumem o trabalho doméstico sem que ninguém tenha ordenado, como se fosse natural. Depois pedem aos companheiros a roupa suja... Você tem que pegar aquela entrada à direita – acrescentou.

Transitavam pelo caminho estreito e sem asfalto que serpenteava por meio de plantações de café. A umidade embaçava as janelas do carro. "Aonde estamos indo?", perguntava-se Lavínia, reconhecendo a região de fazendas de café próximas à de seu avô.

— Pode me deixar aqui.

Freou, de repente. Surpresa. No caminho não havia casas nem nada.

— Quer ficar aqui? – perguntou, assustada.

— Não se preocupe. Vou aqui perto, posso fazer o restante do caminho a pé.

— Não precisa que venham te buscar?

— Não. Daqui vão me levar.

"Aqui" não era lugar algum, talvez houvesse uma casa mais à frente, pensou Lavínia, desconfortável ainda por ter de deixá-lo naquele caminho solitário, estreito, frio.

— Pode manobrar lá – disse Sebastián, indicando um retorno. – Vou descer do carro para orientá-la.

Desceu e foi indicando como manobrar no estreito espaço.

Quando o carro já estava na direção oposta, aproximou-se da janela.

— Nos vemos – disse, dando uns tapinhas na cabeça dela. – Muito obrigado. Não se esqueça do relatório. Aviso por Flor quando voltaremos a nos encontrar.

— Se cuide – disse Lavínia. – Este lugar é muito ermo.

Sebastián sorriu e deu tchau enquanto lhe indicava que fosse embora.

— Dance bastante na festa. – Chegou a ouvi-lo dizer.

No caminho de volta, Lavínia acelerou. As curvas se sucediam. Gostava de dirigir na estrada de noite. Produzia-lhe uma sensação de liberdade. Estava contente, satisfeita consigo mesma. Por fim seria útil. "Útil para quê?", pensou de repente, quando se lembrou do rosto de Azucena, seus olhos vivazes, complacentes, ocupados em lixar as asperezas da irmã, conciliar o espaço que havia entre os Vela e o mundo.

O Movimento usaria informação sobre eles para quê?, perguntou-se, ligeiramente perturbada, evocando a facilidade com que detalhe após detalhe das irmãs fluíam, formando um cenário da família, seus hábitos, suas manias, suas alergias, os conflitos com o filho adolescente. "Gostaria de conhecê-lo", pensou. E ela anotando tudo em sua mente, informando.

Felipe reclamava que ela se preocupava com a vida do general e de sua família. Mas era inevitável, pensou. A violência não era natural. Custava-lhe imaginar Sebastián, Flor ou Felipe atirando. Árvores serenas apontando. Não conseguia visualizá-los. Certamente não pensaria o mesmo do general Vela quando o conhecesse. Os militares tinham outra expressão. Eram treinados para ver a população como uma massa disforme, sem rosto. Como fariam para esquecer que dessa massa tinham surgido eles? A maior parte dos militares era de origem humilde, camponeses. O próprio general Vela não era nenhum aristocrata. A esposa e a cunhada deviam ser filhas de algum professor de escola, um funcionário público.

Talvez o processo que ela estava atravessando fosse sulcado por gente como os Vela no sentido oposto. Ficariam com ódio de sua origem, de tudo que lhes lembrava o lar da infância, as preocupações com a falta de dinheiro. Uma vez assentados no bem-estar, odiariam a lembrança dos seus, sentiriam necessidade de demonstrar a distância que os separava...

As luzes da cidade piscavam ao chegar à curva da ladeira que descia de novo para o calor. Sentiu uma onda de apreensão. Teria gostado de voltar para confirmar que tudo estava tranquilo no caminho onde se despediu de Sebastián. Não queria pensar que um general Vela pudesse perfurar aquele sorriso, deixando-o imobilizado para sempre.

* * *

Imagino esse homem que ela teme semelhante aos capitães invasores. Deve querer batizar. Estender a fé em outros deuses.

Minha mãe contava como, no início, nossos calachunis, caciques, organizavam caravanas para ir conhecer os espanhóis. Levavam presentes para eles, taguizte, ouro, que os fascinava. Ela acompanhou meu pai em uma dessas excursões. Dizia que aquilo era um espetáculo.

Iam cerca de quinhentas pessoas portando aves, oferendas nas mãos. Vestiam inúmeras penas brancas. As mulheres, em número de dezessete, marchavam com enfeites de taguizte, ao lado dos calachunis.

Minha mãe se lembrava do capitão. Estava de pé na barraca onde depositaram as oferendas. Era alto, de cabelos encaracolados e dourados. Falou com nosso calachuni mais velho. Pediu-lhe mais ouro. Disse que deviam ser batizados, renunciar aos deuses pagãos. Os nossos prometeram voltar em três dias.

O calachuni mais velho chamou os homens quando saíram do acampamento dos espanhóis. Os invasores eram poucos e pareciam fracos e indefesos quando não montavam seus animais de quatro patas.

Depois de três dias, os calachunis voltaram com um número de quatro a cinco mil guerreiros, mas não para serem batizados, como queriam os invasores, mas para lutar contra eles. E assim foi que caíram sobre eles, causaram grande confusão, muitos mortos e feridos. E outros calachunis também os perseguiram quando passaram fugindo por suas terras, para tirar-lhes os presentes que lhes tinham entregado, porque não eram deuses e não mereciam reverência nem adoração.

Os invasores fugiram. Em longas caminhadas nas quais muitos deles pereceram sob nossas flechas, conseguiram voltar para seus navios, suas enormes casas flutuantes. Se foram. Houve celebração, dizia minha mãe, bebeu-se pulque (bebida alcoólica de frutas), em meio a danças e brincadeiras.

Mas os espanhóis voltaram meses depois. E traziam mais navios, mais homens com pelos na cara, mais animais e bastões de fogo.

Os nossos compreenderam que não era suficiente ganhar só uma batalha.

* * *

Do *closet* iam saindo os vestidos de festa. Lembrou a cara de satisfação de sua mãe enquanto, viajando pela Europa, a preparava para o regresso a Fáguas e a apresentação à sociedade, com incursões em lojas espanholas, inglesas, italianas. Para Lavínia, recém-formada em arquitetura, foi interessante, do ponto de vista profissional, observar a mãe presa nos edifícios repletos de mercadorias, os cabides com centenas de vestidos. Era o conceito arquitetônico básico de lojas e centros comerciais modernos: onde quer que pousasse os olhos, se depararia com a exibição de ternos e mais ternos, fileiras de sapatos, ilhas de cosméticos impecáveis, com belas vendedoras de maquiagem igualmente impecáveis, parecendo manequins que se moviam. O perímetro visual tinha sido estudado cuidadosamente.

— Tem um monte de vestido bonito – dizia Lucrécia, ajudando a colocá-los na cama. – Pode usar qualquer um desses para ir ao baile.

Não soube por qual associação Lavínia evocou Scarlett O'Hara em uma das primeiras cenas de... *E o vento levou.* Lucrécia era a ama negra, estendendo o vestido de festa de Scarlett na cama.

Só que Lucrécia não era gorda nem negra. A pele marrom dela ainda guardava a palidez da hemorragia que quase a matara. Os quadris largos dissimulavam a magreza.

— Estou lembrando de um filme que vi – comentou Lavínia.

— Eu também – disse Lucrécia. – Um filme que se chamava *Sissi*, sobre uma princesa que se casa com um rei. É assim que a senhora vai se sentir quando puser um desses vestidos.

As duas riram. Lavínia também se lembrava desse filme: um romance de conto de fadas. Tinha feito sucesso quando ela estava no colégio. Todas, naquela época, queriam se parecer com a Romy Schneider.

— Deve ser lindo ser princesa – disse Lucrécia, olhando com admiração o vestido vermelho brilhante *peau de soie* que tirava do armário.

— Não caia nessa. – Sorriu Lavínia. – Acho que o rei desse filme foi morto na vida real...

— Mentira!

— E lembre-se de que a vida não é só pôr vestidos bonitos. Há coisas muito mais importantes...

— Quando se tem vestidos bonitos... – disse Lucrécia. – Mas não se deve sentir inveja, nem desejar o que não se tem – acrescentou, voltando a arrumar os vestidos.

— Acha que ser rico ou pobre é um destino escrito por Deus? – perguntou Lavínia.

— Exatamente, acho. Uns nascem pobres, outros nascem ricos. A vida é um "vale de lágrimas". Se alguém é pobre mas honrado, sabe que quando morrer tem muito mais possibilidades de ir para o céu.

Lavínia se sentou na cama, falando com Lucrécia sobre o problema da resignação cristã; o injusto de que qualquer pessoa, por muito mau que tivesse sido na vida, pudesse se salvar pelo mero fato de se arrepender em determinado momento. Não que ela não respeitasse sua fé em Deus, disse-lhe, mas as religiões eram feitas pelos homens. Não lhe parecia injusto que sempre receitassem resignação aos pobres?

— Não acha que na vida, e não só no céu, todo mundo deveria ter a oportunidade de ter uma vida melhor? – perguntou Lavínia.

— Pode ser – disse Lucrécia, pensativa. – Mas o mundo não é assim, e não temos outro caminho a não ser a resignação, pensar que vamos estar melhor no céu...

— Mas pode-se fazer alguma coisa aqui, na terra... – disse Lavínia.

— Sim... estudar, trabalhar... – complementou Lucrécia.

— Ou lutar... – acrescentou Lavínia, em voz baixa, se perguntando se devia ter dito isso, esperando a reação de Lucrécia.

— Para que me matem? Prefiro continuar sendo pobre do que morrer. Este vestido foi roído por ratos aqui na bainha – assinalou Lucrécia, mostrando.

— Eu também tirei outro que estava roído – disse Lavínia, sentindo-se ligeiramente ridícula por aquela conversa entre vestidos de festa.

— Pode cortá-los – disse Lucrécia, examinando-os. – Ainda podem servir.

Lavínia pôs o vestido na cama e se aproximou da mulher, presa da súbita necessidade de fazer com que Lucrécia sentisse que podia mudar algo, por menor que fosse. Os símbolos.

— Lucrécia, vou pedir um favor para você.

— Diga, diga, dona Lavínia... – disse ela, olhando, surpresa, para Lavínia.

— Não quero que volte a me chamar de dona Lavínia nem de senhora.

— Mas sempre a chamei assim, não vou me acostumar, não posso, não consigo... – disse, baixando os olhos, tímida e corando.

— Embora seja difícil, faça um esforcinho – disse Lavínia –, por favor. Não gosto que me trate como se eu fosse uma senhora.

— A senhora é a minha patroa. Como vou dizer Lavínia e você? Não é respeitoso. Por favor, não me peça isso...

— Pois se voltar a me chamar assim vou tratar você igual. Vou dizer "dona Lucrécia" e "senhora".

Elas se entreolharam e caíram na risada. Lucrécia ria nervosamente.

— Não posso, não posso – disse. – Como pode me chamar de "dona Lucrécia"? – disse, rindo de novo.

— Você vai ver...

— Ai, não, pelo amor de Deus, é cada uma que pensa!

— Agora vamos ser amigas – disse Lavínia. – Quero que sejamos amigas.

Lucrécia virou para ela com um olhar triste. Amigas?, disse com os olhos, amigas?

— O que a senhora disser – respondeu Lucrécia, descendo a vista, sem saber o que fazer, pressionando o avental como se estivesse com as mãos molhadas e precisasse secar. – Vou tirar a roupa da corda – disse. – De repente chove. – E saiu do quarto às pressas, olhando para o quintal.

Nunca vão me aceitar, pensou Lavínia, sentando-se em cima dos vestidos de festa, olhando as sombras do entardecer. Não devia ter lhe dito nada, pensou. Quem sou eu para lhe dizer alguma coisa?

Faltava uma semana para o baile quando o médico-legista apareceu assassinado, testemunha-chave no julgamento contra o diretor do presídio A Concórdia. Lavínia lembrou-se vividamente de ter escutado o julgamento no rádio, enquanto ia de táxi para seu primeiro dia de trabalho. Na época do julgamento, ela, como muitos outros, admirou-se da valentia do médico-legista. Também, como a maioria, temeu por sua vida. Em Fáguas, era inconcebível imaginar um militar honesto que, cedo ou tarde, não tivesse que pagar a honestidade com o exílio ou a morte.

Tinham passado a conta para o capitão Flores muito rápido.

Tinham-no encontrado morto, varado de balas sobre seu carro na estrada para Santo Antônio, cidade do interior, onde o doutor Flores visitava uns familiares. As autoridades não encontraram o suposto assassino. O major Lara tinha saído da prisão – por bom comportamento – esse fim de semana. Ninguém duvidava de que ele fosse o criminoso. Diziam as manchetes da edição extra do matutino de oposição *A Verdade*, passado de mão em mão pela firma de Lavínia.

A indignação cobriu a cidade com o manto da raiva contida. As viaturas de polícia, alertas, multiplicavam-se nas esquinas.

O enterro do médico seria realizado no dia seguinte de manhã. Seria um grande evento. O Grão-General não poderia evitar as centenas de pessoas dispostas a participar do enterro como sinal de protesto. Como poderia impedir, em se tratando de um militar? Nem o próprio morto podia impedir que seu enterro se tornasse – como tudo parecia indicar – a manifestação mais gigantesca desde o famoso domingo de campanha dos verdes, o do massacre.

Felipe falava ao telefone quando Lavínia entrou em sua sala. Depois de combinar se reunir com alguém em um ponto no dia seguinte de manhã, desligou e olhou para ela.

— Todos nós sabíamos desde o julgamento – disse Lavínia –, sabíamos que o major Lara ia matá-lo quando pusesse o pé fora da prisão.

— Mas evitá-lo não estava ao alcance dos que suspeitavam que isso ia acontecer – respondeu Felipe.

— Você vai amanhã? – perguntou Lavínia.

— Vou – disse Felipe. – Com os alunos da faculdade.

— Não sei com quem irei – disse ela, determinada –, mas vou mesmo assim.

Desta vez não teria que ficar observando de longe a manifestação avançando em direção ao cemitério. Agora era diferente, pensou Lavínia, lembrando a voz pausada do médico dando seu testemunho. O Grão-General teria que conhecer o repúdio a esse crime, cometido, sem dúvida, com sua aprovação. E ela, agora, participaria do repúdio.

— Estava falando com Sebastián. Ele me disse para você não ir ao enterro de jeito nenhum. Temos que manter você "limpa", principalmente agora.

— Mas... – disse Lavínia, incrédula.

— Não sou eu quem está dizendo – continuou Felipe. – Sebastián acabou de me dizer. Ele me pediu que repassasse.

— Mas... por que não? – perguntou ela, sentando-se à mesa de Felipe. – Não entendo.

— É fácil, Lavínia. Se fizer um esforço, vai entender. Vão estar os meios de comunicação, muitos agentes de segurança, patrulhas do Exército... É possível que até o general Vela apareça. Não convém que ele a veja, nem ninguém que possa informar a ele. Não seria conveniente você aparecer na televisão ou em fotos de jornais...

Ela assentiu. Era compreensível. Devia entender, disse para si. Mas era cruel. Desde que estava no Movimento, tentando assimilar a ideia de abandonar seu *status quo*, de se tornar outra pessoa, superando a constrita vida individual de suas origens, esperava o momento de participar mais ativamente. Vencer o medo e aceitar o compromisso frontal, não teórico, de sua decisão. Mas as coisas pareciam funcionar ao contrário. Ordenavam que usasse sua posição, tirasse informação, como arquiteta, das irmãs Vela; voltasse aos círculos habituais, fosse ao baile, não participasse da manifestação. Não era isso que eu esperava", pensou. Nunca imaginou assim. Aparentemente, só estava servindo ao Movimento para ser quem era.

— Isto é frustrante – disse, largando o corpo na cadeira. – Pensava que minha vida ia mudar radicalmente, que poderia participar; não ficar à margem, como sempre.

Ficou à margem, com Sara e Adrián. Espectadores em casa, sentados no corredor, atentos às notícias, ao lado do jardim de samambaias e sálvias. Nas ruas, a multidão silenciosa desfilava para o cemitério, no meio de uma extensa fileira de soldados com capacete e baionetas nos fuzis que pretendiam assistir ao enterro.

O silêncio pousava sobre a cidade. Os escritórios e as lojas tinham fechado suas portas. Ninguém fora trabalhar, mesmo que os meios de comunicação oficias tenham insistido que a população se apresentasse aos seus trabalhos e não caísse no papo de provocadores que tentariam "aproveitar o incidente lamentável".

Desde cedo, o aparato militar era visível. Quando se dirigia para a casa de Sara e Adrián, Lavínia viu os caminhões militares verdes lotados de soldados, indo em direção à avenida por onde marcharia o enterro. Em som de duelo, posicionaram os tanques nas esquinas próximas ao cemitério; tanques com coroas fúnebres em suas trombas de metal.

Prestando honras militares ao morto, aviões sobrevoaram desde as primeiras horas da manhã.

A emissora oficial, a televisão oficial, transmitiam o enterro, convertendo-o em merecidas honras fúnebres de um militar distinto.

As câmeras de televisão evitavam a multidão que se acotovelava nas filmagens, concentrando-se no carro mortuário e nos rostos avermelhados e chorosos da esposa e dos filhos.

Em ambos os lados da rua, ladeando a aglomeração dos que assistiam ao enterro, podia-se ver a fila de soldados em posição de sentido e a baioneta preparada.

Um grito, um movimento rebelde da multidão e aquilo seria um massacre de consequências imprevisíveis. Estavam cercados, condenados à imobilidade, a protestar em silêncio. Qualquer outra atitude seria suicídio.

Calados, quase sem se mover, Lavínia, Sara e Adrián olhavam a pequena tela, unidos pela tensão.

— Tomara que ninguém faça nada; tomara que ninguém faça nada – dizia Sara, como uma oração.

E Lavínia imaginava Felipe e seus alunos, marchando em silêncio, esperando a ocasião propícia.

— Ninguém vai fazer nada – disse Adrián. – O Grão-General planejou tudo. Ninguém pode fazer nada.

A procissão fúnebre entrava no cemitério.

— Olha, Lavínia – disse Adrián –, aquele é o general Vela.

Ele estava em pé, próximo da lápide. Um homem robusto, com a barriga saliente e cabelos pretos e lustrosos, perfeitamente penteados. Ao passar, a câmera o focalizou.

Tinha um *walkie-talkie* na mão. Ela sentiu repugnância. Certamente ele estava comandando aquela operação.

O féretro desceu ao túmulo. Uma banda militar tocou as notas do Hino Nacional. Os coveiros colocaram a lápide. A multidão começava a se dispersar quando o silêncio do cortejo fúnebre foi quebrado. Escutaram-se gritos, palavras de ordem saindo de trás dos monumentos do cemitério: "Assassinos!" "Guarda assassina!" "Abaixo o Grão-General, Movimento de Libertação Nacional!" Tiros ao ar. Movimento de soldados correndo, se dispersando. O sinal da televisão apagou. Um *slide* com a foto do morto apareceu na tela, e a voz do locutor anunciou: "Transmitimos para os senhores, prezados telespectadores, as honras fúnebres do Capitão Ernesto Flores."

Adrián desligou a televisão. Os três saíram à porta da casa, movimentando-se para fingir que faziam algo. Escutavam-se tiros isolados ao longe.

— Ai, meu Deus! – exclamou Sara. – E agora, o que vai acontecer? Melhor fecharmos a porta, Adrián.

Voltaram para a sala.

Lavínia foi até a cozinha tomar água. Sua mente projetava imagens de perseguições sangrentas. À distância, tentava enviar a Felipe mensagens de advertência para que não se arriscasse, não valia a pena. Soldados demais na rua. Iriam perder.

Embora talvez Felipe não pensasse como ela, disse para si. Eles não pensavam assim. Mediam os riscos de outra forma.

Foi até a sala. Adrián e Sara estavam sentados nas cadeiras de balanço, olhando o jardim, ausentes, como sem ver. Pareciam uma foto imóvel, com suas roupas finas e sob medida, no meio de móveis, os cinzeiros e enfeites primorosamente dispostos, as plantas com as folhas brilhantes, o pequeno jardim com as begônias em grandes jardineiras. "Ela podia ter escolhido isto", pensou Lavínia, olhando-os como se estivesse hipnotizada, como se tivesse entrado em outra dimensão: isto poderia ter sido sua vida. Tudo estava projetado para que ela também tivesse uma casa como esta, com um marido como Adrián, fumando, pensativo. Em algum momento o caminho tinha se bifurcado e ela estava do outro lado, vendo-os como através de um espelho que nunca mais a refletiria; presa de outras angústias que devia silenciar; que não podiam entrar neste outro mundo imóvel.

— Vou embora – disse de repente.

— Como vai embora? – questionou Adrián, quase gritando. – Está louca?

— Não vai acontecer nada – disse Lavínia, pegando a bolsa. – Não está acontecendo nada perto da minha casa.

— Mas para que vai sozinha para casa? – interveio Sara, se levantando, alarmada.

— Não sei – disse Lavínia. – Só sei que não aguento mais ficar aqui, sem fazer nada.

— Mas você está com a gente – disse Sara. – Acalme-se.

Sabia que era o mais sábio. Acalmar-se. Mas não conseguia. Não conseguia continuar ali. Precisava ir embora.

— Isto não é brincadeira, Lavínia – disse Adrián. – Enquanto eu estiver aqui, você não sai desta casa.

— Você não é meu marido – respondeu Lavínia. – Não tem por que decidir o que eu faço. Estou indo. Me deixem.

Ouviram-se mais tiros. Lavínia, frenética, tentava ir embora, mas Adrián se interpunhava entre ela e a porta. E era forte; embora não fosse muito alto, tinha o corpo rígido e musculoso.

— Vamos conversar, Lavínia, por favor – disse Adrián. – Por que quer ir embora?

Não conseguia responder. Simplesmente sentia a necessidade de ir embora dali. Como explicar? Como explicar para eles que não queria estar nesse mundo ao qual sentia já não pertencer? Mas, pouco a pouco, o impulso foi cedendo à razão. Para que sair dali? Não podia se unir aos manifestantes que, a essa hora, andariam pelas ruas, talvez incendiando ônibus, expressando a raiva de ter tido de acompanhar em silêncio o cadáver entre os soldados... Só podia esperar. Como eles.

* * *

Por que a empurrei? O que me levou a impeli-la para fora, ali onde se escutavam os sons da batalha? Nem eu sei. Senti a profunda necessidade de medir minhas forças? Ou foi por que em mim ecoaram as lembranças dos bastões de fogo?

Não devia ter acontecido. Estou abatida nela. Não conheço este entorno, suas artimanhas, suas leis. Não sei medir esses perigos desconhecidos.

Achava já estar longe dos impulsos vivos. Mas não é assim. Quando meu desejo é muito intenso, ela o sente com a força com que eu o imagino.

Devo ser cautelosa. Vou apagar-me em seu sangue.

* * *

— Não sei o que me deu – disse Lavínia mais tarde.

15

Poucos dias depois, a agitação momentânea passou e cedeu passagem à tensa calma. Era assim em Fáguas. Acumulava-se energia; soltava-se de repente, depois – igual à terra quando treme – a paisagem voltava a recuperar seus conhecidos contornos.

Não tinha acontecido nada espetacular. Marcas só para o lado obscuro do país. Três mortos. Algumas dezenas de feridos. Presos. Ônibus queimados. Lojas com as vitrines quebradas. Mediação do bispo. "A Guarda Nacional mantém a ordem em todo o território nacional."

Felipe e seus alunos voltaram para as aulas noturnas. Nenhum deles apanhou ou foi preso. Não engordaram as filas dos mais exaltados. Nessa ocasião, mantiveram os riscos no mínimo.

— Teria sido suicida – disse Felipe, dando razão à Lavínia pela primeira vez. – Para cada um de nós, desarmados, havia dez soldados armados até os dentes. Os que gritaram foram afrontosos.

***

Os preparativos para o baile continuaram.

Lavínia foi buscar o vestido na lavanderia. "Frescos como a aurora em apenas uma hora", anunciava o lugar. Era o único estabelecimento que contava com um serviço tão imediato. Os donos eram amáveis, prósperos e loiros imigrantes de um dos pequenos países vizinhos. Perfeita aliança conjugal e empresarial movendo-se, diligentes, por meio de longas fileiras de vestidos primorosamente embrulhados em longas sacolas plásticas com o desenho de uma flor vermelha e o nome da lavanderia de ponta a ponta, repetido incontáveis vezes.

Do balcão, enquanto esperava, observou a profusão de vestidos de noite e *smokings*, evidência da proximidade do baile; esquecimento de manifestações, mortos e tiros.

Parecia estranha aquela indumentária nos rígidos cabides alinhados e pendurados nas barras de metal. Enquanto a funcionária pegava o comprovante com seus dados e se perdia na selva de roupas, procurando o correspondente ao tíquete, ela pensava em como faltava pouco para que aqueles tecidos inanimados tivessem vida; como faltava pouco para que envolvessem corpos magros e gordos, peles minuciosamente cuidadas com creme de amêndoas e outras delicadezas, afastadas do sol para luzir a brancura do leite e nácar.

"Seria interessante ver o baile com outros olhos", pensou, "estar dentro e, ao mesmo tempo, fora do espetáculo".

— Aqui está – disse a funcionária, tirando-a de seus pensamentos.

Ao chegar em casa, o telefone tocava. Correu para atender, temendo que estivesse tocando há muito tempo, que fosse Felipe e não a encontrasse.

— Lavínia?

A voz inconfundível de sua mãe a confundiu.

— Lavínia?

— Sim. Sou eu.

— É que me encontrei com Sara hoje, e ela me disse que você vai ao baile...

— E?

— Não, nada, nada, só queria saber se você vai mesmo...

— Sim, vou.

— Ai, minha filhinha! Que alegria... Não sabe como ficaríamos felizes se fosse conosco...

— Não posso, mãe, já me comprometi com Sara e Adrián.

— Mas acho que eles não se importariam. Não acha que é melhor ir conosco que com eles, que acabaram de se casar? Seria mais bem-visto.

— Eles já têm mais de um ano de casados, mãe.

— Sim, eu sei, mas isso não é nada. Ainda são recém-casados. Vai dar o que falar se chegarmos separados. Já se falou suficiente quando você saiu de casa. Ainda é uma moça solteira.

Devia ter previsto. Pensou nisso em algum momento, mas depois descartou. Não pensou que sua mãe ligaria para ela apesar de tudo, embora soubesse que ficaria preocupada com sua aparição, sozinha, no baile.

Devia ter dito a Sara que se abstivesse de comentar com ela. Nunca se cansaria de se surpreender com as preocupações de sua mãe.

— Não esquente a cabeça, mãe, já sou maior de idade... O que as pessoas podem dizer que já não tenham dito?

— Seu pai e eu gostaríamos muito de levá-la. Não é normal que estejamos tão afastados, pega muito mal...

A tantos meses do distanciamento, ainda pensava que não era normal.

— Mas essa é a situação, mãe. O baile não vai mudá-la.

— Talvez agora você nos ouça. Acima de tudo, somos seus pais. Não podemos ficar assim a vida inteira.

O baile, o regresso do filho pródigo. Uma coisa leva à outra.

— Não posso ir com vocês, mãe. Já me comprometi com Sara. Podemos nos ver lá. Posso me sentar um pouco com vocês.

Não faria mal sentar-se um pouco com eles. Melhoraria suas referências.

— Não é a mesma coisa, filha.

— Mãe, não insista, por favor...

— Está bem, está bem, mas você se sentará um pouco conosco? Com certeza?

— Sim, mãe, com certeza. Como está meu pai?

— Trabalhando como sempre. Ainda não chegou do escritório.

— Dê um abraço nele.

— Sim, filha. Tem certeza de que não pode ir ao baile conosco? Com certeza Sara não se importaria...

— Não, mãe, já disse que não. Não tornemos isto desagradável.

— Está bem, filha, você se senta conosco então?

— Sim, mãe.

— Nos vemos lá então?

— Sim, mãe.

— Bem, até logo.

— Até logo, mãe.

Olhou para o fone sem conseguir colocá-lo no lugar. O som agudo da linha percorria longas espirais em sua mão.

Sua mãe era alta e bonita. Quando era menina, vê-la lhe causava um vago sentimento de assombro e orgulho. Nas reuniões do colégio, quando as mães de suas amigas ocupavam as fileiras de assentos, pensava no prazer que sentiria se visse sua mãe entre elas, a mais alta, a mais bela. Mas as reuniões lhe causavam tédio e a mãe nunca fora a nenhuma. "São inúteis", dizia, "uma perda de tempo".

A beleza consumia todo o seu tempo livre, antes e depois de jogar cartas com suas amigas, receber seu pai e os amigos dele.

A maior proximidade que teve dela foi quando ela chegou à Europa para equipá-la com o "enxoval" adequado para a volta a Fáguas. Nessa ocasião, arrastou-a em longas caminhadas e compras, falando incansavelmente de modas e roupas, hotéis e restaurantes.

Para Lavínia, sempre foi uma figura distante, inalcançável.

Quando procurava seus braços, muito pequena, acovardada por alguma história apavorante da babá, encontrava a expressão intolerante e aquele "não seja chorona".

Desde muito menina intuiu que a sua mãe não gostava dela.

"Ainda bem que existiu a tia Inês", pensou, limpando as lágrimas que começavam a embaçar os contornos dos móveis.

Porque sua tia Inês gostava de abraçá-la, lhe fazer carinhos, levar doces para ela. Gostava de colocá-la na cama e lhe contar histórias enquanto acariciava seu cabelo. Tinha, como Lavínia, uma imensa sede de carinho.

"Vai estragar a menina", dizia sua mãe, e ela entrava em pânico ao pensar que decidiriam afugentar a tia.

Mas, em seguida, o pai saía em defesa da irmã. "Está muito sozinha. Pobrezinha. A menina é a única coisa que a alegra."

"A tia lhe salvou do desamparo", dizia Natália, sua amiga espanhola.

Mas ninguém a salvava da ausência da mãe.

E era isto sua mãe: uma perene ausência.

Devia ter suposto que a chamaria para o baile. Impossível que não se preocupasse com o que as amigas comentariam.

Era incrível, mesmo assim, que a tivesse chamado só por isso.

Só para isso.

Percebeu que ainda estava com o fone na mão. O contínuo som da linha tinha sido substituído por um palpitar intermitente. Repôs o fone no gancho e continuou chorando.

Chorou por tudo que não pôde chorar.

Amanheceu deprimida. Deprimiu-se mais depois de acompanhar Sara ao cabeleireiro à tarde. A única coisa que compensou a espera e o espetáculo de todas aquelas mulheres de pés finos e bem cuidados amontoadas na sala de recepção foi a feliz coincidência de ter se encontrado com as irmãs Vela. Tinham entrado com ar de grandes damas para se preparar para o baile que, nesta mesma noite, apresentaria o Grão-General no Clube Militar. "Meu marido já solicitou sua admissão no Social Club, mas, como foi recentemente, com certeza só poderemos ir ao baile no ano que vem", tinha dito a sra. Vela com um tom de segurança que estava longe de sentir, enquanto Sara a olhava com desprezo. "O Grão-General" disparou Sara depois, se aproximando e falando baixinho, "é de outro escalão. Como não aceitam seus oficiais no Social Club, agora ele faz bailes para eles no mesmo dia no Clube Militar para que não se sintam inferiores..."

Lavínia só pensou que tinha sido perfeito encontrá-las justamente no cabeleireiro mais cotado da cidade, poder lhes dizer que ia ao baile.

Quando voltou para casa, serviu-se de um copo de suco de laranja com pedras de gelo e resolveu descansar um pouco antes de se vestir para o baile. Esticou-se na cama distendendo os músculos, imaginando-se em uma balsa na água sob um sol esplendoroso. Precisava relaxar, estava tensa e nervosa. Como em uma tela, via-se vestida de vermelho, entrando nos salões do clube; os olhares pousando sobre ela, o tilintar dos copos, o som da orquestra no terraço. Ela os veria de longe. Imaginou sua atuação, os pés movendo a bainha do vestido com ímpetos desafiadores de bailarina de flamenco, o tecido suave roçando seus calcanhares no piso de brilhantes lajes de mármore. Os meninos de sua infância, transformados em homens, abraçando-a, incômodos, com o cheiro de colônia e produtos químicos na lapela dos *smokings*.

Ela sorriria, sedutora; explicaria sua vida de arquiteta introduzindo na conversa a dose de chateação necessária para que pensassem que a menina tinha esgotado o encanto de brinquedo novo da rebelião e independência.

Virou-se na cama. Sentiu seu corpo morno e suado. A solidão não tinha fronteiras em sua cama esta tarde. Não podia explicar para ninguém a rara excitação que lhe produzia a ideia de colocar novamente aquele vestido vermelho, de decote profundo. Exibir-se, agora, seria um prazer. Quase uma vingança. Exibir-se agora que ninguém podia tocá-la, penetrar sua intimidade, ameaçá-la com casamentos perpétuos, regalias disfarçadas de sucesso. A sensação era aguda e ao mesmo tempo contraditória. Não podia negar que lhe produzia prazer a ideia de ver algumas de suas amigas. Só que era um prazer quase maquiavélico. Igual ao que sentia imaginando a cara dos jovens recém-formados que, diante dela, deixariam de lado as pretensões de civilidade, o respeito que mostravam para com as virgens prudentes, e se deixariam envolver por sua calculada sedução, só para finalmente intuir que não tinham nenhuma esperança, que tinha sido só um jogo. Nada teria para se dizer com tudo aquilo. Haviam nadado na direção oposta nas águas de rumos e destinos. E a certeza, embora prazerosa, era também inquietante.

"Estaria se enganando?", pensou. Estaria criando para si uma pose de heroína de novela tão estúpida como a de qualquer uma de suas amigas brincando de virgens prudentes? "Não", pensou. Não era a mesma coisa. Para ela, ir ao baile era um retorno final, entrar no ambiente de seu meio como uma estranha para abandoná-lo totalmente, traí-lo, conspirar para que aquele mundo de vã ostentação de riqueza terminasse.

E assim devia ser. Não estava arrependida. Não desejava sua continuidade, mas não podia evitar ainda se lembrar dos sons daqueles entornos e ambientes que haviam rodeado sua vida desde sempre e que deviam explodir em algum momento, desaparecer... e, quando isso acontecesse, ela estaria em outro lugar, ao lado da caixa-preta onde se pressionaria o detonador, onde as mãos acenderiam o pavio.

E talvez como Felipe, como os homens que se criavam com uma determinada identidade, uma pele profunda difícil de arrancar; suportaria sua pele original, oculta, escondida, atrás da nova identidade que desejava.

Fechou os olhos e sentiu um golpe de angústia. Queria chorar por se sentir tão sozinha, tão perdida nesse terreno de ninguém, por ainda não ser nem uma coisa nem outra, por só ser um desejo, uma vontade, um ardor abstrato que a percorria de certeza; a certeza de que, em seu campo magnético, a agulha apontava para um norte definitivo. Para lá avançava tropeçando, pouco a pouco ficando nua, impulsionada por uma força misteriosa, inusitada.

Terminou de tomar o último gole do suco de laranja.

A chave de Felipe abria a porta.

— Ei... Oi... Lavínia? – Ela o escutou, procurando-a pela casa.

— Estou aqui, no quarto.

Felipe entrou. Sentia calor. Manchas de suor na camisa. Inclinou-se para lhe dar um beijo. Ela cheirou seu pescoço.

Gostava de seu suor. Havia algo de sensual e primitivo na pele suada, o sabor salobro, o cheiro de água do mar.

— Seu cabelo está com um cheiro gostoso – comentou Felipe, passando a mão por sua cabeça.

— Xampu de ervas, nada menos – disse Lavínia, sorrindo. – O ruim é que a maioria das mulheres no baile de hoje à noite vai estar com o mesmo cheiro! Se você fosse um cachorrinho e me procurasse pelo cheiro hoje à meia-noite, poderia acabar esbarrando no cabelo de uma das irmãs Vela. Elas estavam no mesmo salão de beleza. Hoje, o Grão-General também organizou o próprio baile de "debutantes" para os militares, no Clube Militar...

— Então o Grão-General também dá um baile... – disse Felipe, sentando-se na beirada da cama.

— Sim. Segundo Sara, é uma maneira de compensar os militares pelo desprezo histórico da diretoria do Social Club.

— É um bom plano... distraí-los para que não se sintam rejeitados pelos aristocratas, criar a própria vida social. O Grão-General não é bobo. Sabe quando o circo é necessário.

— E vai ser um circo completo, segundo as informações das irmãs Vela.

— Esse, com certeza, vai ser um saboroso assunto de conversa na sua festa. Além disso, interessante. Será bom saber o que a aristocracia pensa. Você tem trabalho.

— A aristocracia não vai aceitá-los nunca. Precisa deles, mas os despreza. Qualquer um sabe isso.

— Mas até agora nunca tinha sido estabelecida uma concorrência. Tinham seus territórios bem definidos. Na medida em que o Grão-General se sente ameaçado, reforça mais sua gente. Ultimamente, lhes tem dado negócios que concorrem com os da aristocracia. Seus amigos não devem estar gostando nada disso. Tenho certeza de que, ao tentar afiançar sua casta militar, o Grão-General está criando contradições que nem ele mesmo imagina. Contradições que nós devemos saber medir para tirar proveito delas.

— E você acha que o Grão-General realmente se sente ameaçado?

— Acho que está inquieto. Acreditou que poderia dar cabo facilmente da nossa presença nas montanhas, como fazia com as tentativas militares dos Verdes, mas não foi assim. Estamos crescendo. Teve que enviar muitos destacamentos para as montanhas. Teve baixas importantes. E a manifestação do outro dia... Está nervoso.

— Mesmo assim, não acho que se sinta ameaçado.

— Não, ainda não, mas agora seus homens correm mais riscos e ele sente que deve compensá-los. Manter o Exército contente é cada vez mais importante para ele.

— Adoraria ver esse baile do Clube Militar por um buraco... – mencionou Lavínia. – Eu me pergunto como será para a srta. Azucena...

— Não acho que ela sofra muito – disse Felipe. – Parece feliz em seu papel de irmã da sra. Vela, pelo menos pelo que você diz.

— Sim, não parece infeliz. Tem as vantagens da irmã, sem as desvantagens.

— Você deveria se aproximar mais dela... Se não está contente, até poderíamos conseguir um namorado para ela – disse Felipe, piscando com malícia. – Este é o vestido que vai usar? – acrescentou, aproximando-se do *closet* e inspecionando através do plástico da lavanderia.

— É. E eu já deveria começar a me arrumar, são seis e meia.

— Mas não é só às oito que vão passar para buscar você?

— É. Mas vou tomar banho, me maquiar... e não gosto de correr.

Em um movimento repentino, Lavínia se aproximou dele, pôs a cabeça em seu peito. Precisava daquele abraço de Felipe.

— Estou nervosa – confessou, abandonando o tom de brincadeira.

— Por quê? – perguntou Felipe, afastando-a e olhando em seus olhos.

— Não sei... Por voltar a frequentar o clube. Eu me sinto estranha. Ainda não sei o que sou – disse Lavínia.

— Você é uma companheira do Movimento – constatou Felipe. – Você não diz que tem certeza disso?

— Sim, você tem razão. São besteiras minhas.

E se afastou, indo para o *closet* para pegar uma toalha limpa. Não podia falar com ninguém sobre isso, pensou. Ninguém a compreenderia. Ninguém. Teria de suportar suas inseguranças sozinha.

— Quando você tem que ir? – perguntou ela.

— Mais tarde. Depois de ver você vestida. Quero ver como você fica com essa fantasia – respondeu ele, e foi até a cozinha dizendo que prepararia alguma coisa, estava com fome.

Não lhe pareceu uma fantasia quando a viu vestida e arrumada, quando saiu com Adrián e Sara da casa.

Esteve observando-a enquanto se maquiava, fazendo piadas o tempo inteiro, tentando disfarçar seu desconforto com ares de indiferença. À medida que foi aparecendo a imagem que veriam os participantes do baile, notou seu silêncio, seus olhares de dúvida.

Lavínia viu-se linda no espelho. Tinha emagrecido, e o vestido caía mais suave em seu corpo, a cor vermelha contrastando com a pele branca e o cabelo escuro sobre os ombros. Os sapatos de salto alto contribuíam para lhe dar mais presença, para ressaltar a figura esbelta.

— Você é a viva imagem da burguesia próspera – disse Felipe com um sorriso.

Ela riu sem vontade. Intuiu na frase o antagonismo produzido em Felipe por sua imagem de luxo. Ele teria suas contradições, pensou. Olhava-a como os ocupantes dos bancos da sala de emergência que a rodeavam naquela noite em que acompanhou Lucrécia ao hospital. Talvez seu argumento de que "ainda não estava madura" tivesse relação com tudo isso.

Em silêncio, recostada no banco traseiro do carro a caminho do baile, atravessando as avenidas ladeadas de palmeiras, lembrava a expressão divertida de Felipe quando Adrián e Sara chegaram para buscá-la, a maneira como os olhou – particularmente Adrián, com seu *smoking* – e se despediu polidamente. Ela tinha sentido a distância na despedida; pareceu-lhe que dizia "nos vemos depois" do outro lado de uma incontornável fenda, como uma cena de filme onde a terra se abre e um homem e uma mulher que se amam ficavam separados por uma rachadura enorme.

— Está tudo bem aí atrás? – perguntava Adrián. – Quer que eu aumente o ar-condicionado?

— Não, não – respondia Lavínia. – Estou bem, não se preocupe.

Passavam por bairros periféricos, bairros de casas pobres, de ruas sem asfalto, escassamente iluminados. Favelados assentados em terrenos altos. Ali estariam até que lhes destinassem outros terrenos "mais apropriados", mais ocultos, onde não incomodassem com a mostra inoportuna de sua pobreza; ou até que a prefeitura vendesse os terrenos e os expulsasse.

Caíram finalmente na larga avenida iluminada, sem comunidades ao lado. Pouco depois pegaram a via particular que servia de acesso ao clube. Na entrada, uma fileira de automóveis aguardava a passagem pela cabine de controle. Os carros paravam, mostravam seu convite e a barreira – como a usada para a passagem dos trens nas estradas – levantava, garantindo que não entrassem os que não pertenciam a esse mundo exclusivo.

Os campos de golfe estavam iluminados profusamente com luzes nas árvores, como as quadras de tênis com os refletores acesos para os jogos noturnos. Adrián cumprimentou o porteiro, e a barreira se ergueu. À entrada do prédio, os motoristas de Mercedes-Benz brilhantes, Jaguar, Volvo, enormes carros americanos e modernos modelos japoneses abriam as portas para que descessem casais de *smoking* e vestidos longos.

Da piscina, a orquestra tocava bossa-nova. Desceram do carro. Sara parecia exuberante e alegre; Adrián estufava o peito mais que de costume. "Estavam nervosos como ela", pensou Lavínia, passando a mão pelo cabelo e alisando o vestido. Adrián pegou-as pelo braço, ficando no meio de ambas, vaidoso.

O que pensaria Adrián?, perguntou-se Lavínia. Com frequência, reclamava com ela de sua "rebelião". Era um curioso defensor do *status quo*, por muito que mencionasse a valentia dos guerrilheiros. Não aceitava suas ousadias de independência feminina, sua relação casual com Felipe. Ele também, como a mãe dela, considerou um sinal de conciliação, de se "situar na realidade", o fato de que ela fosse ao baile.

O salão resplandecia com o brilho das enormes luminárias de cristal, enfeitadas com guirlandas de flores, que derramavam sua luz sobre aquele grupo multicolorido de vestidos de noite, decotes e joias, que se movia em ondas de um lado para o outro, esperando o início oficial do baile. No setor das mesas, soavam as risadas misturadas com o cristal dos copos nos quais tilintavam o gelo, o champanhe e o uísque.

O salão se abria sobre um terraço, ao lado de uma imensa piscina de águas celestes iluminada por refletores aquáticos, sobre a qual havia-se construído uma ponte para a passagem das debutantes. Imensas flores de lótus, naturais, trazidas principalmente de Miami, flutuavam na água.

Adrián tinha reservado uma mesa ao lado da piscina para poder apreciar melhor o desfile das debutantes. No percurso até a mesa, levados por um porteiro que se encarregava de acomodar os convidados, encontraram diversos conhecidos. "Quanto tempo! Você está ótima, espero que dance comigo." E frases como "Lavínia! Finalmente você apareceu!" a acompanharam.

— Você está mais popular que nunca! – dizia Sara, enquanto se sentavam.

— Estou começando a suspeitar que seu retiro era parte de um plano para aumentar a procura e render admiradores aos seus pés – dizia Adrián, divertido.

— Você escolheu um bom lugar – disse Lavínia, sorrindo, enigmática, respirando o ar puro da noite, enquanto olhava as flores de lótus na piscina e a ponte por onde passariam as debutantes.

Uma vez sentada, percorreu o salão com os olhos. Mesas cobertas com toalhas e adornos florais lotavam o salão. A maioria já estava ocupada, enquanto outras luziam letreiros de "reservado". De uma mesa para outra, os olhares inspecionavam penteados, vestidos. As convidadas pareciam imersas no jogo de pretender se cumprimentar de longe, reconhecer os trajes anunciados em conversas telefônicas ou em comentários de estilistas comuns. Não avistou seus pais. Ainda não haviam chegado, ou estavam ocultos atrás das grossas pilastras revestidas de flores e plantas. Talvez pudesse encontrá-los quando o baile começasse e o convidados se sentassem.

De longe, Lavínia reconheceu e cumprimentou várias amigas do colégio, muitas com seus novos esposos levando-as pelo braço. Antônio e Florência lhe fizeram grandes sinais de cumprimento da mesa próxima de sua antiga turma de amigos. Levantou-se para cumprimentá-los, movendo com graça a bainha do vestido vermelho.

— Pelo visto agora só vamos ver você nestes lugares desprezíveis... – disse Antônio, mexendo com ela, quando Lavínia se aproximou.

— Você nos abandonou totalmente – lamentou Sandra.

— Não, nada disso – retrucou Lavínia, sorrindo, contente de encontrá-los. – Já estou largando a onda de seriedade...

— E a onda desse Felipe? – perguntou Antônio.

— Pare de curiosidade – disse Lavínia, dando uma piscadinha.

O presidente do clube atravessou o salão em direção ao microfone.

— Já vai começar – disse Florência, com ar de adolescente. Lavínia voltou para a mesa com Sara e Adrián. Sentou-se quando o discurso começou.

— Boa noite, queridos sócios. – Trovoaram os alto-falantes, provocando uma mobilização geral nas mesas. O murmúrio geral de excitação perante o início do espetáculo foi diminuindo até criar o silêncio necessário para as palavras do presidente, que, em tom de solene alegria, continuava: — Como todos os anos na querida tradição de nosso clube, nos encontramos hoje no baile anual para dar uma calorosa recepção às belas e distintas senhoritas, filhas de nossos honoráveis sócios, que hoje serão apresentadas à sociedade...

O discurso elogiou as qualidades das pequenas damas, cujos nomes, junto ao de seus respectivos pais, foram lidos com aplausos.

"Agora vai citá-las uma por uma", Lavínia disse para si mesma, lembrando quando ela foi uma das citadas: a espera no toucador de senhoras, no topo da escada, para que anunciassem seu nome, para descer, enquanto a orquestra tocava "La Vie en Rose". Por sorte, naquela época não houve ponte na piscina.

Agora o presidente, com ar teatral, apoiado pelo redobrar do tambor da orquestra, anunciava a primeira debutante, a namoradinha do clube: Patrícia Vilón (lembrou-se dela, barulhenta, nos corredores do colégio, entre as meninas menores que ela). A moça apareceu na passarela com um vestido de brocado branco carregado de contas e lantejoulas, uma rosa no cabelo castanho, caminhando pela ponte como uma Miss Universo. A orquestra explodiu com a grande marcha "Aída", de Verdi, mais alta que os aplausos dos convidados.

Com o braço estendido, o presidente esperava a namoradinha do clube do outro lado. Com um sorriso de satisfação e importância, pegou-a pelo braço e a colocou ao seu lado, em um semicírculo formado pelos pais das outras moças.

Murmúrios e aplausos acompanhavam a aparição daquelas visões brancas e vaporosas, de flores nos cabelos, que iam se colocando ao lado do presidente e da namoradinha.

Sara e Adrián aplaudiam e comentavam. Ela também aplaudiu, lembrando as instruções de Sebastián de se mostrar feliz, como um peixe dentro da água. Afinal, este tinha sido seu ambiente, embora agora se sentisse deslocada. O senso do absurdo a envolvia, provocando nela uma vontade de rir do rito de iniciação daquelas vestais consagradas ao luxo e à perpetuação da espécie.

Por dentro, a decisão de se unir ao Movimento a reconfortava, de se afastar desse espetáculo. Era impossível estar ali e não perceber o desatino daquele país onde a opulência podia coexistir tão impunemente com os extremos da miséria, ignorando-a; ignorando os camponeses jogados dos helicópteros por colaborar com a guerrilha, o berro dos torturados nos porões do palácio presidencial.

O baile começava. O presidente levava pelo braço a namoradinha do clube, os passos dirigindo-se ao salão do baile para iniciar uma valsa, a qual iam se unindo o restante dos pais com as debutantes, entre aplausos e sorrisos de lábios pintados, murmúrios de felicidade, comentários sobre quem era a mais linda, quem tinha o vestido mais elegante.

Os convidados se levantaram de suas mesas, formando um semicírculo ao redor da pista onde dançavam as protagonistas do acontecimento social mais destacado do ano.

Adrián, Sara e Lavínia se aproximaram, junto aos outros convidados.

— Você se lembra de quando era a gente? – perguntou Sara, ao seu lado. – Acho que só no dia do meu casamento fiquei mais nervosa.

Lembrava-se de tudo vividamente. De vez em quando, voltava a ver o álbum de fotos e se envergonhava de ser ela a que aparecia de braços dados com o pai, com a mesma expressão que agora via nas moças dançado.

— Eu me lembro das duas – comentou Adrián. – Estavam com uma cara de veadinho assustado. Graças a Deus eu não sou mulher.

— Lá está sua mãe – indicou Sara, de repente, ficando séria. – Está nos fazendo sinais.

Avistou a mãe do outro lado do salão, de pé no círculo de observadores. Levantava o braço em sinal de cumprimento. Seu pai tirava os óculos para vê-la melhor.

— Ela está bem mais velha – comentou Lavínia, erguendo o braço para responder ao cumprimento.

Observou-os através de uma aglomeração de cabeças e laços. Sua mãe tinha engordado um pouco, acentuando seu porte de matrona de cabelos grisalhos. Seu pai, pelo contrário, emagrecera. Não estava tão diferente de quando o viu pela última vez.

O círculo se rompeu nesse momento, quando a um sinal do presidente os convidados se incorporaram ao baile. Seu pai e sua mãe se abraçaram e atravessaram, dançando, até onde ela estava.

Era o grande momento. Várias pessoas das mesas vizinhas se acomodaram para presenciar o encontro, aquela reunião em praça pública em ritmo de merengue.

— Filhinha, como você está? – disse sua mãe, dando um beijo em sua bochecha, como se tivessem saído juntas de casa. – Como estão? – perguntou a Sara e Adrián, que se inclinaram para cumprimentá-la.

— Como você está? – perguntou seu pai, olhando-a de cima a baixo. – Parece estar bem. – E a apertou em um abraço.

Lavínia se soltou do abraço, imaginando o "corta" em um filme mexicano ruim de filhos pródigos e pais arrependidos. Era impossível para ela, neste ambiente, se emocionar, responder à tentativa de seu pai de lhe mostrar afeto. Lamentou por ele. Pelo menos, no decurso dos meses, conversou com ela de vez em quando por telefone, perguntando se precisava de dinheiro, se estava bem.

— Por que não vão para a nossa mesa? – sugeriu Adrián, tomando controle do silêncio depois dos cumprimentos, sobrepondo-se àquela cena incômoda e tensa, ameaçada pelo barulhento merengue da orquestra com o ridículo. – Sara e eu vamos dançar.

Ele pegou a esposa pela cintura, e foram até a pista. Lavínia viu Sara sussurrando no ouvido dele. Perguntou-se se estaria reclamando de Adrián por tê-la afastado logo quando a presença de ambos teria aliviado a tensão do encontro dela com os pais.

— Você está muito bem, filha – disse a mãe, quando se sentaram à mesa –, e o vestido ainda parece novo. Você lembra que eu lhe disse que valia a pena comprar artigos de grife? Veja como eu tinha razão.

— Você está muito bonita – elogiou o pai.

— E como vocês estão? – perguntou Lavínia.

— Estamos bem – apressou-se em responder ao pai, que obviamente se propunha a fazer esforços por dominar a conversa e evitar a intervenção da mãe.

— Você é sensação no baile – disse a mãe, interrompendo. – Todas as minhas amigas me perguntaram se você vai voltar para casa.

— Espero que tenha esclarecido que não é assim – disse Lavínia, começando a sentir a típica reação que sua mãe lhe provocava.

— E no trabalho, como vai? – perguntou o pai, interrompendo rapidamente.

— Bem, muito bem – respondeu Lavínia. – E a fábrica, como vai?

— Vai indo. Preciso conseguir um bom gerente que me substitua quase totalmente. Já estou muito velho e cansado. Mas o negócio continua produzindo embora eu não saiba como ficarão as coisas agora que vão abrir a nova fábrica que vários oficiais do Grão-General estão montando.

— Estão montando uma fábrica?

— Sim. Estão entrando em vários setores da indústria, os bancos e o negócio imobiliário. Ouviu falar do Banco Unido? Bem, pois o estão montando com capital do Grão-General e vários de seus generais. Estão se metendo a concorrer conosco em tudo que podem. E é uma concorrência desleal porque eles conseguem isenção de impostos, as famosas "livres", constroem edifícios com maquinaria estatal. Querem nos arruinar.

— Quando você vai lá em casa, filha? – indagou a mãe. – Poderíamos organizar um almoço com suas amigas...

— Qual é a sua ideia? O que pretende fazer da vida? – perguntava o pai, unindo-se às preocupações da mãe.

— Minha vida está tranquila e organizada – explicou Lavínia. – Tenho trabalho, administro minha casa. Não têm nada com o que se preocupar. – E sorriu sem dar mais detalhes, com uma expressão de quem não falaria mais sobre o assunto.

— E esse arquiteto desconhecido com quem você anda?... – interrogou a mãe.

— É só um colega de trabalho. Eu o vejo de vez em quando. Não é nada sério... E não vão fazer nada para impedir a concorrência do Grão-General? – disse Lavínia, tentando voltar para o que seu pai tinha começado a falar.

— Estivemos nos reunindo, mas não encontramos nenhuma solução.

Depois de um tempo sentados, observando os que dançavam, a mãe comentando sobre os vestidos e as últimas fofocas, o pai sobre as reuniões, ele se levantou, dizendo que quase não dava para falar por causa do barulho, que seria melhor Lavínia ir visitá-los em casa.

Os três se levantaram, obviamente aliviados com o fim do encontro, cada um guardando o que teria gostado de dizer, escondendo atrás das convenções, da despedida, do beijo na bochecha, do "nos vemos logo". Ela observou enquanto eles se afastavam: o pai e a mãe, ambos altos entre os que dançavam, um casal de seres humanos muito parecidos; o pai com o corpo ereto, o cabelo ainda abundante, grisalho, olhos grandes, movendo-se entristecido, sorrindo sem vontade para os que o cumprimentavam ao passar. A mãe com seu porte de grande dama, o cabelo cinzento espesso e brilhante, as mãos longas que ela tinha herdado, a expressão artificial, alegre.

Enquanto os olhava, as luminárias de cristal, as luzes, adquiriram o contorno difuso e brilhante que provocam as lágrimas. Teve a sensação de ter colocado binóculos ao contrário. Ela os via distante, através dos olhos úmidos, e, assaltada por um instante de deslumbramento, compreendeu que já estava do outro lado, que, finalmente, tinha conseguido nadar contra a corrente e se encontrava na praia. Só pranto, água, havia entre eles, água apagando tudo.

— Não quer dançar? Está tão sozinha aqui...

A mão no ombro nu a assustou. As mesas, os dançarinos, o som da orquestra voltaram a entrar em foco. Levantou a cabeça e viu Pablo Jiménez, um amigo de seus tempos de debutante, olhando-a do alto, de *smoking* e gravata preta no pescoço.

Era um homem quieto e tímido. O tom de seu cabelo, sua pele e seus olhos parecia ter sido desbotado pela água forte do ventre de sua mãe – uma mulher dominante e barulhenta. Todos o chamavam de Pablito. As moças diziam que era inofensivo.

— Oi, Pablito – disse ela.

— Oi – disse ele, mantendo o braço estendido para tirá-la para dançar. – Vamos dançar... Vem, não fique aí sentada...

Levantou-se pensando que não teria podido escolher melhor par para sua primeira dança que esse homem gentil, transparente, inofensivo.

O bolero também suavizava a entrada na pista. Abriram um pequeno espaço. Os casais se moviam, abraçados, aproveitando a música para roçar os corpos e dizer coisas no ouvido.

Pablito cheirava à colônia. Pegou-a com delicadeza pela cintura, e começaram a se movimentar de acordo com o ritmo.

— Soube que está trabalhando com Julián Solera – comentou ele. – Como vai o trabalho?

— Sim, sim, vai muito bem. É um trabalho interessante.

— Mas você tinha sumido... Só te encontravam nas discotecas.

— É que, depois do meu *début*, fiquei um pouco saturada desse tipo de festa. Agora já passou...

Aproximou-se um pouco mais dele, desejando que parasse de falar para poder desfrutar da música e dançar. Gostava de dançar. Pablito dançava bem. "Não devia fazer isso", pensou, "deveria falar, perguntar coisas..." Mas estava atordoada. Custava fixar a atenção, esquecer os pais. Teria desejado que os braços que a estreitavam fossem os de Felipe. Então teria podido fechar os olhos, esquecer na música o peso daquela incômoda relação com os pais.

— E o que você tem feito? – perguntou, recompondo-se.

— Estou trabalhando no Banco Central, em um departamento de pesquisas que acabam de abrir. Fazemos estudos socioeconômicos, supostamente apolíticos, independentes. Pelo que parece, o presidente do banco convenceu o Grão-General da necessidade de contar com uma equipe que produza informação não adulterada. O governo está se preocupando um pouco mais em saber o que está realmente acontecendo no país. Não creio que sirva de muito, mas, pelo menos, sente-se que talvez, mesmo que seja por medo, eles se decidirão a melhorar algumas coisas...

— Mas não se sente mal trabalhando ali?

— Não. Acho que a única coisa que podemos fazer neste país é tentar trabalhar no interior do regime, e, como vamos tê-lo por muitos anos mais, o mais prático é ver o que se pode fazer para que algumas coisas pelo menos funcionem melhor. Além disso, como dizia, somos um grupo independente. Nada de política. Nós somos técnicos...

Ser apolítico era uma cômoda maneira de ser cúmplice, Lavínia esteve a ponto de dizer, mas lembrou que estava ali para reunir informações e não para ganhar mais fama de rebelde. Ademais, seu comentário não serviria de nada. Naquele ambiente, a maioria era de oposição. O mais normal era criticar e se queixar do regime, mesmo que soubessem taticamente que eram aliados. Critiquemos, mas não mudemos, era a máxima.

Essa tinha sido a sua até pouco tempo.

O bolero terminou, e a orquestra mudou o ritmo, começando uma cúmbia que se encarregou de pôr fim à conversa.

— Levo você até sua mesa – disse Pablito. – Este não é meu tipo de ritmo.

Sara e Adrián também tinham voltado. Abanavam-se com os guardanapos.

— A pista de dança está um forno. Como vai, Pablito?

— Muito bem, obrigado. Vocês parecem muito bem também...

— Com o exercício que fizemos... – disse Adrián.

A dança com Pablito abriu a aproximação de amigos e amigas à mesa, nos breves intervalos de descanso da orquestra.

Conversas trocando breves informações sobre carreiras e outros boatos sucederam-se na noite, envoltas todas em um ambiente de civilidade e cortesia. Era impossível saber o que realmente pensavam aquelas caras amáveis e sorridentes que se detinham na mesa.

Dançou com seus conhecidos da turma: com Antônio, indagando tenazmente sobre Felipe; com Jorge e suas piadas. Com eles se divertia. Não era difícil piscar rápido e conquistar sua simpatia.

Em certos momentos, a estranheza voltava. Sua mente projetava as imagens de Sebastián, Flor e Felipe; o enterro do médico que todos pareciam ter esquecido. Um ou outro comentou a sorte de aquele baile não ter sido cancelado, o temor que tinham experimentado de que o desastre os envolvesse.

Suas amigas antigas do colégio lhe contaram seus planos de casamento, os pretendentes, as modas e os últimos anticoncepcionais.

De vez em quando, captava o olhar de Adrián observando-a, provocante, e com curiosidade.

Tinha certeza de que Adrián percebia que estava atuando, mas jamais saberia por que o fazia.

Tentou tirá-la para dançar, mas Lavínia, ciente de que a submeteria a um interrogatório, fingiu não poder ceder um espaço para ele entre as múltiplas solicitações.

— Deveríamos ir embora – disse, enfim. – Não consigo dançar mais. Meus pés estão arrasados...

Sara, que já começava a bocejar, apoiou a ideia.

— Sim, vamos – concordou. – Estou morrendo de sono.

Saíram dando a volta pelo terraço da piscina para evitar a aglomeração do salão de dança. No estacionamento, avistou ao longe seus pais entrarem no carro e irem embora. Estiveram observando-a quando dançava perto da mesa deles, eles se entreolhando de um jeito indecifrável.

— Estava encantadora – disse Adrián, quando percorriam o caminho de volta.

— Estava simpática, não estava? – disse Lavínia, fingindo-se de boba.

— Você é simpática – corrigiu Adrián – quando é você mesmo e não finge ser uma mulher livre, independente...

— Eu sou livre e independente – disse Lavínia. – Não confunda as coisas.

— Nunca vou entender as mulheres – concluiu Adrián.

Ficaram em silêncio escutando a respiração compassada de Sara que dormia no banco da frente.

***

É saudade o que sente? Eu, muitas vezes, senti saudade da vida de minha aldeia. Mas, no meu caso, não houve regresso possível. O que abandonei se dissolveu como um tecido que se desfaz. Nunca mais retornaram as quietas alegrias dos calmeac, onde nossos mestres nos ensinavam as artes da dança e da tecelagem. Jamais voltei a me enfeitar para as cerimônias sagradas nas quais recebíamos o regresso do sol, depois dos últimos meses do ano; os dias nefastos quando todos nos recolhíamos e jejuávamos e aos jovens não nos era permitido tomar banho no rio ou nos divertir caçando peixes no lago.

Estranhos são os sentimentos de Lavínia; pungentes, como um dardo, mistura de veneno e mel. Toda ela é uma teia confusa, um braço que dissera adeus, que amara e odiara ao mesmo tempo. E, sem dúvida, é confuso este tempo em que se sucedem acontecimentos díspares como se dois mundos existissem um ao lado do outro, sem se misturar. Um pouco como ela e eu, habitando este sangue.

***

Tirou o vestido vermelho. Jogou-o na cadeira. Viu como se tornava um vulto informe de rusgas e resplendores sob o feixe de luz que vinha do banheiro. Lavou o rosto, a maquiagem preta dos olhos.

Divertiu-a ver Felipe em sua cama, esperando-a, fingindo dormir.

Tinha certeza de que a observava com os olhos semicerrados. Por isso deu aos seus movimentos uma mobilidade teatral. Ficou nua e de frente para o espelho do banheiro, já limpa de vestígios da festa, antes de caminhar descalça para a cama. Lembrava uma passagem de algum romance de Cortázar no qual o homem observa a mulher se vendo sozinha diante do espelho, nua.

— Como foi? – perguntou Felipe, com a voz pastosa, como se acordasse, quando ela levantou os lençóis para entrar na cama.

— Legal, bem legal – respondeu, ajeitando-se ao seu lado, lhe dando um beijo no rosto.

— Só isso? Não vai me contar como foi?...

— Deixa eu pensar numa maneira de resumir... Havia muita gente, muitos vestidos brilhantes, com lantejoulas e contas, uma ponte sobre a piscina para que as debutantes passassem, flores de lótus trazidas de Miami flutuando na água, muita conversa sem importância, duas orquestras, o salão de baile estava lotado... Dancei bastante. Fui simpática, como disse Sebastián. Encontrei meus pais.

— E sobre o que as pessoas conversavam?

— Sobre qualquer coisa...

"Sempre teve a impressão de que aquela gente falava para escutar a si mesma", pensou Lavínia. Inclusive, antes de que sua nova consciência colocasse essas coisas mais em evidência, tinha notado que falavam sem parar, como se precisassem se ouvir muito para se proteger da própria solidão. Pareciam não saber escutar o som dos outros, senão como instrumentos menores na sinfonia da própria autocomplacência. Talvez seja uma questão de educação, de classe, disse a si mesma. Todos eles – e ela também – foram criados para pensar que são o centro do mundo, o princípio do universo.

— Que vago... – disse Felipe, se apoiando no cotovelo, sorrindo para ela. – O que diziam?

— O que quer saber é se obtive alguma informação útil, não é? Se eu começar a repetir o que diziam, vai amanhecer.

— Sim. Tem razão. O que disseram que seja útil?

Contou o que seu pai tinha dito, Pablito, comentários soltos sobre o mau gosto do Grão-General de fazer uma festa para os militares no Clube Militar no mesmo dia.

— Então estão incomodados porque estão começando a entrar em seu território... Interessante – disse Felipe. – Nós já intuíamos isso.

Ela o viu fez ficar totalmente absorto em uma meditação afirmativa, satisfeito de fazer comprovações. Ela, ao contrário, queria analisar a festa de uma perspectiva diferente. Não tinha escutado nada extraordinário em relação a questões políticas; o que considerava interessante era ter podido ver tudo aquilo com a capacidade de observação que lhe dava o fato de que o passar do tempo se acomodasse agora com ordem em sua vida, ter diante de si o desenho do movimento de seus dias e descobrir que as coisas tinham sentido, tinham a sua razão de ser. Queria partilhar seus pensamentos com Felipe; lhe dizer como sentia ter mudado desde que já não se levantava pelas manhãs com a sensação de estar à frente de um buraco amorfo, uma massa de argila esperando o gênese para se encher de peixes, ou se tornar árvore ou maçã. Agora que sabia o porquê de suas obrigações. Agora que tinha tomado o controle das horas e pensava ter finalmente entrado na idade adulta; ser capaz de olhar ao seu redor e descobrir o outro e os outros sob uma luz diferente, sem a necessidade infantil de fazer o mundo girar a sua volta.

— É interessante ver como as pessoas de minha origem agem – comentou Lavínia, pensativa. – Todas querem atrair a atenção para si. É uma concorrência feroz. Usam qualquer recurso para ganhar o centro, para monopolizar o foco, a luz. E são divertidas, claro! Ri muitíssimo. Mas veja, por exemplo, não me viam fazia um tempão. Só me fizeram perguntas superficiais, o comum... Como vai? O que tem feito? Ninguém me perguntou mais nada. Eu não interessava a elas. Só era interessante para elas se mostrar, serem graciosas, contar interminavelmente suas histórias... Para mim, é melhor que tenha sido assim, mas não deixa de refletir como são.

Felipe deu de ombros. Obviamente, para ele, ela não estava descobrindo nada novo.

— E com quem você dançou? – perguntou.

Contou como os homens tinham se aproximado da mesa, as perguntas sobre se tinha namorado ou não.

Era interessante observar sua reação. Ele também não pareceu se importar muito com o que ela tinha pensado, nem perguntou sobre seus pais. Depois do político, tinha um interesse de macho em saber quem tinha se aproximado. Irradiava insegurança da aparente indiferença com que seu rosto voltava a adquirir a suave sensualidade da sonolência para seduzi-la, para lhe fazer um amor frenético e violento pelo qual sentiria que a possuía e, assim, se vingaria de boleros e outros ritmos.

16

Flor fazia com que ela se lembrasse da tia Inês. Eram tão diferentes, e, mesmo assim, havia momentos em que Lavínia não podia deixar de sentir que as duas tinham algo em comum: uma maneira séria de falar da vida, de perceber detalhes íntimos das coisas.

—Você se preocupa demais em ser aceita – dizia Flor. – Ou com sua identidade... Cada um de nós carrega a si próprio até o fim dos dias. Mas também constrói. Como arquiteta, você devia saber. O terreno é o que lhe dão de nascimento, mas a construção é sua responsabilidade.

—Precisamente como arquiteta, sei como o terreno influi... – Sorria Lavínia. – Mas o que disse é verdade. Não sei por que me preocupo tanto.

—É assim. Não se preocupe tanto. Melhor que se ocupe de dar o máximo de si mesma. A aceitação virá pouco a pouco. O importante é ser honesta consigo mesma. Isso é o que os outros aprendem a respeitar.

Flor era assim. Sem estridências nem extremismos. Lavínia sempre se surpreendia ao descobrir – quanto mais a conhecia – a profundidade e a ternura que ela mascarava com sua aparência séria, comedida, às vezes até rude.

As duas, entre sessões de estudo e longas noites costurando "embutidos" – materiais e correspondência que eram enviados para a montanha, disfarçados em objetos inúteis –, tinham desenvolvido uma amizade sincera e fraterna. Falavam de sonhos e aspirações. Partilhavam leituras feministas e perspectivas de novas formas de homens e mulheres se relacionarem.

Agora, enquanto desenhava propostas para a casa dos Vela, sentada na banqueta alta, Lavínia sentia falta de Flor. Fazia semanas que a via pouco. Parecia estar muito atarefada, como Sebastián e Felipe.

Ela, por sua vez, dedicava quase todo o seu tempo a terminar o anteprojeto da casa. Julián a tinha afastado de outras obrigações, pedindo-lhe que concentrasse seu talento e sua energia em aproveitar ao máximo os delírios de grandeza do general e sua família.

Levantou-se da mesa e foi até o escritório. Estava repleto de revistas americanas. Ao lado do telefone, avistou os postais da casa de William Hearst na Califórnia: a piscina grega com incrustações de lápis-lazúli. Os salões que pareciam de palácios medievais, quarenta cômodos... Era útil conhecer os gostos das mentalidades ostentosas; reduzidas em escala, pareciam-se.

Acomodou-se na poltrona, receitando um descanso a si mesma. O esforço de desenhar a exauria, violentando constantemente princípios de simplicidade e até de estética para agradar os gostos da voraz sra. Vela. Acendeu um cigarro e aspirou a fumaça, exalando pequenos círculos brancos que se desfaziam como nuvens quebradas contra a luz de néon das luminárias do teto. Pela janela, a visão da chuva leve de maio, suavizando a claridade do dia.

O telefone tocou. Era a sra. Vela. Passada a primeira reticência sobre o tipo de terreno que seu esposo tinha selecionado, ao compreender as possibilidades da construção em vários pavimentos, seu entusiasmo havia transbordado. Quase diariamente lhe telefonava com ideias para a casa.

Esse dia tinha lhe ocorrido ceder seu quarto de costura, ao lado da sala de música, para fazer uma surpresa ao marido.

— Sabia que ele tem uma coleção de armas? – contou a sra. Vela pelo telefone. – Penso que exibi-las nas paredes desse quarto ficaria muito legal, não acha?

— Mas a senhora ficaria sem seu quarto de costura – argumentou Lavínia. – Lembre que ele já tem uma sala de música com o bar e o bilhar.

— Não importa, não importa – disse a sra. Vela. – A verdade é que nunca costuro. A costureira pode se ajeitar em qualquer parte.

Enquanto falava com a sra. Vela, Lavínia embaralhava os postais da casa de Hearst. Lembrou-se de ter visto uma armaria em um dos quartos. Encontrou o postal multicolorido. *Secret chamber*, dizia o postal no verso. Ainda escutando a falação da mulher, sua mente começou a fabricar possibilidades.

— Pode ser, pode ser – disse Lavínia. – Tem razão. O general vai adorar a ideia. Não tenho dúvida. Vou trabalhar em uma proposta, e na semana que vem damos uma olhada, o que acha?

Recolocou o fone no gancho e ficou pensando. O desenho das estantes facilitaria o acesso ao general Vela. Ela precisaria de detalhes sobre as armas para determinar tamanhos, pesos, o esquema de distribuição das estantes. Seria lógico argumentar a importância de uma reunião de trabalho com ele.

Virou várias vezes de trás para a frente o postal da casa de Hearst. Um aposento secreto para as armas não poderia deixar de seduzir o general Vela. Levantou-se empolgada em direção à mesa de desenho.

Ao entardecer, ainda estava fazendo cálculos.

Pouco antes da hora de saída, Mercedes apareceu à porta, perguntando se queria café. Chegou até a mesa e ficou olhando por cima de seu ombro.

— Por que está desenhando rifles e revólveres?

— Porque a sra. Vela quer uma armaria, um aposento para exibir a coleção de armas de fogo que o marido veio acumulando desde que entrou no Exército.

— Todo dia quer uma coisa nova, é para isso que liga para você...

— É.

Mercedes ficou em silêncio. Andou ao redor da mesa, tocando os pincéis e os lápis distraidamente.

— Gosta deste trabalho, não é?

— Claro, é muito bonito.

— Também gosto do meu, mas hoje estou deprimida.

— O que foi?

— Estou com problemas.

— Outra vez? – disse Lavínia sem conseguir evitar.

De vez em quando, Mercedes lhe fazia confidências. Todos no escritório conheciam Manuel, que a visitava e com quem tinha intermináveis conversas telefônicas. Era casado. Constantemente lhe prometia que ia abandonar a esposa. Prometia havia dois anos, segundo Mercedes.

— Acontece que a esposa de Manuel está grávida. Ele me dizia que morava com ela por causa dos filhos. Supostamente quase não se falavam. Hoje uma amiga me liga e me diz que a esposa está grávida.

— Bem, já tinha dito a você que essa história me parecia furada...

— Sim, eu também achava – concordou, olhando a paisagem nublada pela janela –, mas queria acreditar nele. Cheguei a pensar que realmente fazia isso pelos filhos. Tenho certeza de que os adora. Mas agora não sei o que fazer...

— Você é uma mulher jovem, Mercedes, é bonita, inteligente. Merece algo melhor que ser a outra. Por que não o larga de uma vez? Vai ver que não é o único homem no mundo.

— Todos os homens são iguais.

— Sim, pode ser, mas pelo menos alguns são solteiros.

— Mas eu já estou "rodada". Os solteiros gostam de se casar com virgens. Só posso aspirar a outro amante... Por isso os homens casados sempre me perseguem.

"De certa forma", pensou Lavínia, "tinha razão". O tipo de homem com que Mercedes se relacionava aspirava subir na escala social. Por isso mesmo, assumiam, levando-os ao extremo, os valores considerados aceitáveis nos círculos mais sofisticados da sociedade. Uma mulher, depois de ter relações com um homem casado, teria dificuldades nesse mercado matrimonial. Seria procurada para amante, mas, para esposa, preferiam uma criatura inocente, facilmente manipulável e dócil. Uma mulher imaculada era considerada necessária para entrar em determinados círculos. O passado de Mercedes poderia lhes ser comprometedor. Mesmo assim...

— Lembre-se de que as virgens são uma espécie em extinção – pontuou Lavínia.

— Mas ainda há suficiente... – disse Mercedes, sorrindo.

— Pois então fique sozinha, Mercedes. É melhor estar sozinha que mal acompanhada. Se você se sente infeliz com Manuel, não vejo por que continuar com ele.

Mercedes olhava, impassível, as revistas na mesa. Aparentemente procurava resolver seu problema. "Mas no fundo", pensou Lavínia, "estava presa em um relacionamento de teia de aranha".

Viu-a iniciar o caminho até a porta.

— É o que eu quero – disse Mercedes. – Já vou embora. Estou atrasando a senhora.

E saiu às pressas.

Pensativa, Lavínia olhou através da janela as nuvens do entardecer cobrindo o céu acinzentado de rosa e violeta.

Tinha pena de Mercedes. "Era quase uma maldição", pensou, "agarrar-se assim ao amor". E tão feminina. Como fariam os homens, perguntou-se, para afastar essas preocupações em sua vida cotidiana? Como fariam para não perder a concentração, não sentir que a terra se movia sob seus pés quando os afetos não andavam bem? Eles pareciam ter o poder de separar a vida íntima, encerrá-la em represas sólidas, inabaláveis, que impediam que o restante da existência se contaminasse. Para as mulheres, pelo contrário, o amor parecia o eixo do sistema solar. Um desvio, e se desatava o degelo, a inundação, a tempestade, o caos.

Escutou os sons da hora da saída, o apagar das luminárias de mesa, as chaves, os "até amanhã". Tinha borrado papéis e mais papéis mecanicamente, sem pensar no que fazia, distraída com as cavernas úmidas da vida. Examinou as folhas antes de jogá-las no lixo: armas de fogo, pistolas, rifles e, que estranho, tinha desenhado arcabuzes antigos e tensos, e estilizados, incontáveis arcos e flechas.

＊＊

Lavínia pensa no sexo cor de nêspera e se pergunta sobre o amor.

O tempo não passa: ela e eu tão distantes poderíamos conversar e nos entender na noite de lua ao redor da fogueira. Incontáveis as perguntas sem resposta. O homem escapa de nós, desliza entre os dedos como peixe em rio manso. Nós o esculpimos, o tocamos, o confortamos, o ancoramos entre as pernas e ainda continua distante como se seu coração fosse feito de outro material. Yarince dizia que eu queria sua alma, que meu desejo mais profundo era lhe soprar no corpo uma alma de mulher. Dizia isso quando eu lhe explicava minha necessidade de carícias, quando lhe pedia mãos suaves em meu rosto e meu corpo, compreensão para os dias em que o sangue emanava de meu sexo e eu andava triste, terna e sensível como uma planta recém-nascida.

Para ele, o amor era bebida, machado, furacão. Apaziguava-o para que seu entendimento não se incendiasse. Temia-o. Para mim, pelo contrário, o amor era uma força com dois gumes; um afiado e de fogo, e outro, de algodão e brisa.

Minha mãe dizia que o amor só tinha sido dado à mulher; o homem conhecia apenas o necessário. Os deuses não tinham querido distrair sua força. Mas já tinha visto homens enlouquecidos pelo amor e podia dizer que até Yarince, por me conservar ao seu lado, tinha sofrido repreensões de sacerdotes e sábios. Não podia aceitar, como minha mãe, que levassem dentro de si só a obsidiana necessária para as guerras. Parecia-me que ocultavam o amor por medo de parecer mulheres.

* * *

Combinaram se encontrar no Parque das Ceibas. Fazia algumas semanas, desde que estavam todos tão ocupados, que Lavínia não visitava a casa de Flor. Viam-se pouco; geralmente em lugares públicos: parques, restaurantes, ou enquanto a levava de um lugar para outro de carro. Flor também frequentava o caminho dos cafezais.

No parque, costumavam se encontrar embaixo de uma ceiba monumental. Sentadas o mais afastado possível, em um banco de concreto, fingiam ser estudantes com livros e cadernos. Lavínia gostava de se encontrar com ela ali. Os galhos extensos da árvore formavam um círculo de sombra, uma renda verde com traços de azul. Desse lugar podiam ver as crianças brincando na locomotiva de um velho trem abandonado e, no silêncio da tarde, escutar as distantes risadas infantis.

Chegou na hora combinada. Flor ainda não tinha chegado. Deixou o carro no estacionamento, tirou os livros e cadernos necessários para o disfarce de estudante e caminhou sem pressa até o banco. Fazia calor. Os dias sem chuva do inverno eram extremamente quentes e úmidos.

Essa tarde só algumas crianças brincavam no velho trem. Eram todas pequenas e com as roupas desbotadas e velhas, remendadas inúmeras vezes. Com as diminutas pernas, escalavam com muito custo até o alto da locomotiva. De um lado, na grama, as cestas e tabuleiros de doces, cigarros e chicletes, que suas mães mandavam que vendessem no parque, jaziam abandonadas às bicadas de um ou outro pássaro.

Mais tarde, quando chegassem as crianças ricas com as babás vestindo belos uniformes e aventais brancos, eles não poderiam mais brincar no trem. Teriam de se conformar em olhar os jogos das plataformas do parque, enquanto, balançando sua mercadoria, apregoariam com as vozinhas agudas: "Oooos doces, ooooos doces..."; "Aqui ooooos chicletes, ooooos cigarros..."

Minutos depois, Flor se aproximou pela calçada. Trazia uma sacola onde guardava as roupas de enfermeira ao sair do hospital. Ainda podia-se ver, sob a bainha dos desbotados jeans, as grossas meias brancas e os sapatos austeros do ofício, em contraste com a blusa floreada. Estava cansada, com olheiras. Lavínia já tinha achado, quando a encontrou dias atrás, que Flor tinha perdido peso; agora, o rosto afilado não deixava espaço para dúvidas, estava bem mais magra. Mesmo assim, seus olhos brilhavam e seus movimentos eram nervosos, os ritmos corporais alterados pela pressa.

— Oi – disse, inclinando-se para lhe dar um beijo na bochecha e palminhas no ombro. – Desculpe o pequeno atraso. Não encontrei ônibus. O carro quebrou outra vez. Acho que dessa vez não tem volta.

O carro de Flor, "Chicho", como o chamavam, tinha entrado em um processo de velhice decadente e decrépita que o mantinha no "hospital" constantemente.

— Você o levou para o "hospital"?

— Acho que nem vou levar. Não vale a pena. Consertam, e poucos dias depois quebra de novo. Talvez consiga vendê-lo como sucata. Fico com pena porque tenho carinho por ele, mas a verdade é que já está "ancião".

— De qualquer forma, podemos continuar usando meu carro – sugeriu Lavínia.

— Vamos falar sobre isso – disse Flor, sacando um cigarro e remexendo o interior da bolsa, procurando o isqueiro.

Em silêncio, tensa, Lavínia esperou que encontrasse o isqueiro e exalasse finalmente uma grande baforada de fumaça.

— Bem – disse Flor, como quem começa uma conversa importante. – Imagino que tenha percebido que estamos mais ocupados que de costume.

Lavínia assentiu. Sem saber de que se tratava, tinha percebido o aumento da atividade ao seu redor. Ficava triste por não participar, mas estava ciente de que o Movimento tinha suas regras não escritas, seus ritos e novatos.

— Estão acontecendo coisas... – começou Flor. De repente, levantou a cabeça e a olhou fixamente. – Você já fez o Juramento?

— Não – disse Lavínia, lembrando-se de ter lido nos panfletos aquela linguagem ao mesmo tempo bela e retórica, o pacto simbólico, o compromisso formal de ingresso no Movimento.

Flor remexeu outra vez a bolsa (parecia um daqueles baús infantis repletos de tesouros que as crianças costumam guardar embaixo da cama) e tirou o panfleto que Lavínia reconheceu como sendo o de Estatutos, ao mesmo tempo que o reflexo de medo a fez virar a cabeça de um lado para o outro do parque. Só as crianças continuavam brincando. Acalmou-se.

— Põe sua mão aqui, sobre o panfleto – disse Flor, colocando-o em cima do livro no qual fingiam estudar. – Levante a outra mão... mesmo que seja só um pouquinho – sussurrou, com um sorriso. – E repete comigo...

Foi repetindo em voz baixa as palavras que Flor sabia de cor, as do Juramento. As duas quase sem perceber sussurravam aquelas frases lindas, grandiloquentes. O parque e a árvore transformados em catedral de cerimônia. Lavínia sentiu um misto confuso de emoção, medo e irrealidade. Tudo acontecia tão rápido. Tentou se concentrar no significado das palavras, assimilar aquilo de estar jurando pôr sua vida na linha de fogo para que o amanhecer deixasse de ser uma tentação; os homens deixassem de ser lobos do homem; para que todos fossem iguais, como tinham sido criados, com direitos iguais ao desfrute dos frutos do trabalho... por um futuro sem ditadores, onde o povo fosse dono e senhor de seu destino... Jurar ser fiel ao Movimento, guardar o panfleto protegendo-o com a vida se fosse necessário, aceitando que o castigo dos traidores era a desonra e a morte...

Ficou emocionada ao pensar em si mesma como se fosse outra pessoa, contagiada pelo tom firme e apaixonado do sussurro de Flor que já terminava e se elevava só um pouco no "Pátria Livre ou Morrer".

— Pátria Livre ou Morrer – repetiu Lavínia, enquanto Flor lhe dava um abraço rápido, e então guardava o panfleto na bolsa, olhando vigilante (como esteve fazendo durante a leitura) a calma do parque.

O abraço rápido e apertado era parte do rito, o selo de um pacto normal, mas algo que não conseguia definir no comportamento nervoso de Flor lhe causou uma estranha tristeza.

— Já está juramentada. Eu queria fazer isso – confessou Flor, baixando apenas os olhos, percebendo a vaga tristeza de Lavínia.

— Fico feliz que tenha sido você — disse Lavinia, desejando lhe dar outro abraço, ou com vontade até de chorar.

Flor passou as mãos pelos cabelos, recolhendo as mechas soltas no rosto e as juntando num rabo de cavalo com um lenço.

— Como estava dizendo – continuou Flor, visivelmente superando sua emoção e adotando o tom profissional das reuniões –, estão acontecendo coisas importantes: nos últimos dias tivemos reuniões conjuntas dos comandos da montanha e da cidade. Foram tomadas decisões de grande transcendência para o nosso Movimento... Estávamos ocupados com isso – acrescentou como uma explicação.

"Deve ter intuído que me senti excluída", pensou Lavínia, contendo de novo a vontade de abraçar Flor.

— Não posso lhe dar muitos detalhes, mas foi determinado que é necessário dar a companheiros como você uma preparação militar. Tem a ver com assuntos que você irá entender no momento apropriado. Por enquanto, dada a importância do seu trabalho com a casa do general Vela, que certamente consideram prioritário no seu caso, decidiu-se consultá-la sobre a possibilidade de uma preparação mínima em um fim de semana.

Assentiu, impressionada. Rifles, pistolas, metralhadoras, arcabuzes, arcos e flechas...

— O Movimento, como já sabe – continuou Flor –, tem trilhado um processo que chamamos de "acumulação de forças em silêncio", ou seja, só temos agido nas montanhas, como uma forma de sustentar a resistência, à espera de melhores condições. Essa etapa está se encerrando. Devemos começar a nos preparar para tirar pressão dos companheiros da montanha. Precisamos, além disso, criar maior consciência e mobilização nas cidades. Tudo isso quer dizer que haverá uma série de mudanças e reorganizações. Também precisamos melhorar a preparação e capacidade de todos os membros. Você entende, não é?

Já tinha entendido. Sebastián, certamente sabendo o que aconteceria, tinha usado os últimos encontros que tiveram para lhe explicar como estava a situação, para lhe fazer entrever a necessidade de que o Movimento agisse. Havia colocado a importância de agir tão em evidência que ela mesma disse: "E por que não fazemos alguma coisa?" O que provocou nele um amplo sorriso.

— Entendo.

— Também queria informá-la de que você continuará trabalhando com Sebastián. Tenho que fazer uma viagem...

"A clandestinidade", pensou Lavínia. Sabia, pelas expressões de Felipe, que no Movimento "fazer uma viagem" significava passar para a clandestinidade.

— Para onde? – perguntou, sabendo que não devia, mas desejosa de saber se dessa vez era uma viagem de verdade.

— Não posso dizer – respondeu Flor, sorrindo e tocando seu braço com carinho –, mas, bem, você sabe do que se trata.

Ficaram em silêncio. Lavínia ponderava se devia ou não dizer o que passava por seu pensamento e seu coração. Flor interrompeu suas meditações.

— Estes momentos sempre são difíceis – disse. – De alguma maneira são como despedidas, porque nem sempre temos o otimismo necessário para isso. Não deveríamos, nem você nem eu, nos despedir com a ideia de que talvez não voltaremos a nos ver, mas isso é o que se sente... Além disso, é uma possibilidade real, embora também seja real a possibilidade de que voltaremos a nos ver.

"Lembra de quando você me falava de seu medo? – continuou Flor, como quem conversa consigo mesma, olhando os pássaros voarem sobre a paisagem estendida da colina do parque. – Quando me disseram que devia passar para a clandestinidade, senti medo. Eu me lembrei das coisas que lhe disse, das que disse para vários companheiros que começam, das que Sebastián me dizia no início. Mas percebo que esse é outro passo e cada passo traz uma dose de medo que é necessário superar. Mas acontece que, cada passo, à medida que aumenta a responsabilidade, a possibilidade de partilhar o medo é menor. Você vai se confrontando com estas debilidades cada vez mais sozinho, embora o medo seja o mesmo. Eu queria isso. É uma vitória para mim. Não há muitas mulheres clandestinas, sabe? É um reconhecimento de que podemos partilhar e assumir responsabilidades, da mesma forma que qualquer um. Mas, como mulher, quando você enfrenta novas tarefas, sabe que também deve enfrentar uma luta; uma luta para se convencer internamente das próprias capacidades. Teoricamente sabemos que devemos lutar por iguais posições de responsabilidade; quando você já tem responsabilidade, deve perder o medo de exercê-la. E, também, cuidar muito bem para não mostrar, pelo simples fato de ser mulher, o outro medo."

— Tenho certeza de que você se sairá bem – disse Lavínia, se sentindo superficial, mas percebendo que não podia sobrecarregar o medo de Flor com sua emotividade e os próprios medos.

— Tomara.

— No outro dia estava pensando precisamente que homens e mulheres se especializam em diferentes capacidades. Nós, por exemplo, temos mais capacidade afetiva. Nisso eles são mais limitados. Precisariam aprender conosco, como nós precisaríamos aprender com eles essa prática mais fluida da autoridade, da responsabilidade. Seria preciso uma troca – manifestou Lavínia, só para dizer alguma coisa.

— Não sei – disse Flor, pensativa. – Nesse momento me parece que o que mais cabe é suprimir o feminino, tentar competir no terreno deles, com as armas deles. Quem sabe mais tarde possamos nos dar ao luxo de reivindicar o valor de nossas qualidades.

— Mas deveríamos ser capazes de feminilizar o ambiente, ainda mais se estamos falando de ambientes duros como a luta – insistiu Lavínia.

— Para mim, o ambiente da luta, como você disse, está bastante feminilizado. Precisamos uns dos outros e, por isso, criamos vínculos afetivos sólidos com os outros... Creio que nossos homens são sensíveis. É a morte, o perigo, o medo que nos obriga a criar defesas... defesas necessárias. Sem elas, não sei como poderíamos continuar – disse Flor com delicadeza.

Parecia imersa em si mesma. "Suas palavras", pensou Lavínia, "eram apenas o delicado contorno da ponta do *iceberg* flutuando nas águas frias. Lembranças, vivências das quais ela tinha uma amostra, pairando em seus olhos, levando-a para longe".

— Você vai me fazer muita falta – declarou Lavínia.

— Você também – disse Flor –, mas fico feliz que continue trabalhando com Sebastián. Ele está feminilizado – continuou, sorrindo –, mas nem pense em lhe dizer isso porque vai pensar que se trata de outra coisa! Felipe também vai ajudar você, mesmo que seja tão machista... Acho que está melhor com você do que com outra mulher que jamais o enfrentaria. Acho graça só de pensar em como você revirou os planos dele. O tiro saiu pela culatra!

— Às vezes, penso que ele tem um machismo contraditório – disse Lavínia. – Julgando pelas mulheres que procurou, algo nele, talvez inconscientemente, o coloca nesse tipo de situações.

— É curioso, não é? Não tinha pensado nisso, mas agora que você disse... Com certeza, a alemã não era muito mansa... Sim. Felipe tem valor e quer mudar, tenho certeza. Na teoria, é claro. É na prática que ele se torna uma fera.

— Luta como Yarince – proferiu Lavínia, distraída, sem poder se concentrar na conversa, pensando e voltando a pensar na passagem de Flor para a clandestinidade.

— E quem é Yarince? – perguntou Flor, curiosa.

— Oi? – disse Lavínia. – O que eu disse?

— Que lutava como Yarince...

— Não sei quem é Yarince. Não sei de onde tirei isso...

— Andou lendo sobre a conquista espanhola? – perguntou Flor, e Lavínia negou com a cabeça. – Há um Yarince indígena, cacique dos Boacos e Caribes, que lutou mais de quinze anos contra os espanhóis. É uma história belíssima. Quase não se conhece a resistência que houve aqui. Nos fizeram acreditar que a colônia foi um período idílico, mas não há nada mais falso. Aliás, embora não se saiba se é lenda ou não, Yarince teve uma mulher que lutou com ele. Foi das que se negaram a parir para não dar mais escravizados para os espanhóis... Deveria ler sobre isso. Talvez tenha ouvido em algum lugar e o nome ficou gravado. Às vezes, acontece. Inclusive, há um termo médico: paramnésia. O que se guarda inconscientemente, como quando você chega a um lugar e acha que já esteve ali.

— Deve ser – disse Lavínia. – Você nem imagina as coisas estranhas que me acontecem, as coisas que penso... Não dou importância a elas, mas, agora que você disse, sempre têm relação com os indígenas, com arcos e flechas, coisas assim. Esquisito, não é?

— Não vejo nada de esquisito. Talvez alguma coisa a tenha impressionado quando você era pequena. Além disso, levamos o indígena no sangue.

— Pode ser. Pode ser que meu avô me contasse sobre isso quando eu era criança.

Tentou lembrar, sem resultado. Não conseguia se concentrar, e Flor a trouxe de volta para as instruções mais recentes sobre a casa do general Vela.

Ficaram muito tempo no parque. As crianças e as babás engomadas já passeavam pelas alamedas, e os balanços distantes balançavam como pêndulos lembrando o tempo das despedidas.

— É hora de ir embora – disse Flor, enfim. – Conversar com você me fez muito bem. Eu me sinto mais tranquila. Obrigada.

— Quem tem que agradecer sou eu – insistiu Lavínia, sentindo a vontade de chorar voltando. – Você não sabe o que foi para mim ter alguém como você.

— Bem – disse Flor, sorrindo –, não fique assim. Está falando como se eu já tivesse morrido. Vai continuar tendo a mim. Enquanto você tiver o Movimento, vai continuar comigo, então vai ser por muito tempo.

— Não consigo acreditar que só a verei sabe-se lá quando…

— A vida é dialética – disse Flor, animada –, tudo muda, tudo se transforma. Numa dessas voltamos a nos ver em pouco tempo. Precisamos ser otimistas.

— Obrigada pelo Juramento – disse Lavínia. – Fico feliz que tenha sido você que o fez comigo.

— Eu também. E agora, de verdade, vou embora. Está ficando tarde.

— Não quer que eu leve você? – sugeriu Lavínia, na esperança de prolongar o momento.

— Não, obrigada. Combinei com um contato aqui perto. Espere quinze minutos para você sair.

Sob a alta ceiba daquele canto afastado do parque, elas se abraçaram. Um abraço curto, fingindo a naturalidade de uma despedida qualquer, um beijo na bochecha.

Lavínia a observou partir e ficou ali sozinha, sentada no banco, ouvindo as brincadeiras das crianças, contemplando o úmido e apagado desaparecimento do dia até que os quinze minutos se passassem.

17

Bloqueei em Lavínia o comentário de sua amiga sábia de cabelos negros e olhos redondos. Não quero que estude meu passado. Quero lembrá-lo com ela no meu ritmo, conectá-la com esse cordão umbilical de raízes e terra.

Também temo pensar na morte de Yarince. Aconteceu pouco depois da minha. Da minha morada de terra, a vi como se fosse um sonho.

Aqueles últimos tempos foram terríveis. Já estávamos exaustos após anos de batalhas e o cerco era cada vez mais estreito. Os melhores guerreiros tinham perecido. Um por um estávamos morrendo sem aceitar a possibilidade da derrota. Enterrávamos as lanças dos mortos no mais profundo da montanha esperando que outros algum dia as erguessem contra os invasores. Cada morte, não obstante, era insubstituível, nos desgarrava a pele em tiras, como faca de pedernal. Deixávamos parte de nossa vida em cada morte. Morríamos um pouco cada um até que, no meu fim, já parecíamos um exército de fantasmas. Só nos olhos nos podiam ler a determinação furiosa. Chegamos a nos mover como animais de tanto viver em selvas e os animais se tornaram nossos aliados, nos avisando do perigo. Farejavam sua fúria em nosso suor.

Como me lembro daqueles dias de silêncio e fome!

* * *

A casa onde os Vela moravam ficava num bairro que já fora um dos mais elegantes da cidade, deslocado agora pelos loteamentos residenciais em colinas e lugares altos, que eram a última moda em termos do "bem viver", e onde seria construída a casa nova.

Depois de abrir a porta para Lavínia, enquanto a guiava até o interior, a srta. Montes explicou a ela que já tinham vendido a atual residência para um casal de professores estadunidenses da Escola de Altos Estudos de Administração de Empresas que estavam ausentes tirando seu ano sabático.

— Por isso nos urge tanto a nova casa – explicou a ela. – No fim do ano os novos donos voltariam.

O sol do meio-dia caía sem misericórdia sobre o jardim, ao lado do qual se estendia um amplo quarto com ar-condicionado que servia de sala.

O general Vela não tinha chegado, mas o esperavam a qualquer momento.

Alvoroçando o tilintar de suas numerosas pulseiras, a srta. Montes se adiantou para abrir a porta de madeira e vidro da sala, segurando-a para permitir a entrada de Lavínia que levava, sob o braço, os canudos de papelão que continham os anteprojetos de plantas.

A residência dos Vela estava de acordo com a decoração imaginária que ela tinha lhe atribuído, uma mistura de estilos cada qual mais rimbombante e tresloucado, brilhantes e ostentosos espelhos de molduras douradas de volutas, mesas combinando junto à parede, móveis pesados de estofados brilhantes de damasco, cadeiras e mesas cromadas, jarrões enormes e floridos, tapetes de estranhas cores em tons pastel, reproduções de paisagens nas paredes, quadros de ondas gigantescas e artificiais.

Na sala, uma das paredes estava coberta por uma foto mural de um bosque no outono.

— Sente-se – disse a srta. Montes –, minha irmã não demora. Está acabando de experimentar um vestido. Hoje é o dia que a costureira vem. A senhorita sabe como é... Quer beber alguma coisa?

— Uma Coca-Cola, por favor.

A mulher se levantou e caminhou até uma cortina. Ao abri-la, apareceu um móvel embutido. A srta. Montes, usando um molho de chaves que carregava pendurado da cintura, abriu a porta que servia de tampa, provocando o barulho dos tubos de néon que se acenderam iluminando um interior de espelho, cristais e garrafas de licor. Tirou um copo e se inclinou para abrir a pequena geladeira, também embutida, da qual tirou gelo e Coca-Cola.

— O general adora os móveis embutidos – disse enquanto se aproximava, depois de fechar tudo outra vez com chave, pondo diante dela a Coca-Cola e o copo com gelo.

— Poupam espaço – concordou Lavínia, pensando no aspecto decadente daquele bar de péssimo gosto.

— É o que ele diz. Ele é muito econômico – comentou. – E, além disso, não gosta que os serviçais andem tocando o que não devem. Sabe, deixar o licor ao alcance das empregadas é como se despedir dele. Roubam. Sempre têm um namorado ou um parente a quem dão. Por isso mandou construir esse bar, com a geladeira aí mesmo, tudo com chave. É a única maneira. No início custei a me acostumar a andar sempre abrindo móveis com chave cada vez que precisava de alguma coisa. Na minha casa não se trancava nada, mas, claro, não é a mesma coisa...

— Desde quando mora com eles? – perguntou Lavínia.

— Ahhh! Desde que o menino nasceu. Treze anos. Sim, treze anos. É incrível como o tempo voa, não é?

— E sua família, de onde é?

— De São Jorge. Meu pai era administrador de A Fortuna. Conhece, não é? É a fazenda de fumo do Grão-General. Foi ali que minha irmã e meu cunhado se conheceram. Naquela época, ele era só um segurança do Grão-General. Iam à fazenda com frequência. O Grão-General gostava de levar convidados nos fins de semana para andar a cavalo, tomar banho no rio... Era bem alegre quando chegavam. Faziam-se grandes festas, matavam-se reses, porcos, e, claro, minha irmã era jovem e bonita. Florêncio se apaixonou por ela. Depois se casaram. O Grão-General foi o padrinho. Promoveu Florêncio como presente de casamento e assim foi confiando cada vez mais nele, até que agora já é general. Naquela época, quem diria! – Ela fez uma pausa, recordando. – Como nunca me casei, quando tiveram o menino, me pediram que viesse morar com eles para ajudá-los na criação. Minha irmã nunca foi muito afeiçoada a crianças. Eu era sozinha. Meu pai já tinha morrido, morreu de asma, o coitado. E minha mãe morreu quando eu nasci. Então eu vim, feliz. Na realidade, meu sonho era estudar para ser freira, mas, no final, sirvo a Deus igualmente nesta casa. Além disso, a vida das freiras é muito dura, e eu gosto de certas coisas da vida. As joias, por exemplo – disse, assinalando suas pulseiras e sorrindo com picardia –, eu adoro. E adoro ir a bailes e ver as pessoas elegantes, bem-vestidas. E não danço, mas adoro ver as pessoas dançarem. Falando nisso, como foi o baile?

Lavínia estava terminando a Coca-Cola. Não imaginava que a srta. Montes era tão falastrona.

— Ah! Foi muito bom. Foi um baile realmente espetacular – respondeu ela. – Cada ano esses bailes ficam melhores, mais vistosos, com mais enfeites. Também adoro ver gente, principalmente nessas ocasiões. Dancei a noite inteira. – Sorriu, divertida, de seu próprio sarcasmo.

— É uma pena que não tenhamos ido – lamentou ela –, mas no próximo ano certamente iremos.

— E o baile do Clube Militar? – quis saber Lavínia.

— Ah! Também foi bonito, mas, a senhorita sabe, não é a mesma coisa. O mais famoso é o baile do Social Club. O que nós fomos não tem tradição. Acho que o Grão-General acertou em oferecê-lo, e foi bom, a comida gostosíssima, champanhe grátis, três orquestras, show e tudo, mas só debutaram cinco moças e não eram lá muito bonitas. Pele marrom, cabelinho liso, sem graça...

"É o fim das ilusões dos rapazes", pensou Lavínia, lembrando as conjecturas que se faziam sobre a irmã solteirona porque era calada e parecia esconder algo atrás de sua timidez. Certamente só se calava na frente da irmã e do cunhado. Agora que estavam sozinhas, pela primeira vez, falava sem parar de seu gosto pelas festas, sua vida brilhante na cidade.

— O general teve algum contratempo? – perguntou Lavínia depois de um bom tempo, olhando o relógio.

— Não creio – respondeu a srta. Montes. – Ligou para avisar que estava um pouco atrasado. Devia passar um instante pelo gabinete do Grão-General, mas garantiu que vinha. Quase nunca falta ao almoço, sabe? Só se for algo extraordinário, ou quando sai em missões. Se não, sempre almoça aqui, na casa. A cozinheira é muito boa, conhece seus gostos. Além disso, ele não perde a sesta.

O som de vários carros estacionando na rua e um sonoro bater de porta atravessaram o isolamento do ar-condicionado.

— Já chegou – anunciou a srta. Montes, levantando-se como movida por um ímã que a atraíra em sentido oposto ao da gravidade. – Desculpe-me, vou avisar que a senhorita está aqui e chamar minha irmã. – E saiu rapidamente da sala.

Em um instante, conheceria o general Vela. Nervosa, passou a mão no cabelo. A ideia de conhecê-lo lhe causava apreensão, repulsa. Na tarde no parque, Flor tinha lhe contado sobre a sua "brilhante" carreira militar. Na noite anterior, Felipe e Sebastián a documentaram com dados sobre sua personalidade. Vários colaboradores do Movimento, que estavam na prisão, tinham-no conhecido nos longos interrogatórios. Fazia o papel do "bom policial", o que chegava depois das torturas para lhes pedir que não o obrigassem a maltratá-los mais. Nas montanhas era conhecido como "o voador". Atribuía-se a ele a ideia de fazer jogar os camponeses vivos dos helicópteros se não aceitavam colaborar com a guarda ou denunciar os guerrilheiros. Também tinha em seu crédito os cárceres enlameados do norte: fossas de paredes de concreto e chão de lama, fechadas com uma lousa também de concreto, onde só havia uma diminuta abertura para a ventilação e onde se trancavam os camponeses durante dias a fio até que desmaiavam com o cheiro dos próprios excrementos ou perdiam a razão.

Era o braço direito do Grão-General, tanto por sua eficiência em aterrorizar os camponeses e combater a guerrilha como por sua habilidade para manter a ordem entre seus subordinados. O Grão-General prezava nele o homem simples que tinha conseguido se superar. "É cria minha", costumava dizer.

Também eram conhecidas as funções desempenhadas por Vela para abastecer o Grão-General de mulheres jovens e bonitas para suas escapadas (as "farras", como as chamava a srta. Montes).

"Você deve usar sua classe", dissera Sebastián, "seja séria e cortês, mas faça ele sentir que você se considera superior a ele, mas sem esfregar na cara dele. Seja gentil, estilo princesa, inspire confiança profissional, mas não pessoal."

A ideia de fingir ser complacente e solícita com semelhante personagem lhe inspirava repulsa. Lembrou-se da conversa com Flor no parque. Esta era sua primeira missão. Não devia ter medo. Tinha de dar certo.

A porta se abriu com um movimento brusco e forte. O general Vela, seguido por sua esposa e cunhada, se aproximou para cumprimentá-la, olhando-a de cima a baixo com ar de senhor feudal.

— Então a senhorita é a famosa arquiteta? – disse, ao mesmo tempo sagaz e bajulador.

Lavínia assentiu, dando seu melhor sorriso enigmático.

O general apertou sua mão com força. A mão era grande e rude, como toda a sua figura. Era um homem a quem o apelido de "gorila" caía como uma luva. Os traços indígenas quase escultóricos poderiam ter sido bonitos, se não estivessem distorcidos pela gordura e a expressão de branco pedante. Renegando seu passado e sua origem, o general Vela cheirava a colônia cara usada com profusão e vestia, impecável, a farda militar cáqui – a cor que usavam os oficiais de cargos altos; o cabelo ondulado, produto de mistura de raças, tinha sido trabalhosamente domado pelo óleo, a brilhantina e um corte inclemente que o aderia à sua cabeça. Era de estatura mediana, e o estômago protuberante dava testemunho de sua afeição pela cozinha farta.

Indicou-lhe uma cadeira, enquanto as duas irmãs, mudas na presença do amo, sorriam para ela como se quisessem lhe dar ânimo ou pensassem compartilhar assim o efeito avassalador da figura do general.

— Vamos ver essas plantas – disse o general, no mesmo tom alto de voz com que a tinha cumprimentado; uma voz acostumada a dar ordens.

Preocupada com a fluidez de seus movimentos, Lavínia se levantou procurando ignorar o olhar brincalhão e lascivo do homem. Pegando os canudos de papelão, tirou o conjunto de plantas e o estendeu sobre a mesa redonda que estava do lado dos sofás onde os Vela estavam sentados.

— Creio que será melhor que as vejamos aqui – disse, segura.

— Sim, claro – concordou o general, levantando-se sem esforço, seguido pela mulher e pela irmã dela.

Ela foi abrindo e explicando as diferentes plantas e desenhos; a frente, os lados, o interior, os tetos, o mobiliário, os ambientes. O general interrompia constantemente com perguntas e comentários, mas Lavínia, respondendo cortesmente, pediu que deixasse as dúvidas para o fim, pois muitas delas seriam respondidas no decurso da exposição.

— Não gosto desse método – advertiu o general. – Posso esquecer as perguntas se as deixo para o fim.

E continuou perguntando. As perguntas eram irrelevantes, mais para que ela ficasse nervosa do que para satisfazer sua curiosidade: tamanhos, materiais, cores, a conveniência de juntar em um só ambiente o bilhar, o som e o bar, pois eram usados ao mesmo tempo. Não obstante, não parecia ter muito interesse em mudar as disposições da esposa. Apesar do tom seco das perguntas, só sugeria mudanças mínimas. Manteve a atitude de troça e superioridade até que Lavínia abriu a planta da armaria. Então, sua expressão mudou, mostrando evidente interesse.

Era óbvio que ele não tinha previsto nada semelhante aos detalhes refinados que Lavínia, como era de esperar, tinha incorporado – as irmãs se olharam e sorriram, cúmplices e satisfeitas. Notou a satisfação do homem quando ela explicou a ideia fantasiosa da parede móvel da armaria. A parede seria composta por três painéis de madeira, cada um com um núcleo de ferro, sustentado sobre pivôs giratórios individuais, montados em um trilho metálico. Um mecanismo anexado à parede permitiria fixá-los ou liberá-los para que girassem. De um lado, os painéis mostrariam a coleção de armas, fixadas com suportes na superfície; do outro lado, os painéis formariam simplesmente uma parede de madeira escura com belos jaspes. Desta forma, segundo desejasse, o general poderia, apenas soltando o mecanismo que fixava os painéis, virá-los e voltar a fixá-los, para que as armas ficassem expostas ou simplesmente se visse uma parede de madeira.

Pela área de rotação dos painéis necessários para esse truque, o general disporia também de um espaço atrás da parede, um tipo de "câmara secreta" que poderia utilizar como depósito para guardar outras armas, ou os produtos necessários para limpá-las.

— O que o senhor quiser – explicou Lavínia.

Tinha quebrado a cabeça com os postais da casa de Hearst, tentando imaginar o funcionamento da câmara secreta. Não se consultou nem com Julián. Era seu trunfo para ganhar a simpatia do general. Era sua carta, seu ás. E estava funcionando. Podia ler isso claramente na expressão com que agora ele olhava para ela.

— A senhorita é muito inteligente – admitiu Vela, diminuindo significativamente o tom da voz. – Devo reconhecer que é uma ideia excelente e inovadora. – E, virando-se para a esposa, acrescentou: – Finalmente você fez uma coisa boa.

Lavínia sorria, desprezando-o com toda a sua alma. Precisava fazer algumas consultas, disse, sobre as armas que iriam nas estantes.

— Claro, claro – concordou ele –, mas por que não fica para almoçar conosco? E assim podemos continuar depois do almoço.

Quando saiu da casa do general Vela, o calor das três da tarde pesava sobre a cidade em um ar denso de sestas e sonâmbulos diurnos.

Os Vela se despediram dela na porta, ladeada por agentes de segurança de camisas guayaberas claras e óculos escuros, que a olharam quando passou ao seu lado, com expressão amistosa.

Em certo momento do almoço, o general Vela tinha feito uma referência mordaz sobre a filiação de sua família ao Partido Verde. "Nossa arquiteta tem sangue verde", disse. "É uma tradição familiar", complementara ela. "Eu não acredito na política, prefiro não me meter." O general afirmou sua convicção de que fazia bem; em todo caso a política era um assunto de homens.

Os homens do general a olharam com a mesma convicção.

Um deles abriu a porta de seu carro. Ela agradeceu com um sorriso feminino, despediu-se com um gesto dos Vela, que conversavam felizes da vida na calçada, e acelerou se afastando.

No caminho, sentiu enjoo e um desejo urgente de tomar banho. Decidiu passar em casa antes de ir para o escritório, onde Julián esperava notícias. Não tinha sido fácil suportar o almoço suculento, a comida excessivamente gordurosa e o general falando de boca cheia.

Não foi fácil escutar suas explicações sobre as propriedades combativas das diferentes armas que lhe mostrou, orgulhoso do poder de fogo e de sua capacidade mortífera.

Mas ela cumprira sua missão. O general estava encantado. Com ligeiras modificações sem importância, aprovou o anteprojeto das plantas, ordenou que fossem realizadas as definitivas e encarregou-a de contratar, a critério dela porque lhe passava confiança, a empresa de engenheiros que assumiria a construção. Também se dispôs a fornecer os caminhos para começar quanto antes a terraplenagem. Queria que a casa estivesse pronta no máximo em dezembro. Estava disposto a pagar horas extras.

Lavínia parou no sinal, passando a mão na barriga para dominar o enjoo. O general tinha sucumbido à ideia da armaria – a que chamariam de estúdio privado –, embora não recolhesse totalmente seu ar de troça, nem deixou de olhar para ela de vez em quando com olhos de lascívia. Parte do jogo, Lavínia disse para si mesma. Não se podia esperar desse homem outro tipo de comportamento. O importante era que o truque de Hearst tinha funcionado. "O milionário californiano não imaginava o serviço que prestou a um movimento guerrilheiro latino-americano", pensou. Era um ponto para Patrícia.

Durante o almoço, as irmãs Vela tinham ficado em um silêncio quase absoluto, interrompendo só para concordar com o critério do general ou para dar instruções à empregada encarregada de atender a mesa. Só seus olhares comunicaram a Lavínia sua felicidade e gratidão. Não chegou a conhecer os filhos. Nesse dia almoçavam na escola.

As mãos rechonchudas, de dedos curtos e articulações grossas, do general flutuavam em sua memória. Ela teve de fazer grandes esforços durante a refeição para afastar os olhos que, como se tivessem vontade própria, ficavam fixos naqueles dedos desossando calculadamente uma generosa porção de frango.

Desviou o olhar para não ficar mais enjoada.

Lucrécia abriu a porta com uma expressão alegre. Nos últimos tempos, andava contente, cantando enquanto se mexia de um lado para o outro com a vassoura e o escovão. O rádio da cozinha, a todo volume, espalhava música da *Sonora Matancera* pela casa.

— Que milagre vir aqui a essa hora! – exclamou Lucrécia. – Está tudo bem? – acrescentou, olhando-a preocupada. – Está pálida.

— Sim, estou, não se preocupe – respondeu, enquanto quase corria até o quarto. – É só um pouco de indigestão e calor. Preciso tomar uma ducha.

Jogou a bolsa e os canudos em cima da cama. Entrou no banheiro, incapaz de conter por mais tempo a ânsia de vômito.

Odiava vomitar. O corpo se tornava um ente hostil, apertando seu pescoço. Mas agora, mente e corpo agiam ao mesmo tempo, rechaçando com fúria cheiros, sabores, mãos rechonchudas, pulseiras tilintantes, piadas, armas frias e reluzentes, visões, dentes triturando carne de frango, camponeses, cárceres de lama e fezes, porões de tortura...

As náuseas sucessivas se confundiam com náuseas de soluços e raiva. Não queria chorar. Não devia chorar. Desejava mais que esta raiva biliosa, amarga, não a abandonasse. Precisava dela contra as dúvidas, contra os olhos temerosos das irmãs Vela, contra esse mundo de merda no qual tinha nascido.

Era a força para se ver livre do nojo.

Lavou o rosto na pia. Atrás da porta fechada, ouviu Lucrécia:

— Dona Lavínia, dona Lavínia, está tudo bem? Abra. Posso ajudar?

Com a toalha, secando o rosto, respirando fundo, calma, vazia, abriu a porta.

— Já passou – disse. – A comida me fez mal, mas já passou. Vou deitar um pouquinho porque tenho que voltar para o escritório. Já, já estarei bem.

E se atirou na cama. Fechou os olhos enquanto Lucrécia saía para lhe preparar uma limonada. Foi relaxando, deixando que o corpo se apaziguasse, que a respiração retomasse seu ritmo pausado, antes de se levantar e ir ver Julián, contar a ele sobre a aprovação das plantas, começar os preparativos para terminar a construção em dezembro, como o general queria.

— Então aprovou tudo?

Julián, andando de um lado para o outro na sala, esfregava as mãos, satisfeito.

— Sabia que você ia convencê-lo. Viu? Estava certo em encarregar você desse projeto, viu? – dizia.

— Ele está disposto a pagar horas extras para que entreguemos a construção em dezembro. Pediu que começássemos quanto antes a terraplenagem. Por favor, Julián, pare de andar assim, que está me deixando tonta. Não sei por que você fica tão animado...

— É que me parece quase incrível que tenham aprovado todas as barbaridades que pusemos. A sauna, o ginásio, os banheiros estrambóticos, as quatro salas... Nunca vi um cliente tão fácil...

— E ainda nem contei minha grande invenção. – Lavínia sorriu, sentada languidamente na poltrona.

— Qual invenção? – perguntou Julián, finalmente sentando-se na poltrona giratória atrás da mesa.

— Uma armaria de castelo medieval, com câmara secreta e tudo, que desenhei... inspirada nos postais de Hearst que você me passou.

— Mas se eu revi as plantas...

— Faz mais de uma semana – disse Lavínia, olhando-o, divertida.

— Sim, porque só faltavam alguns pequenos detalhes...

— Pois faz cinco dias que a sra. Vela ligou com essa ideia da armaria. Lembra que havia um espaço para ela, um quartinho de costura com sala de estar?

Julián assentia, intrigado como se fosse escutar uma história de detetive.

— Pois me disse que o cedia, que tinha essa ideia de fazer uma surpresa ao marido. No começo tentei dissuadi-la, mas insistiu tanto que desenhei a armaria. O general ficou encantado – contou, sem dar mais detalhes.

— Imagino – disse Julián, com um sorriso de orelha a orelha.

— A armaria aparecerá nas plantas oficiais como seu estúdio privado. O desenho real estará em uma planta "secreta". O tom conspirativo é parte do encanto. Sugeri para que parecesse mais atraente. Vela parecia um macaco que tinha acabado de ganhar um relógio de presente. Mas esse assunto fica só entre nós. Não me frustre.

— Não se preocupe – disse Julián, dando uma piscadinha.

Lavínia não queria que Felipe ficasse sabendo. Não tinha certeza se podia contar com sua aprovação.

— Julián – disse Lavínia, aproveitando seu bom humor. – Você sabe que eu nunca supervisionei um projeto. Gostaria que você me encarregasse da supervisão deste. Acho que mereço.

Ele a olhou, pensativo.

— Não sei, não sei – respondeu. – Lidar com os engenheiros e mestres de obra já é difícil para a gente. Para uma mulher, deve ser quase impossível.

— Como pode ter certeza se nunca fez o teste? – perguntou ela sem se alterar e com o tom de voz suave.

— Porque conheço o meio.

— Pois eu lhe garanto que o general vai aprovar a ideia. Ficou convencido de que eu sou brilhante. Faltou pouco para que ele me dissesse que pareço um homem – disse, com ironia. – "Nunca vi uma mulher tão inteligente!"

— Não duvido, mas o general não vai ter que receber suas ordens.

— Mas se eu desenhei a maldita casa! – disse Lavínia, subindo o tom de voz. – Por que precisa ser outro arquiteto que a supervisione? Cabe a mim! Acho injusto ser de outra maneira só porque sou mulher! As coisas têm que começar a mudar neste país, como está acontecendo no mundo inteiro. Tudo bem que pode ser difícil, mas, quando perceberem que sei o que estou fazendo, aprenderão a me respeitar!

— Não acho que seja tão fácil – argumentou Julián. – O que posso fazer é nomeá-la supervisora assistente.

— Mas... – disse Lavínia, disposta a continuar com a arenga.

— Mas fique calma – disse Julián. – E não seja idealista. Posso deixar você com quase todo o trabalho. Chegar só de vez em quando, e é isso o que importa, não é? O resto é teoria.

— Nada de teoria – protestou Lavínia. – Isso é machismo recalcitrante. Acha que posso fazer o trabalho, mas não me nomeia porque sou mulher e os outros homens vão se sentir desconfortáveis! Sou tão capaz, ou mais, que qualquer um dos arquitetos que você tem aqui.

— Incluindo Felipe?

— Incluindo Felipe – disse Lavínia. – Além disso, sei que não vai pôr Felipe para supervisionar essa casa!

Eles se entreolharam, desafiadores, dizendo um para o outro o que ambos sabiam, sem pronunciar palavra.

— Você não vai me convencer – disse Julián, sem se dar por vencido –, então não nos desgastemos nem estraguemos o sucesso obtido. Se aceitar o trato que propus a você, chegamos a um acordo. Se não, terei que procurar outro arquiteto.

Ficou tentada a mandar Julián procurar outro arquiteto. Pedir demissão ali mesmo, jogar as plantas na cara dele, mas não podia. Não tinha outra saída senão aceitar o trato. Eram terríveis essas situações nas quais tinha que engolir o orgulho. Ah, as coisas que eram necessárias fazer pela pátria!

— Vou pensar – disse para acalmar os nervos, levantando-se para sair.

— Pense e me avise – disse Julián. – Amanhã vou convocar a reunião com os engenheiros. Deixe as plantas e não fique assim. Sabe que confio na sua capacidade profissional. Não é por você. É pelos empreiteiros...

Saiu da sala de Julián com a decepção estampada na cara. "Era tão fácil", pensou, "jogar a culpa nos empreiteiros!"

Na quinta-feira viu Sebastián. Levou-o até o caminho dos cafezais já de noite. Conversaram sobre a visita dela à casa do general.

— Então querem inaugurar a casa em dezembro... – começou Sebastián, olhando distraidamente a estrada.

— Sim. E Julián está disposto a satisfazê-lo. Não consegui fazer com que me encarregasse da supervisão da construção, mas ele me nomeou assistente.

Ficaram em silêncio por um bom tempo. Um acompanhamento de grilos afirmava solidamente a calma circundante. A essa hora havia pouco trânsito; só grandes caminhões de carga passavam de vez em quando em baixa velocidade.

— E como Flor está? – perguntou Lavínia.

— Muito bem, trabalhando muito. Flor é uma excelente companheira.

— Sinto falta dela – confessou ela.

— Vocês se tornaram grandes amigas. Também sinto falta dela.

— Mas você a vê, não?

— Não seja intrometida — disse ele, com carinho. — Você adora fazer perguntas.

— Tem razão – concordou Lavínia. – Mas é que certas coisas não me parecem tão secretas.

— Por coisas aparentemente irrelevantes assuntos de maior importância podem ser delatados.

— Mas para quem eu vou contar?

— Não é desconfiança. Mas nós nunca podemos descartar a possibilidade de que nos capturem. E podem ser ditas coisas nas torturas. Antes, éramos inflexíveis. Considerávamos traidor quem desse qualquer informação para a segurança social do ditador. Agora, à medida que os métodos de tortura são mais cruéis e refinados, só pedimos aos companheiros que resistam durante uma semana para dar tempo aos que podem ser implicados de se deslocarem. Depois de uma semana, pode-se dizer o mínimo para evitar uma maior sanha.

Lavínia sentiu um calafrio. Tentava não pensar nessa possibilidade.

— A tortura deve ser horrível – comentou ela.

— Sim. Prefiro morrer a ser pego vivo por esses filhos da puta.

— Quando estava almoçando na casa do general, ficava olhando para suas mãos, pensando o que faria com elas.

— Nos últimos tempos já não faz pessoalmente. Só dirige. Mas há um companheiro na montanha a quem ele torturou pessoalmente. Enterrou-o em um lugar em plena luz do dia durante uma semana, deixando só a cabeça para fora da terra. Vela chegava com um balde de água e jogava na cabeça dele. O companheiro só podia beber o pouquinho que caía em seus lábios. É um milagre que esteja vivo. Conseguiu fugir ao ser transferido, e tivemos que mandá-lo para a montanha porque estava totalmente claustrofóbico. – Depois de um curto silêncio, acrescentou: – Você tem que trabalhar arduamente para ver que informação pode tirar dele e ter a casa pronta em dezembro.

— Não acha que seria melhor fazer com que atrasasse? Esse era o meu plano, por isso pedi que me deixassem supervisionar.

— Lavínia – disse Sebastián, muito sério. – Tem que aprender que não cabe a você fazer o planejamento, só as plantas. – E abriu um sorriu ligeiro. – Suas ideias são bem-vindas, mas devem ser aprovadas pelos comandos. Está acostumada a agir sozinha na vida e tem que começar a aprender a agir em conjunto e a ter disciplina. Não quero cortar sua iniciativa, mas no Movimento não podemos cada um de nós começar a fazer o que nos der na telha, embora achemos que seja positivo. Cada um é uma engrenagem, e deve-se pensar nas outras peças. Por isso as coisas devem ser consultadas com os responsáveis que têm um conhecimento mais global da situação. Sobre atrasar a construção, nem pense nisso. Nos interessa que o general confie cegamente em você, então você tem que ser muito eficiente no trabalho e deixar a casa pronta em dezembro.

— Está bem – disse Lavínia, sentindo-se mal, desconfortável.

— Aliás – disse Sebastián –, Flor comentou com você sobre um treinamento militar, não foi? – Ela assentiu. – Vamos fazer neste fim de semana. Felipe está encarregado de levá-la ao ponto.

Já estava chegando ao lugar onde Sebastián devia estar. Lavínia parou, o motor ainda ligado. Um forte vento frio soprava na noite, movendo a silhueta dos cafezais. Antes de sair, Sebastián se virou para ela. Na penumbra, seu rosto magro e sereno parecia preocupado.

— Temos grandes planos para você – declarou ele. – O Movimento está entrando em uma etapa muito importante. Mas você tem que fazer a sua parte. Nenhum de nós é perfeito. Isso é tudo aprendizado, e sabemos que não é fácil. Todos nós temos a nossa vez. Nossa obrigação é ajudar para que você se forme, ensinar a você o que aprendemos. Para isso, tem de haver humildade e confiança de sua parte, e compreensão e firmeza da nossa. Nos vemos em instantes.

Antes que Lavínia pudesse responder, ele se afastou pelo caminho estreito, caminhando depressa, ereto e magro, no meio da ventania.

O vento uivava na estrada e pela janela entrefechada do automóvel. Não sabia como classificar o peso que se abatia sobre ela ali no banco do motorista. Sebastián lhe inspirava profundo respeito, e sua advertência a incomodava, trazia-lhe de novo a consciência do longe que ainda estava de chegar a ser como ele, como Flor, inclusive como Felipe. As distâncias talvez fossem incontornáveis. Quando se deixava de agir como se o mundo nos pertencesse? Quando aprenderia o que eles pareciam saber desde sempre? Como sentia saudade de Flor!

Ultimamente sentia estar em rebeldia contra o mundo. Não só por ter entrado no Movimento, mas também porque a consciência mais sólida de seu próprio ser a colocava frente a frente com outras realidades mais sutis: discussões com Felipe, com Julián, o olhar de troça de Adrián, o general, a chamada de Sebastián... O mundo dos homens.

— Não confunda o de Sebastián com isso – disse, baixinho, para si mesma.

18

O jipe caindo aos pedaços atravessava, brioso, o caminho enlameado pela recente chuva. O motorista, um homem de meia-idade, traços agradáveis e bonachão, Felipe o chamava de "Toninho", apertava o volante, que se movia como se não tivesse conexão com as rodas do veículo.

Haviam saído nas primeiras horas da madrugada. Começava a amanhecer. Pegaram a estrada para o norte, desviando em certo lugar para o interior do vale ladeado por montanhas. A paisagem recobrada pela luz se insinuava pastel, cor-de-rosa e verde, úmida e nublada.

Felipe e ela viajavam na parte da frente do jipe. Nos bancos traseiros, dois homens e uma mulher apenas se deixavam sentir por meio de retalhos de uma conversa de murmúrios. Tinham-nos recolhido em diferentes pontos da cidade.

Lavínia permanecia calada, temerosa de dizer algo indevido, algo que pudesse pôr em perigo a compartimentalização. Era a primeira vez que se relacionava com outras pessoas do

Movimento e, desconhecendo as regras do jogo nessas situações, preferia o silêncio.

Felipe cochilava. Só o motorista parecia relaxado, talvez velho no ofício, e, de vez em quando, cantava toadas de moda ou velhas canções de Agustín Lara.

O sol, quando a bruma se foi, iluminava extensas plantações de milho e cebola. Estavam em uma região rural. Ali não chegava nem a luz elétrica. Não se viam postes parecendo cruzes no caminho nem pardais sobre os cabos de alta tensão, como na cidade.

Tinha um cheiro bom, de limpeza, de vacas distantes, de cavalos.

— Quanto falta? – indagou Felipe, acordando depois de um brusco movimento do veículo.

— Já estamos perto – respondeu Toninho, e os dois retornaram ao seu silêncio.

"Já estamos perto", pensou Lavínia. Esperava não se sair mal no treinamento. Felipe explicou os exercícios a ela, formações, montar e desmontar, aulas de tiro, "coisas que se aprendiam em uma escola no fim de semana". Mesmo que nunca tenha sido um destaque em esportes ou jogos atléticos e somente ter tido aulas de ginástica rítmica e balé na adolescência, não achava que devia se preocupar demais com os exercícios porque era boa em caminhadas e tinha um corpo naturalmente firme. Estava preocupada com as aulas de tiro. Até o dia do almoço com Vela, nunca havia segurado uma arma. Na frente do general, apenas tinha tocado o metal, aduzindo o horror feminino às armas de fogo – horror que, por sinal, tinha sentido esse dia perante aqueles mudos instrumentos de quem sabe quantos assassinatos.

Uma vez, sua tia Inês, que conhecia espingardas porque, quando criança, costumava acompanhar o avô em caçadas de veados, lhe mostrou o mecanismo de um velho revólver que guardava na gaveta das coisas sagradas, ao lado de missais, rosários e cartas de namorados da juventude. Ela ficou impressionada com a precisa arquitetura interior, a aplicação da física à balística, os mecanismos sincronizados com cuidado. Foi a primeira vez que olhou de perto um daqueles objetos aos quais sua mãe tinha um horror fervoroso. "Proibido tocar, proibidíssimo até se aproximar", cada vez que o pai tirava um velho revólver quando escutava ruídos de ladrões. E agora ela ia a caminho de aulas de tiro; montar e desmontar! Aprenderia a manejar armas de fogo. Talvez tivesse que guardar armas em casa. Não conseguia imaginar a si mesma atirando. O que sentiria ao apertar o gatilho? "Quão longe estão seus pais de suspeitar esse rumo de sua vida!", pensou. Desde o dia do baile os visitou duas tardes como distante conhecida. Tomaram café com biscoitos na sala da casa. De vez em quando, falavam pelo telefone. Seus pais indagavam sobre sua vida social, mas não faziam muitas perguntas. Tinha ficado estabelecida entre eles uma grande distância de cujos extremos o afeto só despontava em gestos e palavras cifradas. Assim ela o quis. Era melhor deixar estabelecido o distanciamento cortês. Não podia se arriscar às intimidades e visitas imprevistas de seus pais.

* * *

Pensa nos seus. Mesmo que queira evitá-las, as imagens aparecem nos momentos mais inesperados. No perigo, a senti desejar o colo de sua mãe e o dessa outra mulher, que aparece em suas lembranças desbotadas pelo tempo. Parece que há assuntos em sua vida sem resolver. Carências profundas. Carinhos que lhe faltaram. A infância pende de sua fantasia como região de bruma e solidão e, de tempos em tempos, a prende em um confuso mundo de espíritos silentes e tempo passado. Ela nunca se despediu. Seus pais não lhe deram sua bênção. Não a viram marchar na distância tal qual um arqueiro olha a flecha lançada longe. Não a deixaram livre.

* * *

Toninho cutucou Felipe.

— Chegamos – disse, parando o carro.

Estavam no fim do caminho de terra. Terminava abruptamente em uma cerca de fazenda. A vegetação ao redor era espessa. Cerradas extensões semeadas de bananeiras se erguiam de ambos os lados.

Felipe indicou a todos que descessem. Eles desceram em silêncio, observando sem entender aquele lugar no meio do nada. Viam-se apenas bananeiras. Indicou a Lavínia e aos outros que o esperassem perto da cerca enquanto falava com o motorista.

O velho jipe caindo aos pedaços iniciou seu retorno pelo caminho, levantando poeira. Toninho ergueu a mão em sinal de adeus quando deu a volta, e continuou, se afastando entre uma fumaça de poeira.

— Vamos por ali – comunicou Felipe, indicando um lugar no alambrado.

Um a um, levantaram os arames para passar embaixo da cerca.

Caminharam por uns trinta minutos, uns perto dos outros, calados. Finalmente chegaram a uma clareira onde se erguia uma velha casa de fazenda.

Já era dia, mas não se viam sinais de atividades na casa.

Parecia que a casa estava abandonada e, não obstante, as bananeiras...

Felipe se aproximou e bateu a uma das portas: três golpes fortes, seguidos por outros dois golpes rápidos.

Era o sinal. A porta se abriu, e da casa saíram dois jovens de *jeans*, descalços e sem camisa.

Abraçaram sucessivamente Felipe, enquanto olhavam para o pequeno grupo que o acompanhava.

— Estes são os alunos? – perguntou o mais alto, um rapaz bem-apessoado, de longas e magras extremidades, branco e de cabelo liso castanho.

— Sim – confirmou Felipe –, são estes. – E os apresentou: – "Inês", "Ramón", "Pedro" e "Clemência".

O outro rapaz, grande e forte, os observou com um ar de troça nos olhos.

— Estão prontos para se cansar? – perguntou, e todos sorriram, constrangidos.

—Vamos começar imediatamente – disse "Renê", o mais alto.

Entraram na casa onde lhes indicaram um lugar para deixar suas coisas. Exceto várias redes penduradas no interior, só viram um fogão improvisado no canto e vários sacos.

O treinamento começou no quintal. Lavínia não entendia aquele lugar.

Onde estariam os camponeses? Quem morava ali?, perguntava-se, enquanto Renê ordenava que eles se numerassem e indicava que, durante todo o tempo que estivessem ali, todos se chamariam por números.

Lavínia ficou com o número seis, o último.

Felipe estava sentado no velho e esmaecido corredor. Dali a observava.

—Vamos dividir as aulas. Darei a vocês elementos de formação fechada e tática militar. Felipe ministrará a aula de montar e desmontar armas. Lourenço fará a vigilância diurna e de noite vamos nos revezar – explicava Renê, profissional. – Não quero risadas nem conversas, até que façamos um descanso. Entendido?

— Entendido – responderam os dois homens e a mulher, enquanto Lavínia assentia, pensando que os outros pareciam mais experientes que ela.

Passaram a manhã toda naquele quintal, aprendendo as "vozes de mando", os movimentos correspondentes: firmes, direita, esquerda, meia-volta, marchem, numerar-se de frente para a retaguarda... "Meia-vooolta", gritava Renê e todos giravam juntos, com os pés colados.

Não conseguia entender para que serviria aprender aquilo que mais parecia destinado a soldados que a guerrilheiros, mas se dedicou com afinco, suando quando começaram os exercícios físicos até que, misericordiosamente, Renê deu a ordem de "descaaansaar".

Viu Felipe fazer sinais com a mão e, separando-se do grupo, seguiu-o entre as bananeiras até um riacho que corria próximo.

— Aqui você pode se refrescar – disse, puxando seu cabelo com delicadeza. – Está bem suja.

— E os outros? – perguntou Lavínia. – Por que não chamá--los? Com certeza também querem lavar o rosto, se molhar.

— Eles já vêm – disse Felipe –, não se preocupe. Renê vai trazê-los. Só queria ter um instante com você. Nunca estivemos assim, no campo.

— E de quem é essa fazenda?

— A casa está abandonada, como deve ter percebido. Faz parte da fazenda de uns colaboradores. Fizeram uma casa nova, e ninguém vem por aqui porque os camponeses dizem que a casa é assombrada. Só passam por aqui quando é absolutamente necessário, em tempo de colheita, mas acabaram de cortar as cepas novas das bananeiras. Além disso, a maioria colabora conosco. Este lugar é relativamente seguro. Adoro ver você suja e suada – acrescentou.

Lavínia sorriu. A água estava fresca, quase fria. O riacho corria entre altos canaviais, arrastando pedregulhos e lambendo a margem com seu canto aquático. Enquanto esfregava os braços suados e o rosto, perguntou-se como funcionaria a mente de Felipe. Ontem mesmo parecia ainda divergir de Sebastián em silêncio sobre a conveniência de seu treinamento militar. A sós com ela, exteriorizou a discrepância, insistindo em que ainda era muito nova no Movimento, e, além disso, nenhuma das tarefas necessitava de uma preparação daquele tipo.

Ela, decidida a não se deixar provocar, tinha escutado como quem ouve chover, ciente de que, mesmo não querendo, Felipe teria de acatar ordens. Não obstante, como sempre que o via retornar a essas atitudes, não tinha podido evitar o sabor triste de seus comentários, como agora não podia evitar se surpreender ao vê-lo tão contente, como se nada tivesse acontecido entre eles.

— Eu não fui legal com você – disse ele de repente, intuindo seus pensamentos. – Não sei por que fico tão agressivo, não sei por que custo a aceitar sua participação.

— Não leva a nada você estar sempre se arrependendo – respondeu Lavínia, jogando água no cabelo. – O arrependimento, quando se repete, se torna chato – disse "chato" pondo ênfase na primeira sílaba. Não tinha vontade de brigar. Preferiu sorrir, compreensiva.

Escutaram o rumor dos outros se aproximando. Vinham rindo baixinho, fazendo piadas uns com os outros sobre reumatismo, a dor nos ossos, os músculos tensionados; piadas tímidas de desconhecidos que de repente se veem unidos em um naufrágio, ou uma aventura, em cujo final a vida ou a morte esperam escondidas.

"Clemência", a número três, e ela se entreolharam, compartilhando entendimento e afinidade de gênero. Era uma mulher de pele olivácea, cabelo curto e traços atraentes. Seu corpo não era gordo, mas tinha constituição robusta e quadris largos que mexia com graça ao caminhar.

Lavínia já tinha notado como Lourenço olhava para ela de vez em quando do seu posto de vigilância. Juntos, fazendo piadas sobre os fantasmas que esta noite virão para lhes puxar os pés, voltaram para a casa para esquentar no fogão à lenha um magro almoço.

Eram curiosos os entendimentos que surgiam entre pessoas desconhecidas nessas circunstâncias. Não podia trocar nenhuma informação pessoal, mas dividiam o mesmo sentido da vida e a mesma calada determinação. Não se sentiam, por isso, estranhos uns aos outros. Pelo contrário, sentados no velho corredor da casa, almoçando, parecia que se conheciam de outros tempos.

Lavínia, usando jeans, tênis e camiseta, com o cabelo preso num rabo de cavalo, sem maquiagem, só parecia diferente pelos traços mais finos de seu rosto, mas Renê também era branco, pálido e delicado. No comportamento, todos se pareciam.

A comida consistia em uma tortilha com arroz e feijão e uma xícara de café. Lourenço, Renê e até Felipe comiam com grande habilidade, usando as mãos sem pruridos. Lavínia procurava dissimular o desconcerto, as dificuldades para comer ordenadamente o arroz e os feijões, sem talheres, só com a ajuda da tortilha, sem poder evitar que os grãos púrpuras e brancos se derramassem. Com o canto dos olhos viu os outros dois e se tranquilizou ao ver que não só para ela era incomum comer sem garfo e faca.

— É necessário que, de agora em diante, se preocupem em fazer mais exercício – dissera Renê. – Nenhum de vocês aguenta uma corrida de meia hora, que dirá uma caminhada pela montanha.

Depois de almoçar, entraram na casa e trancaram as portas.

Pelas janelas, a luz da tarde iluminava o recinto de grossas paredes com uma luz pálida. Dentro da casa de teto alto estava fresco. Lavínia conhecia esse tipo de construção tipicamente espanhola. As paredes grossas isolavam do calor. O teto alto permitia que o calor se elevasse sobre suas cabeças, deixando um espaço fresco habitável. Nas casas coloniais da cidade, as moradias fechadas sobre si mesmas davam só para um interior de pátio e corredores. A casa de fazenda, concebida para a vida no campo, obedecia outro conceito de desenho: um interior só para o descanso e o corredor orientado em direção ao campo onde se desenvolvia a atividade cotidiana e onde, em tempos passados, em elaboradas cadeiras de balanço de bambu, se teriam balançado os senhores e senhoras, contemplando as plantações nas tardes.

Agora o tempo e o desuso eram evidentes nas paredes descascadas. As teias de aranha, perdidas sua transparência original, empoeiradas, grudavam-se às paredes formando desenhos na decrepitude.

Felipe deslocou para o centro da sala uma bolsa marrom de lona. Dali foi tirando o modesto arsenal: um fuzil M16 de fabricação estadunidense e uma pistola P38, 9mm. Era tudo. Pegava as armas suavemente como se fossem pernas ou braços queridos: "Este é um fuzil M16 automático", começou a dizer enquanto o mostrava, o soprava, sacudia suavemente a poeira. Explicou suas propriedades combativas, o alcance, outros dados técnicos e começou a desarmá-lo aos poucos, sem parar de falar, citando as diversas partes: disparador, gatilho, percussor, canhão.

Em silêncio, todos o observavam colocar em ordem as peças uma ao lado das outras, com respeito.

"É como conhecer a morte", pensou Lavínia, olhando fixamente os delicados e complexos pedaços de metal.

Apesar de tudo, apesar de agora compreender a violência de outra forma, para Lavínia, ainda era insondável a noção do homem construindo aqueles artefatos para eliminar outros homens; as grandes fábricas produzindo granadas, fuzis, tanques, canhões, tudo para se destruírem mutuamente. Desde tempos remotos tinha sido assim: o homem se despojando, se perseguindo, se defendendo de outros homens; e tudo pelo afã da dominação, o conceito da propriedade, o meu e o seu, até que se incorporou à naturalidade, aos sistemas, à vida cotidiana: o mais forte contra o mais fraco. Já no século XX, as práticas dos nômades: arrebatar o fogo pela força. O estádio selvagem do homem ainda não superado, aparentemente insuperável. E eles ali aprendendo a usar armas de fogo, sem mais alternativa que tocá-las e conhecê-las, saber manuseá-las. Como o que sabiam fazer os outros.

Sentiu ódio do Grão-General, de Vela, da riqueza, da dominação estrangeira, de tudo que os obrigava a estar ali, nessa casa abandonada, tão jovens, ajoelhados em frente de fuzis, quietos, olhando Felipe, ouvindo-o explicar o poder de fogo, a rajada, o tiro a tiro. Ela aguardava o momento em que ele indicaria os alvos para o disparo; o instante de ouvir a detonação da arma, o som seco e côncavo.

— Agora vamos fazer triangulação e tiro seco – anunciou Felipe.

E foi o que fizeram. Não dispararam nem um só tiro. O "tiro seco" era o que se aprendia em escolas como esta. Tiros, rajadas hipotéticas. Papéis nos quais se anotava o tiro que se disparava com a imaginação. "Deveria ter suposto", pensou

Lavínia. O som dos disparos teria atraído atenção. Mas era fantástico demais para imaginar.

De noite dormiram nas redes amarradas nos postes da casa, totalmente vestidos. Nos abrigos de segurança, nas escolas, na montanha, sempre se dormia vestido. Às vezes, era permitido tirar os sapatos.

Antes de cair no sono, escutou Felipe falando com Lourenço e Renê.

Renê tinha estado na montanha e falava dos lamaçais, das vermelhinhas (uns insetos cuja mordida provocava na pele ardores constantes), a fome dos guerrilheiros. "Passamos todo o tempo falando de comida, do que íamos comer quando descêssemos para a cidade, quando triunfarmos." Dizia se sentir estranho fora do morro. Já custava a se acostumar a caminhar na cidade. Não estava acostumado com as calçadas depois de tanta lama, de andar subindo encostas como macaco.

Dormiu escutando-os. Sonhou que estava com um vestido de grandes flores brancas e amarelas em um lugar que parecia uma fortaleza. Tinha na mão uma pistola estranha que lembrava um canhão em miniatura. Por trás dela, uma mulher com tranças ordenava que atirasse.

Acordou quando Lourenço a sacudia suavemente.

— Companheira, companheira – repetia –, é sua vez de vigiar.

Levantou-se e acompanhou Lourenço na escuridão até uma pequena elevação perto da casa entre as bananeiras. Fazia frio, e a lua em quarto crescente pouco iluminava as formas das bananas.

Lourenço entregou-lhe a pistola e indicou que devia estar alerta a barulhos de passos ou formas humanas no meio do mato. Ensinou-lhe como devia assoviar caso suspeitasse de algum movimento anormal.

Só devia atirar se tivesse certeza absoluta de algum problema sério. Se visse a silhueta de um camponês, devia gritar: "Quem vive?" Se respondessem "Pascual", estava tudo bem. Essa era a senha.

O rapaz se afastou. No começo, ela não teve medo. Sentia-se importante, quase guerrilheira. Não obstante, à medida que o tempo passava, todos os sons da noite começaram a lhe parecer hostis e suspeitos. "Quem vive?", murmurava de vez em quando, sem obter resposta. Era o vento, ou os insetos, os animais da montanha.

Sentia frio. Em pouco tempo, batia os dentes e o calafrios percorriam seu corpo. Pensou em Flor para se animar, em Lucrécia, em Sebastián. Recorria de vez em quando à lembrança do general Vela para que a raiva e a repulsa a sustentassem.

Finalmente, pensou em sua tia Inês e mais tarde rezou ao Deus esquecido de sua infância para que ninguém viesse, para não ter que usar aquela pistola pesada cujo funcionamento teórico acabara de aprender.

Sabia que Lourenço também estava de vigia ali perto. Renê, Felipe e ele, se revezando, acompanhavam os novatos na vigia, mas não se via nada. Devia se conformar em saber que estavam em algum lugar.

Duas horas depois, chegou Lourenço com o número quatro para substituí-la.

Voltou para a rede, dura de frio, tremendo. No umbral da casa, encontrou Felipe saindo para render Lourenço. Abraçou-a rapidamente e lhe disse que pegasse sua manta para se esquentar. Amanhecia.

Não soube por que, enquanto o calor voltava para seu corpo, começou a ter vontade de rir. Começou a rir sozinha por ter sobrevivido à sua primeira vigília, depois riu baixinho se vendo ali, na rede, transformada em outra pessoa: uma mulher no meio do território nacional, em uma fazenda perdida, abandonada aos fantasmas e a eles, sonhadores, dispostos a mudar o estado das coisas, impertinentes jovens Quixotes com a lança em riste. Ou riu talvez de nervoso, do medo que sentiu sentada entre as grandes folhas das matas, o temor das cobras, o barulho dos bacuraus levantando seu voo noturno e agora sentindo o calor que a invadia de forma reconfortante, o cansaço; a estranha sensação de força, de ser invencível enquanto lá fora os rapazes estivessem acordados.

No outro dia, o exercício consistiu em tomar a velha casa de fazenda como se fosse um quartel no meio da montanha. Terminaram exaustos lá pelas quatro da tarde, depois de longos arrastões, emboscadas, assaltos e retiradas.

Às cinco da tarde, Toninho reapareceu pelo caminho com seu jipe caindo aos pedaços. Esperaram-no escondidos do outro lado do alambrado. Despediram-se de Renê e Lourenço, e subiram de novo no jipe. Dessa vez, no percurso de volta, houve farta conversa; comentários sobre o desempenho de cada um, as piadas sobre quem tinha sido o melhor estrategista, a maneira como Lavínia tinha ficado grudada nas farpas do arame, dando tempo ao inimigo de capturá-la.

Só quando entraram na cidade os comentários cessaram. Outra vez, os ocupantes do veículo desceram em esquinas diferentes.

Despediram-se (talvez nunca mais se vissem), e, finalmente, Toninho deixou Lavínia e Felipe a poucos quarteirões de distância da casa.

— Você teve sorte – disse Felipe, enquanto caminhavam pela calçada. – Teve um treinamento tranquilo e em boas condições. Não creia que as coisas são sempre assim. Há um ano a guarda detectou uma escola, e morreram quase todos os companheiros. Só dois se salvaram.

— Sim, tive sorte – concordou Lavínia, pensando que não tinha sido tão difícil, apesar da maneira como seu corpo doía.

— Sebastián cuida de você – comentou Felipe.

— Você acha? – indagou ela, enternecida, não percebendo até então a visível presença de Sebastián no planejamento do treinamento.

Depois de um tempo, disse como que para si mesma:

— Sebastián sempre diz que o Movimento tem grandes expectativas a meu respeito. Penso que diz isso para me fazer sentir bem, mas fico preocupada em decepcioná-lo. Não sei como poderei ser tão útil.

— Depende de você – disse Felipe, olhando, sério, para ela quando já entrava e acendia as luzes da sala.

19

O mês de julho chegava ao fim. Lavínia arrancou a folha do calendário e examinou a agenda de trabalho para o dia seguinte. Mercedes tinha anotado uma reunião com Julián e os engenheiros às onze da manhã, e outra com as irmãs Vela às quatro da tarde.

Anotou outros assuntos pendentes que devia rever no meio das reuniões e, dando uma última olhada em sua mesa, ajeitou os lápis e papéis e fechou a gaveta com chave.

Sara a estaria esperando às cinco e meia, e já eram cinco horas. Apagou as luzes e saiu da sala.

Caminhou com passo rápido até o estacionamento e logo estava dobrando a esquina para se unir ao trânsito da avenida Central. Uma extensa fila de automóveis avançava devagar, parando nos sinais vermelhos.

Seguia distraída, um pouco cansada, pensando na reunião com os engenheiros. A casa do general Vela devia estar pronta a tempo e ela devia garantir o progresso do trabalho dos empreiteiros.

Através da janela via os motoristas de outros carros, atentos, prestes a adiantar ou avançar o sinal vermelho.

De repente, em um carro a certa distância dela, viu Flor. Só demorou um segundo para reconhecê-la com o cabelo curto e tingido de castanho-claro, quase loiro. Sentiu um golpe de sangue inundar seu coração. Flor, sua amiga, ali, tão perto. Conseguia vê-la gesticular, sorrindo para o motorista do carro, um homem de traços imprecisos. Pensou rapidamente no que fazer para atrair sua atenção: buzinar? ultrapassá-los? Não. Não podia fazer nada. Só tentar ficar ao lado do carro para que Flor a visse. Mas era quase impossível. Nas quatro pistas de subida da avenida, havia uma fila de carros entre seu carro e o dela. Para ficar lado a lado, devia fazer manobras ilegais, possíveis talvez em uma estrada, mas difíceis em um trânsito tão congestionado.

O sinal abriu, e o carro no qual Flor, sem vê-la, continuava conversando, adiantou-se avançando mais rápido pela pista da esquerda.

Tentou acelerar, mas os carros na frente dela se moviam bem devagar. Ao chegar no sinal seguinte, os tinha perdido. Chegou a ver a parte traseira do automóvel vermelho virando a esquina.

A frustração lhe tirou um som surdo do peito, bateu com a mão no volante. Tinha sido quase uma visão: sua amiga tão perto e ao mesmo tempo tão distante, inacessível. Sentiu uma profunda tristeza, outra vez a sensação de perda. Acontecia-lhe com frequência. A maior parte de seus afetos mais próximos tinha se ausentado de sua vida, distanciando-se. Embora só a perda de sua tia Inês não tivesse solução, lembrar-se de Flor, de sua amiga espanhola Natália, Jerome, lhe batia uma pungente saudade.

A ausência tinha efeitos indeléveis. Os rostos se apagavam na esvaecida substância das lembranças. Às vezes, se perguntava se aquelas pessoas realmente teriam existido. A nostalgia conseguia cobri-las de vestes míticas e estranhas. O tempo embusteiro ocultava o passado atrás de sua neblina, rendia-o inexistente, associava-o com a imaginação ou os sonhos. O espaço que Flor ocupou em certa época se enchia de outras imagens, outras vivências. Deixavam de partilhar o cotidiano, a matéria-prima da vida. Era uma perda, um vazio, um buraco negro engolindo a estrela-Flor, um mecanismo obscuro da mente procurando proteger o coração sempre fiel à dor da ausência.

Nada podia evitar que sentisse sua falta. Tateava sua pegada. Na lembrança que ao mesmo tempo a dissolvia, existiam as conversas, a empatia, a cumplicidade criada entre as duas. A única, especial cumplicidade de gênero e propósito; a que não sentia com Felipe nem com Sara.

Vê-la, senti-la a escassos metros dela sem poder chamar seu nome, sem poder nem sentir a satisfação de um sorriso distante, uma mão erguida em sinal de cumprimento, fez com que a tristeza brotasse em um borbulhão efervescente de água do fundo dos olhos.

"Tudo isto era difícil. Muito difícil", pensou. Quem calculava estas lutas, estas pequenas, grandes renúncias individuais, ao escrever a história? Contavam-se os sofrimentos, as torturas, a morte, mas quem se ocupava de contabilizar os desencontros como parte da batalha?

Estacionou o carro em frente à casa de Sara. Com Sara era a mesma coisa. De Sara, sua amiga de infância, se separava cada dia mais, a ponto de achar que as duas estavam em uma torre de Babel invisível onde os idiomas se confundiam.

Sara abriu a porta. Estava pálida.

— Entre, entre, Lavínia. Passei um café, e tem biscoitos.

— Você parece estar precisando mais que eu. Está tudo bem? Você está pálida.

— Estou bem enjoada – disse Sara, com uma expressão de desconforto, misturada contraditoriamente com um gesto de alegria.

Lavínia a olhou, interrogadora.

— Será que não está grávida? Sua menstruação veio?

— Não. Não veio. Nem vai vir. Hoje de manhã levei o exame ao laboratório, e estou grávida! – contou *in crescendo*, acumulando as palavras devagar até desembocar no "estou grávida" de alegria.

— Que alegria! – disse Lavínia, genuinamente feliz, abraçando-a. – Parabéns!

— Vai nascer em fevereiro – disse Sara, abraçando-a também e levando-a pelo braço até a mesa onde estava servido o café.

— Já contou para Adrián?

— Ai! – exclamou Sara, suspirando e sorrindo tristinha. – Adrián não tem nenhum sentido de romantismo. Está me dizendo há dias que estou grávida: "A menstruação não veio, você está grávida. É quase matemático", ele fica repetindo. Liguei para contar do resultado do exame, e a única coisa que ele disse foi que já sabia e perguntou se eu não lembrava que ele vinha repetindo isso há vários dias. É verdade que a gente percebe, mas você sabe, o exame é o grande acontecimento, quando você vê o "positivo" no papel... Não é a mesma coisa que intuir. E eu, com certeza por ver tantos filmes, imaginava uma cena romântica, imaginava que ele viria correndo para casa e me daria um abraço especial, um buquê de flores, sei lá! É uma besteira, mas esse "já sabia" me deixou triste.

— Você tem razão – disse Lavínia, fazendo uma comparação mental, rápida, com o que ela esperaria em uma situação assim, se surpreendendo de não ter nada preconcebido. Voltou, sem saber por que, para a imagem de Flor no carro. Elas teriam filhos algum dia?

— Bem, como diz uma amiga minha, a verdade é que gravidez é uma coisa das mulheres. O homem não sente a mesma emoção – disse Sara, enquanto servia o café nas xícaras brancas. – Quer açúcar?

— Não. Não, obrigada – respondeu ela. – Não sei o que dizer sobre o que sentem os homens. Para eles, é algo misterioso o que acontece com as mulheres. Eles não são nada mais que observadores do processo. Possivelmente sentem distância e proximidade ao mesmo tempo. Deve ser estranho para eles. Você deveria perguntar para Adrián.

— Vou perguntar, embora não ache que vá dizer muita coisa. Dirá o normal, que está feliz e todo o restante são suposições minhas.

— Eu me sinto esquisita de pensar que você vai ter um filho. É incrível como o tempo passa, não é? Lembro quando falávamos de todas estas coisas trancadas no meu quarto. – Fechou os olhos e encostou a cabeça no sofá. Visualizou as duas crianças ávidas contemplando as páginas de um livro da tia Inês chamado *O milagre da vida*.

— Sim – disse Sara, com o mesmo tom nostálgico. – Já crescemos... Em pouco tempo ficaremos velhas, teremos netos e nos parecerá mentira.

"Teria netos?", pensou Lavínia, asfixiada pela nostalgia e a impossibilidade de visualizar seu futuro com a segurança de Sara. Talvez nem tivesse filhos. Abriu os olhos e viu, como fazia tantas vezes, a casa, o jardim e sua amiga sentada languidamente, tomando café. Sempre a desconcertava a sensação de pensar que essa poderia ter sido ela, a sua vida. Era observar a bifurcação dos caminhos, as opções. Tinha escolhido uma;

uma que a afastava cada vez mais dessas tardes diante das jardineiras de begônias e rosas, a louça branca e fina de Sara na mesa junto ao verde pátio interior, os netos, a perspectiva de uma velhice de tranças brancas. Mas sua opção também a afastava da indiferença, desse tempo isolado, protegido, irreal. Tinha certeza de que não teria sido feliz assim, embora gostasse de pensar em filhos, em um mundo acolhedor.

— E você ainda não pensa em se casar, ter filhos? – perguntou Sara.

— Não. Ainda não – respondeu.

— Estou sempre me preocupando por você. Não sei por que sempre temo que você se atrapalhe, que se deixe levar por esses seus impulsos. Apesar de você sempre me chamar de mística, acho que, das duas, você é a mais romântica e idealista. Tem mais dificuldade para aceitar o mundo como ele é.

— O mundo não é assim ou assado, Sara. Esse é o problema. Somos nós que o fazemos de uma maneira ou de outra.

— Não. Não aceito isso. Nós não decidimos. É outra gente. Nós só fazemos parte, gentinha qualquer. Quer outro biscoito? – disse, estendendo o prato com os biscoitos de coco para ela.

— Essa é uma visão comodista – mencionou Lavínia, pegando um biscoito e olhando para o pátio, impassível.

Com frequência entrava em discussões como essa com Sara. Nunca sabia se valia a pena continuar conversando. Geralmente terminava a conversa, apagava-a com a falta de vontade.

— Mas o que se pode fazer? Diga-me. Aqui, por exemplo, o que podemos fazer?

— Não sei, não sei – disse Lavínia –, mas algo poderá ser feito.

— Não quer aceitar, mas a realidade é que não se pode fazer nada. Veja só você, com todas as suas ideias, está desenhando a casa desse general.

— Sim, e quem sabe... Numa dessas convenço o general de que deveriam se preocupar mais com a miséria do povo. – E adotou o tom de piada, de fim de conversa. – Vai, Sara, vamos falar de sua futura criança. Nunca chegamos a lugar algum com esse papo.

Ficou mais um tempo conversando com a amiga. Foram convidadas para fazer um passeio no domingo em uma fazenda de uns conhecidos. Era o aniversário do anfitrião. A fazenda tinha piscina, e o passeio prometia ser muito alegre. Combinaram de ir juntas.

— Não vai levar Felipe? – quis saber Sara.

— Não. Já sabe que Felipe não gosta de festas.

— Nunca conheci um ser mais antissocial que esse seu namorado – comentou Sara –, mas, enfim, é melhor, assim conversamos mais em confiança.

Ao sair, encontrou-se com Adrián, que chegava do escritório. Ele aceitou os parabéns, inibido, com atitude de menino gracioso. Lavínia sorriu para si mesma, confirmando sua tese de que certamente estava feliz, mas não podia assimilar muito bem sua participação no acontecimento. Não ter feito nenhum comentário cínico ou brincalhão era a melhor prova de sua emoção. Sara, porém, não conseguia perceber isso, esperando, daquele seu jeito, o abraço emocionado dos filmes.

Gostava de fazer amor com música. Deixar-se ir na maré de beijos com fundo musical, música suave como o corpo sinuoso que lhe surgia na cama. Era extraordinário, pensava, como o corpo podia ser tão flexível e mutante. Durante o dia, soldadinho de chumbo caminhando marcialmente nas ruas, de sala em sala, sentando-se ereto nas cadeiras duras e desconfortáveis; à noite, com a música, o tato e os beijos, abandonando-se suave, leve, distendendo-se na imaginação do prazer, sorvendo o roçar de outra pele, gemendo.

Não concebia que alguma vez pudesse perder a sensação de maravilha e assombro cada vez que os corpos nus se encontravam. Sempre havia um momento de tensa expectativa, de patamar e prazer, quando o último vestígio de tecido e roupa caía derrotado ao lado da cama e a pele lisa, rosada, transparente, surgia entre os lençóis iluminando a noite com luz própria. Era sempre um instante primordial, simbólico. Ficar nua, vulnerável, os poros abertos ante outro ser humano também de pele estendida. Então aconteciam os olhares penetrantes, o desejo e aquelas ações previsíveis e, mesmo assim, novas em sua antiguidade: a aproximação, o contato, as mãos descobrindo continentes, palmos de pele conhecidos e reconhecidos cada vez. Gostava que Felipe entrasse no ritmo lento de um tempo sem pressa. Teve de lhe ensinar o desfrute do movimento em câmera lenta das carícias, o jogo lânguido até chegar à exasperação, até provocar o romper das represas da paciência e mudar o tempo da provocação e o flerte pela paixão, os desatados cavaleiros do apocalipse de final feliz.

"Seus corpos se entendiam muito melhor que eles mesmos", pensava, enquanto sentia o peso de Felipe ajeitar-se sobre suas pernas, exausto.

Desde o início, se descobriram sibaritas do amor, desinibidos e púberes na cama. Gostavam da exploração, do alpinismo, da caça submarina, o universo de novas e meteoritos. Eram Marco Polo de essências e especiarias; seus corpos e todas as suas funções lhes eram naturais e prazerosos.

— Você não cansa de me surpreender – dizia ele, puxando com delicadeza seu cabelo de manhã. – Você me tornou um viciado nisso, nesses seus pequenos suspiros.

— Você também – respondia ela.

A cama era sua Conferência das Nações, o salão onde as disputas eram resolvidas, a confluência de suas separações.

Para Lavínia, era misterioso aquilo de poder se comunicar tão profundamente no nível de epiderme quando frequentemente se confundiam no terreno das palavras. Não lhe parecia lógico, mas assim funcionava. Nesse âmbito tinham conquistado a igualdade e a justiça, a vulnerabilidade e a confiança; um ante o outro tinham o mesmo poder.

"É que falar muitas vezes complica", dizia Felipe e ela argumentava que não. Porém, estava convencida de que não era assim; falando, os seres humanos se entendiam. Quanto aos corpos, era outra coisa, um impulso primário extremamente poderoso, mas que não resolvia as diferenças, mesmo que permitisse as reconciliações ternas, as carícias de novo. Era perigoso, argumentava ela, pensar que os conflitos se resolviam assim. Podiam se acumular embaixo da pele, se esconder entre os dentes, corroer esse território aparentemente neutro, rachar a Conferência das Nações.

Era um milagre que ainda não tivesse acontecido, levando em conta os frequentes embates. Talvez fosse porque, no fundo, quando discutiam, Lavínia separava o Felipe que amava do outro Felipe, o que ela considerava não falar por si mesmo, e sim como uma encarnação de um antigo discurso lamentável: seu menino mau que ela desejava redimir, expulsar do outro Felipe que ela amava.

Flor costumava dizer que era otimista demais, pensando em poder libertar seu Felipe do outro Felipe, mas lhe concedia a esperança.

A esperança era talvez o mecanismo que lhe permitia conservar a música quando faziam amor, embora fosse talvez só um mecanismo de defesa inventado por ela contra a desilusão e o pessimismo de pensar na impossibilidade de uma mudança. Como acreditar tão fervorosamente na possibilidade de mudar a sociedade e se negar acreditar na mudança dos homens?

"É muito mais complexo", opinava Flor, mas ela não estava satisfeita com essas teorias. Não negava a complexidade do problema nem se iludia pensando em soluções fáceis. Achava que o âmago da questão era um problema de método. Como a mudança era provocada? Como a mulher agia perante o homem? O que fazia para resgatar o "outro"?

Abraçou as costas de um Felipe adormecido e, deixando-se invadir pelo sono, se evadiu daquelas incertezas.

20

O general Vela a chamara em seu gabinete. Dez minutos antes da hora da reunião, pegou a estrada, em direção ao portão do complexo militar.

O guarda, com gesto autoritário, soou seu apito ao mesmo tempo que indicava que não podia passar, erguendo o braço para que voltasse para a pista dos automóveis.

Parando, botou a cabeça pela janela e gritou que o general Vela a esperava.

O guarda – farda verde-escura, capacete de combate – interrompeu seus gestos e, caminhando devagar, cauteloso, se aproximou do carro.

— O que disse? – perguntou, desconfiado, examinando o interior do carro.

— Tenho uma entrevista com o general Vela. Ele está me esperando em cinco minutos.

— Tem identificação?
— Minha carteira de motorista.
— Pode me dar.

Pegou a bolsa. O guarda recuou um pouco, como se temesse ver sair uma arma. Sacou a carteira e deu a ele.

— Espere aqui. Não se mexa. – E se retirou para a cabine de controle.

Lavínia notou com satisfação que não estava nervosa. Pelo contrário, segura de si, animada com a superioridade de seus motivos, experimentava a exaltação de penetrar naquele lugar inexpugnável, no próprio recinto do inimigo, como um condor confiando em seu voo que olha do alto a pequenez dos adversários.

Não podia ver nada do complexo militar. Estava oculto dos que passavam por uma muralha alta e sólida, só interrompida por um portão preto e metálico diante do qual se encontrava.

Batucou, impaciente, no volante com a ponta dos dedos. Se o guarda não voltasse logo, iria embora. Diria ao general que não tinham permitido seu acesso, que devia dar instruções mais precisas. Sem dúvida, o general ficaria furioso com seus subordinados, os puniria. Não a parariam da próxima vez, a fariam passar rapidamente.

No começo, tinha sido difícil perceber o poder de agir com autoconfiança, com a segurança de quem domina e merece respeito. Principalmente quando se era mulher, era mais eficiente em todos os casos. Comprovou isso nas reuniões com os engenheiros e com o general Vela. Se caía na graça e no sorriso, o tratamento era sexista e sofisticadamente depreciativo. Em assuntos profissionais, Flor tinha razão: era necessário aprender com os homens. E ela os observara até intuir o mecanismo.

Olhou para o relógio. Tinham se passado quase cinco minutos. Decidiu não esperar mais de cinco minutos.

Segundos depois, o portão se abriu. Outro guarda, desta vez com galões de capitão, se aproximou.

— Srta. Alarcón – disse, aproximando-se da janela do carro –, se me permitir, vou entrar em seu carro para acompanhá-la até o gabinete do general Vela.

— Não é aqui?

— É, mas terá que dirigir pelo complexo. Irei com a senhorita para que não tenha nenhum problema. – E, abrindo a porta do carona, entrou ao seu lado.

O portão se abriu.

Atrás da muralha, diversos edifícios e barracas constituíam uma cidadela, ligada por ruas onde transitavam ou estavam estacionados veículos militares. Soldados fardados circulavam pelas calçadas.

Atravessaram outras duas barreiras do tipo estrada de ferro até chegar a um conjunto de edifícios de concreto. Em escala menor, tinham a mesma arquitetura pesada e monumental das construções da Roma moderna de Mussolini: paredes lisas e cinzentas com volumes geométricos, retangulares. Mentalmente, Lavínia armazenava os detalhes das construções, o desenho das ruas. Preferiu dirigir em silêncio para não perder a concentração e guardar as referências do lugar.

— É aqui – disse o capitão, sem perder em nenhum momento sua expressão de cadete –, aqui é o Estado-Maior. Pode estacionar ali.

Desceram e, depois de atravessar um pátio gramado, entraram no edifício central. Um gigantesco retrato do pai do Grão-General, fundador da dinastia, presidia o *hall*.

A secretária de farda azul cumprimentou o capitão com a cabeça.

Subindo por largas escadas de mármore, chegaram a outro *hall* mais extenso que dava para as portas de várias salas, cada uma protegida por um guarda vestido com farda de gala. No centro, a sala de espera com móveis de couro se enfeiava por causa dos enfeites de flores plásticas nas mesas.

A sala do general Vela exibia a mesma mistura de detalhes de mau gosto e sólida frieza arquitetônica. O toque dominante era uma fotografia colorida na parede do Grão-General exibindo um largo sorriso. A foto, tirada de um ângulo inferior, pretendia dotar aquele homenzinho de uma majestade que não possuía. O restante do mobiliário procurava ser moderno; vinil e cromo. Os cinzeiros e os enfeites de conchas e caracóis davam um toque *kitsch* à decoração. Sobre os arquivos, a secretária colecionava caixas de fósforos em uma taça de cristal enorme.

Era uma loira artificial, magra e nervosa, meia-idade com pretensões de adolescente. Sorrindo, empolada, pediu que se sentasse para "anunciá-la". O cortês capitão, *aide* de câmara do general, retirou-se discretamente.

Terminava de se acomodar quando a campainha do intercomunicador tocou. A secretária deu um pulinho, disse "sim, general" com sotaque de pássaro doente e, em seguida, abriu como um robô a porta da sala de Vela, indicando que entrasse.

— Boa tarde, srta. Lavínia – disse o general, de pé atrás de sua mesa de madeira sólida, rodeado de fotos do Grão-General abraçando-o, condecorando-o, pescando com ele, de helicóptero, a cavalo.

— Boa tarde, general – respondeu ela, aproximando-se para apertar sua mão por cima da mesa.

— Sente-se, sente-se – ordenou, obsequioso. – Aceita um café?

— Com prazer – disse, com seu sorriso mais encantador.

— Cada dia mais bonita – comentou o general com lascívia.

— Obrigada. E o que me diz? O que há de novo? Em que posso lhe servir?

— Ah, sim! – disse o general, regressando de algum pensamento mórbido. – Mandei chamá-la porque estive pensando ontem à noite, ao rever as plantas na minha casa, que no terraço defronte à sala, além da pérgula, gostaria de construir umas instalações para churrasqueira.

— Mas já temos uma ao lado da piscina...

— Sim, sim, eu sei, mas é que, veja, a da piscina é boa para o verão. No inverno, com a chuva, preciso de um lugar coberto para o churrasco. Já expliquei que é uma de minhas distrações quando recebo amigos em casa, não?

Lavínia sacou sua caderneta e fez algumas anotações, assentindo.

— Quer uma instalação igual à da piscina?

— Creio que deveria ser um pouco menor, não acha?

— Bem, de qualquer maneira, vamos ter de estender a pérgula.

— Essa é a minha ideia, mas talvez possa ser feita um pouco menor.

— Sim, um pouco menor seria melhor. – Lavínia anotava perguntando-se por que o general mandara chamá-la até ali por causa de uma coisa que podia perfeitamente ter sido acertada por telefone. – Só isso? – acrescentou.

— Sim, sim. Isso é tudo, mas tome seu café com calma. Acabou de chegar. Conte como vai a casa.

Tinha certeza de que o general estava escondendo alguma coisa. Começou a pensar no que lhe diria caso ele mostrasse pretensões de seduzi-la para ser cortês e, ao mesmo tempo, cortante.

Explicou detalhadamente a ele os acordos com os engenheiros sobre a terraplenagem, os materiais, as instalações elétricas e de esgotos. Não queria lhe dar a oportunidade de introduzir outro assunto na conversa.

— E acha que a casa vai estar pronta em dezembro, com certeza? – perguntou ele.

— Faremos tudo que for possível. Acredito que sim.

— Queremos dar uma festa de inauguração que coincida com o *réveillon*, convidar nossos amigos, a senhorita, lógico.

— Obrigada, obrigada – disse Lavínia.

— Gosta de dançar?

— Não, não muito – respondeu Lavínia pensando: "Lá vem."

— Que pena! Pensei em convidá-la para uma festinha que alguns oficiais e eu estamos organizando, sabe como é, algo pequeno, para nos distrair. Temos muito trabalho e quase nunca nos divertimos. Creio que a senhorita também é esse tipo de pessoa que trabalha muito e se diverte pouco, apesar de ser tão jovem. A senhorita é muito séria.

— Não, deixe disso! São ideias suas. Sempre me convidam para festas e passeios.

— Mas quase não vai – acrescentou o general, com conhecimento de causa.

— O senhor sabe que acordar cedo não é fácil depois de passar a noite em claro.

Começava a se sentir desconfortável. Sem entender o rumo das perguntas do general, intuía uma curiosidade que não sabia se se devia ao seu afã de sedutor ou a algo mais perigoso.

— E não tem namorado?

— Bem... humm... poderia dizer que sim, praticamente. Saio com outro arquiteto, um colega de trabalho.

Saberia de Felipe?, perguntou-se Lavínia, sentindo-se cada vez mais desconfortável. Optou por dizer a verdade. Considerou que era menos suspeito que negar. Se a estava investigando, certamente já devia saber de sua relação com Felipe.

— Ah... – disse o general, com uma expressão inocente. – Então não poderia vir à nossa festinha... Que pena! É que andei comentando com meus amigos quão eficiente é. A senhorita que me perdoe, mas poucas vezes nos encontramos com mulheres que, além de bonitas, são inteligentes e capazes. Queria que a conhecessem.

— Obrigada – disse, acalmando-se um pouco.

— Mas o que me diz? Pode ou não pode?

— Quando é?

— No domingo que vem.

— É que tenho um compromisso... um passeio – disse Lavínia, torcendo para que fosse verdade.

— Mas isso é de dia, e nossa festa é de noite...

— Tem razão, mas vamos voltar tarde e o senhor sabe que dessas coisas se volta exausto. Por que não deixamos para outra oportunidade?

— Bem, se não há o que fazer, fica para uma próxima – concluiu o general com um sorriso forçado.

Obviamente estava chateado por não ter conseguido o que queria. Levantou-se indicando que dava por terminada a entrevista.

— De qualquer maneira, e perdoe a minha insistência, pense nisso. Talvez não esteja tão cansada quando voltar. Se decidir ir, pode ligar aqui para o gabinete. Darei instruções para que enviem um carro para buscá-la. Diga ao seu namorado que tem uma reunião de trabalho.

— O senhor é um homem insistente – disse Lavínia, fazendo esforços para não soltar um "me deixa em paz".

— Sempre consigo o que me proponho – corrigiu o general, oferecendo um sorriso com uma sedução ameaçadora.

De novo o cadete-capitão, educado e cortês, a esperava para levá-la até a saída do complexo militar.

Em silêncio, controlando a raiva, a sensação de ter sido assediada, Lavínia saiu da sala impondo-se sobre seus sapatos altos.

Teve a impressão de que a secretária a olhava com pena.

— Você devia ter dito que não, e ponto final – dizia Felipe, caminhando a passos largos na sala, furioso.

— Mas foi praticamente o que disse – respondeu Lavínia. – Sabe que não posso lhe dizer o que penso: tenho de me fazer de estúpida! Não entendo por que você fica assim!

— É que sei aonde ele quer chegar... e ainda faltam vários meses para terminar a casa! Você deve deixar claro o mais rápido possível que não está disposta a se deixar seduzir.

— Felipe, por favor, se acalme. Por que não pensamos em como enfrentar isso, sem que você se altere? Não percebe que para mim é muito pior que para você? Não imagina como me senti vendo aqueles olhos luxuriosos...

— Está vendo? Está vendo por que não queria que você se envolvesse nesse caso?

— Não acredito no que está dizendo – disse Lavínia, perdendo a calma. – Todos, e você o primeiro, estiveram de acordo que era importante o projeto da casa dos Vela. Agora não me venha com essa de que não devia ter me envolvido!

— Convidando-a para uma festinha! São famosas essas festinhas dos oficiais! Quem esse filho da puta achou que você é?!

— Uma mulher. Para ele todas as mulheres são iguais. – Diminuindo o tom de voz, acrescentou: – O que acha que Sebastián vai dizer? Acha que ele pensa que é conveniente eu ir?

— Não. Você não vai – afirmou, com uma expressão colérica, dominante.

— Felipe, você não é meu encarregado. Meu encarregado é ele. Acalme-se – disse Lavínia, tentando raciocinar. – Lembre-se de quantas vezes você me disse que o Movimento vem primeiro e todo o restante é secundário. Está agindo como um marido ofendido.

— E você está tranquila demais... Será que não está com vontade de ir? – disse, acusador.

— Vou embora – disse Lavínia, se levantando. – Não vou permitir que se atreva a insinuar que quero ir a essa festa. Você deveria aprender a se controlar.

Saiu da sala de Felipe batendo a porta, sem se importar com os olhares dos projetistas, as cabeças se erguendo ao mesmo tempo nas mesas de desenho, seguindo-a até que fechou a porta de sua sala.

Passou quase uma semana sem vê-lo. Cruzavam-se no escritório sem trocar uma palavra, imersos no absurdo de seu silêncio.

No domingo da festinha, Lavínia foi ao passeio previsto com Sara e Adrián. Voltou para casa temendo se encontrar com recados ou automóveis a esperando, cortesia do general Vela. Mas só encontrou a normalidade de seus livros e plantas; o silêncio à sua volta sem Felipe.

Tinha saudade dele, mas sentia raiva. Não conseguia entendê-lo, ou talvez não quisesse compreender. A compreensão era uma faca de dois gumes. Pela atitude de Felipe, era difícil para ela usar simplesmente sua tese do "outro" Felipe, eximi-lo de responsabilidade em nome de uma herança ancestral. Ele tinha mantido seu comportamento durante vários dias, fugindo dela no escritório, se ausentando, reprovando com seu silêncio um suposto desejo dela de ir à festa de Vela. Era totalmente ridículo, incrivelmente absurdo e humilhante que tivesse cogitado por um segundo que ela poderia ter algum interesse pessoal de ir à festa.

"É ciúme, não se preocupe. O ciúme é irracional", havia dito Sebastián.

Ela perguntou – temendo a resposta afirmativa – se a atitude de Felipe tinha influído em que se decidisse que não comparecesse à festa de Vela. Sebastián explicou que não. O Movimento não estava interessado em submetê-la a uma prova tão difícil e desagradável. Pretendiam, sim, que sua relação com o general se estabelecesse de maneira totalmente profissional. Não se previra em nenhum momento estimular as previsíveis tentativas de sedução do militar, embora soubessem que poderiam acontecer. Por isso lhe recomendaram manter uma atitude de distância.

A atitude de Felipe não tinha nada a ver, reiterou.

Lavínia abriu as janelas para ventilar a casa e refrescar o calor de domingo. O silêncio e sossego do quintal contrastavam com sua agitação interna.

O pior era saber que este não seria o fim da relação, ter a íntima certeza de que aceitaria as desculpas de Felipe quando estas acontecessem. Pensava que Felipe apostava na distância para obter, quando decidisse se desculpar, uma rendição mais segura. A ideia a irritava, mas a enfurecia ainda mais constatar que esperava que fosse isso, e não alguma coisa mais ominosa e obscura o que atrasava suas desculpas.

— O que posso fazer? – disse em voz alta, olhando para a laranjeira, falando com ela como fazia frequentemente.

Pareceu escutar sua tia Inês, ver seus olhos profundos e cor de chocolate dizendo: "Deve aprender a ser uma boa companhia para você mesma." Lembrou-se de sua conversa com Mercedes no escritório; os comentários feitos por Sara. Era tão difícil ser coerente, agir com coerência quando se amava.

"Você não vai chamar a atenção dele?", tinha perguntado para Sebastián, referindo-se à necessidade de que o Movimento cuidasse também dessas atitudes pouco revolucionárias de seus membros.

Sebastián tinha sorrido com tristeza, dizendo: "A revolução é feita por seres humanos, Lavínia, não por super-homens. O homem do futuro ainda é só um sonho."

E a mulher também, certamente, acrescentou ela com seus botões.

***

Pobre Lavínia, olhando-me, imersa no amor. Nem notou a floração, o aroma que exalam minhas flores brancas.

Movimentou-se pela casa como essas pessoas que andam quando sonham: distraída e triste.

Sua tristeza penetrou em mim se derramando por todos os galhos. Contagiosa a saudade! Muitas vezes penso na solidão. Estamos tão sozinhos. Na vida e na morte. Presos em nossas próprias confusões, temerosos de mostrar o fino da pele, o absorvente e delicado do sangue.

O amor é só uma imperfeita aproximação à proximidade.

Eu não podia acompanhar Yarince em sua desilusão cada vez que perdíamos uma batalha, e o isolamento a que nos submetiam se aprofundava; cada vez que dominavam mais uma de nossas cidades, mais uma de nossas aldeias. Era terrível voltar à noite aos lugares onde antes pipiles e corotegas nos alimentavam e vê-los vestidos com panos longos como os espanhóis, disfarçados de brancos, inclinados em atitudes serviçais. Poucos se atreviam a responder a nossas mensagens cifradas – imitação de pássaros noturnos. Em certos povoados, já ninguém respondia. Só de vez em quando ouvíamos à noite algum lamento nos indicando que não nos podiam ajudar, que nada podiam fazer.

Voltávamos dessas terras tristes para nos sentar longe uns dos outros, abandonando-nos aos nossos pensamentos sombrios.

Não podíamos nos dizer nada. Nada podia nos consolar.

Nessa época, sabíamos que lutávamos sem esperança. Cedo ou tarde, morreríamos, nos derrotariam; mas também sabíamos que, até esse dia, não tínhamos outra opção senão continuar.

Éramos jovens. Não queríamos morrer mas também não podíamos aceitar a escravidão como salvação da morte. Nas montanhas, morreríamos como guerreiros, os deuses nos recolheriam com honras e pompa.

Pelo contrário, se no desespero de conservar a vida nos entregávamos, os cachorros e o fogo se encarregariam de nossos corpos, e não poderíamos sequer aspirar a uma morte florida.

Para nos defender da derrota e do desespero, nos reuníamos ao redor do fogo nas noites para contar sonhos.

Mas a saudade nos deixava doentes.

Frequentemente ficávamos mudos, e na solidão cada um lutava contra o medo e a tristeza de sua própria maneira. Não tínhamos forças para enfrentar mais fantasmas que os imprescindíveis.

Fomos ficando sozinhos.

* * *

Ao meio-dia, no terreno do general Vela, os tratores e buldôzeres se deslocavam movendo e esmagando a terra. Um pó fino cor de barro soprava, cobrindo de tonalidades avermelhadas a roupa dos operários. A empresa de engenheiros tinha instalado luzes toscas e potentes para o trabalho noturno, requerido pelo prazo de entrega da casa.

Lavínia desceu do carro e se dirigiu até o abrigo onde estava o mestre de obras com o engenheiro-chefe.

Percebeu os olhos dos trabalhadores, erguidos disfarçadamente em sua direção.

No abrigo havia uma mesa de madeira tosca no centro, várias cadeiras e outra mesinha onde estava ligada uma cafeteira. Dois homens, um jovem e outro beirando os cinquenta anos, tomavam café.

— Bom dia – disse, e virando-se para o mais velho, perguntou: – O senhor é o seu Romano?

— Sim, sou eu. O que deseja? – disse o homem usando camiseta e calça de sarja e com um lápis atrás da orelha.

— Sou Lavínia – disse, estendendo o braço para cumprimentá-lo –, a arquiteta assistente de supervisão do projeto.

— Ah, é? – disse Romano, olhando-a, curioso.

Tinha um rosto bonachão, de bochechas rosadas e olhos claros, grandes sobrancelhas espessas em que sobressaíam alguns cabelos brancos.

— Sim – disse Lavínia –, vejo que já estão avançando com a terraplenagem...

— Esta semana terminamos – disse seu Romano. – Este é o engenheiro assistente, o sr. Rizo.

— Então o senhor e eu vamos nos ver por aqui – comentou Lavínia, para provocar a cumplicidade do assistente do engenheiro.

— Pelo visto, sim – disse o engenheiro assistente, um homem jovem que Lavínia calculou ter a mesma idade dela, magro e tímido.

Agia com leveza para não delatar seus sentidos alertas à rejeição dos homens da construção, tão anunciada por Julián.

Pediu a seu Romano que lhe explicasse os passos que seguiam para a terraplenagem, assinalando a importância de medir cuidadosamente a altura dos diferentes níveis sobre os que seriam erguidas as bases da casa, como uma maneira de assentar sua autoridade e o domínio que exercia sobre o conceito arquitetônico.

Seu Romano falou com calma, respondendo a suas perguntas e inquietudes. Percebeu que a olhava fixamente, quase com curiosidade, mas não sentiu animosidade ou rejeição de parte de nenhum dos dois.

O engenheiro assistente era calado. Mantinha os olhos fixos nas plantas, assentindo para a conversa entre Lavínia e seu Romano.

"Mas que sorte que ele seja tímido", pensou ela.

Depois caminharam pelo local da construção, e, finalmente, Lavínia se despediu.

Seu Romano a acompanhou até o carro.

— Vai voltar amanhã? – perguntou.

— Vou – respondeu Lavínia –, vai me ver todo dia – acrescentou com um sorriso.

— Eu tive uma filha que queria ser arquiteta, sabe? – disse seu Romano. – Mas, em vez disso, se casou e morreu no parto. Na realidade, nunca pensei que fosse correto que estudasse arquitetura, mas quando vejo a senhora...

Não soube muito bem o que dizer: o velho a comoveu. Deu várias palmadinhas no ombro dele, um "bem, é a vida" e partiu em seu carro. A confidência tão espontânea e surpreendente de seu Romano lhe trouxe de volta as saudades. Passava o dia se distraindo para não pensar em Felipe, mas essas coisas faziam com que ela lembrasse que andava carente.

De volta ao escritório, encontrou em sua mesa um breve bilhete de Felipe. "Quando chegar, passe na minha sala." O coração fez uma viagem de elevador em seu corpo. Decidiu esperar um pouco. Não lhe parecia digno sair correndo com o primeiro sinal. Chamou Mercedes, pediu um café e perguntou se tinha recebido ligações em sua ausência.

— Olhe na sua mesa – disse Mercedes, divertida, saindo para trazer o café. Voltou quase imediatamente e, enquanto deixava o café na mesa, demorando para arrumar primorosamente o guardanapo, disse: – Viu o bilhete que Felipe deixou para você?

— Vi – disse, disfarçando seu mal-estar pela curiosidade de Mercedes.

Era praticamente impossível esconder dela o que acontecia no escritório. Tinha métodos misteriosos para ficar sabendo de tudo. Neste caso, obviamente e sem nenhum mistério, tinha espiado a superfície da mesa.

— Deveria se livrar desse mau costume de andar olhando o que há nas mesas – acrescentou.

— É que eu vim deixar uma correspondência – disse Mercedes, se fazendo de inocente – e o vi. Não o deixou dobrado nem nada. Eu não ando fuxicando nada, se é o que quer dizer.

Com a mão, Lavínia indicou que não estava disposta a começar uma discussão com Mercedes. Mexendo os quadris e com ar de magoada, ela saiu da sala.

"Coitadinha", pensou sentindo-se mal por tê-la tratado rudemente, mas todos tinham a mesma queixa de Mercedes. Sua curiosidade não tinha limites. Ser casamenteira ou andar se ocupando da vida amorosa dos outros era talvez sua maneira de compensar os infortúnios de seu romance. Tinha reatado com Manuel. Não obstante, desta vez com uma aparente e evidente dose de amargura, quase como cedendo a um destino sombrio e inevitável.

Não conseguiu evitar o friozinho na barriga quando pensou que, guardando as distâncias, ela estava a ponto de reatar com Felipe, apesar de tudo.

Ajeitou-se na cadeira e acendeu um cigarro. O ruído do ar-condicionado se escutava alto na quietude da tarde. Era a hora de sentir sono. Apesar do fresco clima artificial, via-se o vapor de calor pelas janelas, elevando-se como um véu branco esfumando a paisagem.

Não se enganava sobre a iminência de sua rendição, mas devia ter criatividade para deixar algumas coisas assentadas com Felipe. Não estava disposta a deixar passar a oportunidade de fazer com que ele visse o absurdo e pouco respeitoso de sua atitude. Não daria a ele a vitória de uma reconciliação fácil.

Estava ensaiando seu discurso quando Felipe apareceu na porta, surpreendendo-a.

— Se a montanha não vem a Maomé, Maomé vai até a montanha – disse e se sentou, acendendo um cigarro.

"Vem no esquema de simpático sedutor", anotou Lavínia, tentando recuperar a compostura, recostando de novo em sua cadeira sem dizer nada, reiterando sua decisão de não lhe facilitar as desculpas.

— Como deve ter percebido – disse Felipe –, pedir desculpa não é a minha especialidade.

Lavínia sustentou seu olhar.

— Mas não foi nada tão sério, não fique assim...

— E se não foi tão sério, segundo você – disse Lavínia –, por que demorou tanto tempo para vir se desculpar?

— Porque, como disse, sou muito ruim em pedir desculpa, principalmente quando se trata de besteiras tão óbvias. Como não ia me incomodar de pedir desculpa por ser burro? Tem que reconhecer que é difícil aceitar o próprio demônio.

— E você acha que tenho que aceitar?

— Não, claro que não. Mas, como você mesma diz, deve-se apelar para a compreensão. Afinal, são coisas que funcionam dentro da gente quase involuntariamente, a desconfiança, a insegurança... Machismo, no fim das contas.

— O pior é ter que ouvir você usando as minhas palavras para desviar da sua responsabilidade. Você é incorrigível! É o mestre do arrependimento!

— É que você quer resultados mágicos. Acha que só de conversar sobre estes problemas e os reconhecer tudo deveria mudar. Não é tão fácil. Temos reações quase primitivas perante determinadas coisas. Aquele dia, por exemplo, acha que eu não percebi que estava agindo como um estúpido, que era injusto o que eu disse? Mas não pude evitar. Saiu da minha boca antes que a vontade se impusesse. E você bateu a porta. Não me deu tempo de corrigir no momento. Você tornou o assunto grave, de pedir desculpas especiais como estou fazendo agora. E é desconfortável, difícil vencer o orgulho. Mas está vendo que estou pedindo desculpa para você.

— Não posso passar a vida desculpando você porque não é responsável por esses impulsos primitivos. Retiro o que eu disse. Deixo de ser compreensiva. Por causa da compreensão, acabo tendo que justificar todas as suas ações.

— Não estou me justificando. Estou dizendo que reconheço que fui burro. O que mais você quer que eu diga?

— Não sei por que tenho a sensação de que só me falta a batina para ser um padre no confessionário e mandar você rezar cinco rosários como penitência.

— Eu rezo, Lavínia. Se você me pedir, eu os rezo – disse Felipe, ajoelhando-se ao lado de sua cadeira em atitude penitente.

Ela não conseguiu evitar o sorriso, nem o abraço, nem a reconciliação desabrochada pelo humor. Ele sabia o mecanismo. Ela permitia que ele o usasse. Não existiam remédios mágicos contra a necessidade de sua pele. Ainda mais nessas circunstâncias onde o universo inteiro parecia pender de filamentos delicados e cada dia vivido era um dia ganho contra a possibilidade constante da separação ou da morte.

— Fique sabendo que é o último impulso primitivo que vou compreender – avisou Lavínia antes de Felipe sair pela porta.

21

— Sempre correndo. Não para – dizia Lucrécia, recolhendo a roupa suja do cesto do banheiro.

Lavínia se arrumava rapidamente para voltar ao trabalho. Conseguiu o feito de Lucrécia agora a chamar de "Lavínia", em vez de "dona Lavínia", e de, de vez em quando, lhe fazer confidências sobre o novo amor que a levava a cantar enquanto fazia as tarefas domésticas: era um eletricista, um homem de cinquenta anos já saído de suas aventuras juvenis, e que tinha oferecido a ela casamento e uma casinha. A cerimônia seria realizada no mês seguinte.

Lavínia seria a madrinha. "Porque é minha amiga", afirmava Lucrécia. E Lavínia já tinha se resignado a esta amizade. Tinha sido impossível para ela romper o padrão de relação tradicional de serviçais.

Talvez em outra época, em outro tipo de sociedade, no futuro, as coisas mudassem para ambas. "Talvez então a aceitasse como uma igual", pensava Lavínia.

Terminou de passar o batom nos lábios, disse a Lucrécia que comprasse pão na padaria que ficava perto da casa e saiu novamente para o trabalho.

Na verdade, nos últimos meses, desde que começou a construção da casa do general Vela, andava com o tempo desordenado. Tinha tanta coisa para fazer que as vinte e quatro horas do dia não eram suficientes. Parecia que tudo ao seu redor tinha feito um acordo para acelerar o ritmo ao mesmo tempo. Não tinha só que lidar com Julián, os engenheiros, os fornecedores de materiais, os carpinteiros e decoradores de interiores, frenéticos com o prazo imposto por Vela, mas o Movimento também parecia ter entrado em um ativismo exaltado. De repente, tinham aparecido caras novas, homens e mulheres silenciosos e sorridentes, que tinha de transportar, em madrugadas e entardeceres, até o caminho dos cafezais.

Sebastián mandava que ela buscasse coisas estranhas, por exemplo: quinze relógios, que funcionassem perfeitamente, sincronizados; vestidos de festa; cantis para água.

Felipe, ocupado em sabe-se lá quais atividades incomuns, se ausentava nos fins de semana, voltando exausto nos domingos à noite.

Ela suspeitava de que comparecia a treinamentos militares porque voltava com as unhas e o cabelo sujos de terra e trazia, em uma bolsa, mudas de roupa enlameada que deixavam Lucrécia desesperada.

Assim, em um *crescendo* de acontecimentos, os meses se passavam. O verão já se anunciava nos ventos de novembro. A chuva, desde outubro, tinha cedido o lugar para os dias claros, permitindo avançar rapidamente na construção da casa de Vela.

O general continuava insistindo em convidá-la para festinhas, mas Lavínia já tinha deixado claramente estabelecido que a relação devia ser mantida no plano profissional. Mediante os conselhos de Sebastián, lhe advertiu – da maneira mais cordial e diplomática – que ou a aceitava profissionalmente ou pediria a outro arquiteto que assumisse sua responsabilidade. Foi um momento tenso e desconfortável, mas finalmente Vela pareceu ceder e diminuiu o ritmo de seus assédios, que agora se mantinham em um nível mais administrável.

Sentada já em sua sala, olhando os contratos com os fornecedores de cortinas e tapetes, reviu de novo mentalmente a tarefa que devia realizar esta noite, o enfoque que teria de usar para convencer Adrián de que desse sua colaboração ao Movimento.

Quase tinha esquecido que, em uma época (agora lhe parecia tão distante!), Adrián falava frequentemente do Movimento, citando-o com respeito e uma calada admiração. Foi ele quem lhe deu as primeiras explicações sobre seus objetivos nos dias do processo contra o diretor do presídio A Concórdia, quando ela os chamava de suicidas heroicos.

Sebastián se lembrou.

"Houve várias tentativas de nos aproximarmos dele na universidade", disse, "mas só levaram a cabo de uma maneira muito preliminar. Depois, terminou seus estudos e perdemos seu paradeiro".

Na vertiginosidade dos acontecimentos que a levaram a se envolver, Lavínia simplesmente tinha deixado de lado os comentários de Adrián. "Seu esquecimento era interessante", pensava, "principalmente agora que se lembrava de conversas nas quais Adrián falava de episódios escutados nas universidades sobre 'os rapazes'". Sem dúvida, ela estava tão alheia àquilo, naquela época, que nem prestara atenção ao que ele dizia.

O dia que mencionou o nome de Adrián para Sebastián, inclusive num comentário sobre a gravidez de Sara, ele perguntou o sobrenome e, quando Lavínia disse "Linares", disse um "ah, é?" consigo mesmo. Na semana passada, Sebastián a tinha submetido a um interrogatório sobre o que Adrián fazia, como vivia, o que pensava. Tentou ser justa. Sobre suas inclinações políticas, anotou os comentários positivos que ele costumava fazer sobre o Movimento, embora na prática se mostrasse tão apegado a se manter à margem, a conservar o *status quo*. "É como Julián", afirmou Lavínia, "não tem esperança". Disse que, tanto com Sara quanto com ele, evitava conversar sobre assuntos que os levassem para o campo da política. Afinal, eles eram seu vínculo com o mundo social. Teria sido difícil conservar a congruência entre a personalidade de *socialite* e a manifestação de sua nova consciência que, sem dúvida, despontaria no calor das discussões.

Adrián ficava preocupado pelo que considerava sua instabilidade. Sua preocupação era compreensível, aceitou Lavínia. Ele a vira passar por uma rebelião aparente, quando deixou a casa paterna, os clubes e tudo o mais, para a volta ao círculo social de festas e compromissos. A mudança o deixou intrigado. Não o convencia.

Para sua surpresa, Sebastián observou que devia fazer a colocação a Adrián de que colaborava com o Movimento sem muitos rodeios. "Ele sabe do que se trata", disse, enquanto contava para ela o episódio da universidade.

Não tinha claro o que significava dizer para ele "sem muitos rodeios", pensou Lavínia, enquanto arrumava papéis sobre a mesa. Imaginava o assombro de Adrián quando ela, a instável, o abordasse, e isso lhe produzia um sentimento íntimo de satisfação. Mesmo assim, estava preocupada com a maneira como ele pudesse reagir. Adrián tinha o estranho costume de fazê-la se sentir insegura, mal consigo mesma. Nunca conseguiu enfrentar com sucesso sua ironia e seu cinismo. Teve medo de ouvi-lo fazer troça de que o Movimento recrutasse gente como ela; ou comentários sarcásticos nessa linha, mexendo com suas inseguranças, a delicada linha quebradiça dessa identidade nascendo dentro dela, que ainda reconhecia como difusa. Apesar da aceitação que o Movimento lhe oferecia, não deixava de sentir sua classe como um fardo do qual teria gostado de se libertar de uma vez por todas. Parecia a ela uma culpa sem perdão; uma fronteira que talvez só uma morte heroica pudesse esvaecer totalmente.

Nas festas e reuniões sociais a que tinha comparecido, obedientemente, nos últimos meses, encontrou mais que justificadas razões para a existência dessa fronteira. Era detestável, a enfurecia, o comportamento prepotente e paternalista da sociedade dos endinheirados e poderosos, indiferentes à injustiça diária que os rodeava, enquanto viviam despreocupadamente seus privilégios. Com frequência ela sentia que os odiava talvez até mais que os próprios companheiros, justo por conhecê-los intimamente, por adivinhar suas motivações como se estivessem soletradas com clareza. Nada escapava a ela; até quem fingia honestidade e preocupação pelas circunstâncias que os rodeavam, conseguia ler o gesto de piedade e desprezo pelos que não pertenciam a esses círculos de esplendor.

O terrível era não poder se separar totalmente disso, dos anos em que para ela as coisas também foram "naturalmente" assim; ter de aceitar a carga de uma identidade contaminada. Temia ver emergir, para seu espanto, o legado de antepassados "ilustres" e se encontrar com atitudes detestáveis dentro de si.

Tomada por esses pensamentos que inevitavelmente a deprimiam, ocupou-se o dia inteiro de assuntos de trabalho e, à tarde, foi para a casa de Adrián e Sara. Atravessou as ruas tentando levantar o ânimo decaído. Lembrou-se, para se consolar, da história de homens e mulheres que tinham saído também de meios privilegiados, que tinham dado com sucesso a virada para a dimensão do futuro. "Talvez sua angústia em ser aceita tivesse origem na sua infância", pensou; não tinha nenhuma relação com o Movimento. Talvez o Movimento representasse agora a mãe e o pai cujo amor sempre tentou ter, cuja aceitação tinha sido para ela tão essencial talvez por estar tão dolorosamente ausente. Sem a tia Inês, lhe teria sido negada toda aceitação, ou, paradoxalmente, talvez o desejo da tia Inês de assumi-la como filha tivesse fabricado a distância e o ressentimento de seus pais. Quem sabe? Não havia nada a fazer além de lutar contra esses fantasmas inconscientes do passado! Sua vida estava agora nas mãos dela. Não servia de nada encontrar culpados no pálido tribunal da tarde dissolvendo-se em sombras.

As luzes dos postes públicos começavam a se acender na rua de Adrián e Sara. Estacionou o carro na rampa da garagem, atrás do carro de Adrián, e caminhou devagar até a porta, ainda insegura sobre o enfoque com que devia abordar o assunto. Somente enquanto a campainha tocava no interior da casa, reagiu com um sobressalto por não ter se dado conta da presença de Sara.

Encontrou-os jantando. Desde sua gravidez, Sara mostrava uma expressão beatífica, como se tivesse encontrado no embrião que crescia em seu interior uma milagrosa fonte de paz e sossego. Seu corpo adquiria volume, expandindo-se em linhas curvas e suaves. Lavínia não conseguia evitar, toda vez que a via, sentir um profundo calor em seu ventre, um desejo quase animal de gravidez e uma onda de ternura.

— Como vai esta barriga? – disse, dando palminhas na barriga e um beijo na bochecha de Sara.

— Crescendo... veja só – disse Sara, mostrando-a com orgulho, puxando o vestido sobre a barriga.

De fato, tinha crescido significativamente. Já eram evidentes seus cinco meses de gravidez.

Lavínia cumprimentou Adrián e se sentou à mesa.

Os três comeram entre espaços de silêncio interrompidos de vez em quando por comentários sobre a proximidade de dezembro, o Natal, o estado de Sara. Conversa trivial entre amigos. Lavínia custava a se concentrar, preocupada em encontrar a maneira de ficar a sós com Adrián.

— Adrián – disse com súbita inspiração –, preciso, depois de jantar, lhe fazer umas consultas sobre o projeto em que estou trabalhando.

— A casa do general? – indagou Adrián, com um sorriso irônico.

— Essa mesma.

— Seria um prazer.

— Tem papéis de desenho aqui? – Se conseguisse levar Adrián até o estúdio, teria resolvido o problema.

— Sim, claro. No estúdio.

— Você se incomoda, Sara, se trabalharmos um pouco no estúdio?

— Não, não se preocupem. Se não se importam, vou me deitar. Estou com sono. Com essa barriga, sempre estou com sono – disse, contendo um bocejo.

— Virou um bicho-preguiça – provocou Adrián, carinhosamente. – Deveria procurar uma caverna para hibernar como um urso até que a criança nasça.

Riram todos jovialmente. Lavínia, aliviada por ter encontrado com tanta facilidade uma solução para o "onde", voltou sua preocupação para o "como".

Instantes depois, acabaram de jantar. Sara disse à empregada que servisse café para Lavínia e Adrián no estúdio e se despediu de ambos com um beijo.

"Sem rodeios", tinha dito Sebastián. A expressão se repetia vez ou outra em sua mente.

Entraram no estúdio. Era um quarto pequeno e acolhedor, arrumado com amor por Sara, logicamente. Os diplomas e títulos de engenharia de Adrián ocupavam uma das paredes. Na outra, havia ilustrações emolduradas de plantas antigas, usadas pelos espanhóis durante a colônia para a construção de suas cidades. Atrás da mesa de desenho de Adrián, uma estante com livros e fotos do casamento. No centro do quarto, dois confortáveis sofás e uma mesinha onde a empregada colocou a bandeja com o café, saindo depois pela porta.

Adrián ligou o ar-condicionado, enquanto Lavínia servia elegantemente o café nas pequenas xícaras de porcelana.

— Fez um bom acerto com esse matrimônio – disse Lavínia, em tom de brincadeira.

— Fiz, não fiz? – disse Adrián. – Não há nada melhor na vida do que ser senhor de sua casa e ter uma boa mulher.

— Já começou...

— Bem, já sabe que entre nós dois é como uma conversa obrigatória. Como sempre tocamos no assunto, e tudo bem abordá-lo logo de cara. – Adrián sorriu.

— Acho que desta vez não vamos falar sobre isso – disse Lavínia.

— Sim, já sei. Vamos falar da casa do general Vela. Prometo não ser sarcástico, embora você já saiba o que acho.

— Acho a mesma coisa que você. Minha primeira reação foi me negar a fazer o projeto da casa.

— Então por que fez?

— Porque há pessoas que consideraram importante eu fazer – explicou Lavínia, jogando sobre si mesma um véu de mistério, pensando que a abordagem seria mais fácil do que imaginou, desfrutando.

— Claro. Com certeza, Julián considerou importantíssimo!

— Não estou falando de Julián. Estou me referindo ao Movimento de Libertação Nacional.

— E o que você tem a ver com o Movimento? – questionou Adrián, pego totalmente de surpresa.

— Faz meses que estou trabalhando com eles – respondeu Lavínia, séria.

— Ah, menina... Sabia que você ia se meter em problemas!

— Não são problemas, Adrián. Você dizia que eram as únicas pessoas sérias, os únicos consequentes – apontou, ligeiramente sarcástica.

— E continuo achando isso, mas você... não foi feita para esse tipo de coisa. É muito romântica, ingênua, não mede o perigo. Com certeza, acha uma grande aventura.

— Talvez tenha sido assim no começo. Mas agora é diferente. Não pode negar que a vida ensina.

— Não, não nego. E você é uma mulher sensível, mas não sei...

— Bem, não vamos esquentar a cabeça comigo agora. Os companheiros me encarregaram de pedir sua colaboração. Dizem que eram meio próximos de você na universidade e que, embora ali não pudessem ter concretizado nada, queriam saber se ainda está disposto a colaborar.

Adrián apoiou a cabeça no encosto da cadeira e ficou em silêncio. Lavínia tirou um cigarro, acendeu e expeliu uma densa baforada de fumaça, sem olhar para ele, dando tempo para a reflexão.

— Então contaram para você sobre a universidade? – disse, finalmente, inclinando-se para dar um gole no café, olhando para ela.

— Contaram.

— Foram só flertes, só isso, aproximações – disse, se recostando na cadeira. – Naquela época, todos colaborávamos imprimindo panfletos clandestinos e os distribuindo. Depois, a gente saía da universidade e tinha que começar a pensar no estômago. Ganhar dinheiro, se estabilizar, casar... Os sonhos são deixados para trás. Você se torna mais realista. – Ele olhou fixamente para ela.

— Mas devemos acreditar nos sonhos, Adrián – argumentou, suavemente. – Não podemos nos deixar vencer pelo espanto da realidade. Quer que seu filho cresça e viva neste ambiente? Não quer uma mudança para ele? Quer que, como nós, também tenha que reclamar que seus pais não fizeram nada para mudar esse estado de coisas?

— O que não quero, Lavínia, é que o meu filho seja órfão. Quero estar ao lado de Sara para criá-lo e lhe dar tudo de que precise...

— Todos gostaríamos disso, Adrián. Não acha que eu não gostaria de ter um filho também?

— Mas você não tem.

— Mas gostaria de ter um dia, em outras circunstâncias.

— Parabéns pelo planejamento. Minha realidade é que Sara está grávida.

— Mas isso não pode ser um impedimento, Adrián. Pelo contrário, com muita razão você deveria ajudar...

Adrián se levantou. Caminhou até a mesa de desenho e, nervoso, começou a arrumar lápis, borrachas e réguas que já estavam arrumados.

— E o que é que querem que eu faça? – quis saber ele.

— Não é nada de mais – disse Lavínia. – Só precisam que você empreste seu carro várias noites neste próximo mês.

— Sabe o que isso significa? – retrucou Adrián, nervoso, se aproximando de Lavínia. – Que, se pegam alguém com meu carro, é o fim. Vou preso na hora.

— Pediram para lhe dizer que só pessoas limpas, ninguém queimado, dirigiriam o carro. Também queriam saber se podiam esconder algumas armas na sua casa.

— Aí não. Não, de nenhuma maneira – disse Adrián. – Posso assumir riscos que envolvam só a mim, mas guardar armas aqui significa envolver Sara, nem pensar. Não quero nem pensar no que poderia acontecer. Você percebe? – acrescentou, exaltado. – Esse é o problema com vocês. Depois que você começa a colaborar, antes que possa se arrepender, já está comprometido em assuntos mais delicados e perigosos.

— Está bem, está bem, acalme-se – disse Lavínia, agradecendo o "vocês". – Como estão limpos, pensamos que a casa poderia ser um bom esconderijo. Eu pensei isso, para ser sincera.

— Esse é o seu problema. Não pensa o suficiente. Não se dá conta de quem está enfrentando. Você nunca sentiu a repressão de perto! Acha que isso é igual a um filme! Eu, sim, vi na universidade como levavam companheiros, por muito menos que isso, e nunca mais voltávamos a vê-los. Desapareciam! Como se nunca tivessem existido!

— Não se altere, Adrián – disse Lavínia, tentando não se irritar, fazer com que não levassem para o pessoal, procurando as palavras que não o afetassem, não o magoassem. – Esquece o assunto das armas. Só me diz se pode emprestar o carro.

— Como é isso de dirigir o carro?

— "Isso" é que seu carro não vai ser usado para coisas perigosas. Vão usá-lo para transportar gente. O risco é mínimo. Só temos que tirar uma cópia da chave. Vou entregar essa cópia para uma pessoa. Três vezes por semana, você vai deixar o carro estacionado em determinado lugar, alguém vai pegá-lo lá e vai deixar o carro aqui na sua casa mais tarde.

— E como explico isso para Sara?

— Se quiser, eu explico – sugeriu Lavínia, aliviada.

Pelo andar da carruagem, tinha pensado que Adrián ia negar.

— Não. Não vamos dizer nada a ela. Prefiro que não saiba de nada. É mais seguro para ela.

— Pessoalmente, acho que seria melhor contar a ela, mas você que sabe.

— Não vou contar. Definitivamente não vou lhe dizer nada. Não convém, com a gravidez, que ela fique nervosa. Vou ver que desculpa vou inventar sobre o carro.

Esta foi a vez de Lavínia se recostar no sofá. Acendeu em silêncio mais um cigarro. Olhou para o relógio. Eram nove horas da noite.

— Vou embora – disse Lavínia. – Ficou um pouco tarde. Sara deve estar preocupada, se não dormiu... Agradeço em nome do Movimento.

— Não seja tão formal...

— Não é formalidade. Não imagina como foi difícil conseguir carros, colaboradores, nesses últimos dias.

Levantou-se extremamente cansada, exausta pelo esforço de contemplar a luta interna de Adrián; senti-lo fraco e ao mesmo tempo compreendê-lo.

— Olho para você e ainda me parece inacreditável pensar que anda metida nessas coisas – admitiu Adrián, acompanhando-a até a porta, pondo a mão em seu ombro. – Por favor, cuide-se. É muito perigoso.

— Eu sei – disse Lavínia. – Não se preocupe, que eu sei.

— O Grão-General está frenético com o que está acontecendo na montanha, e essa luta para dominar negócios na cidade está lhe custando a ira das empresas privadas. Não creio que possa medir o custo de seus impulsos corretamente. Mas alguma intuição deve ter. Reparou no aumento do patrulhamento?

— Sim, sim. Claro que reparei, mas tenho uma boa cobertura. O general Vela, pelo menos, não suspeita de mim.

— Não tenha tanta certeza. De qualquer maneira, se suspeitasse, você não perceberia. É perito em antiguerrilha.

Despediu-se de Adrián. A noite estava escura, sem lua. As estrelas visíveis não chegavam a iluminar as sombras. As luzes de neon tinham sido apagadas. A rua em penumbras tinha um ar pesado. Os carros pareciam estranhos e abandonados animais antediluvianos. Sentiu medo. Fazia muito tempo que não experimentava o afiado terror dos primeiros tempos, mas a conversa com Adrián pareceu reviver os antigos temores. Nos últimos meses, ao escutar os relatórios sobre a repressão aos camponeses por parte de Sebastián e Felipe, o sentimento que predominava era a raiva, e a coragem que a impulsionava em suas tarefas cotidianas. Com a perspectiva dos assédios que os companheiros nas montanhas viviam, os riscos que corriam na cidade pareciam pequenos e irrelevantes. Além disso, nesses dias a atividade política na capital era reduzida. O Movimento parecia ter se escondido. Pouco a pouco, Lavínia acumulava certezas de que um grande golpe estava sendo arquitetado. Só isso podia explicar a atividade secreta e desenfreada da qual era testemunha: uma atividade imperceptível para os que passavam a vida alheios ao mundo subterrâneo da clandestinidade.

Apesar de Sebastián evitar suas perguntas dessa natureza, interrogava-a constantemente nos últimos dias, pedindo sua opinião sobre a possível reação do Exército e seu poder perante uma ação "audaz" que o Movimento pudesse realizar. Por trechos de comentários e insinuações, ela suspeitava de um sequestro, mas Felipe negava essa possibilidade toda vez. "Em um sequestro, a ação acabava se concentrando em indivíduos", dizia, "e nós queremos generalizar a luta".

A ação audaz, qualquer que fosse, desataria, sem dúvida, uma asfixiante onda de repressão. A própria inatividade, o silêncio do Movimento nos últimos meses, devia ter deixado o Exército preocupado, ainda que pensassem que o peso de suas ações estava se concentrando nas montanhas onde os conflitos aumentavam. "Os companheiros estão fazendo um esforço heroico", dizia Sebastián. "Estão mantendo o Exército ocupado, quase sem armas, sem munições, à custa de um grande sacrifício."

Mas a afirmação de Adrián era correta, o patrulhamento tinha aumentado. Várias vezes por dia e à noite, jipes verdes com soldados de capacete e metralhadoras, patrulhavam a cidade. Eram os famosos FLAT. A população, por sua vez, dir-se-ia que aguardava, armazenando energias para se lançar novamente, desafiante, nas ruas, para queimar pneus e virar ônibus.

A tensão do ambiente adquiriu um poder quase físico, enquanto dirigia o automóvel pelas ruas silenciosas e escuras, entregue a suas reflexões.

Normalmente, ocupada com suas tarefas cotidianas, não percebia o ar pesado ao seu redor. Não sentia medo. Não sentia isso que agora lhe dava um frio na espinha enquanto somava os retalhos de informação guardados em sua memória, unia as peças do quebra-cabeça, tirava suas conclusões.

O perigo rondava, apesar dos mecanismos de defesa que a impediam de intuir a difusa claridade do que estava por vir e lhe permitiam passar os dias como uma libélula atarefada, sem tempo para o temor.

"O medo não tinha conseguido paralisá-la embora talvez", pensou, "ainda gozasse da noção inconsciente, que despontou em sua infância, de que os seres como ela usufruíssem de uma proteção especial no mundo; não lhes correspondia a prisão, nem a morte". "Privilégios, outra vez", disse para si mesma.

Como Flor dissera certa vez, não lhe cairia mal um grau de paranoia. "Um grau de paranoia era saudável."

Exalou o ar dos pulmões, tentando relaxar. Estava contente com o saldo de sua reunião com Adrián. Ao se despedir, ele a tinha abraçado com carinho e preocupação. Não era uma má pessoa. Talvez agora pudessem ser realmente amigos.

Encontrou Felipe em seu quarto. Havia uma mala na cama. Punha nela roupas e livros.

— Aonde você vai? – perguntou ela, colocando a bolsa em cima da cadeira, sentindo o sobressalto da premonição.

— Não se assuste – disse Felipe, vendo como ela empalidecia. – Não vou a lugar algum.

— Mas e essa mala? O que significa?

— Bem, de certa forma, vou embora parcialmente.

— Pare com essas charadas – disse Lavínia, nervosa, procurando um cigarro.

— Você anda fumando muito – alertou Felipe. – Não faz bem para a saúde.

— Deixe que eu me preocupo com a minha saúde, está bem? Explique isso de que você vai embora parcialmente – disse, aproximando-se para olhar o interior da mala.

— Significa que, para a sua segurança e a minha, consideramos inconveniente que eu praticamente more na sua casa. É melhor, pelas aparências, que nos distanciemos um pouco. Deveríamos ter feito isso já faz um bom tempo. Embora eu não esteja tão queimado, também não estou tão limpo. E, ultimamente, a vigilância aumentou. Nós confiamos na sua cobertura. Pessoas como você não costumam ser investigadas, mas, a esta altura, não podemos correr nenhum risco. A verdade é que estivemos nos movendo um pouco temerariamente. Não é correto. Devemos aumentar as medidas de segurança. Podemos estragar tudo.

— E por que agora? O que vai ser estragado?

— Lavínia, por favor. Não percebeu que estamos trabalhando em uma coisa?...

— Sim, claro que percebi, mas... O que é, Felipe? Diga o que é. Acho que tenho o direito de saber.

— Não é um assunto de direito. É um assunto de segurança. Era inevitável que você percebesse que algo vai acontecer. Mas, quanto menos você souber, melhor. Melhor para você e melhor para todos. Nenhum de nós deve saber mais do que o estritamente relativo ao trabalho que está realizando.

— Tem a ver com Vela, não é? Vão sequestrar Vela? – disse Lavínia, empacada.

— Não – disse Felipe –, não tem a ver com Vela, juro. Vela foi um projeto inicial, mas já descartamos.

— Então por que Sebastián continua insistindo que a casa deve ficar pronta em dezembro?

— Para desinformar você – disse Felipe. – E eu não deveria lhe contar isso. Conto porque gosto de você, pela relação que existe entre nós dois, mas não devia. Nem pense em comentar com Sebastián. Tem que continuar trabalhando e seguindo as orientações dele. Isso é entre mim e você, para que fique tranquila. Repito que não deveria ter lhe dito nada, mas não quero que continue se preocupando sem necessidade.

Lavínia se sentou na poltrona e apagou o cigarro com a sola do sapato.

— Então não vou mais ver você – disse, quase resignada, vencida pela confidência de Felipe.

— Sim, você vai me ver. Vai me ver no escritório. De vez em quando, poderei vir aqui. Também poderemos nos ver em outro lugar, tomando as medidas de segurança adequadas. Mas não posso continuar fazendo o que ando fazendo e voltar sempre para esta casa. Se sou detectado e me seguem até aqui, seria fatal.

— Mas não acha que já não sabem do seu vínculo comigo?

— É possível que já, mas até agora não podiam detectar muito através de mim. No futuro, isso vai mudar. Já está mudando. Por isso não devemos continuar como se nada estivesse acontecendo.

— E você vai embora já? – disse Lavínia, sofrida, sentindo-se cada vez mais cansada, com vontade de dormir e não acordar.

— Sim. Daqui a meia hora vão vir me buscar.

— Tem certeza de que não está me enganando, Felipe? Você não vai passar para a clandestinidade, como Flor?

— Não, Lavínia. Acredite no que eu disse. Se fosse virar clandestino, eu diria.

Aproximou-se da poltrona, pegou-a pela mão até que os dois estivessem de pé e ele pudesse abraçá-la. Lavínia fechou os olhos e se deixou abraçar. Aspirou o cheiro do peito, da camisa de Felipe, e começou a chorar em silêncio.

— Estou com medo – admitiu.

— Não fique assim – murmurou Felipe, apertando-a contra seu peito. – Tudo vai dar certo. Você vai ver.

— Não quero ficar sozinha.

— Você não vai ficar sozinha, Lavínia. Vamos continuar nos vendo.

— Não vai ser a mesma coisa...

— Por um tempo – disse Felipe, passando a mão pelo cabelo dela, consolando-a.

— Estou com medo – repetiu, apertando-se contra Felipe, escutando o palpitar de seu coração, invadida de repente por um desejo irracional de retê-lo, temendo que aquele coração se detivesse, tocando a pele de Felipe, os músculos do braço, essa carne que uma bala podia deixar inerte, surda e muda para suas carícias.

Fechou os olhos com força para tentar sentir a visão de Felipe outra vez na sua casa, um dia não muito distante: tentar se ver com ele, lendo um ao lado do outro na noite plácida. Nada. A visão não aparecia. Desde criança imaginava que tinha o poder de se ver no futuro. Quando algo incerto lhe acontecia, costumava fechar os olhos e se concentrar para comprovar se conseguia se ver além do presente. Ver-se, por exemplo, no avião pousando (tinha medo de voar). Se conseguisse ter a visão, se acalmava. Era sua maneira de saber que tudo ia correr bem, que chegaria sem problemas. Sempre funcionava. Tinha se visto numerosas vezes. Agora não via nada.

— Não te vejo – disse, aumentando o choro, tentando controlar os soluços que pareciam surgir de fora do tórax, de fora dela mesma, ir de uma angústia mais larga que o reduzido espaço de seu peito.

— Como não me vê? – questionou Felipe, com delicadeza. – Estou aqui.

— Você não entende – disse Lavínia. – Não te vejo no futuro. Não nos vejo juntos.

— Ninguém pode ver o futuro – disse Felipe, afastando-a um pouco, olhando para ela, com ternura.

Lavínia cobriu os olhos e chorou mais forte.

—Vamos, vamos – disse Felipe. – Não seja trágica. Deve ser forte e otimista. Não podemos nos deixar dominar pela tristeza e pelo pessimismo. Precisamos confiar que tudo dará certo. Não é bom deixar o medo correr solto. Devemos ter confiança.

Sim. Devia ter confiança. Não podia deixar Felipe ir embora sob o dilúvio de seu desespero. Tinha de ser forte. Respirou fundo. Não podia dar crédito a recursos infantis e mágicos. Recursos imaginários. Dobrar-se perante premonições funestas. Era o seu medo. Era só isso.

— Você tem razão – disse –, tem razão. Eu já vou me acalmar.

Respirou fundo uma e outra vez. Tudo daria certo. Felipe não ia ser clandestino. Amanhã o veria no escritório. Foi se acalmando aos poucos.

Entrou no banheiro para pegar papel higiênico para assoar o nariz, enxugar as lágrimas. Felipe lhe trouxe um copo de água.

— Como foi com Adrián? – perguntou quando ela, sentada na cama, com o copo de água na mão, já tinha parado de chorar.

— Acho que bem – contou ela. – Custei a convencê-lo, mas ele finalmente aceitou emprestar o carro. Perguntei a ele se podíamos guardar armas em sua casa, mas ele disse que isso era impossível.

— Imagino – disse Felipe –, mas conseguimos alguma coisa.

— Disse que não podia porque Sara está grávida e a colocaria em perigo.

— É normal, não o culpo.

Ele foi embora pouco depois. O silêncio da casa a cercou, denso e pegajoso. Não apagou as luzes. Deixou-as acesas como se assim impedisse que os pensamentos sombrios aparecessem assaltando suas lágrimas obstinadas depois que Felipe desapareceu pela porta.

22

O tempo, esse deus brincalhão, "isso" que nossos astrólogos procuravam dias e noites inteiros nas montanhas, observando com cuidado o movimento dos astros, a cúpula estrelada que nos cercava desde então, insondável e infinita, faz suas espirais. O destino tece suas redes. Ele está no vórtice do verdor da vida. Tem cuidado das coisas da terra. Huehuetlatolli cantava assim:

> *Tenha cuidado com as coisas da terra*
> *Faz algo: corta lenha, lavra a terra, planta árvores, colhe frutos.*
> *Terás o que comer, o que beber, o que vestir.*
> *Com isso estarás de pé.*
> *Serás verdadeiro.*
> *Com isso se falará de ti.*
> *Serás louvado.*
> *Com isso serás conhecido.*

Neste novo mundo, as coisas simples dão lugar a complexas relações.
  Ela não teve batalhas de lanças. Batalhou com o próprio coração até ficar exausta; até ver sua paisagem interior sacudida por centenas

de vulcões; até ver novos rios surgirem, lagos, cidades tenuamente desenhadas. Eu, habitante calada de seu corpo, vejo-a dirigir construções, sólidos cimentos de sua substância. Agora está de pé e avança irremediavelmente para ali onde seu sangue encontrará sua quietude.

* * *

— Tenho uma surpresa para você – dizia Sebastián, por telefone, no dia seguinte.

Na mesa de Lavínia, no meio da manhã, o Sol rompia o céu iluminando as montanhas distantes pela janela. Sentia-se melhor.

Na noite anterior, as lágrimas tinham sido vencidas pelo cansaço espesso que a embalou num sono profundo. Tinha dormido inconscientemente até tarde. Chegou ao escritório quase às dez da manhã.

— Boa ou ruim?

— Boa, boa, claro – disse Sebastián –, mas não quero lhe contar por telefone. Espero você na casa da minha tia. – A tia era um endereço determinado; outros endereços eram "os primos", a "madeira", simples senhas clandestinas. – Venha me buscar às cinco da tarde. – Às cinco eram às seis.

— Está bem. Até logo.

Não conseguia imaginar que surpresa "boa" Sebastián podia ter para ela. Seria algo relacionado a Felipe?, perguntou-se. Achava que não. A decisão do deslocamento de Felipe era correta. Se ele tinha que realizar missões delicadas, era melhor que se distanciassem.

Lembrou-se da noite anterior e de sua reação desesperada. A lembrança de seu medo ainda lhe doía no estômago. Certamente tinha sido produto da conversa com Adrián, suas reflexões posteriores no carro, o cansaço. Estava envergonhada por ter se comportado de maneira tão melodramática. Mas estava triste. Seria difícil se acostumar com a ausência de Felipe. Ela o vira chegar ao escritório. Dócil e amável, perguntou se tinha dormido. Estava preocupado com ela. Tranquilizou-o, fingindo a compreensão e inteireza que teria gostado de ter, se desculpando por sua primeira reação, justificando-a com o cansaço, a tensão com Adrián, a surpresa de encontrá-lo fazendo a mala.

Como de costume, Lavínia chegou cedo demais ao encontro. A "tia" era uma esquina pouco frequentada na avenida que corria paralela ao muro do cemitério central. Havia uma amendoeira grande na qual Sebastián podia se apoiar enquanto esperava, mordendo as amêndoas maduras que recolhia do chão.

Passou a primeira vez três minutos antes da hora indicada. A locutora da Rádio Relógio, com a monotonia habitual, anunciava: "São dezessete horas e cinquenta e sete minutos." Uma mulher caminhava pela calçada, quando ela virou a esquina para fazer a volta que faria com que ela regressasse para a amendoeira às "dezoito horas em ponto".

Pensou, enquanto se afastava, que sua mente tinha registrado alguma coisa quando passou. Tentou projetar uma imagem visual do lugar, procurando um registro quase imperceptível. Foi só quando vinha pela avenida, na hora certa, ao ver a mulher encostada na árvore, mordendo amêndoas como Sebastián fazia, que se deu conta de ter percebido um ar estranhamente familiar na figura que minutos antes, ao dobrar a esquina, tinha visto andando pela rua, caminhando para o lugar onde agora a esperava.

Era Flor.

Lavínia a viu sorrir, entrar no carro. Sentiu sua mão estendida com a pequena amêndoa madura e rosada.

— Trouxe um presente para você – disse Flor, enquanto ela, ainda incrédula, lacrimejando um pouco, pegava a pequena fruta em sua mão, sentindo aquela vontade tresloucada de chorar.

Abraçaram-se, e Lavínia gemeu um soluço entrecortado. Flor a afastou suavemente.

— Não chore, menininha. Não podemos parar aqui – advertiu Flor. – Vamos, engate a primeira. Preciso que me leve até o caminho dos cafezais. Dê uma mordida na amêndoa. Vai ver que o ácido vai reanimar você.

Obediente, Lavínia pôs a amêndoa entre os dentes, enquanto manobrava para recomeçar a marcha. O gesto simples, a fruta da rua, amorosamente entregue, a presença inesperada de Flor, tinham detonado a carga de fortaleza dos últimos dias. Não podia evitar que as lágrimas grossas continuassem fluindo. Secou as bochechas com o dorso da mão, chupou a amêndoa e respirou fundo, pois o trânsito, os sinais, os veículos atrás e na frente demandavam sua atenção, fechando outra vez o mecanismo de comporta das lágrimas.

— Perdoe-me – disse. – Mas é que esses dias têm sido muito agitados. Ando tensa e não sei o que aconteceu quando vi você.

— Não se preocupe – disse Flor. – Em dias como estes, quando se anda com tantas coisas presas, o menor dos gestos pode desatar o dilúvio. Mas que enorme alegria ver você! – acrescentou, dando um tapinha carinhoso em sua mão.

— Nunca imaginei que a surpresa fosse ser essa! – confessou Lavínia, exalando o ar dos pulmões. – Superou minhas expectativas. Incrível. Sebastián é um mágico fazendo truques.

— E você não teve problemas em me reconhecer, não é? Agora que tenho o cabelo curto, castanho?

— Não. Imediatamente a reconheci. Já tinha te visto, sabe? Faz uns três meses que vi você na avenida Central. Estava num carro com um senhor. Foi desconcertante te ver tão perto e não poder te chamar, tocar a buzina, gritar, nada...

— Eu não te vi. Quando ando de carro, tento não olhar para fora.
— E como você está? – disse Lavínia.
— Bem, muito bem. Muito, muito trabalho. Companheiros extraordinários, andar daqui para lá... E você, como anda?
— Também ando com muito trabalho. A casa do general Vela já está quase pronta.
— E como foi naquela primeira entrevista?
— Excelente. Consegui conquistar o general Vela, me esmerando no desenho de seu estúdio privado, um aposento onde sua coleção de armas estará em exibição. Copiei o mecanismo de uma parede giratória da casa de um milionário californiano. Ficou encantado!
— E como é essa parede giratória?
— A parede, aparentemente estática, estará composta de painéis de madeira com pivôs. Isso permitirá que ele decida se quer ter as armas em exibição ou não. É como as paredes secretas que mostram nos filmes. Foi meu trunfo para ganhar a simpatia de Vela. Só Julián, eu e agora você sabemos.
— Ou seja, se não se veem armas na parede, significa que estão do outro lado?
— Sim. Exatamente.
— E como se ativa o mecanismo?
— É muito fácil. Simplesmente se levanta uma chave no extremo da parede, que estará oculta por uma tampa.
— Criativo – disse Flor. – Já vejo por que se saiu tão bem na entrevista...
Ficaram caladas. A distância esgrimia sua presença entre as duas. A noite começava a ficar espessa, apagando as formas das árvores dos lados da estrada. Lavínia dirigia devagar, tentando prolongar a companhia de Flor. O caminho estava tranquilo e rotineiro. Nenhum veículo suspeito pelo espelho retrovisor.

— Vejo que ficou mais precavida – observou Flor, sorrindo, percebendo as constantes olhadas de Lavínia.

— Principalmente nestes últimos tempos. Há tensão no ambiente. O certo é que o patrulhamento se intensificou.

— Aumentaram as operações na montanha e a guarda quer dar impressão de força. Não obstante, a teoria deles é que já estamos destruídos. Quando os "focos de resistência", como eles os chamam, acabarem no norte, acham que nos terão aniquilado totalmente. Nem imaginam que tenhamos capacidade para montar algo na cidade. Nos subestimam.

— O general Vela não se cansa de repetir que "a subversão no país é mínima". Disse isso há pouco tempo em uma coletiva de imprensa.

— É o que diz. Faz bem em aumentar a cautela – disse Flor, assentindo.

— Felipe foi embora da minha casa – contou Lavínia. – Parece que é arriscado o pegarem em alguma atividade suspeita e seguirem uma pista até a minha casa.

— É verdade.

— Eu tinha pensado nisso. Mas não queria que acontecesse, nunca fiz essa colocação. Sempre tenho a impressão de que todos sabem o que fazer, só tenho que esperar que me digam.

— Você está padecendo da excessiva cerimônia dos começos. Acontece com muitos, principalmente quando entramos no Movimento sentindo que não somos ninguém. E a verdade é que leva um tempo para ganhar confiança, a autoridade para dizer e opinar. Quanto a Felipe, nós não achávamos que fosse necessário até agora. A verdade é que, neste país, quando se pertence a uma determinada classe, você é praticamente uma pessoa acima de qualquer suspeita. Nem os líderes da oposição tradicional são muito controlados. Eles têm uma visão muito classista da repressão e da conspiração... acertada, até certo ponto. Com certeza, no futuro isso vai mudar, mas ainda não. Por isso não nos preocupamos tanto. Sua origem não tem só desvantagens! Por outro lado, Felipe não está tão queimado. Teve certo esclarecimento quando deu aulas na universidade, mas eles não levam isso em conta. Consideram que todos os jovens universitários são rebeldes, emotivos. O certo é que seu sistema de segurança parte de premissas que foram válidas por muito tempo, mas que estão mudando em um ritmo mais rápido que as próprias possibilidades de adaptação. Mesmo assim, não convém subestimá-los. Não podemos nos arriscar. Agora menos do que nunca.

Entravam pelo caminho de terra que se separava da estrada principal. Logo teria de deixar Flor.

— Mas quase só falamos de mim. – disse Lavínia. – O que aconteceu com as dúvidas que você tinha?

— Foi mais ou menos o que eu esperava – disse Flor. – Tive de agir com determinação, um pouco como homem, digamos assim, mas a clandestinidade é um espaço de encontro e intimidade. Às vezes, você tem que passar dias trancada em uma casa com outros companheiros e companheiras. Chegamos a nos conhecer muito bem, as defesas pessoais caem. As pessoas falam de seus sonhos e dúvidas. Trabalha-se em silêncio. A maioria das conversas tem a ver com o futuro. Tem sido uma experiência enriquecedora. Tenho mais esperanças que antes.

— E o medo sumiu?

— Administro melhor o medo – disse Flor, sorrindo alegremente. – O medo nunca some totalmente quando você ama a vida e tem que arriscá-la, mas aprende a dominá-lo, a mantê-lo sossegado, a usá-lo quando é necessário. O problema não é ter medo, eu acho, o problema é do que ter medo. Não há lugar para o medo irracional.

Tinham chegado ao caminho das plantações de café. Lavínia parou o carro no lugar de costume.

— Segue um pouco mais – instruiu Flor.

Continuaram em silêncio por mais uns metros até chegar a uma calçada que levava diretamente a um casarão colonial que se via ao fundo, difuso na escuridão.

— Agora, sim – disse Flor. – Fico aqui. Trouxe você até este lugar porque precisa conhecê-lo. Se nos próximos dias surgir algum problema sério, muito sério, por exemplo, se a perseguem, ou tentam capturá-la, e você pode fugir, deve fazer o possível, sem que a detectem, para vir até aqui. Despistá-los. Por outro lado, se for capturada, você tem que guardar a localização deste lugar com sua vida se for necessário. Não a revele sob nenhuma pressão, sob nenhuma tortura. Em nenhum momento.

Assentiu, assumindo também a atitude grave de Flor. Olhou a casa, os arredores que lhe eram familiares, apesar de ser a primeira vez que tinha acesso ao "aqui", onde deixava Sebastián e, nos últimos tempos, outros passageiros misteriosos. Começava a intuir a dimensão do que estava por acontecer. Estas conjecturas ameaçaram deixá-la rígida ao volante, travada pelo medo. Mas Flor estava ao seu lado.

— Provavelmente nos veremos novamente – disse Flor. – Por isso não vamos nos despedir. Lembre-se das medidas de segurança ao pé da letra – acrescentou, descendo do carro.

Viu como ela permanecia ali, observando-a enquanto manobrava o carro para pegar o caminho de volta para a cidade. Viu sua mão estendida em sinal de adeus. A palma branca da mão como um vaga-lume na noite.

**

Flor é "Xotchitl" na nossa língua. Xotchitl faz com que eu me lembre de minha amiga Mimixcoa. Era uma artista no tear. Tecia horas e horas, silenciosa, belos centzontilmatli, mantas multicoloridas que sua mãe vendia nos mercados. No dia do meu signo de água, atl, me deu de presente uma saia e penas para os cabelos, com as quais me enfeitei e comemorei.

Assistimos ao calmeac juntas. Ela estava destinada, por seu caráter grave e doce, a servir aos deuses quando atingisse a idade adulta. Nos parecíamos pouco. Ela sempre parecia saber seu lugar no mundo. Ao contrário, eu resistia às longas horas de trabalhar com o fuso ou de amassar o milho no metlaltl. A cichpochtlatoque, nossa mestre, constantemente me repreendia e, mesmo assim, Mimixcoa – estrela do norte – a amava ternamente. Por estas diferenças, dir-se-ia que deveria existir distância entre as duas. Mas isso não existia. Ela me escutava docemente quando relatava minhas aventuras com Citlalcoatl, aprendendo a usar o arco e flecha. Inclusive me pediu que o ensinasse a usá-lo, mas a primeira vez caiu de bruços e nunca mais voltou a tentar. Seu olhar era profundo como o depósito de água sagrado onde foi oferecida em sacrifício a Quiote-Tláloc, deus das chuvas. Falamos muito aqueles dias antes da cerimônia. Rompeu seu silêncio habitual para me contar seus sonhos mágicos de astros dançantes e sua visão do regresso de Quetzalcoatl, o deus que mais amava e com o qual sonhava se unir, depois que fitasse os olhos de jade de Tláloc, embaixo das águas.

Eu estava triste, e ela compreendia como era triste a separação, pois éramos como irmãs. Mas me animava a dançar minha vida. Cantava versos que diziam: "Toda lua / todo ano / todo dia / todo vento / tudo caminha e passa também. / Também todo sangue chega ao lugar de sua quietude."

Sabia que ia morrer. Não me ver mais, não ver as flores nos campos, o milho dourado, a coloração púrpura dos entardeceres, a entristecia. Mas, por outro lado, estava contente porque viveria com os deuses, acompanharia as deusas-mães, as Cihuateteo, em sua viagem para o lugar onde o sol se põe. Dava-me conselhos sábios. Dizia que sempre me acompanharia. Cada pôr do sol, sei que ela me vê. Via-me antes. Vê-me agora. Zela por mim.

No dia do sacrifício, caminhei com minha mãe entre os guerreiros encarregados da ordem, até o depósito sagrado. Levaram Mimixcoa, junto de outros meninos e donzelas belamente engalanados, aos banhos de vapor para purificá-los. Minha mãe e eu jogamos pom e jades nas águas sagradas.

Os sacerdotes receberam Mimixcoa no nacom, a plataforma dos sacrifícios. Despojaram-na de sua capa de penas e, vestida só com um simples tecido branco, jogaram-na na água. Antes de se perder definitivamente na fonte que sempre emana, olhou para mim longa e docemente. Depois desapareceu. Fiquei ali longo tempo, silenciosa, com minha mãe, rogando aos deuses que a salvassem e a enviassem como mensageira. Mas Mimixcoa não voltou para a superfície, e foi então que eu chorei e gritei, por mais que minha mãe tentasse me acalmar. Não queria que ela se afogasse. Não podia me resignar a entregá-la a Tláloc, que nesse momento a estaria contemplando com seus olhos de jade.

Pouco sabia eu que, anos depois, Tláloc me receberia em seu seio, me enviaria para povoar jardins, para esta árvore onde agora habito, na qual sinto saudades da minha amiga Mimixcoa.

23

Parou na frente da construção. A casa do general Vela já estava pronta. Uma multidão de homens se movia ao redor da nova edificação, desalojando o terreno circundante dos vestígios do trabalho. O caminhão da empreiteira transportava sobras de madeira, cimento, grandes latas de tinta.

Outro grupo de operários desmantelava o abrigo que tinha servido de escritório para os supervisores e mestres de obras. Ali, Lavínia tinha passado numerosas horas nos últimos meses, com o engenheiro Rizo e seu Romano, com Julián e Fito.

Era o dia 15 de dezembro de 1973. O calendário de trabalho tinha sido cumprido com precisão suíça.

A casa, já construída, ocupava uma área de 6.500 metros quadrados de construção, distribuídos em quatro níveis, ao estilo de terraços babilônicos, com grandes janelões nos três níveis superiores.

As áreas sociais mais importantes – as variadas salas solicitadas pela sra. Vela, a sala de jantar e a sala de música do general contavam com vista panorâmica. Só o dormitório gigantesco dos donos da casa, o estúdio privado, os quartos das crianças e da cunhada, tinham sido dispostos no interior da casa, por medo de ladrões e atentados.

A área de serviço ocupava o quarto nível. Lá não havia janelões, mas Lavínia conseguiu instalar amplas janelas com venezianas, que, apesar de tudo, permitiam uma certa contemplação e uma boa ventilação.

Todas as paredes interiores foram pintadas de branco, combinando com os pisos de cerâmica, correspondentes a jardins interiores.

Apesar do mau gosto dos donos, a casa era uma bela obra arquitetônica. Parecia pendurada no abrupto declive do terreno. Seu interior espaçoso era claro, com múltiplos espaços de luz e ambientes fluidos para o trânsito de seus habitantes.

A decoração ostentosa era o que incomodava Lavínia. Foi impossível conseguir que a sra. Vela concordasse em confiar a construção de móveis a carpinteiros nacionais. Só o numeroso mobiliário embutido foi construído localmente; os móveis de sala, de dormitório, da sala de jantar, os tapetes, cortinas e acessórios, todo o resto, foi trazido de Miami. As duas irmãs passaram os últimos dois meses viajando constantemente, fascinadas com as lojas da Flórida, remetendo de avião almofadões de flores, candelabros de cristal, jarrões e jardineiras de bronze, mantas de arabescos, poltronas de *rattan*, cadeiras plásticas e guarda-sóis de piscina.

Mas do exterior, onde estava Lavínia, a casa era um prazer visual, uma harmônico ninho de águias no alto da colina. A paisagem, sua amada paisagem, se entregava indiscriminada aos habitantes sórdidos daquele palacete através dos limpos cristais de suas janelas.

"Algum dia recuperaremos isto", disse para si. Algum dia, com esperança, aquela casa seria sede de uma escola de artes ou estaria habitada por pessoas sensíveis cujo coração se harmonizaria com a beleza circundante.

— Parece mentira, não é? – disse a voz da srta. Montes atrás dela.

— A senhorita me assustou – disse Lavínia, recompondo-se do sobressalto. – Não a escutei chegar.

— A senhorita estava totalmente absorta – disse Azucena. – Minha irmã e eu chegamos faz um instante. Ela está lá dentro. Trouxe os jardineiros para começar a arrumação dos jardins interiores. Trouxemos muitíssimas plantas de Miami. Também vão arrumar os jardins de fora. A casa deve estar pronta, com jardins e tudo, no dia 20 de dezembro. Faremos a inauguração nesse dia. Será a primeira grande festa da temporada natalina.

— Em só cinco dias? – perguntou Lavínia, surpresa.

— No começo, pensávamos em fazer a inauguração no Ano-Novo, mas o Grão-General não vai estar no país. Vai passar as festas de fim de ano na Suíça, em St. Moritz, então decidimos adiantar a festa. Por isso compramos a grama como se fosse tapete e muitas plantas em Miami. Só precisa estendê-la. Já vai ver que maravilha!

— Imagino – disse Lavínia, pensando na quantia que gastaram no transporte e que o general Vela não lhe tinha dito nada sobre o adiantamento da data. Quase não o via ultimamente. Passava a maior parte do tempo na região norte.

— Vai vir à festa, não vai? A senhorita é a convidada de honra.

— Claro, claro que vou – respondeu Lavínia. – E o general, quando volta?

— Creio que amanhã. A senhorita sabe como o coitado tem ido e vindo do norte. Ainda bem que minha irmã também esteve viajando. Sempre fica muito angustiada quando

365

ele tem que sair nessas missões. Esses subversivos são terríveis... e o odeiam, sabia? Várias vezes anunciaram que vão fazer justiça com ele, que é o que dizem quando assassinam as pessoas.

— Esperemos que não aconteça nada e que possa comparecer à sua festa – disse Lavínia. – Ele se cuida muito, de todas as formas. Não acho que precisem se preocupar tanto assim...

— Vou buscar seu convite – disse a srta. Montes. – Já começamos a distribuí-los. Acho que minha irmã está com o seu.

Lavínia a seguiu até o interior da casa. Encontraram a sra. Vela, em um frenesi de atividade, dando instruções a um grupo de homens que a seguiam por todos os cantos.

— Srta. Alarcón! – disse, quando a viu chegar. – Como está? Dá para acreditar que a casa já está pronta? Ficou lindíssima! Muito melhor do que eu imaginei! E, agora que vamos pôr todas as plantas que trouxe, vai ficar sensacional! Minha irmã já comentou com você sobre a festa? Espere. Seu convite está aqui na minha bolsa.

Estava eufórica. Falava em um monólogo interminável. A casa, a festa, eram, sem dúvida, a culminação de seus sonhos sociais. Seus amigos os invejariam, seria o acontecimento do ano, o pináculo do *status* do general Vela. E ela, como sua esposa, levaria o mérito de ter colocado sua mão de mulher nestes salões, nos jardins, na decoração.

Enquanto a sra. Vela lhe entregava o convite, um cartão de cartolina Hallmark com uma casa no verso, surgindo com raios de novidade do centro de um pacote de presente e anotada por dentro com a letra pontuda da srta. Montes, os filhos do general apareceram no hall de entrada.

A menina de 9 anos, gordinha, com traços simpáticos, com um gesto tímido, mas de criatura acostumada ao mimo excessivo e à atenção, se aproximou devagar, olhando-a, e tocou o cinto de couro de Lavínia.

— Me dá de presente? – perguntou, com a expressão doce que, com certeza, usava para encantar e obter o que quisesse.

Lavínia sorriu. Apesar de ser filha de Vela, era simpática. Menina, enfim. Era uma pena pensar no que chegaria a se tornar.

— Cumprimente a senhorita – disse a sra. Vela –, não seja mal-educada.

— Olá – disse a menina, sorrindo.

— E você, Ricardo, cumprimente Lavínia. Ela é a arquiteta que projetou a casa.

O rapaz, recém-entrado na adolescência, desajeitado, com ar de pássaro tímido, estendeu o braço magro. Parecia um pouco com a srta. Montes, mas tinha os olhos tristes e ar de quem precisava de proteção em um ambiente violento demais para seus sonhos de voar. Enquanto desenhava seu quarto, mais de uma vez Lavínia se perguntou se teria, como ela, sonhos nos quais voava.

— Então você é o que sonha em voar? – perguntou.

O rapaz assentiu.

— E alguma vez já teve sonhos onde se vê voando de verdade?

— Já – respondeu o rapaz, com um brilho no olhar.

— Vive sonhando – disse a sra. Vela. – Esse é o problema.

A expressão do adolescente recuperou o ar opaco e lânguido, momentaneamente iluminado pelas perguntas de Lavínia.

— Não é ruim sonhar – disse ela, olhando para o rapaz e se solidarizando com ele.

"Talvez em outro ambiente, pudesse continuar sonhando", pensou.

— Bem – disse Lavínia, olhando para aquele quadro familiar com sentimentos confusos –, acho que tenho de ir. Qualquer coisa que precisarem, podem me chamar no escritório. Amanhã, às onze da manhã, viremos com Julián para fazer a entrega formal da casa, com os engenheiros.

— Muito bem – disse a sra. Vela. – Espero que meu marido possa estar. Chega amanhã de madrugada.

— Qualquer coisa, podemos marcar para depois – sugeriu Lavínia. – A senhora nos avisa.

— Perfeito – disse a sra. Vela, acompanhando-a até a porta.

— Espere um instante – disse Lavínia antes de sair. – Gostaria de revisar os últimos toques do estúdio privado. Não precisa se demorar comigo.

— Claro – disse a sra. Vela. – Vou continuar com meus jardineiros, se não se importa.

Ao entrar na armaria, sentiu um ligeiro e estranho sentimento de desassossego. Durante a construção da casa, tentou esquecer aquele quarto que causava tanto prazer a Vela. Era de tamanho médio, com tapetes laranja e só uma janela com cortinas marrons que dava para um dos pátios interiores.

Os móveis, dois sofás de couro com uma mesa de madeira entre eles, estavam encostados na parede próxima da porta. Viu, no chão, várias caixas de madeira fechadas. Certamente conteriam armas destinadas a ser exibidas.

À primeira vista, o quarto parecia terminar na parede de madeira oposta aos sofás: a parede formada por três painéis de madeira escura, com belos jaspes. Aproximou-se do extremo da parede, onde estava o mecanismo, quase invisível, que libertava os painéis, soltou-os e empurrou com delicadeza uma das folhas. O painel de madeira se deslocou sobre seu eixo, revelando o reduzido espaço interno, a câmara secreta, com estantes e uma caixa-forte embutida no centro. No lado, antes oculto, do painel que acabara de fazer girar, podiam-se apreciar os suportes presos à madeira, onde as armas seriam colocadas. Endireitou o painel, depois fez girar os outros dois, tocando outra vez o mecanismo para fixá-lo em seu lugar. Funcionava perfeitamente. Agora, da sala privada do general, podia ver a parede de madeira que antes era lisa, transformada nesta outra que mostrava os suportes para a colocação de fuzis e pistolas. Soltou de novo o mecanismo que permitia o movimento giratório e voltou a fazer surgir, do lado da sala, os painéis perfeitamente lisos.

Antes de fechar o último, ficou ali por um instante na pequena câmara secreta. Sentiu frio. O lugar mantinha a temperatura do ar-condicionado central como se fosse uma geladeira. Mas não importava. De qualquer maneira, ninguém o ocuparia por longos períodos de tempo.

— A senhorita sonha?

O rapaz estava de pé no batente da porta.

— Sonho – respondeu ela. – Sonho que meu avô colocava em mim umas asas brancas e grandonas, e eu saía voando de um morro alto.

— Eu sonho que voo sem asas – contou o rapaz –, como o Super-Homem. Às vezes também sonho que me transformo em um pássaro. Mas meu pai fica furioso. Diz que a única maneira de voar é sendo piloto. Ele quer que eu seja piloto da Força Aérea.

— Os pais muitas vezes erram com os filhos – constatou Lavínia. – Eu, se fosse você, me dedicaria à aviação comercial. Ser piloto de guerra é muito triste. Voa-se para matar. Não tem nada a ver com seus sonhos de voar.

"Principalmente se chega a ser piloto da Força Aérea do Grão-General", pensou, perguntando-se se não estaria cometendo uma imprudência ao falar assim com o rapaz.

— Adeus – disse ele, e saiu correndo, desaparecendo tão de repente como tinha aparecido.

Ao sair da casa, Lavínia recebeu o resplendor do meio-dia nos olhos. Esfregou os braços para se livrar do calafrio. Que olhos tão tristes os do filho de Vela!

Felipe arrumava papéis em sua mesa quando Lavínia entrou na sala. Tinha sido muito difícil mudar o ritmo da sua relação. Encontravam-se como amantes clandestinos em motéis estranhos e sórdidos para fazer amor, quase sempre na hora do almoço.

— Os Vela decidiram fazer a festa de inauguração no dia 20 – informou, sentando-se na cadeira de frente para a mesa de Felipe, depois de lhe dar um longo beijo, enquanto procurava o convite horrível na bolsa. – Este é o convite – acrescentou, colocando-o na mesa.

Felipe o pegou sem dizer nada. Leu e devolveu.

— E por que fariam isso? Sabe?

— Porque querem que o Grão-General compareça. E, como ele vai passar o Natal com a família na Suíça, tiveram de adiantar a festa.

— E como ficou a casa? – perguntou Felipe, que tinha se sentado, seu rosto estampava uma expressão meio distraída, meio preocupada.

— Por fora, ficou belíssima. Por dentro... é um horror. Casa de novo-rico. Até a grama trouxeram de Miami. Só os móveis embutidos estão bonitos e algumas combinações de cores que consegui que Vela respeitasse.

— Bem, já era de esperar...

— Sim, fazer o quê? Enquanto via a casa, tive a ideia de que talvez no futuro, quando as coisas mudarem, possamos ocupá-la com uma escola de arte...

— Adoro seu otimismo – elogiou Felipe, sorrindo.

— Vamos almoçar juntos? – perguntou Lavínia.

— Hoje, não – disse Felipe, procurando algum papel na mesa. – Tenho que sair.

— Mas você tinha me dito... – começou, desiludida.

— Sim, mas ocorreu algo...

— Algo ruim?

— Não, não. Só urgente – disse enquanto se aproximava para lhe dar um beijo. – Nos vemos mais tarde.

Não voltou a vê-lo. Nem nessa tarde, nem no dia seguinte. Só encontrou um bilhete em casa dizendo que estava bem, que não o procurasse.

Dois dias sem saber nada de ninguém. Era de noite, e o vento de dezembro soprava sacudindo os galhos da laranjeira no jardim. De repente, tinha ficado sozinha no mundo. Sozinha e angustiada. Percebeu até onde o Movimento representava quase a totalidade de sua vida: sua família, seus amigos. Durante meses, nem cogitara ir ao cinema, se divertir. Todas as festas a que tinha comparecido foram para ela missões encomendadas.

O amor e a rebelião tinham conseguido absorvê-la completamente. Tinha se afundado com prazer, com entusiasmo nunca antes experimentado, nessa rede de chamadas, contatos, viagens para levar e trazer companheiros. Agora, de repente, esse silêncio. Não tinha nenhum meio de se comunicar com eles. Nenhum número de telefone, nada. Só o endereço da casa misteriosa, adivinhada na escuridão.

Para piorar, o trabalho frenético dos últimos meses com a casa dos Vela tinha parado simultaneamente. No dia anterior fora realizada a entrega formal, com a presença do general, a esposa, a cunhada, as crianças. Toda a família percorrendo quarto por quarto, examinando tomadas, torneiras, detalhes. E os jardineiros colocando plantas, estendendo a grama no jardim; os da empresa de piscina enchendo-a, colocando produtos na água para que ficasse cristalina. E o filho de Vela, com a expressão mais opaca do mundo na frente do pai.

Julián lhe disse que tirasse uma semana de descanso, mas Lavínia deixou a oferta para depois. Não sabia quando. Qualquer outra época menos esta sem Felipe, sem os outros. O que ela faria agora na sua casa silenciosa, ocupada pelo vento de dezembro, onde a solidão se abatia sobre ela? Preferia ir para o escritório, mesmo que não fizesse outra coisa que ficar sentada, ausente, angustiada, expectante.

Mesmo com a proximidade do Natal, o ambiente natalino desapareceu para ela. Causava-lhe mal-estar. A única coisa que melhorava seu ânimo entre os artifícios de gigantescos bonecos de Papai Noel, no meio da falsa neve das vitrines das lojas, eram as pichações que tinham aparecido nas paredes, produto de madrugadas de desvelo de companheiros desconhecidos, invisíveis. Pichações exigindo "um Natal sem presos políticos", brotadas de repente por toda parte há algumas semanas.

Sua mãe ficava ligando para ela, perguntando se jantaria com eles. "Por favor, filhinha, por favor." Talvez não tivesse alternativa a não ser jantar com esses dois desconhecidos que, afinal, a tinham gerado. "Não tinha nem pais", pensava, se lamentando. Nunca perdoaram seu amor pela tia Inês. Nem ela, no fundo, os perdoou por abandoná-la àquele amor conveniente que os exonerou das responsabilidades paternas quando eram jovens e não tinham tempo para se dedicar a uma menina curiosa, brincalhona, amante dos livros, imersa em seu mundo imaginário de casinhas e maquetes.

Que acumulação de incompreensão e mal-entendidos!

E onde estaria Felipe? Onde estariam Flor e Sebastián?

Adrián e Sara também a convidaram para passar a ceia de Natal com eles. "Com Felipe." Sara tinha comentado com ela que agora saíam menos de noite porque Adrián, por caridade, decidiu emprestar o carro a um colega de trabalho para que fosse a aulas noturnas três vezes por semana. Com o peso da gravidez, não lhe importava muito diminuir o ritmo de sua vida social. Lavínia percebeu assim que Adrián cumpriu o trato. Entre os dois, a partir do mesmo dia que pediu colaboração, tinha ficado estabelecido, finalmente, o silêncio do respeito. Ele já não fazia piadas sobre seu feminismo ou sua instabilidade. Ela quase sentia falta disso. Agora se limitavam a conversas chatas e sem substância. "Paradoxal", pensou, "quando mais deveriam ter falado, quando podiam, finalmente, se comunicar em termos mais igualitários, menos paternalistas por parte de Adrián... Seu machismo, de novo. As distâncias, outra vez!"

O mundo mudaria. Tinha de mudar, ponderou, evocando os companheiros sem rosto lutando na montanha, a esperança dessas tristezas que sentia. O que eram os maus momentos comparados com o heroísmo cotidiano de outros? Em alguma parte da cidade, um grupo se preparava para dar "o golpe"; a ação que não conseguia imaginar claramente. Invejou-os juntos. Sem dúvida, Felipe, Flor e Sebastián estavam com eles, eram parte do grupo. Todos menos ela.

Ela, que estava sozinha, abandonada a sua solidão, ao estalo de galhos de laranjeira ao vento.

***

Aquele dia acordamos quando ainda estava escuro. Devíamos atravessar o rio antes da saída do sol. Na noite anterior, Yarince e eu falamos longamente, como anciãos ao lado do fogo, lembrando os tempos de nossa infância, lembrando os anos de amor e guerra, as nuvens de tempestade. Fizemos um reexame de nossas vidas, um desenho tênue de palavras aglomeradas.

Talvez morrêssemos logo, tinha dito Yarince. Queria recordar o passado, pois não contávamos com a certeza do futuro.

Aninhei-o em meus braços magros. "Com essas asas, podia abraçar o mundo", me disse. Durante quantas jornadas nossos corpos tinham sido fonte de prazer inesgotável. Eram, às vezes, a única força que nos restava para não nos render.

Estávamos reduzidos a um grupo de dez guerreiros. Estávamos magros e com olheiras, com olhar de animais perseguidos.

Aquela manhã fazia frio, um vento suave soprava dobrando os canaviais, às margens do rio. Andávamos muito perto do acampamento dos invasores, por isso devíamos atravessar com muita cautela para não sermos descobertos.

Levávamos pouca carga, só alguns coelhos selvagens que tínhamos caçado no dia anterior, as redes e os utensílios que usávamos para acampar e algumas vasilhas de barro. Tixtlitl ia na frente, seguido por mim, depois iam três guerreiros e Yarince por último. Marchávamos para nos reunir com os velhos sacerdotes para a cerimônia da invocação, para ler os augúrios e saber o que nos reservaria o destino. Sentíamos a necessidade de orar, encomendar-nos aos nossos totens para nos reconfortar de tanta desgraça.

Tixtlitl tinha sonhado com Tláloc; vira-o como uma mulher de olhos úmidos, sorrindo enquanto a água a cobria. Era um sonho confuso que só depois consegui interpretar.

Íamos Tixtlitl e eu pela metade do rio, quando saíram os espanhóis.

Tinham nos esperado escondidos no mato.

Talvez nos estivessem observando desde o dia anterior.

Giramos na água, desesperados porque estávamos indefesos.

Ouvi os disparos de seus canhões de fogo, caindo na água, muito perto. Meus olhos buscaram Yarince, enquanto meus pés tentavam se segurar ao fundo do rio, nas rochas que nos ajudavam a atravessar.

Vi Yarince correndo do outro lado. Tinha conseguido sair da água.

Não teve o destino de Tixtlitl, cujo sangue formou uma mancha vermelha ao meu redor, cujo corpo vi flutuar rio abaixo.

Não teve o meu destino.

Não morreu como eu.

Senti o golpe nas costas, um calor espesso que me paralisou os braços. Foi um instante. Quando abri os olhos de novo, já não estava no meu corpo: flutuava a pouca distância da água, me vendo sangrar, vendo meu corpo ir também rio abaixo. Escutei os gritos de alerta dos espanhóis e de repente, dentre as árvores da margem, onde pela última vez vi Yarince, escutei aquele grito longo e profundo de meu homem, ferido por minha morte.

Foi um som apavorante que silenciou os inimigos. Aterrorizou-os e os fez sair da água correndo, voltando a se esconder no mato.

Eu flutuava com meu corpo na correnteza rio abaixo. Mal percebi Yarince correndo, como veado enlouquecido, pela margem, perseguindo o rastro de meu sangue.

Abri a boca para gritar, e o vento bramiu. Percebi, então, que já me estavam vedados para sempre os sons e visões humanos; sentia sons e visões, mas eram só sensações que meu espírito registrava, imagens diluídas reconstruídas pela memória da vida. Ah, deuses, que dor foi sentir Yarince sem que ele me visse, sem poder sequer mover um músculo para tocá-lo, sem lhe secar as lágrimas.

Em uma curva do rio me alcançou, porque ali a água ficava mais rasa entre as rochas.

Natzilitl e ele me tiraram, me arrastaram até a margem.

O amor de Yarince caiu em cima de mim como um furacão de gritos e lamentos. Sacudia meus ombros com fúria, me abraçava. Dizia "Itzá, Itzá" com a confusa linguagem do desespero, da vida perante a morte.

Quase não podia resistir.

Foi então que comecei a perder o som. Continuava sentindo Yarince, mas só escutava as ondas da água, o som da água batendo nas pedras, a água lambendo a margem do rio.

Sei que Tláloc me concedeu estar junto a Yarince na cerimônia, quando os sacerdotes oravam junto ao meu corpo ao anoitecer. Os anciãos, sábios, dirigiram a cerimônia às margens da água, até que Tláloc me cedeu os jardins.

Depois Yarince pegou meu corpo e me trouxe aqui, a este lugar onde aguardei por séculos pelo desígnio de meus antepassados.

24

No dia seguinte seria a inauguração da casa de Vela, e não tinha nem com quem consultar se devia ir ou não. Decidiu tirar a tarde livre. Ir ao cinema, visitar Sara ou sua mãe. Não conseguia controlar o nervosismo da solidão, o silêncio de seus companheiros. Além disso, não queria que Julián lhe perguntasse de novo por Felipe. Não sabia o que responder.

Pegou o carro e vagou pela cidade, sem determinar ainda aonde ir. Viu-se, de repente, pegando a estrada que subia o morro verde de sua infância, a gravura da menina vendo o mundo que considerava seu. "Já não era seu", pensou. Depois de tudo, tinha atingido o sonho de subordinar a própria vida a um ideal maior. Era como uma mulher contemplando o próprio parto, esperando que as contrações de um corpo possuído pela natureza dessem à luz a nova vida construída silenciosamente durante meses de labor paciente do sangue. Porque isso era esta solidão. Não o abandono, o medo de que os seres amados desaparecessem engolidos por um destino obscuro; esta solidão era tão só a espera do nascimento. Seus companheiros, em algum lugar, estariam se preparando para desatar o chicote dos sem-voz, os expulsos do paraíso. Não a tinham abandonado, repetiu. Era ela quem alimentava essas noções de desafeto. Mas devia ser capaz de fazer a diferença entre a realidade e os seus fantasmas. Sem dúvida, os preparativos de tantos meses chegavam a seu fim. Qual outro recurso lhe restava senão especular? Quem poderia saber se realmente não era Vela o objetivo de toda aquela longa preparação? Quem podia saber?

Teria de saber hoje, amanhã, em três dias, quatro, qualquer dia que escolhessem. Saberia pelas notícias.

A estrada serpenteava para cima. As flores amarelas de dezembro se moviam ao lado do caminho marginal por onde se chegava ao caminho dos cafezais. Continuou acelerando, dobrando as curvas fechadas até deixar a estrada principal e entrar no caminho de pedras irregulares, perfurado pelas chuvas, que levava ao morrinho.

Não havia quase ninguém por ali a essa hora da tarde. Alguns rapazes das fazendas próximas transitavam pela estrada vicinal, mas, no morrinho, só o vento soprava. Os namorados chegavam mais tarde, na hora do crepúsculo.

Desceu do carro e caminhou pela trilha entre o mato, em direção ao cume. Sentou-se na pedra, uma baliza que marcava o limite da propriedade. A inscrição tinha apagado, desgastada pelo atrito de tantos que teriam vindo aqui para se sentar, para falar de seus amores, projetos e sonhos.

Era um dia claro. A paisagem se descortinava aos seus pés, nua de névoa. As casinhas minúsculas, o lago, a fileira de vulcões azuis, se estendiam ao longe, silenciosos, rígidos, majestosos. Mais perto, a vegetação das montanhas, desfazendo-se em amplas fraldas em direção ao vale da cidade, mostrava seus verdes, os troncos de árvores emaranhados, inclinados perigosamente para o precipício. Dos campos próximos vinha o doce cheiro do café. O vento confundia as folhas com o canto dos papagaios voando em bandos.

Apoiou o queixo na concavidade da mão, olhando tudo aquilo. "Bem valia a pena morrer por essa beleza", pensou. Morrer só para ter este instante, este sonho do dia em que aquela paisagem realmente pertencesse a todos. Esta paisagem era sua noção de pátria, com isto sonhava quando esteve do outro lado do oceano. Por esta paisagem podia compreender os sonhos quase desvairados do Movimento. Esta terra cantava sua carne e seu sangue, seu ser de mulher apaixonada, em rebeldia contra a opulência e a miséria: os dois mundos terríveis de sua existência dividida. Esta paisagem merecia melhor sorte. Este povo merecia esta paisagem, e não os esgotos malcheirosos às margens do lago, as ruas onde passeavam os porcos, os fetos clandestinos, a água infestada de mosquitos da pobreza.

Onde estariam eles, seus companheiros? Em qual ponto minúsculo, em qual rua andariam? O que ocuparia o tempo de Felipe neste momento em que ela se sentia, finalmente, parte de tudo aquilo?

Antes de ir para a cama, em um súbito impulso, telefonou para a mãe.

— Lavínia? – disse a voz do outro lado do telefone.

— Sim, mãe, sou eu – respondeu, cansada. Sempre começavam assim, pensou, reconhecendo-se outra vez.

— Como você está?

— Um pouco triste, para ser sincera. – Por que estava dizendo isso para sua mãe?, se perguntou.

— Por quê? Filha, o que você tem?

— Não sei... Sim, sei. Muitas coisas. A verdade é que gostaria de poder me reconciliar com tantas coisas.

— Não quer vir para cá, minha filha?

— Não, mãe. Estou com sono. Não se preocupe. Estava só com vontade de falar com alguém.

— Faz muito tempo que não nos falamos.

— Acho que nunca nos falamos, mãe. Acho que você sempre pensou que eu não precisava falar com mais ninguém além da tia Inês.

— Bem – disse a voz, ficando tensa –, você só gostava dela.

— Mas nunca passou pela sua cabeça que eu gostava dela porque ela se preocupava comigo, porque ela gostava de mim, mãe?

— Eu tentava, filha, mas você sempre a preferiu. Comigo você era muito calada.

— É muito difícil falar sobre isso por telefone. Não sei por que toquei no assunto.

— Mas deveríamos falar sobre isso – disse a mãe, assumindo seu papel. – Não quero que você fique sempre com essa ideia de que nós não gostávamos de você.

— Eu não disse isso, mãe.

— Mas você pensa isso.

— Sim. Tem razão. Penso.

— Pois não deveria pensar. Você deveria nos compreender.

— Sim, talvez devesse. Sempre sou eu quem deveria compreender.

— Não fique assim, filha. Por que você não vem aqui?

— Está bem. Vou passar aí qualquer dia desses.

— Passa amanhã.

— Não sei se consigo...

— Faz um esforço.

— Está bem, mãe. Boa noite.

— Boa noite, filha. Tem certeza de que está bem?

— Tenho, mãe. Não se preocupe.

— Você vem amanhã então?
— Sim, mãe, eu vou amanhã.
Desligou o telefone. Foi a conversa mais longa que teve com sua mãe em meses, talvez anos. Conversa, enfim. Tinham dito, apalpado o subterrâneo, o fundamental, do que nunca falavam. Talvez, um dia, pudessem chegar a se gostar, a se compreender. Um dia. Agora se sentia capaz. Conseguia vê-la simplesmente como um ser humano, produto de um tempo, de determinados valores. Ao seu modo, sua mãe certamente gostava dela, como ela também devia gostar. O impulso de ligar para ela ao se sentir sozinha tinha certo significado. Nunca entenderiam, nem uma nem a outra, seus modos de vida. Muito menos agora.

Entrou no banheiro. Pensou que, um dia, sua mãe, seu pai e ela deveriam ter a conversa adiada desde sempre, não tanto por eles, e sim por ela mesma. Em algum momento precisaria se reconciliar com a infância. Jogava água no rosto, lavando a maquiagem, quando escutou o barulho na sala. Um ruído abafado, como o de um corpo caindo, a porta se fechando.

O coração deu um pulo no peito. O medo a paralisou. Viu sua cara pálida no espelho enquanto aguçava a audição, tentando conter a súbita sensação de pernas bambas. Começou a caminhar na ponta dos pés em direção à sala, procurando primeiro, nervosa, no armário a pistola que Felipe deixara para ela ao ir embora da casa, quando escutou "Lavínia, Lavínia", como se alguém a chamasse de debaixo da água. Apenas teve tempo de reconhecer a voz antes de sentir o impulso de seu corpo veloz atravessando as portas. Correu até a sala onde jazia, no chão, Felipe, de bruços.

— Felipe, Felipe! – Ela quase gritou. – O que aconteceu?
Ainda de bruços, com a voz rouca, como se fizesse um grande esforço, Felipe disse:

— Vai lá fora, olha bem se não há manchas na entrada. – E fechou os olhos.

Atordoada, foi até a calçada. Manchas? Não havia nada nos paralelepípedos.

Perto da porta, avistou as manchas de sangue.

Entrou de novo na casa. Ajoelhou-se ao seu lado.

— Limpe as manchas, limpe as manchas primeiro – disse Felipe no chão, sem nem levantar a cabeça.

Correu até a cozinha e procurou um pano qualquer. Molhou o pano e saiu, outra vez, correndo.

Nem soube como limpou as manchas. Caminhou rapidamente pelo jardim, olhando para todos os lados, passando o pé na grama onde também tinha caído sangue de Felipe.

Não se via nada na rua. Era quase meia-noite.

Entrou e fechou a porta com chave. Fechou também as janelas, olhando vez ou outra para Felipe no chão, com um braço dobrado embaixo do corpo, pálido. Não tinha se mexido.

Ajoelhou-se, de novo, ao seu lado.

— Pronto – disse –, já tirei as manchas. Já fechei tudo, Felipe, o que aconteceu?

— Agora, me ajude a virar. – Ele respirou fundo. – Ajude-me para ver se consigo chegar até a cama. Estou ferido – disse ele, com a voz entrecortada.

Ferido. "Tenho de me acalmar", pensou. Respirou fundo e o ajudou a se virar. Teve de se conter para não soltá-lo, para não desmaiar quando viu o peito, o estômago, a roupa ensanguentada. O piso e o sangue sobre o piso.

Dava para ver o enorme esforço que Felipe fazia para se sentar. Apertava os olhos, a boca.

— É melhor eu levar você para o carro, Felipe. Sei aonde podemos ir – disse, pensando na casa da estrada dos cafezais.

— Não, não. Ajude-me – disse ele, com a dor contraindo seu rosto.

Em um tempo que pareceu extensos minutos de eternidade, Felipe conseguiu se levantar. De joelhos, quase se arrastando, apoiado em Lavínia, foi se movendo para a frente, para a luz do quarto. Nunca saberia como conseguiram chegar até a cama. Felipe se deitou de lado, e Lavínia precisou ajudá-lo outra vez para que pudesse deitar de barriga para cima. Estava totalmente exausto pelo esforço.

Com sangue-frio, que estava longe de sentir, Lavínia trouxe uma toalha do banheiro e começou a desabotoar a camisa, um gesto quase ridículo, pois a peça de roupa estava toda rasgada.

Felipe a deteve, pondo a mão na dela, indicando que esperasse.

Passaram-se vários minutos. Os pensamentos se atropelavam na mente de Lavínia. Tinha de levá-lo para o hospital. Dessa vez não foi como o que aconteceu com Sebastián. Felipe estava morrendo, estava sangrando, tinha a carne aberta na altura do estômago. Não resistiria muito se não o levasse para o hospital. Teria de chamar os vizinhos. Nada importava. Só tinha de salvar sua vida, mesmo que depois fossem presos. Nada importava.

— Felipe, isto é sério – alertou Lavínia. – Não podemos ficar aqui no quarto. Tenho que levá-lo para o hospital.

Você vai morrer, ia dizer, mas se conteve.

Felipe abriu os olhos. Em sua expressão a calma tinha voltado. Respirava com dificuldade.

Instintivamente enfiou uns travesseiros por trás dele para que se inclinasse um pouco, pensando no sangue, a hemorragia interna, os pulmões.

— Tenho que levá-lo para o hospital – repetia, enquanto tomava a decisão de chamar Adrián. Adrián ajudaria.

— Chegue mais perto – disse Felipe. – Vou para o hospital, mas primeiro preciso lhe dizer... Por favor...

— Deixe-me ligar para Adrián – disse Lavínia –, deixe-me chamar Adrián para que ele venha enquanto falamos, para que ele me ajude a levá-lo até o carro.

— Não, não. Primeiro chegue mais perto. Não há tempo. Depois. Depois Adrián pode vir...

— Mas...

— Por favor, Lavínia... por favor...

Era insistente. Insistia com os olhos, com as mãos, com o que lhe restava são. Desesperada, Lavínia se aproximou.

— Escuta bem. Amanhã é a ação. A ação é na casa de Vela. Nós vamos tomar a casa de Vela. É um comando de treze pessoas. Eu faço parte desse comando. Era... – disse quase sorrindo; falava com firmeza, como se tivesse acumulado forças para falar com ela, as últimas forças que lhe restavam. – Cada pessoa é imprescindível.

"Quero que você tome meu lugar. Você conhece bem a casa. Já não há tempo para que mais ninguém a conheça tão bem como é necessário. Quero que seja você quem tome meu lugar. Mais ninguém. Sei que você consegue. Além disso, eu lhe devo isso, porque fui eu quem me opus a sua participação. – Ele respirou fundo, fechando os olhos; abriu-os de novo. – Devo isso a você. Você consegue. Já demonstrou que consegue. Você consegue... Vai até a casa. Diz a eles que me deram um tiro quando fazíamos a operação dos táxis. Diz que não foi a guarda. Foi o taxista quando lhe disse que me entregasse o carro. Pensou que eu fosse um ladrão. Atirou à queima-roupa. Disse a ele que era do Movimento tarde demais. Fiquei nervoso. Não pensei que estivesse armado. Falhei. Foi minha própria burrice! "Se tivesse me dito antes", o homem me disse. – E Felipe sorriu fazendo troça da própria desgraça, do paradoxo do acidente desafortunado; tossiu, fechou os olhos, pareceu tomar alento para continuar. – Ele mesmo me trouxe. Queria me ajudar. Não achava o que fazer. Ia me levar para o hospital, mas o convenci de me deixar perto daqui. Eu o adverti de que não chamasse a polícia. Ameacei-o, inclusive. – A voz de Felipe definhava. – Pelas dúvidas.

Reconstruiu em sua mente o azar de Felipe. Certamente estava armado quando se virou para o taxista para anunciar: "É um assalto: entregue o carro." E o taxista, diante da violência, tinha reagido, veloz, atirando primeiro. Duelo fatal. Um erro. Alguns segundos.

Uma frase dita a tempo, e talvez Felipe não estivesse ferido. Alguns taxistas eram até colaboradores do Movimento. Talvez este não tivesse atirado. Talvez tantas coisas! Já não saberiam. Já não importava. As interrogações desapareciam olhando o rosto de Felipe, a expressão que começava a atravessar a palidez de seu rosto.

Era uma expressão intensa, fixa. Olhava-a de uma proximidade longínqua. Tinha a sensação de estar perdendo-o como um fraco sinal de rádio que se dissolve no ar. Tinha ficado parada, quase paralisada, escutando-o, ouvindo-o dizer que tinha impedido sua participação e agora lhe pedia que tomasse seu lugar. Grandes embates de amor e desespero se cruzavam em seu peito como ventos frios. Não podia continuar assim. Não podiam continuar assim, olhando-se, dizendo-se com o olhar o que já não tinham tempo de resolver, as eternas discussões se detinham aqui, perante a morte, perante o sangue de Felipe emanando do peito, espalhando-se pelos lençóis da cama onde conheceram o amor, a vida, o irreconciliável.

— Deixe-me chamar Adrián – insistiu Lavínia com delicadeza, tentando se soltar da mão de Felipe, que a mantinha ancorada na cama onde ele sangrava.

— Você não me respondeu – disse Felipe. – Vai tomar meu lugar? Vai fazer isso?

— Vou, vou – respondeu Lavínia. – Eu vou fazer.

— Não deixe que lhe digam "não".

— Não, Felipe, não vou deixar que me digam "não".

Percebeu que falava com ele como quem fala com uma criança. Sua voz era calma e consoladora, como a de sua tia Inês quando ela adoecia.

Felipe fechou os olhos e afrouxou a mão. Tossiu um pouco, e seu peito soou terrivelmente congestionado.

Aquele som trouxe a Lavínia a iminência da vida que fugia na frente de seus olhos e cujo fim simplesmente não podia aceitar. "E, mesmo assim, precisava reagir", pensou, "não podia continuar resistindo, continuar pensando que, apesar de tudo, Felipe viveria".

Levantou-se e foi até o telefone, sem deixar de olhar para Felipe. Ele com os olhos fechados. O sangue de Felipe crescendo: uma lagoa vermelha na cama.

— Adrián?

A voz sonolenta devolveu um rouco "sim".

— Adrián, é Lavínia, acorda, por favor.

A urgência acordou Adrián. Só disse que precisava dele. Não explicou mais nada. Era uma emergência. Por favor. Devia vir imediatamente até sua casa. Era muito urgente. "Já estou chegando", dissera Adrián.

Calculou o tempo que demoraria para chegar. "Quinze minutos no máximo", pensou. Àquela hora havia muito pouco trânsito.

Foi até o banheiro e pegou outra toalha limpa. Aproximou-se de Felipe, ajoelhando-se do lado da cama. Ele abriu os olhos.

— Lavínia? – perguntou, e seu olhar de ausência a assustou.

— Estou aqui, Felipe. Adrián já vem. Vamos levá-lo para o hospital. Vai dar tudo certo. Descansa. Não se preocupe.

— Você é uma mulher valente, sabia? – disse Felipe, com a voz por um fio, um som de vento através de um desfiladeiro.

— Acho que é melhor você não falar – aconselhou Lavínia. – Fica quietinho, amorzinho, meu amorzinho... – Não conseguiu reprimir o desejo de se aproximar dele, de pôr sua cabeça na testa de Felipe, beijá-lo, passar os dedos por seu cabelo.

— Amorzinho, amorzinho – disse Felipe, como se repetisse um nome, e tossiu de novo, desta vez com mais violência, e, para horror de Lavínia, um fio de sangue começou a sair de sua boca, enquanto sua cabeça se inclinava para ela. Um suave movimento de cabeça, e ficou quieto.

Lavínia se aproximou para limpar o sangue do rosto e viu os olhos fixos, a boca entreaberta. Felipe estava morto. Tinha morrido fazia um instante, ali, tão perto dela: o peito que antes subia e descia quase estourando, já não se mexia.

— Felipe? – disse baixinho, quase com medo de acordá-lo, como se tivesse adormecido. – Felipe? – disse um pouco mais alto.

Não houve resposta. Já sabia que não haveria resposta. Com as duas mãos, apoiou-se no peito de Felipe, pressionou forte, para cima e para baixo, como mais de uma vez viu os paramédicos fazendo em demonstrações de primeiros-socorros. Suas mãos se encheram de sangue. Não aconteceu nada. Felipe, inerte, não se moveu.

Está morto, disse para si mesma. Não pode ser, disse para si mesma. Onde estará Adrián?, perguntou-se, "quando virá?", pensou. Felipe não pode morrer, repetia, tocando-o, colocando seu rosto muito perto dos olhos de Felipe, do que devia ser o olhar de Felipe, o olhar triste que já não via.

Não!, esteve a ponto de gritar. Não!, disse para a solidão da noite.

Não pode ser, começou a dizer em voz alta. Felipe, começou a dizer em voz alta. Felipe, não morra, disse para ele. Felipe, por favor, volta. Felipe, Felipe! E a voz ia se desesperando sem que ele se mexesse, sem que ele tentasse acalmá-la, dizendo "não fica assim, Lavínia, se acalme".

Levantou-se e, sem saber por que, acendeu todas as luzes da casa. Movia-se, frenética. Queria fazer alguma coisa com as mãos. Não sabia o quê. Não sabia se queria bater, arrancar os cabelos, começar a chorar. Mas as lágrimas não vinham. Só conseguia pensar em Adrián. Adrián tinha que vir. Não acreditaria que Felipe tinha morrido até que Adrián chegasse. Felipe tinha desmaiado. Estava desmaiado no quarto. Perdeu muito sangue. Com certeza é isso. Ela não era médica. Não sabia reconhecer a morte. Adrián tinha de chegar. Tudo ficaria bem quando Adrián chegasse.

E Adrián chegou. Ela abriu a porta e o segurou pela mão, sem dizer nada, levou-o até o quarto, e o outro não fez perguntas porque a viu manchada de sangue, o vestido, as mãos manchadas de sangue.

Ajoelhou-se ao lado de Felipe. Tocou-o, pôs a mão em sua testa. Ela o viu pôr a mão na frente da boca, viu-o acender um isqueiro e aproximá-lo dos olhos de Felipe. "Passa-me um espelho", disse. Deu-lhe o espelho e o viu pôr o espelho na frente da boca de Felipe. Depois o viu fechar os olhos de Felipe, passar a mão pelo rosto dele, fechar-lhe os olhos de novo, fechar a boca entreaberta, ajeitá-lo na cama, dobrar as mãos dele sobre o peito como se faz aos mortos.

Levantou-se do lado da cama. Ficou de pé ao lado dela, olhou-a.

— Não há nada a fazer – disse Adrián com uma voz muito baixinha, como um segredo.

Lavínia o olhou sem querer entender.

— Está morto – disse ele. – Não há nada a fazer.

— Temos que levá-lo para o hospital – disse Lavínia. – Nós não entendemos destas coisas.

Adrián pôs as mãos nos braços de Lavínia. Olhou no fundo de seus olhos.

— Sim, sabemos, Lavínia. Felipe está morto – disse, e a abraçou, começou a fazer carinho em seu cabelo lentamente.

— Não pode ser – disse Lavínia, e se soltou. – Não pode ser – repetiu. – Não pode ser! – gritou.

E Adrián voltou a pegá-la pelos braços, voltou a abraçá-la.

— Lavínia, por favor, não torne as coisas mais difíceis. Por favor. É terrível, mas você tem que aceitar.

Felipe estava morto. Tinha de aceitar. "Por que tinha de aceitar?", pensou. Por que tinha de aceitar que Felipe estava morto? Não tinha de aceitar nada. Soltou-se dos braços de Adrián. Ajoelhou-se de novo junto da cama. Tocou Felipe. Estava fresco. Sua pele estava fresca. Não estava frio. Só fresco. Mas não se mexia. Não respirava. Tinha de aceitar. Estava morto.

— Felipe? – disse. – Felipe? – E ficou ajoelhada, com o rosto caído sobre o peito, os ombros arriados, sem lágrimas.

Adrián se aproximou dela de novo. Pôs a mão em seu ombro. Levantou-a, levou-a até o banheiro, fez com que ela lavasse as mãos, fez com que saísse do quarto, fosse até a cozinha, se sentasse nas banquetas da cozinha enquanto ele preparava um café quente.

— Temos que levá-lo para o hospital – disse Lavínia. – De qualquer maneira.

— Você conhece a família dele?
— Não. Só sei que moram em Puerto Alto.
— E tem certeza de que podemos levá-lo para o hospital? Sei que é difícil para você, mas faça um esforço. Tente pensar um pouquinho, se é conveniente levá-lo para o hospital. Vão fazer perguntas lá. O que vai dizer? Diga-me o que aconteceu. Como foi?
— Entrou em um táxi. Precisava levar o táxi, tirar o táxi do motorista. Emprestado, sabe como é... Mas o taxista não entendeu. Pensou que fosse um ladrão, que estava roubando. Atirou à queima-roupa. Depois o trouxe até aqui. Assustou-se. Disse que não ia chamar a polícia.
— Como? – indagou Adrián. – Não entendo. Entrou em um táxi, o taxista pensou que era um ladrão e atirou. Mas como é que o trouxe até aqui? E como é que Felipe não atirou primeiro? Não estava armado?
— Não sei. Não sei – disse Lavínia. – Suponho que sim. Suponho que não atirou porque o outro foi mais rápido, porque não pensou que ele fosse atirar. Sei lá! E depois lhe disse que era do Movimento, que não o entregasse para a polícia. E o homem não o entregou, trouxe ele para cá. Suponho que foi assim! – Tomou o café que Adrián pôs na sua mão. Estava quente. Era bom sentir o calor. Estava tremendo de frio. Tinha muito frio. Teria chovido? Por que estaria com tanto frio? A família de Felipe... Como seria a família de Felipe?

Adrián se levantou e voltou trazendo uma manta. Colocou-a sobre os seus ombros.

— A família de Felipe mora em Puerto Alto – disse Lavínia. – Seu pai é estivador. Você acha que deveria ligar para eles? Ligar para eles e entregar Felipe a eles?

Pensou "o cadáver", "o cadáver de Felipe". Pensou isso. Mas não disse. Não conseguiu. Começou a sentir uma terrível vontade de vomitar. Pôs o café na mesa e a mão na barriga, inclinou-se para a frente, pôs a cabeça entre as pernas. Assim queria ficar. Não voltar a levantar a cabeça. Não voltar a ver ninguém. Ficar com Felipe ali em casa.

— Lavínia... – disse Adrián.

Não respondeu. Começou a pensar na mãe de Felipe. Como ela seria? O filho se pareceria com ela? E que horror! Chegar com Felipe morto. Imaginou os gritos desesperados da mulher, seu olhar doído. O que aconteceu com ele? Ela certamente perguntaria. Seu peito começou a se contrair.

Adrián tocou seu ombro. Perguntava se ela estava passando mal. Ela soltou um ruído feio que quase não reconheceu como seu. Um soluço seco e rouco.

— Chora – disse Adrián –, vai lhe fazer bem chorar.

Levantou a cabeça.

— Não há tempo – disse. – Não há tempo – repetiu.

Felipe havia dito que tinha de tomar o lugar dele. Não havia tempo. O amanhecer começava a clarear na janela. Ao longe, escutavam-se os galos.

Adrián teria de se encarregar de Felipe. Felipe, que já estava morto. Ela tinha de ir embora dali, ir para a casa, para a casa aonde Felipe devia ter chegado. Com certeza estavam esperando por ele. O comando devia estar nervoso, pensando no que poderia ter acontecido. Poderia acontecer algo se ela não chegasse rápido, se não os avisasse do que tinha acontecido. O taxista poderia denunciá-los. Esparramou-se na cadeira.

— Adrián, você precisa se encarregar de Felipe – ordenou ela. – Eu tenho que ir embora.

Adrián pensou que estava alterada, que não sabia o que dizia.

— Não diga isso, Lavínia. Vai ver que vamos resolver isso juntos. Não fique assim. Acalme-se. Tome um pouco mais de café.

— Você não entende – disse Lavínia. – Estou bem, muito bem. Estou calma, mas tenho que ir embora. Tenho que avisá-los.

— Podemos fazer isso mais tarde – disse Adrián.

— Não. Não podemos – retrucou Lavínia. – Não posso lhe dizer mais nada. Mas mais tarde não dá. Tenho que ir já, antes que amanheça. Tenho que ir embora.

— E Felipe? O que vamos fazer com Felipe? – Estava assustado.

— Ligue para Julián. Julián é um amigo dele. Sabe localizar a família. E devem tirá-lo daqui escondido, sem que os vizinhos fiquem sabendo. Tirá-lo daqui e levá-lo para outro local. Outro lugar que não seja aqui. É muito importante. Eu posso ligar para Julián, mas não posso esperá-lo. Explico a ele o acidente. Digo a ele que precisei ir. Que não pergunte nada. Ele vai ajudá-lo. Tenho certeza. Era seu amigo. Gostavam-se muito – disse, e de novo sentiu vontade de ficar ali, chorar, mas não havia tempo. Tinha de ir embora.

— Mas você não pode ir assim, sozinha. Não está bem, Lavínia. Pelo menos, espere Julián chegar e eu levo você.

— Não. Estou bem. Não vai me acontecer nada. Só tenho que ir avisar. De verdade, acredite. Você não pode me levar. Ninguém pode me levar. Tenho que ir sozinha.

Ela passou a mão pelo cabelo. Por alguns instantes, sentia que ia enlouquecer. Lutava consigo mesma, contra o impulso de voltar para o quarto e ficar com Felipe, de chorar. Mas as lágrimas não saíam. Sentia-se frenética. Dilacerada. Queria ir embora e ficar. Devia ir, repetiu para si mesma. Devia cumprir com o que tinha prometido para Felipe. Era a última coisa que ele lhe disse, que tomasse seu lugar. Devia fazer isso. E, além disso, os outros deviam estar preocupados. Poderiam suspender a ação. Tudo poderia falhar se ela não fosse forte, se ela começasse a chorar, se ficasse ao lado de Felipe. Mas era terrível deixá-lo sozinho. Horrível deixá-lo ali, todo sujo, todo ensanguentado na cama. Mas precisava ir.

Entrou no quarto. Adrián seguia seus passos. Felipe estava inerte. Não tinha se mexido. Teve a esperança de que, quando entrasse, Felipe estivesse de lado. De lado como gostava de dormir. Mas ainda estava com a barriga para cima, com as mãos sobre o peito, como Adrián o deixou. Aproximou-se do telefone. Procurou na agenda o número da casa de Julián. A mulher de Julián respondeu, mal-humorada, sonolenta. Não eram nem cinco da manhã ainda. Julián pegou o telefone. Disse que devia vir até sua casa; que não dissera nada, mas que se tratava de Felipe. Felipe sofrera um acidente. Era urgente que ele chegasse imediatamente.

Então, entrou no banheiro e trocou a roupa ensanguentada. Vestiu calça jeans, camiseta, tênis. Avistou a jaqueta azul de Felipe e a pegou. Colocou sobre seus ombros. Ainda tremia de frio.

Antes de sair do quarto, ajoelhou-se junto a Felipe. O pranto agitava-se em seu peito como um desespero sem leito, uma dor se batendo contra cada canto de seu corpo.

— Já vou, Felipe – disse, aproximando-se do rosto dele. – Já vou, companheiro – repetiu. – Pátria Livre ou Morrer – soluçou, beijando suas mãos, sentindo pela primeira vez a umidade das lágrimas começando a correr como um rio desatado.

Levantou-se fugindo daquela umidade que ameaçava paralisá-la, deixá-la ali sobre a camisa ensanguentada de Felipe.

— Vou embora – disse para Adrián, e saiu do quarto quase correndo.

Adrián a seguiu até a porta. Despediram-se rapidamente. Um abraço apertado. "Cuide dele", disse Lavínia. "Cuide-se", disse Adrián.

Olhou para o relógio. Eram quase cinco horas da manhã. Ligou o motor do carro. Passou a mão pelo vidro dianteiro coberto de neblina e orvalho. E saiu. As ruas começavam a se animar com os caminhões distribuidores de leite e os mensageiros de moto jogando os jornais nas calçadas das casas. Era mais um dia. Outro dia. Tudo parecia normal. Passou por casas que luziam enfeites natalinos nos jardins. Árvores com lâmpadas coloridas. Janelas por onde se viam árvores de Natal. Nada parecia ter mudado. O mundo não chorava a morte de Felipe. Era como se não tivesse acontecido. Começou a chorar. Os soluços velavam a estrada que agora pegava, as flores amarelas, úmidas nas pétalas, mexendo-se no vento matutino e fresco de dezembro.

Sentiu que o pranto brotava de seus pés, produzia-lhe uma dor aguda no ventre, no estômago. Respirou fundo. Devia se acalmar. Não podia chorar assim. Não podia dirigir se continuasse chorando assim.

Os pensamentos provocavam uma desordem de imagens. Felipe rindo, Felipe na cama, Felipe no escritório, Felipe na última manhã em que o viu, Felipe dizendo que a ação não tinha nada a ver com Vela, dizendo que ele não quis que ela participasse, Felipe quando o conheceu, Felipe na sua cama, ensanguentado, imóvel. O mundo sem Felipe. Nada tinha mudado. E, não obstante, para ela, tudo tinha mudado. A raiva, a raiva de sua morte, tão inútil, a morte de tantos, a ditadura, o Grão-General, o general Vela e sua casa absurda, as mulheres de Vela, imbecis. Odiava-os. Odiava-os com as vísceras que lhe doíam, com a entranha que pungia, com o estômago. Poderia matá-los com as próprias mãos. Com as mãos nuas. Sem nojo.

Mas tinha de seguir, de continuar. Felipe não podia ter morrido em vão. Teria de cumprir seus sonhos. Os dele e os de tantos outros. Evitar que suas mortes ficassem vazias, que não servissem para nada. Não podia morrer em vão. Tinha de triunfar, de fazer tantas coisas. E Felipe rindo na praia, Felipe no navio indo para a Alemanha, Felipe menino na escola... Os Felipes que conheceu e os que não conheceu pulavam em sua mente. Duende Felipe, pássaro Felipe, beija-flor Felipe, urso Felipe, Felipe machista, Felipe doce. No fim, pediu a ela que o substituísse. Não porque tivesse querido. Por necessidade. As mulheres entrariam na história por necessidade. Necessidade dos homens que não tinham tempo para morrer, para lutar, para trabalhar. Precisavam delas no fim das contas, embora só reconhecessem isso na morte. Por que, Felipe? Por quê? Por que você foi morrer? Amorzinho, meu menino, meu homenzinho lindo.

E, assim, chegou à casa do caminho dos cafezais. A casa escura. Entrou com o carro até a frente. As luzes se acenderam. Um homem apareceu. O companheiro da vigília. "Sou Inês", disse Lavínia. "Aqui vendem plantas?", a senha. "Companheira, ponha o carro aqui atrás", e ela o pôs, deixando-o atrás da casa. Viu outros carros. Táxis. Os táxis Mercedes-Benz. Ali estavam. Semiocultos. Eram dois táxis. Um metido em uma garagem. O outro fora coberto com uma manta. E seu carro. Seriam três carros. Não faria falta o táxi de Felipe.

Na porta traseira da casa, a porta de vidro que dava para uma entrada coberta por uma pérgula, acabavam de aparecer Sebastián e Flor. Aproximavam-se. Tinham uns coletes sobre os ombros. Caras de preocupação. Outra vez a dor na barriga quando os viu. Aquela horrível vontade de chorar. E de gritar também. Limpou o nariz com o dorso da mão. Flor e Sebastián se aproximaram, quase correndo. Sebastián pôs o braço sobre seus ombros. "O que aconteceu?", disse. E Lavínia não conseguiu responder nada. Começou a chorar. Abraçou Sebastián e chorou sem conseguir pronunciar nenhuma palavra, sentindo que tinha chegado, que estava com sua família, com os seus, com seus irmãos. Levaram-na para dentro da casa. Uma sala enorme quase sem móveis. Algumas cadeiras de alumínio com coberturas de plástico floridas.

Flor disse algo ao vigia, que saiu de novo da casa. Apagaram as luzes. O dia já quebrando a escuridão.

Flor desapareceu e voltou a aparecer com um copo de água na mão. Deu para Lavínia. Sebastián fez com que se sentasse em uma cadeira. Mantinha-a abraçada, meio ajoelhada ao seu lado. Ela continuava chorando.

Tomou a água, dizendo para si mesma que devia se acalmar. Não tinha vindo para chorar. Tinha de lhes dizer o que aconteceu, mas sentia como se Felipe fosse morrer nesse momento. Só nesse momento a morte de Felipe seria real, no momento em que ela o dissesse. E as palavras não saíam. Ia contar e voltava a chorar.

— Seguiram você? – perguntou Sebastián. – Foi procurada? Aconteceu alguma coisa?

Ela mexia a cabeça se contradizendo, dizendo que não e que sim, sem conseguir emitir palavras.

— Deixe que ela se acalme – disse Flor para Sebastián e se aproximou para lhe dar palmadinhas no ombro, lhe dar mais água.

Tinha de dizer de uma vez. Via como ficavam nervosos a cada minuto que passava. Sentiu o alerta na casa. Barulho de pisadas no andar de cima. Coisas que se mexiam.

— Não estão me seguindo – disse, enfim. – Não se alarmem. Não estão me seguindo. Não aconteceu nada com a guarda.

Aspirou uma grande lufada de ar. Tinha de continuar. Tinha de mencionar Felipe neste momento. Ver Felipe morrer nos olhos de Sebastián e Flor. Tinha de fazê-lo agora, agora que diminuíam os soluços e conseguia falar.

— O que aconteceu foi que Felipe... – Bebeu água, respirou fundo. – Felipe assaltou um táxi. O taxista pensou que fosse um ladrão. Atirou nele à queima-roupa. Felipe morreu na minha casa. Faz mais ou menos uma hora, duas horas. Foi isso que aconteceu.

Agora as lágrimas corriam por sua face, mas os soluços iam se acalmando. Tentava não ver Felipe. Cada vez que uma imagem de Felipe brotava em sua memória, os soluços voltavam. Tentou pensar em outra coisa, nas cadeiras da sala, naquele lugar, inóspito, abandonado, as paredes descascadas. Não queria ver os rostos de Flor e Sebastián.

— Você vai fazer um esforço – dizia Sebastián, ajoelhando-se na frente da cadeira, junto dos joelhos dela, pegando sua mão – e vai me contar devagarzinho tudo que aconteceu.

Contou o melhor que pôde. Dando goles na água, usando um lenço tosco e grande que Flor lhe deu, de pé ao lado da cadeira, acariciando sua cabeça.

Quando terminou, Flor e Sebastián se afastaram do seu lado. Disseram algo entre eles.

— Vamos mandar um companheiro para ver sua casa – anunciou Sebastián, e para Flor: – Você fica com ela, me dá as chaves do seu carro. – Sebastián pediu.

— Espera – disse Lavínia. – Não vá embora. Preciso lhe dizer mais uma coisa. Felipe quer que eu assuma o lugar dele. Insistiu. Disse que eu conheço a casa. Que ele confia em mim. Que devo fazer isso. Que devo assumir seu lugar.

— Está bem, está bem. Já vamos falar sobre isso.

— Não. Eu preciso fazer isso, Sebastián. Por favor. Felipe me pediu antes de morrer. Ele me disse que insistisse.

— Já vamos falar sobre isso – repetiu Sebastián, e saiu sem lhe dar tempo de continuar.

— Flor, por favor, você tem que me ajudar – disse Lavínia. – Eu preciso fazer isso. Eu conheço a casa melhor do que ninguém.

— Sim, sim. Acalme-se. Não se preocupe. Espere Sebastián voltar. Ele não disse que não. Só que agora devem ser feitas outras coisas mais urgentes. Beba mais água.

25

Morreu ao amanhecer. Retornou para o lado do sol. Agora é companheiro da águia, um quauhtecatl, companheiro do astro. Dentro de quatro anos retornará tênue e resplandecente hutzilin, beija-flor, para voar de flor em flor no ar morno.

O milho e as plantas nascem no oeste, em Tamonchan, jardim das deusas terrestres da vida. Depois fazem a longa viagem da germinação sob a terra. Os deuses da chuva, Quiote, Tláloc, Chaac, guiam-nos e alentam para que não percam o rumo e surjam outra vez no Oriente, na região do sol nascente, da juventude e da abundância, o país vermelho da aurora, onde se escuta o canto do pássaro quetzalcoxcoxtli. Nem homem nem natureza estão condenados à morte eterna. A morte e a vida só são as duas faces da lua; uma clara, outra escura.

A vida brota da morte como a pequena planta do grão de milho, que se decompõe no seio da terra e nasce para nos alimentar.

Tudo muda. Tudo se transforma.

O espírito de Felipe soprou vento em meus galhos. Agora ele sabe que eu existo; que zelo do sangue de Lavínia aos desígnios escritos na memória do futuro. Ele a olhará do cortejo de astros que seguem o sol até chegar ao zênite. Não a perderá de vista. Lançar-me-á seu calor para que a mantenha.

O sangue de Lavínia ferve como uma colmeia exaltada. Seu pranto teve de ser contido com rochas e a dor se transformar em lanças desembainhadas, tal qual a dor de Yarince perante meu corpo inerte.

Dois homens cheios de angústia recolheram o corpo do guerreiro caído. Vestiram-no com roupas limpas. Vedaram suas feridas profundas.

Levaram-no carregado. Pareciam levar um homem bêbado de pulque.

* * *

Flor a levou até um quarto pequeno, onde havia dois colchonetes no chão. Disse-lhe que tentasse descansar um pouco enquanto avisava os outros do que tinha acontecido.

Pouco depois, Lavínia escutou do lado de fora murmúrios de vozes, sons de gente se movendo. Então, um silêncio e a voz de Flor dizendo algo sobre Felipe. Não conseguia entender as palavras. De vez em quando, ouvia distintamente o nome de Felipe. O restante era incompreensível. Olhou as paredes mofadas do quarto, em ruína e descascadas. Fazia frio. Apertou o corpo com os braços. Já não chorava. Estava mais em um estado de estupor. Não sabia se estava vivendo na realidade ou em um tempo distorcido pela dor e pela morte.

Flor voltou segurando uma xícara metálica, café com leite e um pedaço de pão com manteiga.

— Não quer comer um pouco? – sugeriu. – Vai lhe fazer bem.

Colocou no chão, perto dela, e se sentou no outro colchonete.

— Parece mentira – disse Flor, como quem fala consigo mesma. – Quase não consigo acreditar que Felipe tenha morrido. Tem me acontecido ultimamente. Não consigo acreditar na morte dos companheiros. Não reajo. Não sei se algum dia desses vou começar a chorar sem conseguir parar. Chorar pelos que não chorei. Dizemos que a gente se acostuma a aceitar a morte como parte desse ofício. Vê-la de frente, sem baixar os olhos. Vê-la com naturalidade. Acho que, na verdade, o que acontece é que a negamos. Não conseguimos aceitá-la. Simplesmente a rechaçamos. Continuamos esperando ver os companheiros vivos. Pensamos que no dia da vitória encontraremos todos, que ali perceberemos que não tinham morrido, que estavam escondidos em algum lugar...

Lavínia apoiava a cabeça nos joelhos, abraçava-os, mexendo as mãos com nervosismo.

— E morreu só com você? Você estava sozinha com ele?

— Sim – disse Lavínia. – Quando o vi, pensei que morreria de um momento para o outro, mas depois, quando estávamos falando, me neguei a aceitar que pudesse morrer. Mesmo quando Adrián chegou e me disse que tinha morrido, não acreditei. Mais tarde, inclusive, entrei no quarto para ver se tinha mudado de posição, se tinha se mexido. Mas nada.

— E ele lhe explicou que a ação é hoje, na casa de Vela?

— Sim. Ele me disse que devia assumir seu lugar, que ele me devia isso porque foi ele quem tinha se oposto à minha participação. "Você é valente", me disse, "você consegue. Não aceite que lhe digam não".

— Mas você percebe que é difícil a incorporarmos agora? Os companheiros do comando passaram meses treinando, concentrados, fazendo simulações...

— Mas eu conheço a casa melhor que ninguém. Eu já estive lá, vocês não. Eu a desenhei.

— Mas isso não é tudo, Lavínia. Nós conhecemos bem as plantas.

— Sim, eu sei. Eu dei um conjunto de plantas para Felipe, mas depois foram feitas várias mudanças.

— Mas o básico não mudou.

— Não, mas foram feitas algumas mudanças. Eu posso ser útil. Não é a mesma coisa ter visto uma planta e ter estado lá.

Tinha razão, aceitou Flor, mas deviam esperar Sebastián.

Ficaram em silêncio.

— Já se sente um pouco melhor, não é? – disse Flor.

— Não sei. Não sei como me sinto. Parece que nada do que está acontecendo é real.

— Você tem que ser forte, principalmente se quer participar da ação. Sebastián não pode vê-la assim, tão caída. Tem que fazer um esforço para se recompor, para deixar de estar com o olhar perdido, sonâmbula. Precisa fazer isso. Por Felipe. Ele esperaria isso de você.

— É triste que até o fim não reconhecesse que eu podia participar, não é? É triste.

Lavínia alisou o cabelo com as mãos. Arrumou a camiseta dentro da calça. Flor tinha razão. Devia se sobrepor à sua dor se quisesse participar. Pegou a xícara de café com leite e começou a tomar pequenos goles e dar mordidas no pão.

Flor a observou em silêncio.

— Teria sido mais triste que ele nunca tivesse reconhecido – concluiu Flor, depois de uma longa pausa. – Lavínia – acrescentou, adotando um tom solene. – Felipe tinha seus problemas. Você os conhecia melhor que ninguém. Mas o Movimento considera que você demonstrou coragem e disposição. Recentemente concordamos em lhe outorgar a militância. Você ia ser informada depois da ação, mas acho que é importante que saiba agora. Eu também queria lhe dizer que, aconteça o que acontecer, pode contar comigo. Eu gosto muito de você, gosto como uma irmã. Sei que está passando por momentos difíceis, mas tenho confiança de que vai sair desta situação fortalecida. Eu, que a vi superar suas dúvidas e inquietações, sei que tenho razões para confiar em você, razões para respeitá-la. Você escolheu se unir a nós, arriscar tudo, pôr a vida na linha de fogo. Isso tem seu valor, e eu lhe prometo que vou lutar para que lhe permitam participar por mérito seu. Não porque Felipe pediu, mas porque você merece.

Deram um abraço apertado. As duas choraram lágrimas caladas sem estridência de soluços. Flor enxugou o rosto com o dorso da mão e saiu deixando Lavínia apaziguada, serena, com uma sensação de calor, de paz, no peito.

Do lado de fora, os companheiros se preparavam. Tudo era excitação. Fazia dois meses que esperavam por este momento. Tinham treinado com dedicação. Nenhum sabia do que se tratava exatamente. Quando Sebastián chegasse, explicaria todos os detalhes. Enquanto isso, Flor instruiu que deixassem a casa "limpa". Queimavam papéis. Guardavam a roupa que não usariam em um saco. Examinavam armas.

Originalmente, o grupo consistia em quatro mulheres e nove homens.

Agora, com a morte de Felipe, seriam cinco as mulheres que participariam.

Sebastián voltou quando ela terminava de tomar uma ducha. Flor a tinha levado até um pequeno banheiro. "A água está muito fria", disse, "mas lhe fará bem".

O jato de água na pele foi como uma chicotada. Água fria da montanha. Fez com que tremesse, reanimando-a. Ficou de pé embaixo do chuveiro, deixando a água correr pelo rosto, pelo cabelo, longo e espesso. Queria lavar as imagens terríveis das últimas horas, os olhos inchados pelo pranto. Mas a sensação da água nas bochechas soltou outra vez as lágrimas; agora mansas, resignadas. Lágrimas que eram ao mesmo tempo saudades e propósito.

Voltou a vestir a roupa, a jaqueta azul de Felipe. Já não chorava. Não podia chorar mais. Não, uma vez que tinha de falar com Sebastián. O sol já esquentava, mas nesta região o clima era fresco, principalmente nesta época do ano.

Foi até a sala. Só viu Sebastián e Flor, inclinados sobre um conjunto de plantas colocado na mesa de um refeitório de alumínio e fórmica.

Sebastián ergueu a cabeça ao perceber que ela chegava.

— Você parece melhor – disse ele.

Lavínia sorriu, dizendo que se sentia melhor, a água a tinha reanimado. Olhou para ele tentando adivinhar, na expressão dos dois, o que aconteceria com ela.

— Já decidiram sobre a minha participação? – perguntou, fazendo um esforço para parecer equânime.

— Sim – respondeu ele. – Está aprovada. Você vai participar. Acreditamos que, de fato, seu conhecimento da casa é valioso. Mesmo assim, temos que lhe dar uma preparação acelerada. Contamos com pouco tempo. Dez homens aproximadamente. Cinco vai ensiná-la a manejar a arma. Você será a número Doze. Eu sou Zero e Flor é Um. Doravante, nos chamaremos por números. Você não deve mencionar nossos nomes na frente dos outros. Daqui a pouco, nos reuniremos todos aqui para rever os detalhes da operação. – Tinha assumido seu tom profissional.

"Participaria", pensou Lavínia. Tinham aprovado. Por um instante, quase se sentiu feliz.

Sebastián estava tenso, absorto. Desta vez, certamente, não haveria pranto surdo; o ronco animal e de dor daquela noite – distante já – de sua casa. Desta vez, não havia tempo nem espaço para chorar. E, mesmo assim, Lavínia conseguia sentir a dor que os envolvia em um círculo de pontas agudas.

— Obrigada – disse Lavínia. – Só mais uma coisa, acertaram as coisas em relação a Felipe?
— Sim – respondeu Sebastián. – E também localizamos o taxista. Jurou que, se tivesse sabido que era uma operação do Movimento, não teria atirado. Diz que nos respeita. Segundo ele, Felipe não disse nada até depois. É estranho. Difícil de acreditar. De qualquer maneira, já temos o homem sob controle. Desgraçado! – pronunciou o adjetivo com raiva e impotência.

"Como seria o homem que tinha matado Felipe?", pensou Lavínia. Não sentiu ódio dele. Não soube o que sentiu. Talvez quisesse vê-lo. Mas não tinha importância. Para quê? De que servia agora? O certo é que Felipe tinha morrido vítima da violência do país. A violência das ruas de terra, dos bêbados nas cantinas, das choupanas às margens de lixeiras insalubres, a delinquência, as capturas à meia-noite, fotografias de mortos nos jornais, os FLAT patrulhando as ruas, homens de capacete e rudes rostos imperturbáveis, as tropas de elite e suas terríveis ações, a casta, a dinastia dos grandes generais.

Era contra eles que devia dirigir sua raiva, a coragem.
Distraiu-se. Flor a olhava. O olhar de Flor a fez reagir.
— Vem – disse Sebastián, indicando que se aproximasse das plantas. – Gostaria que desse uma última olhada nestas plantas.

Aproximou-se. Lembrou-se da tarde quando Felipe as pediu. Tiveram de tirá-las do escritório sem que ninguém ficasse sabendo. Fazer cópias. Não queria emprestá-las a ele. Teve de vencer outro limite quando finalmente aceitou. Felipe não soubera explicar para que as precisava. "Só para tê-las", disse. "Nunca se sabe quando podem ser úteis. Precisamos copiar tudo que pudermos. Lembra que, quando você foi ao escritório de Vela, eu também lhe pedi uma planta."

A cópia sobre a mesa era exata. Algumas mudanças ligeiras foram introduzidas na última hora: a pérgula maior no terraço, a churrasqueira sob um teto; um quarto de costura. O que não estava nas plantas e que era importante era o complicado sistema de cancelas e cadeados que o general mandou instalar para isolar durante a noite os diferentes pavimentos da casa. Providenciou isto para evitar que um suposto ladrão pudesse se mover de um para outro pavimento. Cada andar podia ficar isolado do restante da casa, mediante uma cancela de grades e cadeados.

— Isso é muito importante – destacou Sebastián. – Estávamos preocupados com a possibilidade de acesso a outros pavimentos, a passagem de um andar para outro.

— Mas não sabemos se o general vai deixá-los fechados – disse Lavínia. – Isso só está previsto para funcionar à noite, quando vão dormir.

— Mas nós podemos fazer com que funcionem – disse Sebastián –, quando tivermos as pessoas asseguradas em um pavimento. E o quintal? O que pode me dizer?

O quintal tinha muros. Não havia possibilidade de que alguém saísse por ali. A casa era uma fortaleza.

— E o truque da parede que você me explicou? – perguntou Flor, olhando para Lavínia.

Sebastián ergueu os olhos. Franziu o cenho, intrigado.

— É aqui – disse Lavínia, assinalando o estúdio privado nas plantas. – O general tem suas armas neste quarto, dispostas em estantes na parede. A parede é giratória. Se as armas não estão à vista, quer dizer que estão do outro lado, ocultas.

— E como é isso? – perguntou Sebastián. – Não está nas plantas.

— Não – respondeu Lavínia. – Está em uma planta separada.

— Melhor chamar os outros – indicou Sebastián para Flor. – Vamos fazer a última formação fechada e dar todas as instruções. É importante que ouçam isto.

Flor desapareceu por uma escada que levava até o andar de cima. Minutos depois, o grupo desceu ordenadamente.

Eram sete homens e três mulheres. Lavínia reconheceu Lourenço e Renê, os instrutores da escola militar aonde tinha ido. Não pôde dissimular sua surpresa quando viu, entre eles, Pablito, seu amigo de infância, com quem dançou na festa do Social Club, o que disse trabalhar no recentemente inaugurado Departamento de Pesquisas Sociais do Banco Central. Pablito, o inofensivo. Segundo Sara, tinha saído do país para trabalhar em um banco no Panamá. A surpresa foi mútua. Os dois estiveram a ponto de se delatar quando comprovaram a incredulidade um na cara do outro. Ele indicou com o olhar que se fizesse de desentendida. Os outros quatro homens eram desconhecidos para ela, como as mulheres. Uma delas era baixinha e robusta, de cabelo comprido, liso e castanho e olhos amendoados que fitavam com uma meiguice particular. Havia outra, gordinha e de pele marrom, de expressão simpática. As outras duas eram sérias e um pouco rudes, mais velhas que o restante do grupo. A maior parte dos membros do comando oscilava entre 22 e 30 anos, exceto as duas mulheres que deveriam ter mais de 30.

Quando todos estavam na sala, Sebastián deu a voz de comando de formação. Formaram-se em duas filas. Flor indicou que se alinhasse como os outros. Colocou-se por último. Era a número Doze.

— Sentido! – E todos ficaram eretos, adotando a posição militar.

— Numerar de frente para a retaguarda! – ordenou Sebastián.

Começou a contagem. Pablo era o Nove; Renê e Lourenço eram Dois e Cinco. A moça dos olhos amendoados, Sete; a gordinha simpática, Oito.

— Descansar!

Os rostos e peitos de distenderam, mas ninguém saiu de sua posição. Sebastián ficou diante do grupo e começou a falar. Era tradição no Movimento explicar politicamente cada ação, reiterar seu significado. Lavínia, como os outros, escutou com uma atenção silenciosa e respeitosa as palavras firmes de Sebastián, que explicava como a Organização tinha confiado neles, na sua capacidade para levar adiante a operação *Eureca*. Tinha-se plena confiança, dizia, em que todos e cada um deles saberia honrar o nome do Movimento, dando a conhecer sua vigência; a luta nas montanhas, a repressão e violência exercidas pela ditadura.

Com essa ação, continuava dizendo, seria quebrado o silêncio guardado durante meses nas cidades pelo Movimento.

— Um dos membros deste comando morreu esta madrugada, o número Dois – disse depois de uma pausa.

Lavínia observou as expressões dos outros. O medo. A tristeza.

Com simplicidade, Sebastián narrou as circunstâncias da morte de Felipe. "Assim são os ossos do ofício", disse. Felipe devia viver entre eles, acrescentou. A ação honraria sua memória. Havia sido decidido que levaria seu nome. A morte de Felipe, a morte de tantos companheiros, continuava dizendo, os comprometia para fazer realidade os sonhos pelos quais tinham entregado sua vida.

Sebastián se deteve. Fitou o chão por um instante. Ergueu a cabeça e disse com voz alta e grossa:

— Companheiro Felipe Iturbe!

— Presente! – disseram todos.

Houve um breve silêncio de recolhimento e memória, no qual Lavínia não conseguiu visualizar Felipe morto, pensando, de vez em quando, que tudo aquilo não estava acontecendo. Ouvia o eco do "presente", distante, terrível, em seus ouvidos.

Então, Sebastián continuou explicando como a violência não tinha sido uma opção, mas uma imposição. O Movimento lutava contra essa violência; a de um sistema injusto, que só poderia ser mudado com uma longa luta de todo o povo. Não se tratava de vender sonhos em curto prazo, nem de mudar pessoas. Perseguiam-se mudanças muito mais profundas. Nada de ilusões de fim de regime que perpetuassem o estado de coisas. Todos deviam ter isso claro, enfatizou, para poder compreender por que a ação não começaria até que o Grão--General tivesse deixado a casa.

A operação, disse, era só o início de outra etapa. Propunha-se aliviar a pressão sobre os companheiros da montanha – isolados e perseguidos fazia meses –, abrir outras frentes.

Finalmente explicou as exigências que seriam feitas: a liberdade dos presos políticos; a divulgação, em todos os veículos de comunicação, de comunicados, explicando para a população os motivos da ação: as exigências inegociáveis do comando.

Era uma operação, disse, "Pátria Livre ou Morrer". Sem retirada. Ou saíam vitoriosos, ou morriam.

— Vencemos ou Morremos. – Depois, em voz alta e ressonante, a palavra de ordem: – Pátria Livre...

— Ou Morrer! – responderam todos em coro.

— Desfazer filas! – ordenou Sebastián.

Estava visivelmente emocionado. A morte de Felipe pesava no ar, emprestava aos rostos expressões solenes.

"Devia ser terrível", pensou Lavínia, "para eles, entrar em ação com aquela morte fresca e tenra na memória". Custou a sair da formação, se mexer de onde estava. De repente, lhe veio à mente a enormidade do que estavam empreendendo. E ela, no meio de todos, novata. Infundia-lhe espanto a ideia de cometer algum erro que os pusesse em perigo; criar riscos em uma operação preparada com tanto cuidado, tão significativa e determinante para o futuro do Movimento. A confiança depositada nela a reconfortava, obrigando-a a vencer dúvidas e temores fundamentados na própria inexperiência. Teria de ser capaz, disse para si mesma.

Os companheiros se moveram.

— Agora faremos um semicírculo ao redor da mesa. Vou explicar a vocês os detalhes da operação – disse Sebastián. – A companheira Doze esteve envolvida no projeto da casa – acrescentou, como apresentação. – Participará conosco da operação. Ela nos ampliará os detalhes sobre o interior.

Os integrantes do comando a olharam atentamente, com camaradagem. Mais uma entre eles. Ficou de pé ao lado de Sebastián, que falava, assinalando a planta.

— Vejamos – disse ele, percorrendo com os dedos os cômodos da casa. "Devem conhecê-la quase melhor do que eu", pensou Lavínia, escutando-o. – A casa tem uma entrada principal. Também pode entrar pelas garagens. No primeiro pavimento há três salas, separadas por móveis com jardineiras, um hall de entrada, a sala de jantar com uma escada para subir para o segundo pavimento, um banheiro para hóspedes e a cozinha. Na parede lateral esquerda há uma porta pela qual dá para entrar na sala pela garagem.

Olhava a planta quase sem vê-la. Sebastián explicava o segundo pavimento, os dormitórios, a sala de música, a armaria, o quartinho de costura... Perdeu o fio da meada. Recordou os meses de trabalho, absorta sobre a mesa de desenho projetando aquela casa. Aquela casa que tinha causado a morte de Felipe. Felipe não teria morrido se as irmãs Vela não tivessem chegado aquela tarde distante em sua memória na qual Julián a chamou para que as atendesse. Pareceu que as viu de novo, as duas. Recordou suas primeiras impressões sobre Azucena, a srta. Montes. Impressões que a realidade depois corrigiu para devolver o papel frívolo e parasitário da solteirona, ocupada o tempo todo em proteger o conforto que sua irmã lhe proporcionava. A irmã obcecada em pertencer à "sociedade", como chamava as pessoas de nome e berço. Pensou no filho de Vela sonhando em um dia poder voar.

— Como você disse que era o sistema de cancelas? – perguntou Sebastián, trazendo-a de volta para a sala, aos olhos dos companheiros, que a fitavam.

— Há duas cancelas com grades – explicou Lavínia, aparentando ter estado atenta a toda a explicação. – A primeira está na sala de jantar; a segunda, entre o estúdio privado e o quarto de costura no segundo pavimento. A primeira isola a área social da área de quartos e da área familiar mais íntima. A segunda divide esta última da área de serviço. É de se supor que, durante a festa, todas as cancelas vão estar abertas. Imagino que o general e sua mulher vão querer mostrar toda a casa para as visitas.

— E o lugar das armas?

— As armas estão no estúdio de Vela. Na frente da porta há uma parede de madeira. A parede é giratória. Ele pode ter as armas expostas ou ocultas, como desejar. Se não as virem, será necessário ativar o mecanismo que está situado atrás de uma tampa falsa à direita da parede. Aqui – disse ela, e todos se inclinaram. – Para abrir a tampa, é preciso puxar um pequeno ferrolho, depois levantar a alavanca diminuta que serve de tranca. Isso libera os painéis. Acho que o mais provável é que durante a festa tenha as armas expostas.

— Não sabíamos nada disso – declarou Lourenço.

— Ninguém sabia – disse Lavínia. – Nem Felipe.

— E as instalações perto do jardim, a sauna, o salão de ginástica e o restante? – Sebastián interrompeu, ativo.

— Aqui podem ver – disse Lavínia, assinalando o desenho. – Na beira da piscina. Este pavilhão tem dois banheiros com chuveiro; dois vestiários; a sauna, um salão de ginástica; e, neste espaço que separa os banheiros e vestiários da sauna, há um bar, uma área social coberta.

— Este era o lugar que não entendíamos – disse a gordinha, a número Oito.

— Há um acesso direto, este caminho de pedras que vocês veem aqui, da piscina, vai tanto até a área social como até a familiar. Estes acessos também têm cancelas e grades.

— A casa está bem segura – apontou Pablito, o número Nove.

Lavínia continuou explicando os acessos, os ambientes. Falava com segurança. Conhecia a casa; era seu pesadelo, sua criatura. Os outros olhavam para ela com respeito.

— E no estúdio, que armas há? Você sabe? – perguntou Sebastián, Zero, chefe da operação.

— Há de tudo – disse Lavínia. – Rifles, pistolas, submetralhadoras. – Doía-lhe terrivelmente a cabeça.

Flor sacou um papel e explicou que eles se dividiriam em três pelotões de quatro companheiros cada um. Um dos pelotões entraria pela frente; o outro, pelo acesso de serviço, localizado ao lado da cozinha; o último, pela garagem. Zero não pertencia a nenhum pelotão, pois devia comandar todos. Penetraria com o pelotão número dois pela porta principal.

— O mais importante – ressaltou Sebastián – é entrar. Quem ficar de fora é homem morto. O pelotão dois e eu vamos nos encarregar de tirar as armas desse quarto e distribuí-las.

Os chefes de pelotão deviam garantir, uma vez lá dentro, o fechamento de cada acesso. O pelotão número um, o que entraria pela porta de serviço, devia se unir com o dois, entrando no segundo pavimento da casa; o número três devia rodear a casa, verificar a beira da piscina, pegar os convidados que estivessem ali e penetrar pela porta de acesso do terceiro pavimento, revistá-lo e transferir para o segundo pavimento os convidados e o pessoal que encontrassem. Depois, com posse das armas, se dividiriam em dois pelotões: um para vigiar os convidados e outro para garantir a defesa e vigilância da residência. Todos os convidados seriam reunidos no segundo pavimento, o mais protegido.

O mais delicado e perigoso era o momento em que desceriam dos carros. Sebastián indicou que o pelotão de informação já estava vigiando a casa. Eles passariam, por telefone, a informação sobre o aparato de segurança que permanecesse protegendo outros convidados, depois que o Grão-General fosse embora.

Sabia-se, por fontes, que compareceriam à festa vários embaixadores, além de altos membros das forças armadas, sobrenomes notáveis do país e vários membros da família do Grão-General.

— Quando descermos, atiraremos em qualquer coisa que se mexer – disse Sebastián. – Os ocupantes dos dois primeiros veículos devem abrir caminho até a porta. Os do terceiro veículo os cobrirão, enquanto também abrem caminho. Temos que entrar o mais rapidamente possível, em formação de cunha.

— Zero – disse Pablito, o Nove, para Sebastián. – Desde o início minha preocupação é que somos poucos para controlar a quantidade de gente que estará na festa.

— Calculamos que muita gente irá embora quando o Grão--General se for.

— E muita gente não vai comparecer – acrescentou Lavínia. – O general Vela não é muito popular socialmente.

— Do Grão-General e do número de pessoas depende o momento em que entraremos em ação. De qualquer maneira, não podemos permitir que fujam "peixes graúdos" – esclareceu Zero. – É muito importante lembrar que não devem maltratar nem atirar em nenhum convidado, só se forem atacados. O melhor resultado é sair dali com as pessoas vivas. Não queremos nem podemos fazer uma matança. É fundamental que os reféns percebam que estão tratando com revolucionários, não com assassinos, nem desalmados.

Embora o comando estivesse inteirado do tipo de ação que ia realizar, só tinha conhecido poucas horas antes, por razões de segurança, qual seria o objetivo, a missão específica. Não obstante, levavam dois meses, segundo tinha dito Flor, no treinamento, fazendo simulações, assaltos, conhecendo suas armas. Agora revisavam, vez ou outra, detalhes e movimentos. Continuaram fazendo perguntas por um bom tempo, discutindo, até que pareceu que todos estavam satisfeitos e esclarecidos; até que se certificaram de poder visualizar passo a passo o que devia acontecer.

Então, Sebastián indicou que começassem os preparativos de combate, a fase imediatamente anterior ao início da operação.

Flor deu instruções ao grupo para que revessem mochilas, constatando a provisão de remédios, alimentos enlatados, bicarbonato, pilhas, água, o que for que precisariam no caso de reação prolongada, bombas de gás lacrimogêneo, feridas. Também orientou a revisão das armas entregues a cada um. Preparou, com a companheira que atendia a cozinha, uma refeição rápida e leve. Era importante ter feito a digestão quando entrassem em ação, ou no caso de qualquer ferida no estômago. Eram mais perigosas com o estômago cheio.

Indicou a Lavínia que devia ir até o quarto dos fundos com Cinco para receber instruções sobre o uso de sua arma, uma submetralhadora Madsen, velha e descascada.

A atividade frenética da casa se desenvolvia em ordem. Os rapazes examinavam, estendendo no chão, o material contido nas mochilas. Sebastián discutia outros detalhes da operação com os chefes de pelotão, Flor, Dois e Três.

Era meio-dia.

26

Chegamos ao dia. A data favorável para o combate, marcada pelo signo "ce itzcuintli", "um cachorro", consagrada ao deus do fogo e do sol.

Antes da chegada dos invasores, nós nunca íamos à guerra de surpresa. Nossos calachunis enviavam muitas missões às terras em disputa para tentar chegar a acordos amigáveis. Não só dávamos ao adversário tempo suficiente para preparar a defesa, inclusive proporcionávamos escudos, machados, arcos e flechas. Nossas guerras obedeciam à vontade dos deuses desde a origem do mundo, desde que as quatrocentas serpentes de nuvens esqueceram sua missão de dar de comer e de beber ao sol. As guerras eram decididas segundo o juízo dos deuses, e, por isso, era necessário que seu juízo não fosse falseado com enfrentamentos desiguais ou inimigos atacados sem aviso.

Foram os invasores os que impuseram novos códigos de guerra. Eles eram astuciosos, enganosos. As guerras que fizeram contra nós estavam profanadas do princípio ao fim. Não respeitavam as regras mais elementares. Percebemos que devíamos enfrentar esse inimigo de noite, escondidos, com argúcias de rato, quimichtin – os guerreiros disfarçados que mandávamos investigar em terras inimigas –, ou em terrenos que só nós conhecíamos e para onde os levávamos fazendo reluzir o teguizte, o metal dourado pelo qual eram fascinados.

Mas muito mudou na arte da guerra no mundo tresloucado deste tempo. Os guerreiros que cercam Lavínia guardam silêncio. Não têm chimalis para se defender do fogo inimigo; já estão esquecidos o atlatl, o arco e as flechas, os tlacochtli envenenados. Eles não preparam o corpo com óleo antes da batalha, e imagino que, quando se encontrem cara a cara com o inimigo, não farão ulular os caracóis, nem os apitos de osso soarão seu agudo ruído ensurdecedor.

Ah! Mas o que digo, que lembrança! Minhas lembranças são velhas mesmo para mim. Os invasores quebraram todas as nossas leis. Eles não se conformavam, como nós, com tomar posse do templo mais importante da terra inimiga, marcando, assim, a derrota de seu deus branco e espanhol e a vitória de Huitzilopochtli. Arrasavam tudo que encontrassem no caminho.

Eles não guardavam guerreiros, como nós soldados invasores, para oferecer em sacrifício, dar a eles a morte sagrada. Eles matavam sem piedade ou punham grilhões nos cativos como se fossem animais, como reses, para depois servi-los de comida aos cachorros ou usá-los como bestas de carga. Os invasores não faziam, como era costume, trégua com os vencedores ou os vencidos para estabelecer em harmonia, depois do ditame dos deuses, os tributos que deviam ser entregues aos vitoriosos. Eles simplesmente tomavam posse de todos os bens. Não deixavam pedra sobre pedra.

Sua guerra era total.

Seu único deus, mais feroz que todos os nossos, mais sanguinário.

Seu calachuni, que chamam "rei", era insaciável de taguizte.

Só nos restou a coragem. No final, só tínhamos o ardor do sangue para lhes opor.

Com ardor, Yarince venceu a morte. Buscou carapaças, as duras conchas, o refúgio dos caracóis, e se vestiu de cal e pedra para enfrentar a múltipla solidão das noites.

Ainda perambulou muitos dias enquanto eu dormia em minha morada de terra, sentia seus passos, inconfundíveis entre as pisadas dos jaguares e dos veados.

Até que os invasores o cercaram. E eu vi tudo isso em um sonho. Trepou, como onça, nas rochas e dali, da altura do morro, olhou uma única última vez as cabeceiras dos rios, o corpo estendido das selvas, o horizonte azul do mar, aquela terra que tinha chamado de sua, a que tinha possuído.

"Não me possuirão", gritou para os barbudos que o olhavam, assustados. "Não se tornarão donos de uma só célula de meu corpo."

"Itzá!", gritou, tirando-me para sempre de meu sonho, e se jogou no espaço, sobre as rochas que se encarregaram docemente de dispersá--lo. Os conquistadores jamais conseguiram recuperar nem sequer um vestígio de seu corpo: esta terra de meus cantares, território amado se negando para sempre ao invasor.

* * *

Seguindo as instruções de Flor, Lavínia e Lourenço foram até o quarto indicado.

Quando entraram, Lourenço lhe deu um abraço apertado.

— Sinto muito, irmãzinha – disse. – Quase não consigo acreditar no que aconteceu com Felipe! Que azar! E como foi que o taxista atirou?

Explicou com voz calma. Por algum motivo, estava com uma sensação de que a morte de Felipe tivesse acontecido há muito tempo, ou como se ela já não fosse ela, a de ontem, e sim outra mulher, forte e decidida, inabalável perante o perigo ou a morte. "Talvez já não me importe de morrer", pensou por um instante. Talvez a isto se devia este sangue-frio com que contemplava o que ocorreria nas próximas horas.

Lourenço, seco e autoritário durante o treinamento de fim de semana na fazenda, dessa vez reuniu toda a meiguice e suavidade que encontrou em seu corpo forte e musculoso.

Ensinou-lhe as câmaras secretas da arma, montar e desmontar, as propriedades de combate, as características do equipamento de assalto da Madsen, como se estivesse falando de um corpo de mulher, de uma namorada obscura e sólida. Sua voz era íntima e suave, tranquilizadora pela convicção que emanava de que nada podia dar errado. A operação seria um sucesso.

Passaram várias horas naquele exercício. Lavínia, atenta, não perdia nenhum detalhe. Aquele quarto e as palavras de Lourenço pareciam ser a única zona iluminada no universo escurecido de sua mente. "Tinha de dar certo", pensava. Ela era Felipe, Felipe era ela. Fundiam-se para tomar posições na batalha. Felipe viveria em suas mãos, em seu dedo apertando o gatilho, em sua presença de ânimo, no sangue quente e a cabeça fria, no "endurecer-se sem perder a ternura" de Che Guevara.

— Você já sente que é como uma parte sua? – perguntou Lourenço. – Isso é o que deve sentir. No combate, temos que sentir que a arma vai ser fiel, que responderá como um braço ou uma perna, como alguém que nos quer e nos defende da morte. Você já a sente assim? – disse, aproximando-se, pondo uma das mãos em seu ombro e outra na submetralhadora que Lavínia segurava contra o peito.

— Já – disse Lavínia. – Sinto como se fosse uma irmã, ou como se fosse Felipe.

— É isso. É isso – disse Lourenço. – É isso que tem de pensar. Ela é o seu Felipe. Pense nisso quando atirar. Pense nisso quando usá-la para se defender.

Teve vontade de chorar outra vez, de chorar em cima da arma imaginando que fosse Felipe. Mas não devia pensar em Felipe morto. Devia pensar nele vivo. Vivo e ágil. Vivo e valente. Firme. Forte.

Enxugou os olhos umedecidos. Lourenço a olhava com meiguice.

— É isso aí, menina – endossou. – Não amoleça.

Não amoleceria. Já teria tempo para chorar.

O momento se aproximava. Sebastián tinha saído para receber o último relatório da equipe de informação. Totalmente preparados, corredores em suas marcas, com os músculos tensos, fazendo piadas intermitentes que pareciam fugas de vapor, o grupo estava na sala; uns sentados nas cadeiras, outros no chão, encostados na parede.

O que estariam pensando?, perguntou-se Lavínia, olhando-os.

Depois que saiu do quarto com Lourenço, Pablito se aproximou. Tocaram-se em um reconhecimento tropo e afetuoso, perdoando-se com o gesto o que sabiam que teriam pensado um do outro.

Agora, sentada no chão, via Pablito pensativo, calado. De vez em quando, sorria quando seus olhares se cruzavam. Ao contrário dos outros, eles não tiveram de atravessar pobrezas e humilhações. Chegaram ali compelidos pelo vácuo da abundância: o nada de suas vidas, aparentemente tão repletas de bens, tão confortáveis e macias. Nunca pensou que pudesse se sentir assim tão plena depois da morte de Felipe. Mas estar ali, com as costas na parede, no meio daquelas pessoas que se atreviam a sonhar, lhe causava um suave calor interno, a certeza de finalmente ter se encontrado, de ter chegado ao porto.

Sentiu que finalmente tinha superado seus medos. Por fim, acreditava, confiava. Tinha certeza de querer estar ali, partilhando com eles, com estas pessoas e não outras, o que talvez fossem seus últimos momentos de vida.

Orgulhava-se de fazer parte do grupo, de ser confundida entre eles, todos iguais diante do perigo que se aproximava.

Aqui acabavam os berços de tule ou de madeira, as diferentes lembranças de infância. Se intimamente a aceitavam ou não, jamais saberia. O certo é que, neste instante, neste parêntese do tempo, todos se fundiam, animais da mesma espécie. Suas vidas dependiam umas das outras. Confiavam uns nos outros, confiavam suas vidas à sincronia coletiva, à defesa mútua, ao funcionamento de equipe.

Eles se defenderiam, agiriam como um só corpo, movidos por um mesmo desejo, uma mesma inspiração.

Depois de tantos meses, teve a sensação de ter conseguido uma identidade com a qual se vestia e se esquentava. Sem sobrenome, sem nome – só a Doze –, sem posses, sem saudade de tempos passados. Nunca tinha tido uma noção tão clara do próprio valor e importância; de ter vindo ao mundo, ter nascido para a vida para construir, e não por uma sorte caprichosa de espermatozoides e óvulos. Pensou em sua existência como uma constante busca deste momento. Farejando, sem mapas nem certidão de nascimento, tinha conseguido chegar a esta sala, se sentar no chão duro e frio, apoiar as costas naquelas paredes. Tantas dúvidas, tantas dores, a morte de Felipe, foram necessárias. Abandonar seus pais, distanciar-se de Sara. Pensou no filho de sua amiga que nasceria em um futuro, tomara, diferente.

Sua tia Inês teria ficado orgulhosa dela. Acreditava na necessidade de dar transcendência à passagem pelo mundo, deixar pegadas.

E seu avô, fervoroso admirador das rebeliões indígenas, iconoclasta, advogado de causas perdidas, instaurador pioneiro de jornadas de oito horas e enfermarias para os trabalhadores, estaria olhando para ela, pensando que, finalmente, tinha colocado asas e voava.

A não ser pela morte de Felipe, o futuro sem ele, aquele momento de espera teria gosto de liberdade, de euforia.

Apesar de Felipe, tinha vontade de sorrir – sorria a quantos olhos encontrava na sala – e, de maneira confusa, intuía que, embora não estivesse ao seu lado, encontraria no amor coletivo respostas profundas que aliviariam a solidão.

Reconciliada com tudo que a tinha preocupado nos últimos meses, decidiu aceitar, com tristeza, o fato de que somente na sua relação com Felipe não houve reconciliação. No combate em que se enfrentaram, só a morte os igualou. Só a morte de Felipe lhe devolveu seus direitos, permitiu que estivesse ali. O símbolo era obscuro e dilacerador. Mas não podia aceitá-lo como um augúrio funesto do amor ou do velho antagonismo de Adão e Eva. Felipe foi um habitante do princípio do mundo, da história. Um homem belo e peludo das cavernas. Depois, as coisas mudariam. Depois. No momento, sabia que Sebastián andava por ali com promessas na mão.

Os outros estariam repassando suas vidas, como ela?, perguntou-se, percorrendo com os olhos os rostos concentrados.

Sebastián tinha dito que venceriam ou morreriam. Era uma ação sem retirada.

Eram estes, talvez, os últimos momentos de suas vidas. Certamente pensavam nisso, disse para si mesma. Mesmo que confiassem na vitória, a morte era uma passageira possível desta viagem. Sabiam, embora fugissem ao seu olhar.

Mas o ambiente era sereno. "As árvores serenas", pensou, evocando a imagem da laranjeira. Também se sentia serena, árvore.

Não temia esta morte como outras. Não estava rodeada de obscuros fantasmas desconhecidos. Aconteceria quase de forma previsível. Era um risco calculado. Não a envolvia nenhum mistério. Se morressem, não teriam vagos arrependimentos. Uma opção livremente escolhida. Não fariam oferendas à morte, mas sim à vida. Seria um final digno. Nada de decrepitude e vácuo. Saberiam por que e para que morriam. Isso era importante. Reconfortante. Suas vidas não eram lugares ermos e frios, ou ânforas sedentas da obrigação de serem enchidas. Tinham sentido. Fáguas não era uma grande cidade onde tudo estava decidido previamente e nenhuma vida significava grande coisa. Aqui não havia lugar para as grandes dúvidas existenciais. Era fácil tomar partido. Neste pequeno país de plastilina, onde tudo ainda estava por ser feito, não se podia fugir da responsabilidade com argumentos arduamente desenvolvidos em longos ensaios filosóficos.

Escolhia-se entre a luz e a escuridão.

"Embora fosse terrível", pensou, "precisava pôr a vida na linha de fogo". Ficar sem outra alternativa que a luta. Morrer como Felipe, em plena juventude. Este era um recurso extremo, como certa vez Felipe explicou a ela. Reação violenta contra a violência considerada natural pelos privilegiados.

Todos eles deveriam ter tido direito a outro tipo de vida.

Olhou para as mulheres. Pensou no que teriam vivido para chegar a estar ali, sentadas, esperando, em silêncio. Para ela, custou a vida de Felipe. Felipe teve de morrer para lhe ceder seu lugar.

As mulheres entrariam na história por necessidade.

Faróis na janela. Sebastián voltava. Ficaram de pé. Levantaram suas mochilas. Puseram nos bolsos suas máscaras de meia.

Lavínia olhou para o relógio. Os treze tinham relógios cronometrados que marcavam a mesma hora. Eram dez e meia da noite.

— Vamos! – disse Sebastián quando entrou. – O Grão-General já saiu. Também o embaixador ianque e um bom número de convidados. Mas há suficientes peixes graúdos no aquário.

Reuniu todo mundo no centro da sala para explicar o aparato de segurança que permanecia na casa de Vela: uns poucos agentes de segurança, guarda-costas dos peixes graúdos.

— Há vários guarda-costas que estão jogando cartas – disse Sebastián. – Não imaginam nada, por isso temos que aproveitar ao máximo o fator surpresa. E entrar rápido! Não esqueçam: quem ficar de fora é homem morto!

"A menos que seja mulher", pensou Lavínia. Para ela, era difícil evitar, ao ouvir falar desta forma, zombar da linguagem.

Os pelotões foram formados.

Os chefes de pelotões, Flor, Um, Dois, Renê e Três – um rapaz de estatura média, de pele marrom-clara, grandes bigodes – saíram rumo aos carros estacionados no jardim.

Eram dois táxis Mercedes-Benz um pouco velhos, mas em perfeitas condições.

E o carro de Lavínia.

Cada pelotão se acomodou em um veículo.

Lavínia integrava o pelotão número um. Flor era a chefe do pelotão. Também estava formado por Oito e Lourenço.

— Doze – disse Flor, com voz de mando –, você dirige.

Lavínia se sentou ao volante. Flor, a gordinha Oito e Lourenço entraram no carro rapidamente. Ligaram os motores e seguiram o caminho dos cafezais. A calçada, a deteriorada casa, ficavam para trás, apagadas na neblina rala que cobria a noite.

— Vamos deixar os veículos como proteção ao chegar – disse Flor, enquanto pegavam a estrada. – Em uma espécie de trapézio. Onze vai ficar na esquina. Você o deixa no meio, reto, e Sete vai deixá-lo oblíquo ao seu. Assim, formaremos uma trincheira na frente da porta quando descermos. Entendeu? – perguntou a Lavínia.

— Sim – respondeu ela, dirigindo a uma velocidade média, ciente da responsabilidade de fazê-lo sem cometer falhas que pudessem pôr em perigo a operação. Não afastava os olhos da estrada, mantendo-se muito perto de Onze e sem perder de vista Sete, os motoristas dos outros veículos.

Deixaram para trás a neblina das regiões altas. A noite era fresca e ventosa. Noite de dezembro.

— Vai ser bonito este Natal – comentou Oito. – Natal sem presos políticos.

— E com boa comida – acrescentou Lourenço. – Com certeza vamos comer peru na casa de Vela.

Todos riram da piada.

— Você se sente bem? – perguntou Flor a Lavínia.

— Muito bem – respondeu Lavínia. – Se não fosse pelo que aconteceu com Felipe, poderia dizer que me sinto feliz.

— Felipe está conosco – disse Flor. – Pode ter certeza de que ele vai ajudar a todos.

— E o que ele ia fazer?

— Ele teria sido o chefe do pelotão três e o segundo no comando da operação. Dois o substituiu.

Lavínia sorriu, não sem ironia, comentando a impossibilidade que teria tido de substituir Felipe.

— Você não vem para esta operação substituir Felipe – disse Flor. – Lembre-se do que eu lhe disse.

Agradeceu por ela relembrar, embora soubesse que, se Felipe não tivesse morrido, neste momento estaria em casa, ainda esperando, nervosa, de fora, sem participar.

— Revisemos nossa missão – disse Flor, virando-se de lado no assento para ver Oito e Lourenço. – Primeiro: descemos atirando, em formação de cunha. Atirem no que se mover e corram para a porta do lado direito, a de serviço. Dois: entramos rapidamente e descemos pelo acesso que dá na piscina, no segundo pavimento da casa. Se encontrarmos alguém, o dominamos, sem atirar, só se estiver armado, e o levamos para o segundo pavimento. Lembrem que só enfrentaremos os agentes de segurança. No segundo pavimento, nos reuniremos com o pelotão um. Lembrem-se de que devemos pôr as máscaras quando invadirmos a casa. Está tudo claro?

Responderam afirmativamente. Lavínia tentava visualizar cada passo; o caminho até a piscina pela qual frequentemente descia para revisar os trabalhos, estreito, construído com paralelepípedos de concreto superpostos. Entravam na área residencial que os levaria para a frente da casa de Vela. Sentia o peso da arma sobre suas pernas, evidência inapelável de uma realidade insólita. Nunca atirou com uma arma deste tipo. Seus únicos tiros foram feitos com pistola, um só dia, com Felipe, em uma praia deserta. "Vários de nós nunca atiramos com as armas que levamos", dissera Lourenço. Era quase incrível, mas era assim. A ação tinha sido montada mais com audácia que com recursos. Não servia de nada se preocupar. Separaram-se um pouco para passar sem despertar suspeitas na esquina próxima à casa de Vela, onde havia alguns agentes de segurança, com rádios. Estavam distraídos, conversando. Vários automóveis passavam pelo setor. Não deram importância aos táxis.

A equipe de informação tinha dado detalhes pormenorizados da localização de todos os agentes de segurança, e guarda-costas dos convidados, que estavam mais perto da casa.

A partir desta informação, cada membro do comando tinha sido encarregado de um setor de fogo. Deviam atirar mesmo que não vissem nada. Atirar contra o setor designado. Essas eram as instruções.

— As máscaras, as máscaras. – Ouviu Flor dizer.

Quando estavam a pouca distância da casa, Lavínia acelerou com os outros.

27

Instantes depois desciam dos veículos na frente da casa de Vela. Pegaram de surpresa os agentes de segurança que, como disse Sebastián, estavam jogando cartas e só agora, quando eles aceleraram e atravessaram o limite proscrito, tinham ficado alertas, começando a correr em completa desordem.

O pelotão um, encabeçado por Sebastián, dava os primeiros tiros.

Lavínia devia se jogar para o lado direito e abrir fogo com a submetralhadora. "Segura com força", tinha dito Lourenço. Desceu no meio do som ensurdecedor. Os tiros soando por todas as partes. Correu para a frente, se virou, calculando estar em sua área de fogo, e apertou o gatilho. Teve um momento de pânico quando sentiu o coice da arma levantando suas mãos, o ruído infernal zumbindo nos ouvidos. Lembrou que devia estar firmemente afincada ao chão e segurar a Madsen na altura da cintura com força. A descarga a tinha desequilibrado por um instante, mas não chegou a cair. "Se ficasse em um só lugar, poderiam atingi-la", pensou.

Correu para a frente em zigue-zague, como Renê tinha indicado nos treinamentos da fazenda, firmou-se outra vez sobre as pernas e descarregou outra rajada. Os ouvidos zumbiam. Os tiros sibilavam por todos os lados. Viu Sebastián e Renê empurrando a porta. Tirou o dedo do gatilho e correu outra vez agachada e em zigue-zague até chegar à entrada de serviço e se reunir com os outros.

Sebastián e o primeiro pelotão já tinham entrado pela porta principal no interior da casa.

Seu coração batia de maneira espantosa. Estava tonta com o barulho dos tiros. Achava que tudo aquilo era uma terrível confusão. Não sabia se estava dando certo ou não. Estava desesperada por entrar na casa. Não queria ficar do lado de fora. Ser "homem morto".

Lourenço empurrava a porta com o ombro, arremetendo contra ela com força.

— Rápido, Cinco, rápido – dizia Flor, com urgência. – Bate com toda a força.

Na grama, à pouca distância, viu dois agentes de segurança, camisas guayaberas brancas, calças pretas, deitados, mortos. Estavam guardando a porta que finalmente se abria, por onde penetraram no interior da casa de Vela.

Lourenço a fechou. Oito e ele moveram um vaso de planta grande e pesado. Colocaram-no contra a porta. Trancaram. Flor indicou a Lavínia que a seguisse, moviam-se em direção à entrada do segundo pavimento, olhando para todos os lados, as armas prontas para atirar.

Do lado de fora, soavam tiros dispersos. Começava a fazer silêncio na rua. Tinham conseguido adentrar a casa.

Chegaram a escutar o motor de um automóvel, que arrancou a toda velocidade.

— Rápido – disse Flor, virando-se para os outros dois. – Rápido, verifiquemos esta zona.

Tinham colocado as máscaras. Seus traços estavam desfigurados e estranhos embaixo da meia de náilon.

Lembrou-se de como brincou com Sebastián lhe dizendo que comprasse duas dúzias de meias de náilon.

Quase se sentiam seguros, quando um tiro sibilou ao lado de Lavínia. Vinha de um arbusto no jardim. Todos caíram de bruços no chão. Deitaram-se. Lavínia sentiu que seu sangue tinha descido para os pés.

— Cubram-me – gritou Lourenço, enquanto ziguezagueava em direção ao arbusto, atirando. Oito e Flor abriram fogo. Lavínia apertou o gatilho semicerrando os olhos, esperando a descarga; mas não aconteceu nada. A Madsen fez um som seco. O gatilho não disparava. Tinha ficado sem arma. Sem defesa. Tentou manipular a submetralhadora.

Lourenço chegava ao arbusto atirando com sua UZI. Uma das rajadas arrancou um lamento atrás do arbusto, e o som de um corpo caindo.

Em silêncio, Lourenço se aproximou, arrastando-se. Olhou. Ficou de pé.

— Este não trará mais problemas – gritou, correndo para se unir com elas de novo.

— Cinco – disse Lavínia. – Minha arma não atira.

Lourenço a pegou. Examinou-a por um instante e, tentando ser amável, disse:

— Tem que trocar o pente. Não é nada.

No nervosismo, o susto do tiro passando tão perto, tinha esquecido o mais elementar. Dois dias sem dormir surtia efeito.

Continuaram avançando. Dentro da casa, escutavam-se gritos de mulheres, sons atropelados. A área do jardim por onde avançavam estava agourentamente quieta, iluminada palidamente por lâmpadas e uma lua minguante e tímida.

Viram, atrás da piscina, o pelotão três avançando. Dois companheiros levavam dois ou três convidados, com as mãos para cima. Pouca gente tinha estado no jardim na hora do assalto. Certamente devido à noite fria e ventosa, escura.

Enfim, alcançaram a cancela que, do jardim, dava acesso ao segundo pavimento. Estava fechada. Trancada com um pesado cadeado.

— O que fazemos? – indagou Oito, olhando, aflita, para Flor.

— Afaste-se – disse Flor, apontando para o cadeado com a pistola e atirando. O tiro, tão próximo, os aturdiu ainda mais. Lavínia sentia que zumbiam milhares de abelhas em sua cabeça. – Cinco, atire-se contra a porta.

— Vai virar um ofício para mim – disse Lourenço, sorrindo por um instante, depois arremeteu contra a porta, fechada atrás da cancela recém-aberta, com toda a sua força de nervos e músculos.

A porta se abriu. Desordenadamente, irromperam no segundo pavimento.

A cena teria sido jocosa se não fosse pelo contexto e a tensão eliminando o humor e a risada: homens e mulheres de trajes luxuosos estavam contra a parede com as mãos para cima. Lavínia viu também vários com fardas de altos oficiais. Um deles jazia morto no chão. Não pôde evitar que um calafrio corresse por suas costas.

Sete e Seis se moviam entre os convidados, tocando-os, aproximando-se com cautela dos militares, dos tornozelos de onde saíram duas ou três pistolas, enquanto Sebastián e Renê mantinham vigilância com as armas em posição de tiro. Lavínia avistou a sra. Vela e sua irmã. Pálidas. Os olhos redondos nas órbitas. E os filhos de Vela. A menina chorava, desolada. O rapaz batia os dentes. Grudado na mãe como cervo assustado.

Eram umas trinta pessoas. Muitas naquele cômodo. Sentiu pena das crianças.

Olhou rapidamente para a porta aberta do estúdio. As armas estavam em exposição. Sebastián e os outros tinham-nas tirado de seus lugares. Perguntou-se se teriam aberto os painéis.

Nove e Dez entraram neste momento, vindos do terceiro pavimento, levando seis músicos, vários garçons e empregadas domésticas, além de três convidados.

— Contra a parede! – exclamou Sebastián, então percebeu que não havia mais parede livre. – Aqui! – corrigiu, apontando para o centro da sala. – Voltem para o jardim – gritou para Nove. – Levem este daqui – acrescentou, apontando para o oficial morto.

Os dois companheiros saíram, levando o cadáver. Só ficaram os convidados, os empregados e os músicos.

— Revistem para ver se têm armas! – indicou Zero a Flor.

Aproximaram-se. Lavínia já tinha visto como revistavam nas ruas da cidade. Sabia como a guarda as fazia. Tentou ser menos brutal, lembrando que eles deviam mostrar que eram diferentes. Não eram esbirros, não eram guardas.

Os músicos e as arrumadeiras gemiam quase em pranto. "Não nos façam nada, por favor. Nós não temos nada a ver!", diziam em tom de choro.

— Silêncio! – disse Flor, autoritária.

Lavínia olhou ao redor do salão, depois que terminaram de revistá-los e colocá-los ao redor e no meio do cômodo. Os rostos, agora virados para eles, refletiam medo. Os oficiais, que pareciam tão seguros de si mesmos, tão sorridentes na televisão, moviam seus olhos de um lado para o outro. Eram profissionais de guerra. Com certeza, estariam pensando no que podiam fazer. No canto, as irmãs Vela, com os rostos lívidos e desfigurados pelo terror, abraçavam o filho e a filha. O rapaz agora gemia. A menina continuava gritando. Uma onda de pena por aquelas crianças a inundou. Eles também não escolheram onde deviam nascer. Carregavam a culpa do pai desapiedado. Talvez a carregassem para sempre. Ainda não podiam entender. E, mesmo assim, tinham de sofrê-lo.

Lavínia percebeu que Vela não estava. "Saiu com o Grão--General. Foi acompanhá-lo até sua casa", dizia a sra. Vela, chorando, enquanto Sebastián a interrogava. "Que outra atitude podia esperar dele?", pensou Lavínia. "Ainda tem os hábitos de quando era guarda-costas."

De repente, escutaram descargas descomunais do lado de fora.

Os seis se entreolharam. Os oficiais fizeram um movimento no instante em que Flor dizia "morteiros" suavemente para Lourenço.

— Ninguém se mexe! – ordenou Flor, percebendo o sutil deslocamento dos oficiais. – Cinco – ordenou –, tire esses guardas do grupo e os leve até aquele quarto – disse, apontando para o dormitório do filho de Vela. – Deixe a porta aberta e fique com eles. Oito, vá com eles.

O rapaz olhou para seu quarto. Tinha começado a chorar.

Cinco apontou a arma para os guardas e os levou para o quarto, acompanhado de Oito.

— Dividam-se em dois pelotões – ordenou Sebastián. – Dois e Quatro, vão para o jardim. Garantam a defesa do lugar!

A voz de Sebastián era como um raio. Percorreu sua coluna vertebral, endireitando-a. O pelotão um ficou integrado por Zero, Flor, Lourenço, Oito e ela.

A rapidez dos acontecimentos a tinha deixado tonta, com náuseas. A adrenalina lhe causara uma terrível sequidão na boca. Tinha sede, os lábios rachados como se tivesse passado um duro e gélido inverno. Olhou de novo ao seu redor. Reconheceu alguns rostos. Não havia quase ninguém dos círculos que costumava frequentar. Só reconheceu dois casais: um era o gerente da Esso e sua esposa; o outro, um rico industrial que dominava o negócio da madeira no país. A esposa chorava. Ele, nervoso, fazia gestos para que ela se acalmasse.

Alguns rostos eram familiares a ela por tê-los visto no jornal e nos noticiários da televisão.

As descargas lá fora detonavam com maior frequência. Ouviram ruídos de motores. "Deviam ser os FLAT", pensou Lavínia. Cercariam-nos e assassinariam a todos.

— Doze – disse Sebastián –, aproxime-se!

Aproximou-se. Cada movimento doía. O corpo pesava. Tinha a sensação de estar observando a cena de fora. No ouvido, Sebastián lhe disse que tirara para o centro da sala a cunhada de Vela e mais dois convidados. Mandariam-nos para fora com um lenço branco, com a ordem de não atirar, ou matavam todos os reféns. "Senão, isto vai virar uma chacina", disse ele.

Sem dizer uma palavra, aproximou-se do canto do cômodo onde a srta. Montes, aterrorizada, abraçava a filha de Vela. "Será que vão me reconhecer?", perguntava-se, dizendo para si mesma que não, que ela mesma custava a reconhecer embaixo da meia o rosto de seus companheiros. Não queria que a reconhecessem. Temia ser descoberta.

Pegou a srta. Montes pelo pulso, sem dizer uma palavra, e a empurrou para o centro do quarto. A srta. Montes a olhou com expressão de pânico.

— Não, não. Por favor! – suplicava.

— Vamos! – disse, tentando soar autoritária, e conseguindo.

Levou os três para o lado de Sebastián. A srta. Montes não a tinha reconhecido.

Só quando se virou para examinar o restante da sala, o grupo que estava apertado no centro, os convidados contra a parede, seus olhos tropeçaram com a cara assombrada, incrédula, do adolescente de tez pálida e figura espigada. Olhava para ela fixamente. Já tinha deixado de chorar e não afastava os olhos dela. Ele a tinha reconhecido. Tinha certeza. Desviou o olhar, sobressaltando-se com a própria reação de susto e medo.

— Vocês – disse Sebastián para a srta. Montes – vão sair, vão sair pela porta da garagem. Vão dizer a eles que não continuem atirando, senão matamos todos. Entenderam? Todos!

A srta. Montes assentiu. Tremia. No canto, com sua mãe, a menina gemia, descontrolada. O rapaz parecia que ia desmaiar. Olhava para Lavínia como se estivesse hipnotizado.

Do lado de fora, os sons eram ameaçadores. Escutavam-se guardas correndo. Morteiros. Tiros. O pelotão do jardim atirava. Os guardas atiravam lá fora. Estariam tentando cercar a casa. Ouviram o som distante de um helicóptero.

— Rápido! – disse Sebastián. – Rápido! Um, leve-os até a porta. Seis, acompanhe-os! – E, virando-se para os da sala, ordenou às mulheres que gritassem "não atirem". – Gritem, gritem com todas as suas forças, gritem que não atirem.

Entregou um lenço branco a Flor.

Por instantes, a confusão aumentava. O helicóptero tinha sobrevoado.

Sebastián, Oito, Lavínia e Sete mantinham o controle sobre aquele grupo de olhos abertos de pânico, as mulheres gritando com toda a força.

Flor saiu. Passaram-se vários minutos de tensão. Os tiros soavam por todas as partes. Os morteiros.

De repente, silêncio.

Flor e Seis voltaram. A cunhada de Vela e os outros dois já estavam fora da casa.

435

O rapaz não parava de olhar para Lavínia.

Tinham se passado duas horas desde o início da operação *Eureca*.

Apoiada na parede do estúdio, Lavínia guardava os reféns, tentando evitar o olhar do filho de Vela.

O cômodo era grande, mas, mesmo assim, o número de pessoas era perigoso. "Gente demais", pensava, apertando a submetralhadora. Doíam-lhe as mãos e o queixo de tensão. A cabeça continuava doendo.

O silêncio foi se estendendo.

— Seis – disse Sebastián –, vá até o jardim. Traga um relatório da situação do pelotão três.

Sebastián olhava os rostos no quarto. Falava com Flor muito perto dela. Era óbvio que Vela tinha saído, dizia, escoltando o Grão-General. Quando voltasse, encontraria sua casa tomada. A cunhada daria os detalhes a ele. Mas tinham sua mulher, seus filhos – soltariam as crianças quando fosse permitida a entrada do mediador –, dois empresários, vários membros do Estado-Maior, os embaixadores do Chile e do Uruguai, o ministro de Obras Públicas, o ministro das Relações Exteriores e, o que era mais importante, o cunhado do Grão-General, esposo de sua única irmã, um de seus primos. Tinham suficientes peixes graúdos, tudo daria certo.

Mas tinha gente demais.

— Vamos deixar sair outro grupo – anunciou Sebastián em voz alta e começou a selecionar algumas mulheres, os músicos, as empregadas. – Vão sair de quatro em quatro, rápido!

Repetiu-se a operação de formá-los para ir até a porta. O quarto ficaria com mais espaço. O helicóptero sobrevoou de novo.

— Digam a esses filhos da puta que, se esse helicóptero passar de novo, vamos começar a tirar mortos! – vociferou Sebastián para os que saíam.

Neste momento, o telefone tocou. Os membros do comando ficaram rígidos.

— Doze, atende – ordenou Sebastián.

Lavínia foi até o telefone. Era terrivelmente feio, branco com dourado, imitando os velhos aparelhos do começo do século.

Levantou o aparelho. A voz do outro lado, tremendamente autoritária, acostumada ao mando havia gerações, a sobressaltou. Era o Grão-General, que dizia:

— Fala o presidente. Quem está falando aí?

— O senhor está falando com o Comando "Felipe Iturbe" do Movimento de Libertação Nacional – respondeu Lavínia, firme.

— O que querem? – perguntou o Grão-General.

Lavínia não respondeu. Indicou a Sebastián que se aproximasse. Zero pegou o telefone. O helicóptero sobrevoou de novo.

No quarto, fez-se silêncio. Todos escutavam a conversa telefônica.

— Pedimos o sacerdote Rufino Jarquín, como mediador. Também queremos um médico, o dr. Inácio Juárez.

Ambos eram conhecidos por serem apolíticos, mas de trajetória honesta.

Sebastián escutava.

— Queremos a libertação de todos os presos políticos e a divulgação, sem censura, por todos os meios de comunicação, dos comunicados que entregaremos ao mediador – disse Sebastián. – Caso contrário, o senhor será o único responsável pelo que acontecer com os reféns. Tem uma hora para enviar o mediador.

E desligou.

Enquanto Sebastián falava, Lavínia ficou de pé no centro da sala, a poucos metros do grupo dos Vela.

O rapaz continuava olhando para ela, mas agora seu olhar era diferente. Ela evitava seus olhos. Mesmo assim, sentia algo estranho na forma como insistia em olhar para ela. Parecia determinado em conseguir que ela o olhasse, fixasse sua vista nele.

Flor e os que saíram para deixar os músicos estavam de volta. Do lado de fora, escutavam-se vozes, automóveis.

Flor se aproximou de Sebastián. Lavínia ouviu a conversa de sussurros.

— Nove está ferido – disse Flor. – O pelotão três está com ele no vestiário da piscina. Tem uma ferida na perna na altura do fêmur. Já aplicaram um torniquete, mas está perdendo muito sangue.

— Esperaremos o médico – disse Sebastián, com os olhos frios.

Tinham se passado quatro horas.

O rapaz continuava olhando fixamente para Lavínia. Já não batia os dentes, embora estivesse pálido, com mais cara de doente que nunca.

Por que o filho de Vela olharia para ela assim?, começou a se perguntar. Parecia querer lhe dizer algo com o olhar. Sentiu calor. A meia incomodava. Estava suando. Sofria as consequências da tensão, a longa vigília. Ainda estava tonta por causa dos tiros. Continuava com um zumbido no ouvido direito.

Cada vez que abriam a porta, pela qual entravam e saíam para o jardim os companheiros do comando, continha a respiração. Esperava a descarga. Mas não acontecia nada lá fora. Um silêncio tenso pairava na noite, interrompido por passos e comunicações de rádio, sons de veículos.

O rapaz continuava olhando para ela. Olhou para ele. Os olhos se encontraram, reconhecendo-se. Lavínia esteve a ponto de sorrir para ele, lhe dar segurança. Não devia temer, nada lhe aconteceria, queria dizer a ele. Mas continuou séria. Uma vez que captou sua atenção, o rapaz lançou seu olhar para trás dela insistentemente. Parecia querer apontar algo atrás de Lavínia.

Ela não se mexeu. Talvez fosse um truque. Talvez quisesse distraí-la. Afinal de contas, era o filho de Vela. O rapaz insistia. De vez em quando, quase imperceptivelmente, acompanhava a direção de sua vista com um movimento do queixo. A sra. Vela, ao seu lado, não prestava atenção nele, submersa no próprio medo, acompanhando a menina que chorava em intervalos.

O rapaz insistia em que ela olhasse para trás.

Lavínia fez um esforço mental, que quase levou suas últimas forças, para visualizar o que tinha às costas.

Os reféns, por ordem de Sebastián, sentaram-se no chão. Zero tinha saído com Seis para constatar o estado de Pablito.

Lavínia puxou na memória a planta da casa. Do lado esquerdo, a cancela de saída para o quintal, a sala de música e bilhar. Do direito, o estúdio privado de Vela, onde tinham estado as armas. Um e Zero tinham-nas distribuído entre todos. Algumas armas velhas, revólveres antigos e armas de caça que eles levavam, tinham enguiçado. Se não fosse pelas armas de Vela, vários já estariam desarmados. Agora cada um tinha duas armas. Lavínia tinha um revólver Magnum na cintura.

Por que aquele rapaz olhava tanto para o estúdio?

Sebastián voltou. Pablito estava muito ferido. De resto, a situação estava sob controle no jardim.

Para escutar as notícias, Lavínia se virou para voltar para sua posição.

28

O telefone tocou novamente.

— Doze – disse Sebastián –, atende. Se for o Grão-General, passa para mim.

Não era o Grão-General. Era o sacerdote que tinham solicitado como mediador. O Grão-General aceitou negociar. O sacerdote pedia instruções para se aproximar da casa.

Sebastián falou com ele.

Enquanto se voltava novamente para seu lugar, Lavínia viu de frente para ela a parede de madeira jaspeada do estúdio, forrada com vários painéis. O quarto secreto. "Que estranho!", pensou. Agora percebia! Era isso que o rapaz queria que ela olhasse! Mas por quê?, perguntou-se. As armas já não estavam em seu lugar. Sebastián e Um as tinham distribuído. "Mas e se não tivessem aberto o quarto secreto?", pensou de repente. Talvez, por não serem arquitetos, só tinham se preocupado em ver se as armas estavam na parede giratória.

Chegou de novo ao seu lugar de vigilância. Virou-se. Apoiou as costas na parede fria do estúdio privado de Vela, intrigada.

O rapaz continuava observando-a. Olhou fixamente para ele, interrogando-o com o olhar. Os olhos dele brilharam, tinham a expressão de descoberta do irmão de Sara quando, nas férias na fazenda do avô, delatava onde estava o tesouro.

E, então, ela se deu conta. Soube. A certeza a invadiu deixando-a paralisada. O adolescente viu sua expressão, viu-a ficar tensa, endireitar-se como se a parede queimasse, e assentiu para ela. Inclinou a cabeça fingindo olhar para o chão, em um "sim" só perceptível para ela.

Ninguém tinha percebido aquela troca. Eles estavam sozinhos no mundo, falando uma linguagem de sinais. Vela estava ali. Escondido no quarto secreto! Como não tinha suspeitado antes?

Ninguém tinha suspeitado que a sra. Vela mentira. Ninguém! Nem ela que sabia as dimensões daquele quarto! Simplesmente não tinha pensado nisso. Acreditou na mulher como todos os outros. Era próprio de Vela ser assim, servil, acompanhar o Grão-General até sua casa. Ninguém achou estranho! E agora, como dizer isso? Vela estava ali. A certeza a congelou. Estava ali esperando o momento propício para sair e matar todos! Sair atirando e matar todos! Fazer fracassar a operação!

Por que ela não teria insistido em que revistassem aquele quarto?

Simplesmente presumiu que os outros o fariam! Não pensou que talvez achassem que se tratava só de uma parede giratória! Porque é claro que teriam pensado isso. Agora, lembrando a explicação que deu ao comando só umas horas antes, percebia que ela não tinha entrado em detalhes sobre o espaço oculto. Inclusive, em certo momento do início da operação, Um tinha comentado que as armas estavam à vista e ela não pensou em perguntar a ele se tinham aberto os painéis.

Por quê? Por que obscuro mecanismo descartou a importância de revelar a existência da toca onde agora Vela se escondia, como um animal maligno esperando o momento propício?

E como contar isso? Vela estava ali. Já não havia dúvidas. Isso era o que o rapaz estava tentando lhe dizer. Estava ali.

Sentados no chão, encostados na parede, os convidados aguardavam. Sebastián falou com o sacerdote por telefone. Agora só restava esperar que ele chegasse. Flor e outros companheiros tinham saído para preparar as condições para sua entrada na casa. Era questão de esperar. O silêncio pesava ao redor.

Lavínia olhou para o rapaz. Estava de cócoras, na expectativa. Por que a teria alertado?, perguntou para si mesma. Ela o vira no dia da entrega da casa, sério, concentrado, caminhando atrás do pai sem emitir palavra, ensombrecido. Certamente o odiava. O pai não compreendia seus sonhos. Zombava dele, de seus sonhos de voar. Para Vela, conhecido como o "voador", paradoxalmente, voar era jogar camponeses do ar. Matar.

O rapaz sabia disso?, perguntou-se. Seria uma dessas terríveis vinganças infantis? Sentiu um calafrio. Entregar o próprio pai! E ela. O que ela faria?

Quatro tinha entrado. Nove estava morto. Ouviu o codinome quando ela contou para Sebastián. Nove era Pablito. Pablito estava morto.

"Devia enfrentar Vela sozinha", pensou. Ninguém tinha motivo para se arriscar mais que ela. Pablito estava morto. Mais ninguém devia morrer. Olhou ao seu redor. Sebastián estava apoiado na parede do dormitório principal. Seis e Oito, para o lado do quarto de costura. Sete cobria a escada para o primeiro pavimento. Ninguém estava diretamente defronte ao setor da armaria. Não podia acontecer nada se Vela estivesse ali. Não podia atirar contra mais ninguém exceto contra ela. Suas mãos começaram a suar. Apertou a submetralhadora.

Com movimentos lentos, dissimulados, verificou o pente da arma. Estava encaixado. Pronto para atirar.

O rapaz não parava de olhar para ela. Queria que o fizesse. Era terrível, mas ela sentia que queria que o fizesse. Empurrava-a com os olhos. Custava a acreditar. Talvez tivesse esperanças de que ela encontrasse seu pai e salvasse sua vida. Talvez fosse isso. Ela tinha falado com ele sobre como era triste a guerra. Matar gente. Pensaria que ela protegeria seu pai. Teria de agir rápido. Aguardar o instante preciso.

Repassou na memória os mecanismos dos painéis. Devia abrir o sistema na parede. Depois poderia empurrar o painel com o pé. Ele se abriria se ela desse um chute com força. Um painel seria suficiente.

Dali conseguiria apontar para Vela, obrigar que se entregasse.

Vela se entregaria. A esta altura, devia saber que seria um homem morto se saísse dali atirando.

Ouviram-se sons do lado de fora. O mediador tinha chegado. Flor entrou para avisar Sebastián. Ele saiu. Flor ocupou seu lugar. Lavínia e ela não tinham trocado uma palavra desde o início da *Eureca*, fazia uma eternidade.

Começava a amanhecer. O rosto dos convidados, sentados no chão, estava extenuado pela vigília. A menina de Vela tinha dormido. Os olhos do rapaz se fechavam de vez em quando, sem conseguir dominar o sono. Lutava contra o sono, sem querer tirar os olhos dela. Quando abria os olhos depois de um breve cochilo, olhava para ela.

"Devia fazê-lo agora", pensou Lavínia. Agora. Quando o rapaz cochilasse ia fazê-lo. Apertou de novo o metal escuro da Madsen.

O rapaz começou a fechar os olhos. Era adolescente. O sono poderia ser mais forte que o medo, a expectativa... "O quê?" pensou Lavínia, "o que sentiria?"

Quando viu que ele tinha dormido, começou a deslizar para o interior do quarto. Flor, Seis e Oito olhavam os convidados. Demorariam a perceber seu deslocamento. Demorariam pouco. Mas seria suficiente.

O tapete marrom calou seus passos.

Já dentro do quarto, moveu-se rapidamente. Estava calma.

De algum lugar, lhe vinha uma onda de sangue-frio. "Tinha de pegá-lo de surpresa", pensou. Tinha de se mover rápido.

Em silêncio, para não alertar Vela, soltou o mecanismo do painel. Não fez barulho.

Empurrou a primeira folha com o pé.

— Não se mexa, menino. – Ouviu a voz de Flor na sala.

Depois, no preciso momento em que os olhos de Lavínia adivinharam a figura de Vela escondido, escutou-se o berro de horror do rapaz, o "nããããããão" longo e dilacerado, retumbando.

Lavínia, que empunhava firmemente a arma, olhando o general Vela descoberto na escuridão do quarto inventado por ela, sentiu um calafrio de espanto. Vela e ela ficaram parados por uma fração de segundo pelo grito lancinante do menino.

Afastou-se, se cobrindo, fazendo o painel girar. Vela estava pronto para atirar.

Pensamentos desordenados, com a velocidade de astros viajando em um espaço enlouquecido, inundavam sua mente.

— Nãããããão – gritou o menino outra vez.

* * *

Ali estava aquele homem, como os capitães invasores; seu rosto talhado de deus maligno, olhando Lavínia, reconhecendo-a.

O grito do rapaz.

O sangue dela congelou. Senti as imagens se apertarem. Imagens brilhantes e opacas, lembranças velhas e presentes.

Vi o rosto de Felipe. Vi os grandes pássaros metálicos jogando homens de suas entranhas, calabouços terríveis e gritos.

Vi o menino de Sara sem nascer, o quarto escuro de Lucrécia, seu cheiro de cânfora; os sapatos no hospital, o médico-legista assassinado.

E vi o rapaz. Ele que queria voar. Aquele menino que tinha denunciado o pai, odiando-o. E só no último momento, compreendendo que o amava, tentava salvá-lo com seu grasnado de pássaro ferido, paralisando Lavínia. O rapaz construído de dúvidas em que ela se viu refletida de modo misterioso.

Eu não duvidei. Arremeti em seu sangue, atropelando os corcéis de um instante eterno. Gritei de todas as partes, ululei como vento arrastando o segundo de vacilação, apertando seus dedos, meus dedos contra aquele metal que vomitava fogo.

* * *

Lavínia sentiu no tumulto de suas veias a força de todas as rebeliões, a raiz, a terra violenta daquele país arisco e indomável, apertando suas entranhas, dominando a visão do rapaz, a visão de si mesma projetada naqueles olhos adolescentes, no amor e no ódio, no bíblico "não matarás". Soube, então, que devia fechar o último traço de todos os círculos, romper o vestígio final das contradições, tomar partido de uma vez e para sempre. Deslocou-se, veloz. Situou-se de frente para o homem vigoroso, que apontava para ela, e apertou seus dedos, tensos e duros, sobre o gatilho.

Os tiros atroaram, apagando os gritos quebrados do menino. A rajada de sua Madsen rompeu o ar um segundo antes de Vela atirar, se achando vencedor, descarregando o obscuro ódio de sua casta, treinada por anos para matar.

Lavínia sentiu o golpe no peito, o calor que a inundava. Viu o general ainda de pé em sua frente, sustentando-se, atirando. Sua farda salpicada de sangue. O olhar, água-régia, veneno.

Ainda sob os tiros de Vela, ela recuperou o equilíbrio e, firme, sem pensar em nada, viu imagens dispersas de sua vida começando a correr como veados desembestados perante seus olhos, sentindo os impactos, o calor se armazenar em seu corpo, apertou a arma contra o corpo e terminou de descarregar todo o pente.

Viu Vela cair, derrubado, e só então permitiu que a morte a alcançasse.

Tudo tinha acontecido em segundos. Flor e Oito, alertadas pelo grito do menino, conseguiram chegar no momento em que se decidia a competição.

Instantes depois, apareceu Sebastián.

O mediador tinha saído com a proposta.

Negociariam.

Eureca tinha dado certo.

Amanhã tudo teria terminado.

***

A casa está em silêncio. O vento em meus galhos apenas parece o alento de nuvens sobre o fogo se apagando. Estou sozinha de novo.

Completei um ciclo: meu destino de semente germinada, o desígnio de meus antepassados.

Lavínia é agora terra e húmus. Seu espírito dança no vento das tardes. Seu corpo fertiliza campos fecundos.

Do seu sangue vi a vitória dos ximiqui justiceiros.

Recuperaram seus irmãos. Venceram sobre o ódio com serenidade e teias de ocote ardentes.

A luz está acesa. Ninguém poderá apagá-la. Ninguém poderá apagar o som dos tambores batendo.

Vejo grandes multidões avançando nos caminhos abertos por Yarince e os guerreiros, os de hoje, os daquele tempo.

Ninguém possuirá este corpo de lagos e vulcões,

esta mistura de raças,
esta história de lanças,
este povo amante do milho,
das festas à luz do luar,
povo de cantos e tecidos de todas as cores.
Nem ela nem eu morremos sem desígnio nem herança.
Voltamos para a terra de onde de novo viveremos.
Povoaremos de frutos carnosos o ar de novos tempos.
Beija-flor Yarince
Beija-flor Felipe
Dançarão sobre nossas corolas,
fecundar-nos-ão eternamente
Viveremos no crepúsculo das alegrias,
no amanhecer de todos os jardins.
Logo veremos o dia pleno de felicidade.
Os navios dos invasores se afastando para sempre.
Serão nossos o ouro e as penas,
o cacau e a manga,
a essência dos sacuanjoches.
Ninguém que ama morre jamais.

Manágua, 1988

A capa deste livro foi composta na tipografia Spirits Soft
(Alfonso Garcia / Latinotype) e impressa em cartão supremo.
O miolo foi composto em ITC New Baskerville Std e impresso em
papel off-white, no Sistema Cameron da Divisão Gráfica
da Distribuidora Record.